Francis Laveaux

L'Ombre Volume 2

I0576911

Francis Laveaux

L'Ombre Volume 2

Le Dragon

Éditions Muse

Impressum / Mentions légales
Bibliografische Information der Deutschen Nationalbibliothek: Die Deutsche Nationalbibliothek verzeichnet diese Publikation in der Deutschen Nationalbibliografie; detaillierte bibliografische Daten sind im Internet über http://dnb.d-nb.de abrufbar.
Alle in diesem Buch genannten Marken und Produktnamen unterliegen warenzeichen-, marken- oder patentrechtlichem Schutz bzw. sind Warenzeichen oder eingetragene Warenzeichen der jeweiligen Inhaber. Die Wiedergabe von Marken, Produktnamen, Gebrauchsnamen, Handelsnamen, Warenbezeichnungen u.s.w. in diesem Werk berechtigt auch ohne besondere Kennzeichnung nicht zu der Annahme, dass solche Namen im Sinne der Warenzeichen- und Markenschutzgesetzgebung als frei zu betrachten wären und daher von jedermann benutzt werden dürften.

Information bibliographique publiée par la Deutsche Nationalbibliothek: La Deutsche Nationalbibliothek inscrit cette publication à la Deutsche Nationalbibliografie; des données bibliographiques détaillées sont disponibles sur internet à l'adresse http://dnb.d-nb.de.
Toutes marques et noms de produits mentionnés dans ce livre demeurent sous la protection des marques, des marques déposées et des brevets, et sont des marques ou des marques déposées de leurs détenteurs respectifs. L'utilisation des marques, noms de produits, noms communs, noms commerciaux, descriptions de produits, etc, même sans qu'ils soient mentionnés de façon particulière dans ce livre ne signifie en aucune façon que ces noms peuvent être utilisés sans restriction à l'égard de la législation pour la protection des marques et des marques déposées et pourraient donc être utilisés par quiconque.

Coverbild / Photo de couverture: www.ingimage.com

Verlag / Editeur:
Éditions Muse
ist ein Imprint der / est une marque déposée de
OmniScriptum GmbH & Co. KG
Heinrich-Böcking-Str. 6-8, 66121 Saarbrücken, Deutschland / Allemagne
Email: info@editions-muse.com

Herstellung: siehe letzte Seite /
Impression: voir la dernière page
ISBN: 978-3-639-63586-7

Copyright / Droit d'auteur © 2015 OmniScriptum GmbH & Co. KG
Alle Rechte vorbehalten. / Tous droits réservés. Saarbrücken 2015

FRANCIS LAVEAUX

LE DRAGON

Série « Dans l'Ombre du Dragon »
Volume 2

Ce livre est une œuvre de fiction. Les noms, les personnages, les lieux et événements sont le fruit de l'imagination de l'auteur ou utilisés fictivement. Toute ressemblance avec des personnes réelles, vivantes ou mortes, des événements ou des lieux serait pure coïncidence

Pour Yu Zhou

« Et, si la liberté n'était que l'ombre portée du fantôme de la démocratie »

« Cædite eos. Novit enim Dominus qui sunt eius »

Arnaud Amaury lors du sac de Béziers le 22 juillet 1209

I. Vendredi matin 19 janvier 1990

Wang Jun est réveillé maintenant. Il fait clair dans la chambre. Il s'étend et sent un vide à côté de lui. Il est seul dans la chambre. Il a dormi profondément et ne s'est même pas rendu compte du départ de Xiao[1] Huang. Il regarde l'heure sur le réveil posé sur la table de nuit. 10 heures du matin. Il s'assoit sur le bord du lit. Son réveil est pénible. Un horrible mal de tête martèle sa tête comme si un marteau piqueur y était installé. Il y a un mot sur la table de nuit à côté du réveil.

« Mon Chéri, je suis partie à Beida ce matin. J'ai un cours qui est très important et que je ne peux pas manquer, sinon j'aurais préféré flâner au lit avec toi. Pour que le personnel d'étage ne te dérange pas j'ai mis le panneau « Ne pas déranger sur la porte ». J'ai aussi préparé de l'aspirine sur la table. Je pense que tu dois avoir une jolie gueule de bois après tout le moutai[2] que tu as avalé hier soir. Si tu as faim, normalement le petit déjeuner est jusque 8h30 en semaine, mais j'ai prévenu le cuisinier, tu demandes Lao Li. Il m'aime beaucoup et il se fera un plaisir de te donner quelques Baozi[3], de la bouillie de riz et aussi des légumes salés si tu en as envie. N'oublie pas que nous avons rendez-vous cet après-midi à 14 heures dans le bureau de Lao Huang pour organiser notre futur travail. Je passerai te prendre à une heure de l'après-midi. Je t'attendrai dans le hall de l'hôtel. Si tu veux prendre l'air, tu déposes la clé de la chambre à la réception. La chambre est réservée à mon nom mais je les ai prévenus de ta présence. Ce soir nous changerons de chambre et nous emménagerons dans une suite. Le reste, je te dirai tout à l'heure. »

Elle est gonflée quand même. Elle a tout prévu. Il faut qu'il rediscute certains points avec elle. Elle a vraiment mis le grappin sur lui et elle ne prend pas de gants. C'est une victoire absolue de sa part et une capitulation en rase campagne pour lui. Comment a-t-il pu se faire avoir de cette

---

1Xiao signifie petit et se trouve devant le nom de famille pour désigner des personnes jeunes ; pour des personnes plus âgées on utilise Lao qui signifie vieux ou honorable

2Alcool de sorgho réputé

3Petit pain farci avec de la viande de porc

3

manière. Il pense soudain à Xiao Cao. Que devient-elle ? Où est-elle ? Que pense-t-elle ? Il s'est mal comporté avec elle. Son manque de courage le rend plein de honte. Il pense soudain à la mort. Peut-être vaudrait-il mieux qu'il disparaisse à tout jamais. Cette perte de face est horrible. Xiao Huang a joué avec lui. Depuis le début elle savait ce qu'elle faisait. Bon, il faut accepter tout cela. Il n'a pas le choix et au moins il pourra éviter le pire pour Cao Yu. C'est la seule chose qu'il pourra faire. Il espère pouvoir la faire renvoyer dans sa province natale, à Chongqing. Il aurait bien aimé y aller avec elle, mais leur histoire était trop récente et ils n'ont pas eu le temps. Normalement ils avaient prévu d'y aller pour la fête du printemps, mais tout cela a été annulé. Il a envie de retourner dans sa province natale, à Changchun[4]. Planter Xiao Huang, aller à la gare, prendre un billet de train et aller voir son père. Il se fera prendre tout de suite et ce sera une violation de sa collaboration avec la Police de Beijing. Décidément il est bien coincé. La chambre est très belle. Il descend du lit et se dirige vers le bureau, situé en face du grand lit. On peut y trouver divers documents touristiques, la description de l'hôtel, des renseignements en chinois et en anglais, du papier à lettre. Sur un coin du bureau il y a aussi une bouteille d'eau plate, deux verres, deux tasses, de l'eau bouillie et des infusettes de thé au jasmin. Une boîte d'aspirine est disposée à côté des verres. Un grand miroir domine l'ensemble. Pour la première fois de la journée il a l'occasion de se regarder. Il a un choc. Ses yeux sont complètement rouges. Il a de fortes marques sur sa peau, en particulier dans le cou. La tigresse a marqué sa proie. Il se sert un verre d'eau, prend deux aspirines et les avale. Il se dirige vers la salle de bains. Il prend une douche. Le mal de tête a du mal à passer. Il se sent nauséeux, l'estomac complètement barbouillé. Après avoir pris sa douche il se prépare à remettre ses vêtements de la veille, mais il trouve un autre mot de Xiao Huang sur le coin du bureau.

« Je t'ai préparé d'autres vêtements. Ils sont sur la chaise près de la fenêtre. Dans la garde-robe, qui se trouve dans le fond, tu trouveras un autre costume et tout ce qu'il faut pour faire de toi quelqu'un de très présentable. C'est important car le rendez-vous avec mon oncle cet après-midi est important. »

---

[4]Capitale de la province de Jilin dans le Nord-Est de la Chine

Il regarde tout ce qui est préparé. Ce sont de beaux vêtements. Une certaine qualité. Des souliers en cuir sont disposés en dessous de la chaise. Il ouvre la garde-robe. Oui tout ce qu'il faut pour un parfait gentleman. Il y a aussi de nombreuses robes et toutes sortes de vêtements de facture occidentale. Manifestement Xiao Huang aime s'habiller. Il regarde l'heure. Il est presque midi. Il n'a pas faim. Le mal de tête ne passe pas. Il s'habille avec les vêtements préparés par Xiao Huang. Il se regarde dans le miroir de la garde-robe. C'est pas mal. Elle a bon goût et lui a choisi des vêtements qui le mettent bien en valeur. Il a vraiment l'air d'un jeune chinois moderne, bien habillé, dynamique, ouvert à la modernité. S'il n'y avait pas ces yeux rouges et ce mal de tête atroce, c'eût été parfait ! Il fait quelques pas dans la pièce pour tester son allure et décide de sortir, d'aller prendre le frais. Il prend le manteau noir que Xiao Huang lui a acheté, l'endosse à la façon d'un cadre du Parti Communiste, sans passer les manches, prend la clé de la chambre et sort dans le couloir. Il ne se rappelle pas vraiment l'aspect du couloir. Il a vraiment trop bu la veille. Celui-ci est recouvert d'un épais tapis de couleur rouge. Il se dirige vers l'ascenseur. Le garçon d'étage a remarqué sa présence et a appelé l'ascenseur. Il entre et appuie sur 1, l'étage de la réception. L'ascenseur est silencieux et rapide. Il descend rapidement les 3 étages. La porte s'ouvre silencieusement. Il y a du monde dans le lobby. Beaucoup de Chinois d'outremer et quelques étrangers. Il se dirige vers la réception et donne la clé de la chambre à la réceptionniste. Puis il se dirige vers l'extérieur. Le portier lui ouvre la porte. Il s'arrête un instant. Il fait froid. Il se demande dans quelle direction aller. Il décide de rester dans l'hôtel et de découvrir son environnement. Il descend les escaliers et se dirige vers l'ensemble des bâtiments qui se trouvent sur sa droite. Un bus vient d'entrer dans l'hôtel et s'arrête un peu plus loin.

De nombreuses personnes en descendent. Ce sont des étrangers. Il entend des sonorités non chinoises. Tous sont emmitouflés dans de gros manteaux d'hiver. Sans doute, les experts des Editions en langue étrangère. Une femme blonde attire son attention. Il y a quelque chose de bizarre, d'étrange. Un homme et trois enfants sont sortis des blocs d'habitation. Ils accueillent une des femmes qui est sortie du bus, une européenne sans doute. Il croit reconnaître des paroles en français, mais ils parlent trop vite et il ne parvient pas à distinguer correctement. Deux des enfants courent vers la femme. Le troisième enfant est resté dans les bras de l'homme qui se

dirige vers cette personne, sans doute son épouse. La femme blonde les observe et fait signe à l'homme. Il croit entendre quelque chose comme :
« Salut Erwan ! »

Jusque-là rien de très banal mais la réaction de la mère des enfants le surprend. Elle se retourne et lance un regard noir à la femme blonde. Elle prend ses enfants par la main, embrasse à peine son mari, lui prend l'enfant qu'il avait dans les bras. Elle se dirige rapidement vers une cour intérieure. Son mari embrasse la blonde et il les voit échanger deux ou trois mots. Il ne parvient pas à distinguer ce qu'ils se disent. La première femme, avec les cheveux noirs, est déjà plus loin. Elle se retourne et crie quelque chose à son mari. Il ne comprend pas ce qu'elle a dit mais le ton n'est pas cordial du tout. Puis elle s'adresse à la blonde et lui dit quelque chose également. L'homme et la jeune femme blonde se touchent le bout des doigts et se séparent. L'homme court pour rattraper sa femme et ses enfants. Ils disparaissent dans la cour intérieure. Il regarde à nouveau la blonde. Celle-ci sourit mais elle a aussi un air un peu triste. Elle se dirige vers un autre bloc de bâtiments.
La scène n'a pas duré longtemps. Une minute sans doute pas plus. Mais cela l'intrigue. Il sent que quelqu'un le prend par le bras, une voix chaude lui parle.

« Déjà au travail, Xiao Wang ! Observer est la partie la plus importante de ce que nous faisons. Tu dois être plus discret, personne ne doit savoir que tu observes ! »
Elle le regarde en souriant.
« Je suis arrivée un peu plus tôt ! J'ai pensé que tu avais peut-être faim. Nous allons manger un bout avant d'aller voir mon oncle. »
Il n'a pas très faim mais il se rend compte qu'il vaut mieux ne pas s'opposer à Xiao Huang. Ils se dirigent vers l'entrée de l'hôtel. Ils montent l'escalier. Le portier leur ouvre la porte.
« Tu es très élégant, Xiao Wang, j'ai bien choisi tes vêtements, ils te vont bien. »

Wang Jun ne sait pas où se mettre. Elle est vraiment très jolie. Elle est vêtue d'une robe noire en laine et de collants rouges. Elle porte des bottes en cuir avec un bord en fourrure. Il se demande si elle a une garde-robe inépuisable. En tout cas, elle semble apprécier les vêtements de luxe. Ils se dirigent vers le restaurant, puis elle change d'avis.

« Il est déjà 12h30. Si nous allons dans ce restaurant cela va prendre trop de temps. Une voiture vient nous chercher à 13h30, ici devant la grande entrée. Ce qu'on peut faire, c'est manger un bol de nouilles dans la rue. En face, il y a un marché avec des gargotes. C'est très simple et très bon. Qu'en penses-tu ? »

Tiens, elle lui demande son avis, maintenant. C'est nouveau. Il opine pour marquer son accord. Ils ressortent du bâtiment et descendent à nouveau l'escalier. Ils se dirigent vers la sortie. A l'entrée, le garde de faction leur fait un petit signe discret. Ils ont à peine fait quelques pas dans la rue qu'une personne sort du bâtiment situé à l'entrée.

« Mademoiselle Huang, une minute je vous prie ! »

C'est un homme d'une cinquantaine d'années. Il est habillé avec soin d'un costume gris. On peut aisément deviner à son allure qu'il est militaire ou agent de sécurité. Il les rejoint et les salue tous les deux.

« Mademoiselle, j'ai bien reçu votre note de ce matin. J'ai fait le nécessaire. Ce qui est arrivé hier ne se reproduira plus. »

Xiao Huang est tout sourire. L'homme poursuit.

« De nouveaux gardes ont été déployés. Ils ont des instructions très strictes pour vérifier les allées et les sorties et ne pas laisser entrer des personnes extérieures à l'hôtel. Déjà en fin de matinée, une institutrice de l'école primaire n°1 où sont scolarisés les enfants français a voulu entrer. Nous lui avons refusé l'entrée. Mais, plus important, nous avons remarqué une personne qui faisait mine d'entrer mais qui a renoncé au dernier moment quand elle s'est rendu compte que la surveillance était stricte. »

Xiao Huang répond aussitôt :

« Oui, j'avais constaté avant-hier que les gardes ne faisaient pas leur travail, j'en ai aussi parlé à mon oncle. C'est très bien et je vous remercie ! »

L'homme semble très content de lui-même. Il ajoute en montrant Wang Jun !

« Ce jeune homme a l'air intelligent. C'est votre fiancé je suppose ! Lao Huang m'en a parlé. Je lui ai dit que nous ferions notre possible pour vous faciliter la vie le plus possible quand vous êtes à l'hôtel. »

« Oui, reprend Huang Yinghua, nous allons très bientôt nous marier. Nous avons obtenu les autorisations de nos unités de travail respectives. Xiao

Wang travaille à l'Institut des Minorités sur un projet qui intéresse aussi la Police de Beijing et l'Académie des Sciences sociales. Comme c'est en phase avec ma thèse de doctorat, nous allons même pouvoir travailler ensemble sur ce sujet. Maintenant nous allons manger un bol de nouilles en face car à 14 heures nous avons rendez-vous avec mon oncle à ce propos. » L'homme prend un papier dans sa poche intérieure et le remet à Xiao Huang.

« Voici un laissez-passer pour votre fiancé, Mademoiselle Huang. Tous nos gardes ne le connaissent pas et cela lui permettra d'entrer et de sortir à sa guise. Je vous souhaite bon appétit. Remettez mes salutations à Lao Huang cet après-midi ! »

Sur ce, il les salue et retourne vers l'entrée de l'hôtel.

Wang Jun trouve que les choses vont un peu vite.

« Hier matin, je ne te connaissais pas. Hier soir fiancés, et aujourd'hui, tu m'annonces que nous allons nous marier ! Tout va très vite ! »

Il semble un peu contrarié. Xiao Huang s'en sort par une pirouette :

« Oh, ne t'inquiète pas trop, quand la police a besoin que les choses aillent vite, pour les besoins du service, elles vont très vite, et mon oncle est un homme d'influence. Sais-tu ce qu'on dit en France à ce propos ? »

« Non, répliqua Wang Jun ! »

Elle sourit malicieusement :

« Quelque chose comme, fiancé le matin, marié à midi et ... pendu le soir ! »

Et puis elle éclate de rire !

Wang Jun ne sait vraiment plus où se mettre ni comment réagir.

« Tu vois, quand je me comporte comme cela, tu peux voir que je ne suis pas toujours très chinoise, mais mon cœur appartient à la Chine ! Ta sécurité est assurée avec moi. Mon oncle nous protégera quoi qu'il advienne. »

Ils traversent l'avenue et arrivent sur le marché de l'autre côté. Quelques marchands de nouille sont là. Une gargote attire leur attention. Les nouilles y ont un air particulièrement sympathique et le tenancier a même aménagé une petite salle avec quelques chaises. Il les a repérés et les apostrophe :

« Allons les amoureux, venez vous régaler, c'est bon et pas cher ! »

Xiao Huang jette un œil sur sa montre et fait la moue.

« Nous avons peu de temps, il vaut peut-être mieux manger debout ! »

« Pas de problème, réplique le patron, dans une demi-heure à peine, vous aurez mangé. Entrez et asseyez-vous ! »

Ils entrent et se mettent à une petite table dans le fond. Ils choisissent des nouilles pimentées au bouillon. A part eux il n'y a personne. Le patron leur sert un peu de thé. Puis les nouilles arrivent. Xiao Huang se lève et choisit deux paires de baguettes. Elle en tend une paire à Wang Jun. Ils mangent en silence.

Les nouilles sont bien chaudes et délicieusement pimentées. Xiao Huang semble avoir très faim. Elle termine son bol très rapidement. Pour sa part Wang Jun n'arrive pas à avaler ses nouilles à cause des nausées qu'il ressent toujours. Elle le regarde avec amusement :

« Tu ne manges pas Xiao Wang ? Qu'est-ce qu'il se passe ? Tu as trop bu hier soir ? Tu étais pourtant un amant valeureux cette nuit ! »

Il rougit au souvenir de leur nuit d'amour puis il se reprend :

« Oui, je suis un peu barbouillé ! Je crois que j'ai un peu forcé sur le Moutai. Je ne supporte pas très bien les alcools forts ! »

Elle ouvre son sac à main, fouille et puis en sort quelques comprimés. Elle en tend un à son compagnon.

« Tiens prends ceci ! Cela va te remettre d'aplomb. Tu dois être en forme pour cet après-midi car nous avons des choses sérieuses à discuter avec Lao Huang ! »

Il veut lui parler du sort de Cao Yu. Il n'en a pas l'occasion. Il a à peine essayé de parler qu'elle lui prend la main et lui coupe la parole :

« Je sais que tu as beaucoup de choses à me demander, que tout cela n'est pas très clair. Chaque chose en son temps. »

Elle regarde sa montre.

« Il est 13h15. Il faut que nous y allions. Le chauffeur nous attend pour la demie mais il faut encore payer et puis retourner à l'hôtel ! »

Il veut payer les bols de nouilles mais elle l'en empêche.

« C'est moi qui règle l'addition. »

Elle se lève, se dirige vers le patron de la gargote et lui règle le prix du repas. Puis elle fait signe à Wang Jun. Ils quittent le restaurant. Ils retraversent le petit marché. Il y a beaucoup de gens et ils doivent se frayer un passage. Ils rencontrent la famille que Wang Jun a observée une heure plus tôt. L'homme et la femme achètent des légumes à un étal. Ils essayent de marchander dans un mélange de chinois et d'anglais. Seulement deux de leurs enfants sont avec eux. Sans doute disposent-ils d'une bonne pour garder leur bébé. Xiao Huang s'approche d'eux et leur demande en français s'ils ont besoin d'aide. Elle parle vite dans cette langue et Wang Jun a du mal à saisir ce qu'elle dit. Les deux étrangers ont l'air surpris. Xiao Huang se présente :

« Bonjour, je suis une franco-chinoise. Je vous ai entendu parler ma langue maternelle que je n'ai pas souvent l'occasion de pratiquer. Je peux vous aider si vous avez des difficultés! »

L'homme répond très rapidement.

« C'est très gentil de votre part mais je pense que cela va aller! »

Xiao Huang se tourne vers les deux enfants :

« Ces enfants sont magnifiques ! Un garçon et une fille, c'est le cadeau d'un roi! »

La femme répond :

« Nous avons aussi un troisième enfant, une fille mais elle est restée à l'hôtel avec la bonne. C'est un peu froid pour elle! Vous résidez à Beijing? »

« Oui, répond Xiao Huang, mon père est chinois mais ma mère française. Je suis étudiante en doctorat à Beida. Je travaille aussi pour une société mixte franco-chinoise. C'est pourquoi je réside à l'Hôtel de l'Amitié! »

« C'est très intéressant intervient l'homme. Je m'appelle Erwan Le Floch. Je suis journaliste free-lance. Je travaille pour l'AFP entre autres, mais aussi pour d'autres organes de presse. Et voici mon épouse Cécile Weber. Cécile travaille aux Editions en Langues étrangères. »

Huang Yinghua est radieuse. En si peu de temps elle est arrivée à nouer le contact avec ces gens qu'elle veut observer d'un peu plus près. Wang Jun ne doit certainement plus rien comprendre. Le plus difficile va être maintenant d'établir le contact avec Cosmos et d'essayer de comprendre les relations de tous ces gens entre eux. Ce sera la tâche de Wang Jun. Ce ne sera pas facile de ne pas éveiller la méfiance de Cosmos. Elle se retourne vers son compagnon et le présente aux deux étrangers.

« Voici mon fiancé, Wang Jun. Il travaille à l'Institut des Minorités. Il comprend un peu le français. Mais ce serait bien pour lui s'il pouvait pratiquer avec de vrais francophones. Il doit apprendre plus car il va travailler sur une étude comparative des banlieues chinoises et françaises.

Mais je vous prends votre temps. Ce serait intéressant qu'on puisse se revoir. Je suppose que vous habitez dans le bâtiment de Yayuan, car en passant je crois avoir déjà vu vos enfants avec une bonne. Ils sont vraiment très charmants, surtout la petite fille qui ressemble tellement à sa maman, et ce garçon a l'air très intelligent, comme son papa certainement ! »

Xiao Huang utilise la flatterie de manière magistrale. Et ça marche. Ils discutent encore quelques instants. Xiao Huang s'excuse mais ils doivent partir car elle a un rendez-vous important. Les enfants semblent aussi s'impatienter. Elle caresse la joue de la petite fille, l'embrasse et leur donne rendez-vous vers cinq heures de l'après-midi, si cela leur convient bien sûr, mais elle a tellement peu l'occasion de parler sa langue maternelle que cela lui manque beaucoup. Son charme fonctionne à plein sur Erwan. Cécile par contre ne semble pas très emballée par la perspective de voir cette jolie fille dans son environnement. C'est difficile de refuser. Xiao Huang n'a toujours pas dit comment elle s'appelle. Erwan lui met la main sur l'épaule d'une façon amicale, ce qui irrite Cécile au plus haut point, (mais ne le fait-il pas exprès), et demande :

« Mais vous vous appelez? »
« Oh, comme je suis sotte, réplique Xiao Huang, je m'appelle Huang Yinghua, mais vous pouvez m'appeler Mona, c'est mon prénom français. »
« Vous êtes vraiment charmante, lui dit Erwan, à tout à l'heure ! »
« Oui, à ce soir Mademoiselle, ajoute Cécile ! »

Wang Jun se sent de trop. Il n'a rien compris aux échanges sauf que Xiao Huang s'appelle aussi Mona. Le niveau de langue est vraiment trop élevé pour lui. Il a aussi senti la séduction de Xiao Huang vis-à-vis d'Erwan. Serait-il jaloux par hasard? Les deux couples se séparent. Huang Yinghua prend le bras de Jun. Ils se dépêchent à quitter le marché et à traverser l'avenue. Ils entrent dans l'hôtel. Le chauffeur de Lao Huang les attend. Dès qu'il les voit, il ouvre les portes de la voiture. Ils s'engouffrent à l'intérieur.

« Xiao Huang, peux-tu m'expliquer tout cela, je ne comprends plus rien du tout! Tout à l'heure tu me reproches de les observer sans prendre de précautions, et maintenant tu en es presque à séduire cet étranger devant sa femme ! Explique-moi, s'il te plaît, j'ai besoin de savoir! »

Elle éclate de rire!

« Oh, je te sens jaloux! Mais l'explication est simple! Il s'agit d'une occasion en or de les aborder naturellement. Ils sont des amis de Cosmos, tu sais, ton ami Cosmos, l'insaisissable, cet être mystérieux, évanescent ! Nous cherchons depuis des mois à comprendre les relations entre tous ces gens. De plus, il est journaliste et difficile à cerner. Peut-être qu'il fait du renseignement. Les puissances impérialistes essayent d'utiliser les droits de l'homme pour détruire la Chine socialiste. Il faut devenir leurs amis et pénétrer leurs réseaux de connaissances. Mais il y a aussi à remonter le lien avec Cosmos. Ce sera ta tâche. Ce ne sera pas facile car il va falloir expliquer pourquoi tu as changé de femme en si peu de temps, pourquoi Cao Yu t'a quitté... »
« Mais Cao Yu ne m'a pas quitté ! C'est vous qui... »
Il n'a pas le temps de finir sa phrase. Elle l'embrasse violemment, un baiser profond, mais presque douloureux, un baiser intense. Et puis elle le regarde droit dans les yeux :
« Tais-toi ! Voici la vérité officielle. Elle t'a quitté car tu la trompais avec moi ! Elle est rentrée dans sa famille! Ne t'avise pas de la contacter, il lui arriverait malheur! En l'ignorant, tu la protèges! »
Il est abasourdi. Cette fille est diabolique. Elle a réponse à tout. Elle monte des scénarios et les applique. Et lui, lui, il est comme une marionnette. A nouveau il pense aux légendes des renardes, des revenantes. Sa vision[5] lui revient en mémoire. Il ne sait que dire. Il est comme muet. Elle est trop forte. Le chauffeur n'est pas encore monté dans la voiture. Il discute à l'extérieur avec un des gardes de l'entrée. Elle lui prend la tête entre les mains et l'embrasse à nouveau, tendrement cette fois. Il lui rend son baiser. Il a presque les larmes aux yeux. Il ne se reconnait pas. Comment peut-il accepter tout cela!
Le chauffeur ouvre la porte avant gauche. Il s'installe, ferme la porte et se retourne vers Xiao Huang.
« Mademoiselle Huang, ne vous inquiétez pas, nous serons à temps pour votre rendez-vous. Il y a peu de circulation jusque Qianmen et, si nécessaire, je mettrai le gyrophare. »

5Vision que Wang Jun a eue lors de son incarcération, voir Volume 1 « L'Ombre »

Il met le moteur en marche. C'est une voiture occidentale. Une VW Jetta assez confortable. Le moteur ronronne. Il passe la première, sort de l'hôtel et s'engage dans Zhongguancunnandajie. Xiao Huang jette un œil sur sa montre. Il est deux heures moins le quart. Le chauffeur a raison. Ils ne sont pas très loin. De plus il y a peu de monde sur la rue. Des cyclistes pédalent sur les deux contre-allées ! Ils dépassent le bus des Editions en Langues étrangères qui fait la navette entre l'Hôtel de l'Amitié et les Editions. Elle regarde si elle peut apercevoir la femme d'Erwan Le Floch. Elle ne la voit pas. Peut-être qu'elle a pris congé cet après-midi. Par contre elle aperçoit la femme blonde qui a parlé à Erwan en fin de matinée. Elle en apprendra sans doute plus très rapidement sur toutes ces personnes. Elle se concentre sur la réunion qui va démarrer d'ici peu. Elle jette un regard sur son compagnon. Il lui fait un peu pitié. Elle est peut-être un peu trop dure avec lui. Il ne faut pas qu'elle lui fasse perdre la face (enfin pas trop) car elle a des projets pour lui, et pour elle aussi. Elle se sourit intérieurement à elle-même. Si son grand-père Joseph Caron pouvait la voir maintenant, il serait fier d'elle.

Elle jette une nouvelle fois un coup d'œil à sa montre. Il est presque deux heures. La voiture roule bien. Ils arrivent rapidement au sud de Zhongguancun et prennent en direction du centre. Le chauffeur roule vite. Ils passent rapidement Tian An Men. Le chauffeur prend la direction de Qian Men. Ils sont très vite au bâtiment de la Police de Beijing. Le chauffeur entre dans le complexe. Il se gare sur un des parkings. Il est deux heures dix minutes. Xiao Huang et Wang Jun sortent ensemble et se dirigent vers le bâtiment où se trouve le bureau de Lao Huang. Ils sont en retard. Ils montent les escaliers quatre à quatre et entrent un peu essoufflés dans le bureau de Lao Huang. Il est deux heures et quart. Lao Huang n'est pas encore arrivé. Wang Jun ne connait pas ce bureau qui se trouve juste à côté de celui où il a été interrogé. La pièce est assez petite et sobrement meublée. Un bureau occupe le fond de la pièce, près de la fenêtre. Il y a une petite table ronde autour de laquelle sont installées quatre chaises. Un porte-manteau complète le dispositif. Xiao Huang enlève son manteau et l'accroche. Elle invite Wang Jun à faire de même. Quatre tasses sont disposées sur la table ainsi qu'une théière en porcelaine. Les deux jeunes restent debout en attendant Lao Huang qui arrive accompagné d'une autre personne, une jeune femme de petite taille, pas très jolie, vêtue d'un tailleur à l'occidentale.

« Bonjour à tous les deux, voici mademoiselle Zhang Ying, qui est mon assistante. Elle va prendre des notes et établira le PV de la réunion de cet après-midi. Mademoiselle Zhang, vous connaissez ma nièce Huang Yinghua, et voici son fiancé Wang Jun. Je suis un peu en retard et j'en suis désolé ! Mais nous allons commencer tout de suite. Xiao Huang, disposes-tu de tout ton après-midi? »
« Oui mon oncle, mais je dois être à l'Hôtel de l'Amitié pour cinq heures. Je pense que nous avons assez de temps pour régler les questions principales. »
Lao Huang semble très en forme. L'autorité et le dynamisme qu'il montre tranchent totalement avec son attitude de l'avant-veille. Il est le véritable chef et un cadre important de la police. Pourtant il ne doit plus être tout jeune.
« Bon, commençons », dit Lao Huang. Il invite tout le monde à s'asseoir. Xiao Huang s'installe à côté de Wang Jun et les deux autres se mettent en face. L'assistante sert du thé dans les quatre tasses, puis elle s'installe et se prépare à prendre des notes. Jusque-là personne n'a encore entendu le son de sa voix. Lao Huang prend la parole.
« Avant d'entrer dans le vif du sujet, je vais d'abord rappeler quelques éléments relatifs à nos préoccupations en ce qui concerne les activités antiparti et antisocialistes. Celles-ci ont lieu depuis quelques années, principalement autour de Beida. Nous soupçonnons aussi des étrangers résidant en Chine, même s'ils sont officiellement des amis de la Chine. Ce qui s'est passé l'année dernière en juin a montré notre manque de vigilance et l'insuffisance de notre dispositif d'information. A titre de rappel, Xiao Huang est un de nos agents de renseignement à la fois à Beida et à l'Hôtel de l'Amitié. Elle dispose d'une couverture double puisque elle est à la fois étudiante en doctorat - avec une bourse du gouvernement français - et Marketing Manager d'une société mixte franco-chinoise, Bandolimpex une société d'import-export. Wang Jun peut nous rendre de grands services... Il connaît des personnes qui nous intéressent. »

Wang Jun est abasourdi. Qu'est-il donc venu faire dans cette galère ? Ces deux-là, Lao Huang et Mona lui semblent partis dans une paranoïa totale. Il

14

s'est engagé maintenant. Il doit faire son boulot correctement. Xiao Huang reprend la parole.

« Mon oncle, j'ai expliqué certains détails déjà à Xiao Wang et je pense qu'il est prêt, même si les choses vont un peu vite pour lui. »
« Oui, Xiao Huang, mais nous devons prévoir la situation à Beijing lors du premier anniversaire de l'événement de juin. Puis, en septembre, il y aura les Jeux Asiatiques. Le gouvernement ne nous pardonnera pas des incidents lorsqu'il y aura de nouveau beaucoup d'étrangers et la Presse internationale. Je crois que pour vous deux la consigne est claire. D'ici quelques mois il nous faut savoir quelles sont les relations existant entre toutes ces personnes, le soi-disant Cosmos, ce journaliste français dont nous ne savons pas exactement ce qu'il fait à Beijing, cette canadienne qui travaille aux éditions mais est sans cesse en train de tourner un peu partout dans Beijing. Il y a aussi une interrogation à propos de la petite amie du ci-devant Cosmos. D'après certaines informations, elle est une artiste non-conventionnelle et fréquente des milieux artistiques marginaux de Beijing. »

Lao Huang fait une pause. Il regarde sa nièce, puis Xiao Wang. Puis il boit un peu de thé. Il demande à son assistante si elle parvient à prendre des notes. Quelle confiance peut-il avoir dans ce Wang Jun? C'est une idée de sa nièce, mais il reste dubitatif. Et puis il n'est pas éternel. Sa santé le tracasse. Cette douleur presque constante dans la région du cœur.
« Xiao Wang et Xiao Huang, je compte beaucoup sur vous. A part moi et Zhang Ying, personne ne sait que vous travaillez pour la police. Wang Jun, officiellement, tu as été expulsé de la police car tu ne donnais pas satisfaction. Tous ces manquements à la discipline depuis ton arrivée dans le service, en particulier ce qui s'est passé mercredi. Ta couverture, ce sera l'Institut des Minorités. Lundi matin tu as rendez-vous avec ton futur chef. Ton salaire sera payé par l'Institut et tu y auras un statut de chercheur. Comme tu dois apprendre le français tu suivras un cours accéléré à l'Université de Beijing. Cela te donnera la possibilité de t'y rendre sans attirer l'attention. A propos de ta relation avec ma nièce, je suis très heureux que vous vous plaisiez. Vous formez un beau couple, très réaliste. Comme Xiao Huang te l'a annoncé, vous allez vous marier. Tout a été organisé et d'ici une quinzaine de jours il y aura un repas de mariage dans un grand

restaurant de la ville. Je suis la seule famille de Xiao Huang, en Chine. J'ai pu tout arranger. La passation de l'acte de mariage aura lieu très prochainement. Evidemment nous avons fait ce qu'il fallait car nous travaillons sur ce dossier depuis quelque temps. »

Wang Jun écarquille les yeux. Ainsi rien n'est spontané. Tout a été calculé, préparé...

Lao Huang poursuit :

« Je crois que ta seule famille est ton père. Nous allons le faire venir pour le mariage. Il est à la retraite mais le Comité du Parti de son Unité de travail a déjà été contacté. Ils vont régler tous les détails pour qu'il puisse participer. Nous allons aussi inviter la famille française, ma belle-sœur et ses parents, un ex-officier de marine et son épouse, une française d'origine vietnamienne. Reprend contact avec tes amis Wang Jun et invite-les. »

Xiao Huang intervient à ce moment.

« Mon oncle, ce midi j'ai pu entrer en contact avec le couple français dont la femme travaille aux Editions et le mari est journaliste. Je pense que nous allons devenir des amis. Les inviter sera intéressant. On leur proposera ainsi de participer à un vrai mariage chinois. Ils ne sauraient refuser. »

« Bien Xiao Huang, tu es vraiment très douée! Comment as-tu réussi ce tour de force sans attirer leur attention? Ne vont-ils pas sentir le piège? »

Huang Yinghua sourit d'une manière entendue. Elle explique comment elle a saisi l'occasion au marché en face de l'Hôtel de l'Amitié, les arguments tout à fait plausibles qu'elle a développés. Son oncle semble ravi et boit ses paroles.

« Il y a encore une chose importante, dit Lao Huang. Un religieux français, un Jésuite travaille pour le Comité Central du Parti Communiste chinois. Il fait partie du Comité de rédaction des œuvres marxistes léninistes. Il habite dans le quartier de Haidian[6]. Son statut est particulier. Il a passé quelques années à Hong Kong où il a appris la langue chinoise, à la fois le mandarin et le cantonais. C'est quelqu'un de très doué et il connaît bien la Chine, la Poésie, les caractères simplifiés mais aussi l'écriture classique. Nous le soupçonnons de faire du renseignement. Il hante les réceptions des ambassades, en particulier celles de France et de Belgique. Il a aussi des contacts réguliers avec l'Ambassade du Canada et avec plusieurs

6Quartier au Nord-Est de Beijing dans lequel se situe l'Université Beida

représentations de pays d'Afrique noire. La Chine s'intéresse beaucoup au développement du continent africain. Je vous demanderai donc d'ouvrir l'œil. Nous avons du mal à percer ses réseaux. Nous avons essayé de le faire suivre lors de ses déplacements en ville, mais il est comme un fantôme... »

Lao Huang se tourne vers Wang Jun :
« Pas comme toi Wang Jun lorsque tu as essayé de déjouer la filature que nous avions mise en place. Tu n'es pas très doué mon garçon. Tu devras faire plus attention à l'avenir. Xiao Huang t'apprendra quelques techniques... »
Wang Jun rougit. Lao Huang continue :
« Cette personne s'appelle Dominique Meyer. Ce n'est probablement pas son vrai nom. Néanmoins c'est sous ce nom que ce prêtre est entré en Chine avec un passeport français tout ce qu'il y a de plus régulier. Vous devez savoir également que la question religieuse est délicate dans notre pays, en particulier à Beijing, à cause de la présence de nombreux journalistes et agents de renseignements étrangers. »
Wang Jun est très attentif. C'est le grand jeu qu'il faut jouer. Pas d'erreur possible. Pas de bêtise cette fois. Il sent que son enfance est irrémédiablement derrière lui. Le temps passe. Il regarde l'heure sur la montre de Xiao Huang. Celle-ci lui tend son poignet pour qu'il voie mieux. Trois heures déjà. Plein de questions le taraudent.
Lao Huang boit à nouveau un peu de thé et continue ses explications.
« Il y a la question pratique de votre logement à tous les deux. Une suite vous est réservée à l'Hôtel de l'Amitié. Vous changerez de chambre ce soir. Elle se situe au dernier étage du bâtiment principal. En réalité c'est un petit appartement dont le coût est pris en charge par Bandolimpex. Cela vous permet d'être sur place pour un certain nombre de raisons. Dès que vous serez mariés, vous disposerez d'un autre appartement, plus près de Beida, mais vous conserverez néanmoins ce pied-à-terre à l'Hôtel de l'Amitié, pour les besoins du service. Quant à Bandolimpex, la société dispose d'un bureau à l'Hôtel de Beijing, à côté de Wangfujing[7]. Une secrétaire est sur place et s'occupe des affaires courantes. Elle est en contact avec Xiao Huang. Wang Jun, il vaut mieux qu'on ne t'y voie pas. »

_____

7Rue commerçante dans le centre de Beijing

Lao Huang semble satisfait de lui-même. Il les regarde tous les deux :
« L'essentiel est que vous fassiez bien votre travail tous les deux. Soyez attentifs à tout ce qui peut intéresser le renseignement. Pour les frais, Xiao Huang connaît les procédures! Menez une vie normale. Pas d'excès sur les vêtements. Lundi, il y a ce rendez-vous à l'Institut des minorités! Vous avez tout le week-end pour vous préparer. »
Il fait une pause puis s'adresse directement à Wang Jun.
« Xiao Wang, nous ignorions tes compétences en français. D'où cela vient-il? Il semble que tu te débrouilles très bien et que passer à un niveau élevé ne devrait pas présenter de difficultés! »
Un silence s'établit. Wang Jun doit expliquer.
« A l'école secondaire, j'ai appris un peu d'anglais comme tout le monde mais ma première langue étrangère était le français... Et puis cette langue m'intéressait même si je n'avais pas l'occasion de la pratiquer. Je me suis donc mis à écouter les émissions de langue française de la radio et de la télévision. J'ai acheté « Entrée Libre », le cours publié pour la radio de l' « Institut des Langues étrangères de Beijing » et j'ai étudié. Xiao Cao et mon ami Cosmos m'ont aidé et me faisaient répéter. Mon niveau n'est pas très bon et cet après-midi, lorsque Xiao Huang a parlé avec ce couple français, je ne parvenais pas à comprendre! »
Lao Huang le regarde d'un air bonhomme :
« Tu es un sacré cachottier tout de même. Un policier de la circulation qui connaît le français, c'est plutôt rare à Beijing. Bon, il te reste à te perfectionner. Tu dois aussi récupérer tes affaires dans l'appartement que tu étais censé occuper avec un collègue. »
Le mot « censé » surprend Wang Jun. Ils sont vraiment au courant de tout. Il n'a pas été très difficile de monter toute cette comédie. Pauvre Cao Yu, victime collatérale de ce cirque. Une colère froide monte en lui mais il a appris à se contenir. Il sourit.
« Oh, il n'y a presque rien, seulement quelques livres mais quasiment pas de vêtements. Par contre dans la maison que j'occupais avec Cao Yu, il y a beaucoup de choses et j'aimerais bien les récupérer! »
Cette dernière phrase jette un froid. L'oncle et la nièce se regardent, puis Xiao Huang intervient.

« Cet appartement n'existe plus pour toi, Xiao Wang. Tu dois faire une croix sur certaines choses. N'as-tu pas compris mes mises en garde? »

Elle s'arrête et le regarde d'un air froid. Il a du mal à soutenir son regard. « Retiens bien la version officielle, celle que tu devras donner. Cao Yu t'a quitté dans la nuit de mercredi à jeudi. Quand tu es arrivé à cette maison, elle était vide. Toutes les affaires avaient disparu et elle t'a laissé un mot. Le propriétaire t'a dit que la jeune femme est partie avec des amis en fin d'après-midi. Il t'a donné une lettre qu'elle a laissée à ton intention. La voici! »

Xiao Huang fouille dans son sac et en sort une enveloppe de papier kraft. Elle la lui tend. Il la prend et la regarde. Son nom est indiqué, sans plus. L'écriture de Cao Yu. Que lui ont-ils fait?

« Ouvre, lui dit Xiao Huang et lis-la ici, devant nous! »

Le ton est net. Il ne parvient pas à comprendre comment Xiao Huang peut passer aussi aisément d'un style amical, amoureux même, à ce ton cassant, autoritaire. Elle est une grande professionnelle. Elle excelle dans beaucoup de registres. Il hésite cependant. L'assistante Zhang le regarde sans émotion.

Lao Huang intervient :

« Ouvre, et lis, c'est un ordre! »

Il retourne l'enveloppe. L'assistante Zhang lui tend un coupe-papier. Il le prend, introduit la lame sur le dessus de l'enveloppe et ouvre. Il extirpe quelques feuilles très fines de l'enveloppe. C'est du papier à en-tête de la faculté de français de Beida. Une écriture fine couvre trois feuilles. Seulement le recto, selon l'habitude de Cao Yu. Il regarde de plus près. C'est bien son écriture. Comment ont-ils pu? Il se sent piégé. Les trois autres le regardent et attendent. Il commence la lecture à voix haute.

« Je t'ai aimé Wang Jun. Plus que tu ne peux penser. Je voulais faire ma vie avec toi. Tu représentais quelqu'un qui aurait pu m'accompagner. Tu étais l'unique. Dès que je t'ai rencontré, je n'ai plus pensé qu'à cela. Et puis, la vie défait nos désirs les plus chers. Probablement que j'ai un mauvais karma. La nouvelle que j'ai apprise ce matin m'a bouleversée. Je sais que tu me trompes. Sans doute ne suis-je pas assez bonne pour toi! Notre petite maison, notre nid d'amour ne te suffisait sans doute pas. Je t'étouffais certainement. Je sais que tu me trompes depuis un certain temps avec cette femme que je n'aime pas. Je l'ai rencontrée à Beida. Elle est une franco-chinoise et fait une thèse de doctorat. Comme elle est une locutrice native de français, un de mes professeurs la fait parfois intervenir. Elle est très belle, mais d'une beauté glacée. On dirait une renarde... »

Wang Jun s'arrête et regarde Xiao Huang. Celle-ci sourit.
« Non, je ne suis pas une renarde ni une revenante, mais tu aurais pu le penser et ton ex-petite amie aussi! Continue à lire, mon cher fiancé. Il te faut boire le calice jusqu'à la lie! »
Quelle dureté et quelle arrogance dans le ton! Wang Jun continue sa lecture.
« Je ne te dirai pas qui m'a informée. Je savais depuis deux semaines, mais je ne voulais rien croire. Je t'ai suivi et je vous ai vus, cet après-midi, en train de roucouler. Tu l'enlaçais tendrement. Là j'ai compris. Je croyais que tu étais de service à la circulation, mais tu étais surtout au service d'une autre. Cosmos m'a téléphoné en début de soirée me racontant une histoire abracadabrante qui te mettait en danger dans la police. Je ne sais pas quel jeu il joue, mais je pense que ce n'est pas joli. Je ne lui ai rien dit. A ce moment-là, j'avais déjà vidé la petite maison dans le hutong. Nous n'avions pas grand chose. J'ai appelé un ami originaire de ma ville. Il m'a aidé à emballer mes affaires. Le reste j'ai donné au propriétaire. Je suis allée acheter un billet de train pour rentrer dans ma famille. Je ne veux pas rester un instant de plus dans cette ville qui pour moi exprime le malheur. Cela n'a pas été facile d'obtenir un billet pour Chongqing. Cet ami m'a aidé et je suis montée dans le train sans réservation. Ma mère ne m'attend pas mais ce n'est pas grave. Nous avions prévu d'aller la voir pour la fête du printemps. Je suis contente de ne pas t'avoir donné son adresse. N'essaye pas de me trouver. Je ne veux plus jamais te voir. Pourtant je t'aimais. Mais je n'ai pas pu supporter cette situation. »

La lettre se termine ainsi, de manière abrupte. C'est bien dans le style de Cao Yu. Mais tout est faux. Et tous ici le savent.
Lao Huang s'adresse directement à Wang Jun.
« Cette lettre te semble dure mais en réalité elle ne t'est pas adressée. Cao Yu l'a rédigée dans la journée d'hier à l'issue de sa garde à vue. C'était la condition de sa libération. Nous n'avons rien de spécial contre elle. Elle a été un peu secouée mais elle est effectivement dans le train pour Chongqing. Elle a quitté Beijing hier soir. Cette lettre est la version officielle que tu devras diffuser à vos amis communs. Cela te permettra de

donner de la crédibilité à ta nouvelle situation. Comme ma nièce te l'a probablement conseillé, n'essaye jamais de la revoir. Il lui arriverait malheur. Et à toi aussi. Mais nous n'hésiterons pas un seul instant. Tiens-le toi pour dit!»

Wang Jun se dit qu'ils sont vraiment tordus. Il doit travailler avec eux, cacher ses véritables sentiments, sauf qu'il en pince pour Xiao Huang. Celle-ci lui touche la joue de sa main droite. Ses ongles sont longs. Comme une menace!

« Nous ferons de grandes choses ensemble, Wang Jun. Etre un espion n'est pas facile. Parfois on ne sait pas ce qui est vrai et ce qui est faux. Connais-tu l'histoire de ces deux taoïstes qui regardent les poissons s'ébattre dans un étang? »

« Non, répond Wang Jun, je ne suis pas trop instruit dans ces choses-là ! »

« Et bien, reprit Xiao Huang, le premier déclare à l'autre que les poissons sont très heureux dans leur bassin et qu'ils jouissent de la situation. Le second lui dit qu'il ne peut pas savoir que les poissons sont heureux car il n'est pas un poisson et qu'il ne peut pas apprécier ce qu'ils ressentent. Et sais-tu ce que le premier répond? »

Wang Jun reste silencieux. Il a déjà entendu vaguement des histoires comme celle-là.

« Et bien c'est simple. Il lui répond simplement : Tu n'es pas moi, comment peux-tu savoir que je ne sais pas ce que ressentent les poissons. »

Il se sent mal à l'aise, mais telle est sa nouvelle vie. Pleine de faux semblants, d'ignorance, de coups fourrés, au service du Parti. Il ne peut que se soumettre.

Il y a autre chose dans l'enveloppe. Une photo. Une photo des temps heureux. Lui avec Cao Yu au Palais d'été. Cosmos les avait pris en photo. Un cliché un peu traditionnel. Il retourne la photo entre ses doigts. Il la remet dans l'enveloppe avec la lettre.

« Je suis prêt. Je suis prêt pour cette nouvelle vie. J'ai compris ce que vous attendez de moi. Je ferai de mon mieux pour répondre aux attentes du Parti Communiste et pour le développement de notre Patrie socialiste. »

La réunion est finie. Lao Huang leur souhaite un bon retour à l'hôtel. Ils prennent congé et sortent du bureau. Dans le couloir ils croisent un policier. Wang Jun a l'impression que c'est celui qui l'a gardé dans la cellule du sous-sol. Le policier passe sans lui prêter attention. Il ne cherche ni à lui parler, ni même à lui faire un signe.

« Je vois que le métier rentre, lui dit Xiao Huang, tu apprends vite. »
Dehors le chauffeur les attend. Ils montent tous deux à l'arrière, lui du côté gauche et elle à droite. Elle lui prend la main et lui serre fortement les doigts.

Leur pacte est scellé maintenant.
La Volkswagen démarre. Il est quatre heures de l'après-midi!

Erwan est tracassé. L'après-midi n'a pas été très agréable. Ses relations avec Cécile empirent. Il s'était dit il y a quelques années que s'ils commençaient à se disputer régulièrement, il envisagerait une séparation. Les choses ne sont pas faciles. Ils ont trois enfants maintenant. Les finances ce n'est pas vraiment ça non plus. Journaliste Free-Lance c'est un peu tirer le diable par la queue. Et toutes ces choses compliquées autour d'eux ! Ces projets bancals. Cosmos est bien gentil mais son projet d'entreprise mixte ça ne tient pas vraiment la route. Et puis, il n'a pas vraiment de boulot. De temps en temps un reportage. Il n'a pas fait d'études non plus. Juste passé son bac il y a quelques années. Il a baroudé, Etats-Unis, Afrique du Nord, un peu de Canada, un peu d'Inde. Appris l'anglais plus ou moins correctement, sur le tas. Il a rencontré Cécile par hasard. Il avait des potes en Belgique. Des ex-étudiants qui prolongeaient mai 68. Ses parents sont décédés maintenant. Finalement tout va mal. Si au moins Cécile arrêtait d'être jalouse. L'appartement est tout petit aussi. Et puis Sandra qui devient chiante. Bon, elle est jolie et … oui, elle l'attire. Mais pas facile d'échapper au dragon avec qui il vit depuis plus de dix ans maintenant. Il en a un peu marre et il est de mauvaise humeur. Après le marché, où ils ont acheté des légumes, ils sont rentrés. Tout de suite les reproches ont fusé.

« Ouais, dès qu'un jupon passe, tu frétilles. »
« Mais Cécile, j'ai seulement été poli et agréable avec cette jeune femme. Elle n'a jamais l'occasion de parler français. C'est un peu normal. »
« Oh, tu crois que je n'ai pas vu comment tu la regardais, et en plus, elle minaudait. Bon bref elle te draguait, et Monsieur en réponse lui faisait du plat! »

Cécile est injuste. Il a seulement voulu être agréable, en se disant que faire du réseau ça peut être intéressant pour son métier. Du coup l'après-midi a plutôt été orageux. Après le marché, Cécile a voulu conduire les enfants à l'école. Il lui a rappelé que le vendredi après-midi ils ne doivent pas y aller. Du coup elle était d'une humeur encore plus massacrante. Il lui a proposé d'aller faire un tour jusqu'au petit parc, tout en bas de Zhongguancun. Inutile, c'est pas loin, mais elle n'a rien voulu entendre. Il a ensuite préparé du thé. Ils avaient justement reçu un excellent Longjing. Mais rien n'y faisait. Sentant l'énervement les enfants étaient insupportables. La toute petite s'est mise à pleurer et la bonne, Xiao Hui ne savait plus où se mettre. Elle s'est réfugiée dans une des chambres avec la petite Morgane. Du coup il a mis son manteau et est sorti avec Loïc, son aîné et Lorraine la cadette. Oh il n'est pas allé bien loin. Il s'est dirigé vers le magasin de l'Hôtel et y a acheté des rochers Ferrero. Encore heureux qu'on trouve des choses comme cela. Puis ils ont fait le tour des jardins de l'hôtel. La pièce d'eau du jardin du fond était prise par la glace. Loïc a voulu marcher dessus. Il n'a pas eu le temps de l'arrêter. Ce qui devait arriver est arrivé. La glace, trop fine, a cassé et Loïc s'est retrouvé dans l'eau. Lorraine s'est mise à crier que son frère allait se noyer. Mais non Lorraine, et puis calme-toi, j'ai déjà assez avec ta mère qui n'arrête pas de ronchonner. La gifle est partie. Bon pour une fois, ce n'était pas Loïc qui ramassait.

Au moins elle savait pour quoi elle pleurait. Ils sont donc repartis en toute vitesse vers l'appartement. Ce n'est pas très loin mais il faut quand même passer plusieurs blocs. En chemin ils ont croisé Mélissa, la fille d'un diplomate camerounais et d'une fonctionnaire de l'école française. Une vraie pisseuse! Et mon papa ci, et ma maman ça. Lorraine lui a fait un croche-pied en passant (quelle peste alors). La petite s'est mise à pleurer aussi. Les ouvriers chinois qui travaillaient à décharger un camion ont rigolé. Bon finalement il est arrivé à l'appart. Loïc était tout mouillé ! Il a fallu le déshabiller complètement. Cécile s'est mise à l'engueuler. Tu ne peux pas faire attention, il aurait pu se noyer ! Mais non Cécile, on ne se noie pas dans une pièce d'eau. Attirée par les cris, Xiao Hui est sortie de la chambre, l'air mal réveillé. Elle faisait la sieste, c'était sûr. Bref un après-midi de chien. Heureusement, Morgane, la petite ne s'est pas réveillée.

Ensuite, tout s'est calmé. Loïc et Lorraine sont ressortis pour aller se balader dans l'hôtel et il a essayé de discuter avec Cécile. Il était déjà quatre heures de l'après-midi. Ils ont finalement pris cette tasse de thé. Cécile n'a rien voulu entendre. Elle lui a raconté ses déboires avec le chef de Beijing Information, la discussion qu'elle a eue avec sa jeune collègue et les reproches émis par Lao Ma[8]. Bon avant-hier et hier soir c'était déjà la même chose. Ce n'est pas facile aux Editions. Il a suggéré qu'elle change de bureau, Sandra propose de lui trouver un poste à Littérature chinoise où

8Cfr « L'Ombre » volume 1 de la série

c'est plus cool. Elle s'est braquée. Non, elle ne veut rien devoir à Sandra, surtout à Sandra, cette pouf' qui ne rêve que de lui piquer son mari. Il a beau lui dire que c'est seulement par gentillesse que Sandra a fait la proposition. Non rien n'y fait et puis d'autres choses sont revenues. Le drôle de jeu de Cosmos - bien sûr Cosmos c'est ton copain, et ses embrouilles elles finiront par nous amener de vraies emmerdes - ce que Cosmo a raconté l'avant-veille au soir ne l'a pas vraiment enchantée. Du coup, il a essayé de détourner la conversation vers d'autres sujets. Dimanche on pourrait peut-être aller au Temple du Ciel. Cinq heures approchant, il lui a rappelé le rendez-vous avec cette jeune franco-chinoise, comment s'appelle-t-elle encore, ah oui Mona Huang. Là elle a explosé.

« Non je n'irai pas ! Si tu veux draguer les jeunes chinoises, c'est ton problème ! »

« Mais Cécile il n'y a pas de drague... »

« Et puis c'est ta compatriote, finalement, elle est française, donc vas-y mais pas moi. De plus, Xiao Hui va devoir rentrer chez elle. Son service est fini à cinq heures. Je dois m'occuper de Morgane qui a besoin de moi. »

Il a essayé de la convaincre que, soit Xiao Hui pouvait rester un peu plus tard, soit ils pouvaient bien habiller Morgane et aller à ce rendez-vous avec elle.

« Non, a répliqué Cécile, elle a déjà un gros rhume. Il n'est pas question qu'elle aille traîner dehors. Quant à la bonne, nous ne sommes pas des exploiteurs et elle a droit à son week-end! »

Bref, tout a été dit! Il a regardé sa montre, cinq heures moins cinq. Il a enfilé son manteau. Reproches encore du genre, ah tu es bien pressé de partir pour aller voir cette poulette. Qu'est-ce qu'elle peut être vulgaire quand elle s'y met. Il est sorti sans un mot. Xiao Hui est partie en même temps. Maintenant, il attend devant le bâtiment principal de l'Hôtel. Finalement, Loïc est venu avec lui. Lorraine est rentrée dans l'appartement. Bon, c'est comme cela. Il fait froid. Il décide d'entrer dans le lobby. Il appelle son gamin qui n'arrête pas de bouger. Ils montent l'escalier. L'huissier leur ouvre la porte avec un grand sourire. Il y a du monde dans le hall. Un groupe de touristes chinois vient d'arriver. Des hommes, principalement, aux allures de businessmen de Hong-Kong. Ils parlent tous très fort. Il regarde l'heure et se rend compte qu'il est déjà cinq heures dix.

Hum, pas très ponctuelle la demoiselle. Il décide d'aller s'installer avec Loïc dans un des fauteuils destinés aux clients fatigués, sur le côté gauche du lobby. Puis il se ravise et va vers la réception. Peut-être que la jeune femme est tout simplement dans sa chambre. Il veut seulement lui signaler sa présence. Il n'a pas le temps d'aller jusque là. En effet il entend prononcer son prénom avec un accent du midi.

« Erwan, je suis ici, juste derrière vous! »

Il se retourne. Elle est là, souriante accompagnée de ce garçon qui était avec elle tout à l'heure et dont il a oublié le nom. Ah oui, Wang quelque chose.

« J'espère que vous n'avez pas attendu trop longtemps. Votre femme n'est pas venue? Elle est malade peut-être! Elle n'avait pas l'air dans son assiette tout à l'heure. Le climat de Beijing n'est pas facile en hiver. On attrape vite un rhume ou une grippe. »

Sa voix est cristalline. Elle est surprenante. Il ne l'a pas remarquée dans le lobby, et pourtant il faisait attention.

« Elle a préféré rester s'occuper de la petite. La bonne termine son service à cinq heures. Mais je suis venu avec mon fils. »

Loïc ne sait où se mettre. Il s'accroche aux basques de son père. Mona s'accroupit pour se mettre à sa hauteur. Elle l'embrasse sur les joues.

« Oh, tu es vraiment un grand garçon courageux qui affronte le froid. C'est bien. Et comment tu t'appelles ? »

Loïc regarde son père. Puis il prend son courage à deux mains et se décide à répondre. Cette jolie dame ne va quand même pas le manger.

« Je m'appelle Loïc. Ma sœur c'est Lorraine, mais elle n'a pas voulu venir. Elle a froid et a préféré rentrer à l'appartement. »

« Et tu as quel âge? »

« 8 ans et Lorraine 7 ans. Morgane elle a 1 an. »

Mona se relève. Elle propose d'aller boire un verre au bar de l'hôtel. Ils prennent une table dans le fond du bar et s'installent.

Erwan s'adresse à Wang Jun.

« Je n'ai pas retenu votre nom. Il est vrai que nous nous sommes vus très peu de temps. »

Wang Jun affiche l'air de quelqu'un qui fait semblant de comprendre. Erwan comprend qu'en fait il n'a rien capté. Mona éclate de rire. Des clients assis à d'autres tables se retournent puis font semblant de rien.

« Erwan, je crois que Wang Jun ne comprend pas assez. Il faut lui parler plus lentement. Il s'appelle Wang Jun. Et moi c'est Huang Yinghua, mais vous savez bien que c'est plus facile de m'appeler Mona, mon prénom français. Mon père voulait absolument que j'aie aussi un prénom français. Cela m'a bien servi. Quand nous sommes partis en France c'était plus facile pour tout le monde. »

Elle raconte son parcours à Erwan. Elle est très vive. Le serveur arrive. Mona s'adresse à Erwan.

« Je vais commander. Que désirez-vous boire? Que veut votre petit garçon? »

Loïc intervient :

« Moi, un coca ! »

Erwan est un peu gêné! Son fils est très spontané et il a oublié toute sa timidité initiale. Mona est aux anges. Elle lui caresse les cheveux et lui dit :

« Oh, viens près de moi, tu es un petit garçon charmant! »

Loïc est tellement content d'entendre parler français qu'il se rapproche tout de suite de Mona. Elle le prend gentiment sur les genoux.

« Et vous Erwan que désirez-vous? Du thé peut-être? »

« Non répond Erwan, il est un peu tard pour le thé, une eau cela ira très bien. »

En fait, il a envie de prendre une bière mais il n'ose pas trop. Comme si elle lisait dans ses pensées, Mona lui propose :

« Mais peut-être pour un homme, une bière c'est bien. Il y a la Cinq étoiles qui est très bonne. Wang Jun boira une bière avec vous et moi je prendrai une eau plate! »

Elle passe la commande. Le serveur revient presque aussitôt avec les consommations. Il les dépose sur la table avec la facturette. Mona veut payer mais Erwan est plus rapide.

« Non, laissez, c'est pour moi! »

« Merci, Erwan, c'est très aimable! »

Mona explique à Erwan la situation de Wang Jun. Cette étude comparative est quelque chose de très important. A Beijing on ne comprend pas très bien ce qu'il se passe dans les quartiers musulmans. L'Institut des Minorités veut étudier la question. Un chercheur de l'Académie des Sciences sociales, Mr Yang a de nombreux contacts en France. Il a informé le Directeur de l'Institut qu'il y avait en France des expériences très intéressantes d'intégration des Minorités, en particulier la situation des Musulmans originaires de l'Afrique du Nord. Elle a une bourse de doctorante du gouvernement français. Elle travaille sur des questions différentes, le bilinguisme des enfants de couples mixtes. Elle suit depuis plusieurs années une série d'enfants de couples mixtes à Beijing, mais aussi dans d'autres villes de Chine. Erwan est fasciné. Que veut-elle réellement? Elle ne semble pas réellement désintéressée. Par contre son histoire personnelle l'interpelle. Il se dit qu'il pourra peut-être tirer quelque chose de tout cela, un reportage intéressant, peut-être un livre. Il rêve depuis un certain temps d'écrire un roman. Cette femme le fascine. Il vaut mieux pour la tranquillité de son couple qu'il n'en parle pas trop à Cécile. Mona parle, parle. Loïc s'est assoupi dans ses bras. Sa tête dodeline. Il est dans les bras de Mona, très confiant, comme s'il la connaissait depuis toujours. Erwan se dit qu'elle sait y faire avec les enfants. Wang Jun pour sa part tente d'écouter. Il a sorti un carnet et parfois il note des mots. A un moment Mona s'arrête. Elle regarde Erwan :

« Mais je parle beaucoup et peut-être n'avez-vous pas trop le temps aujourd'hui. J'ai donc une petite demande à vous faire... »
Nous y voici songe Erwan...
Elle fait une pause, redresse la tête de Loïc et l'installe plus confortablement dans ses bras. Le petit garçon est profondément endormi. Il a à peine entamé son cola.
« Voici. Je trouverais intéressant que vous puissiez collaborer avec nous dans cette étude. Je crois savoir que vous êtes journaliste et les personnes qui ont commandité cette étude veulent en faire quelque chose d'important qui sera très utile dans le futur. Wang Jun pourra vous accompagner dans les quartiers musulmans de la capitale, mais aussi dans d'autres villes. Cela lui permettra aussi d'améliorer son français. Seriez-vous d'accord de nous aider? »

Cette jeune femme est très directe, se dit Erwan. Il vaut certainement mieux ne pas s'opposer à elle. Heureusement qu'elle ne travaille pas pour un service de police. Elle ferait un agent redoutable. Comme elle n'est chinoise qu'en partie, il y a sans doute peu de risques. Il la voit mal dans la peau d'une apparatchik maoïste. Son discours est plutôt celui d'une jeune chinoise moderne avide de changements... Il essaye de la tester :

« Oui, votre proposition est très intéressante. Mais avec l'événement de l'année dernière, n'y aura-t-il pas de problèmes pour ce genre d'activités? Je ne voudrais pas que vous vous attiriez des ennuis. J'ai d'autres amis chinois qui sont très prudents et m'ont dit de faire attention, que le gouvernement et la police sont très nerveux, surtout à Beijing! »
Mona se dit que le poisson est en train de mordre. Il faut le rassurer maintenant.

« Oui, l'incident a marqué tous les esprits ! Mais vous savez, elle baisse le ton et se rapproche de lui pour lui parler, la Chine continue d'avancer vers la démocratie. La plupart des gens étaient d'accord avec les étudiants et maintenant ils sont prudents, mais leur esprit n'a pas changé. Wang Jun et moi nous avons des amis qui ont participé à l'événement. Moi-même j'étais à Beida pendant tout le mouvement et sur la place Tian An Men lorsque les soldats sont intervenus. » Elle a dit cela avec passion. Erwan sent la sincérité dans ses propos.
« Bien, c'est d'accord. Dans un premier temps je peux aider Wang Jun pour le français. Je, je n'ai pas grand-chose à faire pour le moment et il peut venir une ou deux fois par semaine. Cécile pourra certainement l'aider aussi mais elle est plus occupée que moi vu qu'elle a un travail régulier à Beijing Information. »

Loïc est en train de se réveiller. Il s'étire et descend des genoux de Mona.
« Bon, papa, on y va? »
« Oui, Loïc, ta mère commence sans doute à s'impatienter! »
Il est six heures. Ils prennent congé et se fixent rendez-vous pour le lundi après-midi. Mona donne à Erwan le numéro de sa chambre, la nouvelle. C'est un petit appartement au dernier étage du bâtiment principal, dit-elle. Erwan se demande comment elle fait pour le payer mais elle semble véritablement lire dans ses pensées.
« Je ne suis pas seulement une étudiante. J'ai aussi un travail car la bourse que j'ai ne suffit pas. Il y a une société d'import-export, une société mixte franco-chinoise. Ma famille à Bandol a investi ainsi que ma famille chinoise. Nous faisons des affaires. Je n'ai pas de salaire, je travaille à la commission mais la société paye l'appartement à l'hôtel ! Voilà, c'est tout simple, il n'y a pas de mystère. Je ne suis pas une mystérieuse espionne, un

agent double travaillant pour les Services français. Nous exportons du vin et nous importons de la soie en France. »

Et elle éclate de rire! Elle semble contente d'elle-même. Erwan remet son manteau sur les épaules. Il rhabille convenablement Loïc, lui enfonce un bonnet jusque sur les yeux, le prend par la main et ils quittent le bar. Mona les regarde partir. Mais elle doit des explications à Wang Jun.

« Qu'en penses-tu Xiao Wang. »

Wang Jun est un peu embarrassé :

« Hum, je n'ai pas tout compris, mais je sens que tu as réussi ce que tu voulais ! Cet homme semble séduit. Tu as une force de conviction très grande! »

Xiao Huang est perdue dans ses pensées.

« Oui, j'ai ce que je veux. Il nous mènera là où nous voulons aller. Il a accepté de t'apprendre le français. J'espère qu'il n'y aura pas de difficultés avec sa femme, car elle me semble très difficile. Peut-être que tu pourras faciliter les choses. Si elle peut te donner quelques cours de français, je sais qu'elle aime cela. Il faudrait trouver un moyen pour la détacher de son travail à Beijing Information. Mais le contact principal c'est lui. Maintenant la prochaine étape c'est ton ami de Beida! »

« Cosmos ? »

« Oui bien sûr, Cosmos ! Tu dois savoir qu'Erwan et Cosmos se connaissent et qu'ils se connaissent bien. Mais nous parlerons de tout cela plus tard. Maintenant nous allons changer de chambre. Juste récupérer les vêtements et tout remettre dans le nouvel appartement. »

Ils se lèvent et quittent le bar. Ils traversent le hall et se dirigent vers l'ascenseur. Le chauffeur de la voiture qui les a amenés les attend. Il a amené deux valises avec lui. Ils prennent l'ascenseur ensemble et montent au cinquième. Le chauffeur a la clé de leur appartement. Il la tend à Xiao Huang.

« Chambre 525, Mademoiselle Huang. Prenez bien soin de cette valise. Il y a un coffre dans l'appartement. Il donne la valise à Wang Jun et retourne vers l'ascenseur. Wang Jun prend la valise. C'est lourd. Il se demande de quoi il s'agit. Xiao Huang sourit :

« Notre cadeau de mariage d'agents secrets, dit-elle en souriant d'un air entendu, de la part d'Oncle Huang. »

Ils arrivent à la chambre 525. Xiao Huang ouvre la porte et fait entrer Wang Jun. Puis elle pénètre à son tour et elle referme la porte derrière elle. Elle pousse le verrou et met la sécurité antieffraction.

« Tu es bien prudente ! »

Elle sourit :

« Pose cette valise sur le lit dans la chambre et ouvre-là, tu comprendras. Voici la clé! »

Wang Jun s'empresse d'obéir. Il entre dans l'appartement. Celui-ci est composé d'un petit hall, d'un salon, d'une petite cuisine, d'une salle de bain et d'une grande chambre, le tout dans une disposition à la française autour d'un couloir central. Le salon donne sur la façade avant de l'hôtel et leur permet d'avoir une vue directe sur l'entrée. Il pénètre dans la chambre à coucher et pose la valise sur le lit. Xiao Huang le suit. Elle le regarde introduire la clé dans les serrures de la valise, et l'ouvrir. Au-dessus, il y a un morceau d'étoffe, comme du velours. Xiao Huang enlève ce morceau de tissu et découvre deux revolvers Glock 9mm dans leurs étuis. Quatre chargeurs supplémentaires sont disposés dans la valise ainsi que plusieurs boîtes de munitions. Il y a aussi quelques bombes lacrymogènes. Ce ne sont vraiment pas des jouets. Xiao Huang se dirige vers la garde-robe et enlève une partie de la plaque de fond. Un coffre de belle dimension y est dissimulé. Elle prend un papier dans son sac et compose le code d'ouverture. Elle tourne la poignée et le coffre s'ouvre. Wang Jun est impressionné. A côté de cela, son ancienne arme de service fait figure de pistolet à eau.

« Voici, lui dit Xiao Huang, dépose tout cela dans le coffre. Tu dois savoir que ces armes ne doivent être utilisées qu'en cas d'opération spéciale. Elles ne sont pas répertoriées en Chine. Bienvenue dans le club des agents de renseignements de la police de Beijing, Wang Jun! »

Elle le regarde avec émotion, lui prend la tête entre les mains, pose ses lèvres sur les siennes et l'embrasse tendrement.

…

Après être sortis du bâtiment, Erwan et Loïc se dirigent vers les appartements où logent une bonne partie des experts étrangers. Erwan se sent fatigué. La bière qu'il a bue lui est restée sur l'estomac. Il aurait mieux fait de boire du thé finalement. Cette bière était trop froide et en hiver ce n'est pas spécialement agréable. Ils ont partagé la bouteille, Wang Jun et lui mais en réalité Il a quasiment tout bu. Comme il était à jeun, l'alcool lui monte un peu à la tête. Il pénètre dans le jardin et se dirige vers l'appartement qu'il occupe avec Cécile. Celui-ci est situé dans un complexe de quatre blocs disposés en rectangle avec un jardin au milieu. En fait de jardin, c'est un ensemble de parterres traversés par des allées. Les bâtiments en pierre fleurent bon le style socialiste. Cette partie a d'ailleurs été construite avec l'assistance technique russe, donc avant le conflit entre la Chine et l'URSS. C'est assez agréable et la sécurité y est assurée d'une manière bonhomme. Il s'engage dans l'allée du milieu et arrive au bâtiment dans lequel ils habitent. Leur appart est au 2ème étage, ce qui est pratique, seulement une volée d'escaliers à monter. Le premier est occupé par les gardiens qui assurent aussi le service de l'eau chaude[9]. Il dit bonjour au gardien qui flâne sur le pas de sa porte. Il doit traîner Loïc. Finalement ils montent les escaliers et entrent dans l'appartement. Erwan enlève son manteau dans le couloir. Son fils fait de même. Il accroche les vêtements à la patère fixée au mur. Elle est un peu branlante mais elle tiendra bien encore quelque temps. Il entend des voix dans le salon. Cécile discute avec quelqu'un. Il traverse le hall et ouvre la porte du salon qui est aussi leur chambre à coucher. Cosmos est assis. Il se lève dès qu'il le voit. Cécile le regarde avec reproche, l'air de dire, tu aurais pu rester moins longtemps. Mais son visage s'éclaire à la vue de Loïc qui court vers elle.

« Maman, c'était chouette, il y avait une chinoise qui parlait français, la même que ce midi. Elle m'a payé un Cola et elle m'a pris sur les genoux. Elle est très gentille. ! »
Ces paroles du petit garçon n'ont pas l'heur de plaire à sa mère qui jette un regard noir à son mari. Erwan a l'habitude. Cosmos fait comme si de rien n'était et serre Erwan dans ses bras.
« Je suis content de te voir. Je discutais avec Cécile de notre projet d'entreprise mixte. Bon elle n'est pas très enthousiaste ta femme. Il faudra la convaincre. En Chine, les choses changent et il y a plein d'opportunités à saisir. Mais je ne suis pas venu pour cela. »
Erwan adore Cosmos. C'est un grand garçon, à la peau très brune, aux cheveux épais, une forte personnalité. Cosmos :

9En Chine, il existe un service d'eau chaude qui est offert gracieusement

« Mais ça devient difficile d'entrer dans l'hôtel. Les gardes contrôlent tout. Donc je suis entré par l'arrière... »

« Par l'arrière? dit Erwan!

« Oui, reprit Cosmos, tu sais quand tu vas jusqu'au fond du complexe de l'Hôtel, dans la partie ouest, là où il y a le dispensaire et le petit jardin avec une pièce d'eau et une montagne artificielle... »

« Où je suis tombé dans l'eau cet après-midi, dit fièrement Loïc!

Cécile intervient

« Oui, Loïc, ce n'est pas malin de faire ça, en plein hiver, tu aurais pu te faire très mal et tomber malade. »

Cosmos continue :

« A cette porte ouest, n'entrent normalement que les fournisseurs. La surveillance y est quasiment nulle et souvent ils dorment dans leurs guérites! Donc je suis entré par là, et je sortirai par la grande porte! »

« Tu devrais faire attention, Cosmos! Une note a été affichée au restaurant des étrangers. Le gardien du bâtiment m'a dit également qu'il y a des instructions d'un officiel qui habite dans le grand bâtiment. Ils ont changé aussi tous les gardes à la porte d'entrée. »

« Ne t'inquiète pas pour moi Erwan, j'ai plus d'un tour dans mon sac. »

Cosmos adore utiliser des expressions typiquement françaises. Son niveau est excellent. A ne pas comprendre pourquoi ils ne l'ont pas gardé aux Editions où il a travaillé quelque temps. Il ne faut pas poser trop de questions à ce sujet. Ça semble un petit peu tabou. Cosmos s'est rassis entretemps. Lorraine déboule soudain dans la pièce en pyjama et vient se coller tout contre son père. Elle part à l'assaut et en deux temps trois mouvements elle est bien calée sur les genoux d'Erwan. Elle semble très fière de son action et regarde son frère d'un air de triomphe. La petite peste pense Erwan. Quelque part il est fier de la préférence qu'elle lui montre souvent. Il semble se souvenir qu'il a une autre fille et demande à Cécile :

« Mais au fait, Morgane est déjà au lit ? »

Cécile lui répond sur un ton acerbe :

« Je ne sais pas si tu as vu l'heure. Il est huit heures et je l'ai mise au lit! De toute façon on a mangé sans toi! Il reste du pain et du fromage. »

« Huit heures? Ce n'est pas possible! Je n'ai pas vu le temps passer! »

La réponse vient, cinglante :

« Oui évidemment, quand on drague les jeunes chinoises, c'est plus intéressant que de rentrer dans sa famille! »

Cosmos intervient :

« Vous allez pas vous disputer quand même! »

Erwan regarde sa montre et constate qu'elle est arrêtée et marque 6 heures.

« Je m'excuse, ma montre est arrêtée! »

« Oui, et en plus tu sens la bière, joli cœur! »

Cosmos reprend :

« Je suis venu vous proposer une sortie ce week-end. J'ai un oncle qui habite la campagne, pas très loin d'ici dans la commune des Quatre Saisons. Il ne fera pas trop froid dimanche et on pourra y aller en vélo. »

Cécile montre de suite sa mauvaise humeur.

« Ça veut dire que je suis de nouveau de corvée toute seule ici! Morgane est trop petite. Avec le temps qu'il fait il n'est pas question de la prendre pendant je ne sais pas combien de kms sur un vélo! »

« Tu pourrais demander à Xiao Hui de venir la garder, tente timidement Erwan ! »

« Non, elle est MA FILLE et je n'aime pas l'abandonner. »

Cosmos sent une situation inextricable. Il propose :

« Ecoute, Cécile, on peut trouver un arrangement, Na viendra s'occuper de ta fille! Comme cela tu viendras avec nous! Loïc et Lorraine ont leurs vélos et pour eux ce n'est pas un problème. Avec de bons gants et des bonnets, ça ira! »

Sa proposition ne fait qu'aggraver la situation. Cécile s'emporte :

« Je vois que les mâles ont décidé tout seuls! Ok pour que Na vienne, mais je resterai avec elle. Nous serons entre femmes! »

Cosmos n'a pas senti l'ironie de la dernière réplique :

« Bien, alors tout est arrangé! Je viendrai vous chercher dimanche vers 10 heures. Mon oncle sera très heureux de vous accueillir. »

Les enfants ont suivi les échanges sans rien dire. Lorraine se serre contre son père et Loïc s'est calé contre Cosmos. Il y a comme une certaine tension. Cosmos décide de partir.

« Bon je m'en vais! »

Il salue Cécile à la mode française, c'est-à-dire en lui faisant la bise. Cela a au moins le mérite de l'adoucir un peu.

« Je vois que tu ne perds pas le nord! Au moins tu es agréable, pas comme mon mari qui ne rate pas une occasion de me disputer. Bon Loïc, à la salle de bain. Tu te laves, tu mets ton pyjama et puis je vous lirai une histoire. Erwan je suppose que tu raccompagnes Cosmos! »

Erwan est presque soulagé. Quand elle est comme cela il vaut mieux ne pas être dans son environnement. Elle est capable de la pire mauvaise humeur! Il se lève, dépose Lorraine et sort de la pièce avec Cosmos. Il reprend son manteau mais, avant de franchir le seuil il entre dans la chambre des enfants. Morgane dort. Il s'approche d'elle. Comme elle est jolie avec ses boucles blondes. Il se penche sur le petit lit. Elle ne dort pas vraiment et il lui donne un baiser. La petite fille tend les bras et il la soulève. Cet enfant dort très peu depuis qu'elle est née. Il la prend dans ses bras et la conduit dans le salon. Cécile a l'air agacé quand elle le voit.

« Félicitations, je vois que tu as réussi à la réveiller, et maintenant tu te casses! »

Il préfère ne pas répondre, embrasse Morgane une fois de plus et sort de l'appartement avec Cosmos. Ils descendent les escaliers, disent au-revoir au gardien qui est toujours hors de sa loge et traversent le jardin.

Erwan : « Bon je te propose de sortir par la porte de derrière »

Cosmos semble tracassé. Ils marchent un peu. Le temps est de nouveau froid. Il doit bien faire moins cinq ou moins six. Cosmos a mis des gants en laine et Erwan maintient ses mains dans les poches. Cosmos est perdu dans ses pensées. Les difficultés au sein du couple le tracassent mais pas seulement cela. Des choses étranges se passent depuis quelque temps.

« Erwan, parle-moi un peu de cette personne que tu as rencontrée cet après-midi, enfin plutôt en fin d'après-midi. Quand je suis arrivé chez toi, Cécile était en pétard contre toi, disant que tu t'étais fait draguer par une nana. Humm, ce n'est pas trop ton genre. Je te connais autrement, même si tu peux être passionné par moments. Mais ta relation avec ta femme n'a pas l'air d'être au beau fixe. »

« Bon écoute ce n'est pas très compliqué. Du temps de midi, nous étions au marché de l'autre côté de l'avenue, Cécile, Loïc, Lorraine et moi. Nous achetions des légumes lorsque cette jeune femme nous a interpellés. Elle voulait nous aider. »

« Et elle parle français, ou anglais, demande Cosmos! »

« Ben, français, répond Erwan, c'est une franco-chinoise. Elle a une bourse du CNRS et elle travaille aussi pour une société d'import-export. Elle nous a expliqué que ça lui manquait de parler dans sa langue, elle est française après tout! »

Cosmos réfléchit. Sans être un partisan de la théorie du complot, les circonstances de la rencontre lui paraissent bizarres. Mais finalement beaucoup de choses sont possibles. Cela n'a rien de surprenant qu'une franco-chinoise entendant parler français sur un marché se précipite pour aider les gens. Mais quelque chose le tracasse.

« Et comme cela, elle a proposé de vous rencontrer? »

« Oui, réplique Erwan, elle était aussi avec son fiancé, un certain Wang Jun! »

Cosmos manque s'étrangler!

« Comment tu as dit ? »

« Wang Jun! Qu'est-ce qu'il y a Cosmos? Tu le connais peut-être ? »

Cosmos s'arrête et le regarde :

« Bien, je connais un Wang Jun, c'est un copain, un policier. Et il y a eu de drôles de choses autour de lui depuis mercredi. Je n'ai d'ailleurs pas eu de nouvelles de lui depuis!

Erwan est perplexe.

« En tout cas, ce Wang Jun-ci n'est pas policier. Il travaille à l'Institut des Minorités sur une étude comparative entre les banlieues françaises et chinoises. Il parle un peu de français et j'ai accepté de lui donner quelques cours! »

Cosmos est de plus en plus intrigué! Il faut qu'il trouve Wang Jun. Son contact dans la police l'a informé de choses bizarres à propos de son copain. Il a derechef téléphoné à Cao Yu. Depuis, il n'a plus de nouvelles. Dans la journée de jeudi, il a été jusqu'à leur hutong mais il n'y avait plus rien. Tout avait été déménagé et sur place il a remarqué des choses qui ne lui plaisaient pas du tout. De plus son contact au siège de la police lui avait dit qu'il fallait être prudent. Il n'a pas insisté.

« Et elle s'appelle comment ton amoureuse chinoise? »

Erwan rougit. Depuis qu'il est petit il ne peut pas s'empêcher. Il est trop émotif!

« Ce n'est pas mon amoureuse... »

Cosmos l'interrompt :

« Je rigole Erwan, je te fais marcher, et tu cours...Bon continue... »

Erwan reprend le fil de son propos :

« Elle s'appelle Mona Huang, du moins c'est son nom français. Son père était un cadre communiste. Il a été tué par les Gardes Rouges. C'était un partisan de Liu Shaoshi[10]. Pour cela, elle déteste le Parti Communiste et elle

---

[10]Président de la République Populaire de Chine, rival de Mao. Il fut tué par les Gardes Rouges.

espère que la Chine va devenir démocratique. Elle a vécu en France jusque l'âge de 18 ans. Puis elle est venue à Beijing. Elle fait des études à Beida. Elle m'a dit qu'elle a aussi un oncle et des amis de son père qui s'occupent d'elle. Elle va se marier dans quinze jours et elle nous a invités à son mariage! »

Cosmos ne sait que penser. Tout cela semble très compliqué mais tout se tient. Tout est logique! Et si ce Wang Jun est son copain, que s'est-il passé? Peut-être que ça a cassé entre Cao Yu et Wang Jun? La dernière fois qu'il les a vus ensemble, il les a trouvés amoureux mais leur relation lui avait semblé, comment dire, pas facile. Comme si, oui comme si quelque chose ne tournait pas rond. Mercredi soir, après l'information reçue de son contact, il a appelé Cao Yu pour l'informer. Sa voix n'était pas habituelle, comme si elle mentait. Quelque chose ne tourne pas rond. Il doit absolument voir Wang Jun.

« Quel est le nom chinois de cette personne Erwan? »

« Attends, il faut que je me rappelle! Je crois que c'est Huang quelque chose, je ne me souviens pas de son prénom chinois! Elle se fait appeler Mona Huang. Elle est vraiment très jolie et elle sait ce qu'elle veut. D'ailleurs son fiancé file doux, comme un petit chien! »

Cosmos sourit :

« Je vois qu'elle t'a tapé dans l'œil. Cécile a vraiment des raisons d'être jalouse. Et Sandra dans tout cela? »

Ils approchent de la sortie.

« Ecoute Cosmos, cette relation avec Sandra est très compliquée! Elle est sympa Sandra. En plus elle veut aider Cécile à trouver un autre poste, parce que Beijing Info c'est un peu difficile. Mais Cécile ne veut rien accepter qui vienne de Sandra! »

« Bon, rétorque Cosmos, on va en rester là pour ce soir. J'aurais bien été boire un verre avec toi quelque part mais il vaut mieux que tu rentres chez toi. On se verra dimanche. Je vous attendrai tous les trois sur le marché en face de l'hôtel. Il y a un marchand de raviolis dans la deuxième allée. Na ira directement voir Cécile. Elle entrera par la grande porte. Tu dois juste prévenir le garde de l'entrée pour qu'elle ne se fasse pas refouler. Personne ne la connaît à Beijing et elle n'a jamais participé à aucune manif', donc elle n'est dans aucun fichier. Ce n'est pas comme moi, sauf qu'ils n'ont pas de photos de moi et ne savent pas où j'habite, ni qui je suis exactement. C'est amusant de jouer avec la police. »

Erwan a à peine le temps de dire au revoir à Cosmos qu'il a déjà disparu. Il rebrousse chemin. Une jeep Beijing entre dans le complexe hôtelier. Le chauffeur le regarde l'air distrait. Le convoyeur dort. Il passe devant le dispensaire et reprend l'allée principale, celle qui mène directement au bâtiment principal. Il n'a pas envie de rentrer de suite. Marcher lui fera du bien! Il passe devant le bloc proche des appartements des étrangers, mais au lieu de se diriger directement vers son appartement il continue vers le rond-point où Cécile prend le bus tous les matins et tous les après-midis! Finalement, pourquoi ne pas aller boire un verre au bar du bâtiment principal! Il sent quelqu'un lui prendre le bras. Une voix chaude et amicale! Une présence agréable. La voix de Sandra :

« Alors, Erwan, tu te balades? Je t'invite à prendre un verre chez moi. J'ai reçu un très bon whisky de ma sœur qui habite Toronto. Tu ne vas pas me refuser ça quand même! »

Il adore son accent. Il n'est pas trop d'humeur à rentrer immédiatement. Engueulé un peu ou engueulé beaucoup, c'est la même chose. Il se retourne vers Sandra. Elle est emmitouflée dans une doudoune de couleur vert pomme. L'horreur quoi! Elle porte une chapka de l'armée. Ça ne l'empêche pas d'être super mignonne. Ses boucles blondes sortent de la chapka.

« Bon, c'est oui, alors? »

Il la regarde. Ils se font face maintenant. Les yeux dans les yeux. Ils sont très proches. Il la prend par la taille, amicalement. Elle rapproche son visage du sien et lui donne un baiser furtif sur les lèvres. Il sourit.

« Tu as de ces arguments! J'adore les canadiennes quand elles me parlent comme cela! »

« Oh, reprend Sandra, ce n'est qu'un échantillon, attend de voir le reste! »
Et elle éclate de rire.

« Bon alors c'est oui? »

Il lui sourit !

« Ok, on y va! »

…

Après être sorti de l'hôtel, Cosmos se décide à rentrer chez lui. Il va chercher son vélo garé sur un parking à bicyclettes un peu plus loin. Il s'étonne toujours de la facilité avec laquelle il entre et sort de cet hôtel. Bien sûr, il faut prendre quelques précautions élémentaires, mais l'information relative à la sécurité des clients de l'Hôtel de l'Amitié circule facilement. Son contact à la police l'a cependant mis en garde :

« Cosmos, il te faut être plus prudent! Ils sont sur ton dos. Tu es passé outre la vague d'arrestations lors de l'incident mais ils te cherchent. »

« Ils ne me connaissent pas! »

« Ils savent que tu existes ! Ils ne connaissent pas ton identité réelle. Ils croient toujours que tu es un étudiant. Ils ne veulent pas t'arrêter, seulement tout connaître de tes amis, connaissances. Ça les arrange aussi.»

« J'ai peu de choses à cacher, tu sais! »

« Eux pensent que oui! »

Tout cela est bien mystérieux. Son contact à la sécurité publique l'a également informé de problèmes récurrents à propos de Wang Jun. Il serait en voie d'expulsion de la Police. L'incident de mercredi avec la mort accidentelle du bénévole vétéran de la guerre révolutionnaire[11] a été la goutte qui a fait déborder le vase. Son contact n'en sait pas plus. Ils sont très prudents tous les deux. Ils ne se rencontrent jamais physiquement. Seulement de courtes conversations téléphoniques. D'autres systèmes sont utilisés aussi. Jusque là, ça marche bien. Cette histoire de Wang Jun le tracasse vraiment. Ce qu'il a appris d'Erwan à propos d'un autre Wang Jun qui va se marier avec une franco-chinoise est bizarre. Et si c'était le même Wang Jun. Le père de Xiao Wang est un vétéran de la guerre révolutionnaire. Il a été ouvrier modèle dans une usine sidérurgique à Changchun. Cela protège Wang Jun! A moins de faire nettement des actes antiparti ou contre la légalité socialiste, il ne risque pas grand-chose, sauf de temps à autre une remontrance. Depuis mercredi, tout est dans le brouillard. Wang Jun et lui ont été imprudents lors du mouvement de Tian An Men. Même s'ils ne se sont pas affichés ouvertement, il est possible qu'ils aient été photographiés par des agents en civil lors des AG ou des manifestations. Tous les deux ont aussi été sur les barricades à Muxidi[12] la nuit du 2 au 3 juin. Bon on verra bien, se dit-il. Mais il doit absolument rencontrer Xiao Wang. Il arrive au parking de vélos et reprend sa bicyclette. Tiens son pneu arrière est dégonflé. Pas de veine! Il avise un réparateur un peu plus loin. Celui-ci lui regonfle le pneu et vérifie que tout va bien. Il paye la réparation et enfourche le vélo. Il se dirige vers Zhongguancun et pédale à bonne allure. Ce matin son contact lui a dit

---

11Cfr « L'Ombre » volume 1 de « Dans l'Ombre du Dragon »

12Un carrefour important théâtre de violents incidents lors de la répression de Tian An Men

incidemment que Wang Jun doit déménager. Il ne sait pas pour aller où. Wang Jun doit récupérer quelques affaires dans l'appartement occupé avec un camarade de promotion que Cosmos connaît aussi. Wang Jun sera dans cet appartement vers 10 heures du matin samedi. Il a une voiture et un chauffeur à disposition. En réalité le chauffeur appartient à une société de locations de voitures avec chauffeur. Il se contente de conduire et de donner un coup de main. C'est comme un taxi, mais sans la plaque taxi. Le collègue de Wang Jun qui habite avec lui ne sera pas là car samedi matin il est de service. Cosmos connaît bien cet appartement. Il décide de s'y rendre le lendemain matin. Il faudra qu'il parte assez tôt car c'est loin, en banlieue ouest. Il habite dans l'est de Beijing. Il prend l'avenue Chang'an[13]. Son vélo roule bien. Encore une petite demi-heure et il sera à la maison. Il espère que Na sera là et qu'elle aura préparé un petit quelque chose à manger. Bon on verra bien. Il repense aussi à Erwan. Son couple ne va pas très bien. Il y a cette canadienne aussi. Cécile est très jalouse et ça n'arrange rien. Il passe devant Zhong Nan Hai[14], puis devant le Palais Impérial. Il fait froid. Il se demande aussi si c'est une bonne idée d'amener Erwan, Loïc et Lorraine à la campagne. Son oncle l'a encouragé :

« Amène tes amis étrangers ici. Comme ça ils verront la vraie Chine. Pas seulement Beijing centre mais un lieu où on construit le futur de notre pays. »

C'est bien mais dommage que Cécile ne veut jamais participer à des sorties. Bon, c'est rien. Tant pis. Il repense à leur projet économique. Il faut trouver des ressources supplémentaires pour financer tout cela. Peut-être que ça tombera à l'eau. Il regarde sa montre. 9H30! Déjà! Il accélère le rythme et une demi-heure plus tard il aborde le hutong où il habite avec Na. Par mesure de sécurité le logement n'est pas loué à leur nom. Il a trouvé un système complexe avec un prête-nom. Officiellement il habite toujours à son ancienne adresse aux Editions. Curieux qu'ils n'ont pas fait le rapprochement entre Cosmos qui nargue la police et Yu Zhou un ancien traducteur de Beijing Information! La vie est bizarre parfois. Il met pied à terre. Il arrive chez lui. C'est éclairé. Il range son vélo dans un appentis puis entre. Na est là, souriante. Elle l'accueille et le serre contre elle. Une bonne odeur de pâtes au piment chatouille ses narines. Il enlève son manteau et

---

13Avenue principale qui traverse Beijing d'Est en Ouest

14Résidence des membres du Gouvernement chinois et des dignitaires du régime

son bonnet et s'installe à table. Quand il est arrivé, Na était en train de lire un document. Elle l'a gardé avec elle et le dépose sur la table. C'est juste une feuille imprimée avec une swastika bouddhiste comme en-tête.

« Qu'est-ce que c'est? demande-t-il. »

Na est occupée à préparer son bol de nouilles au piment. Elle lui fait signe d'attendre un peu. Dès que c'est prêt, elle le sert et lui passe une paire de baguettes. Puis elle le regarde en souriant :

« Ce matin, j'avais un cours aux Beaux-Arts! Dans l'entre-cours j'ai discuté avec une de mes camarades de classe. Tu l'as peut-être déjà rencontrée, elle s'appelle Liu Hong! Elle peint de très jolies choses traditionnelles. Ses parents sont des militaires. Nous en sommes venues à parler de choses spirituelles et puis de Bouddhisme et aussi de Qi Gong. Elle m'a alors demandé si je voulais apprendre un Qi Gong très nouveau. Elle a évoqué un nouveau maître qui dispense son enseignement à quelques personnes de l'Académie. Il est originaire de Changchun comme nous. Il travaille au département de la sécurité de la « Changchun Cereals Company ». Elle m'a proposé de le rencontrer. C'est demain après-midi. Ça se passera dans une salle de l'Académie. Elle dit que son Qi Gong est très intéressant. C'est basé sur la « Roue de la Loi ». Moi j'ai envie d'y aller. Viendras-tu avec moi? »

Cosmos est interloqué. Il ne sait que dire. Avec Na, une suggestion est presque un ordre. Elle a hérité cela de son père, un peintre célèbre de Changchun qui a été martyrisé par les Gardes Rouges pendant la Révolution Culturelle. Il demande :

« A quelle heure? »

Na sourit! Elle a gagné.

« A 16 heures. Nous serons un petit groupe. C'est vraiment un très grand maître et son enseignement va transformer la Chine et le monde. Il insiste sur la cultivation de soi et d'autres choses. Je suis heureuse que tu sois intéressé! »

Cosmos lui dit :

« Demain matin, je dois voir Wang Jun. Il se passe de drôles de choses autour de lui. Il semble qu'il a quitté la police et que Cao Yu l'a aussi quitté. Je dois lui parler! J'irai à son appartement demain matin! »

« Mais c'est très loin, reprend Na. »

« Oui j'irai en moto. Cela me permettra de rentrer plus rapidement. »

« Mais es-tu certain de le rencontrer. Il n'est jamais dans cet appartement! »

« Demain il y sera. J'ai été informé! »

Elle n'aime pas du tout cette situation. Depuis les événements, elle a toujours peur. L'impression qu'ils jouent sans cesse avec le feu. Un jour tout cela va mal tourner. Elle fait souvent des cauchemars dans lesquels elle voit Cosmos battu à mort par la police et elle-même en prison. Chaque fois qu'une voiture de police passe dans la rue, elle tressaille.

Cosmos voit l'angoisse au fond de ses yeux. Elle lui a maintes fois raconté ses cauchemars comme s'il s'agissait de visions. L'une d'elles est même très précise. Ils reviennent d'une soirée. Ils sont en voiture. Cosmos conduit. Subitement, ils sont arrêtés par une voiture de police. Ils doivent descendre du véhicule. On les emmène, elle d'abord. Elle entend des cris et elle le voit mort! En général, à ce moment elle se réveille en sueur! Cosmos la rassure. Il la prend dans ses bras.

« Ne t'inquiète pas, aimée, tout ira bien. Et puis, autre chose. Mon oncle, celui qui habite à la Commune des Quatre Saisons m'a proposé d'inviter mes amis français avec leurs enfants. Il veut leur montrer la ferme et comment la Chine se développe à la campagne. J'ai donc proposé mais Cécile ne veut pas venir parce qu'elle doit garder la petite Morgane! Elle souhaiterait que tu restes avec elle, entre femmes! Moi j'irai avec Erwan, Loïc et Lorraine! Es-tu d'accord? »

Na aurait bien aimé aussi aller à la campagne. Mais faire plaisir à ses amis, leur rendre service est quelque chose de sacré pour elle. Elle pourra essayer de mieux connaître Cécile et lui apprendre un peu de Chinois comme cela.

« Oui, ce sera bien! A quelle heure faut-il être là? »

« J'ai donné rendez-vous à Erwan sur le petit marché en face de l'hôtel à 10 heures dimanche. Il entrera avec toi dans l'hôtel. Ce sera plus facile car les gardes ont des consignes plus strictes depuis deux jours. C'est d'accord? »

« Oui, on quittera ici vers huit heures pour être sûrs. »

Elle regarde l'heure.

« Déjà 11 heures. Allez, au lit si tu veux être chez Wang Jun demain matin, il est temps de se coucher! »

Na se réveille la première. Elle s'ébroue. Il fait froid dans la maison. Elle regarde Cosmos qui dort comme un bébé. Elle a tellement pris l'habitude de l'entendre se faire appeler par son pseudonyme qu'elle a fini par s'y mettre. Parmi leurs amis actuels peu connaissent son vrai nom et c'est heureux. Grâce à cela, il ne s'est pas fait prendre lors du mouvement de Tian An Men et des vagues d'arrestations qui ont suivi. Du moins, c'est ce qu'elle croit. Elle n'a pas fait de cauchemars cette nuit. Elle espère que la rencontre avec le maître de Qi Gong sera profitable. Elle cherche quelque chose depuis tant d'années. Ce serait bien si son ami arrivait aussi à entrer dans cette quête spirituelle. Ils se connaissent depuis plusieurs années maintenant. Ils sont jeunes encore. 24 ans tous les deux. Des enfants de la Révolution Culturelle. Tous les deux viennent de Mandchourie, de Changchun. Mais pas de la même classe sociale. Na provient d'une famille d'artistes et Cosmos d'une famille d'ouvriers et d'agriculteurs. Son enfance à elle a été heureuse, malheureusement assombrie par l'absence de son père, retenu dans les prisons de la Révolution culturelle. Heureusement, sa mère n'a pas été mise en prison. Elle a pu s'occuper d'elle quand elle était petite. Son père est revenu quand elle avait 12 ans. Grâce à Deng Xiaoping revenu aux affaires, beaucoup de prisonniers ont été libérés alors, libérés, mais pas graciés. Néanmoins son père a retrouvé son poste de professeur de peinture traditionnelle à l'Académie de Changchun. Elle en est là dans ses pensées quand elle sent Cosmos qui bouge et sort la tête des couvertures.
« Bonjour Na chérie! As-tu bien dormi? Pas de cauchemars aujourd'hui? »
Elle ne répond pas et se contente de sourire. Cosmos se lève. Il enfile quelques vêtements, son manteau et sort pour voir quel temps il fait. Il rentre rapidement.
« Il ne fait pas trop froid. Le temps s'est radouci. C'est bien pour demain, pour aller à la campagne! »
« Et ton oncle, lui il sait que tu ne t'appelles pas Cosmos! »
Cosmos sourit à son tour :
« Bien sûr! Mais je ne vais jamais chez lui avec des gens de Beijing. Seulement avec toi ou avec mes amis français! Et eux, ils ne comprennent pas assez de chinois pour saisir la nuance et le jeu de mots. »
Na s'est également levée. Ils ont pris leur petit déjeuner mais Cosmos est pressé. Il se hâte de finir son repas, embrasse Na et s'en va. Il faut

absolument qu'il voie Wang Jun ce matin. Espérant qu'il n'y aura pas d'embrouilles. Il décide de prendre les transports en commun. Il trouve un premier bus pour Dongzhimen. Des minibus sont garés. L'un d'eux va du côté de Babaoshan. Bon, ça ira se dit-il. Malheureusement il y a peu de monde. Le chauffeur attend que le minibus soit plein. L'attente dure un quart d'heure, puis une demi-heure. Les gens arrivent au compte-goutte. Et puis ça y est. C'est rempli. Ils démarrent. Cosmos s'est assis tout au fond. De toute façon il doit aller jusqu'au terminus. Le chauffeur a décidé de passer par le centre-ville. Chang'An de nouveau, et puis sortie du centre et arrivée rapide en banlieue ouest. Terminus. Tout le monde descend. Cosmos regarde les tours d'immeubles. Il se rappelle bien celle où Wang Jun est censé habiter. Un quinzième étage sans grâce. Un bâtiment gris sans aucun confort. Dès qu'il a pu, il est allé vivre avec Cao Yu à Haidian. Il pense à Cao Yu. Que s'est-il passé? Une jeune femme charmante mais peu sensibilisée aux problèmes de la Chine. Elle a participé à quelques manifs mais il ne l'a jamais sentie très motivée. Par contre il la trouvait très amoureuse de Xiao Wang. Qu'est-il arrivé de si grave entre ces deux-là? Il va bientôt le savoir. Il marche depuis un bon quart d'heure et arrive au pied des tours. L'immeuble de Wang Jun, le n°15. La porte du bas est entrouverte. Y a-t-il toujours une concierge ? Bingo. Une vieille dame se lève en le voyant arriver. Son ton est peu accueillant :

« Tu n'es pas d'ici toi, je ne te connais pas. Que viens-tu faire ici? »

« Bonjour, je suis un ami de Wang Jun. Il habite au 15ème. Je crois qu'il va déménager. »

La vieille le regarde d'un air peu amène. Elle hésite manifestement à lui demander de plus amples renseignements.

« Pourquoi viens-tu le voir s'il déménage! Pour l'aider? »

« Oui, c'est cela, réplique Cosmos, pour l'aider. Je crois qu'il a quelques affaires à transporter. »

La vieille semble toujours hésitante.

« Bon, vas-y si tu connais le chemin. Mais prends les escaliers car l'ascenseur est en panne depuis plusieurs jours. Et quand il n'est pas en panne, il n'y a pas assez de courant pour le faire marcher. Heureusement, moi je suis au rez-de -chaussée. »

Elle rentre dans sa loge. Cosmos regarde l'heure. Il est presque 10 heures. Il rappelle la vieille.

« Vous ne savez pas s'il est déjà arrivé? »

Manifestement il la dérange.

« Comment tu as dit qu'il s'appelle ton copain? »

« Wang Jun, répond Cosmos, c'est un policier! »

« C'est lui qui a un appartement avec Li Changlin? »

Cosmos n'en sait absolument rien car il ne connaît pas le nom du camarade de promotion de Wang Jun, mais il joue son va-tout!

« Oui, c'est cela. C'est son camarade de promotion de l'Académie de Police de Beijing! »

« Ce matin, j'ai vu Li Changlin. Il partait au travail et effectivement il m'a dit que Wang Jun viendrait chercher des choses dans l'appartement. Bon tu peux y aller. Quand il arrivera je lui dirai que tu es là! Comment tu t'appelles? »

« Cosmos! »

« Tu as un nom bizarre. Mais pourquoi pas. Il y en a bien qui s'appellent Armée populaire ou Révolution prolétarienne, oui pourquoi pas? »

Cosmos salue la vieille, la remercie pour les renseignements et commence à monter les escaliers. Quinze étages. Ce n'est pas rien. Mais comme c'est le seul moyen d'avoir une conversation avec Wang Jun, il se doit d'être courageux. Les escaliers sont en béton comme le reste de la tour. Il commence par compter les marches, puis il en a assez. Il se contente de marquer les étages par une courte pause. Arrivé au 13ème, il s'arrête pour souffler. La porte d'un des appartements s'ouvre. Une jeune femme le regarde, surprise. Elle n'est pas très jolie mais quelque chose en elle lui plaît.

« Ne vous inquiétez pas, je fais une pause. Je vais au 15ème! »

« Ah bon, répond la jeune femme ! Je croyais que mon mari arrivait. Il est allé faire quelques courses. Les magasins sont éloignés et c'est toujours une aventure. Comme j'entendais quelqu'un d'essoufflé, j'ai cru que c'était lui. Je suis désolée de vous avoir surpris. »

Elle lui fait un charmant sourire et rentre dans son appartement. Cosmos continue son ascension et arrive rapidement au 15ème. L'appartement de Wang Jun est le premier à droite et la porte est entrouverte. Il frappe. Il entend nettement la voix de son ami :

« Entre Cosmos, je t'attendais! »

La surprise est grande. Il pousse la porte. Wang Jun est assis sur une chaise dans la cuisine de l'appartement. Il discute avec une jeune femme qu'il ne connaît pas. Celle-ci se lève et l'invite à s'asseoir.

« Bonjour Cosmos, je suis l'épouse de Li Changlin! Wang Jun m'a parlé de vous ! Je suis très heureuse de vous connaître! »

Wang Jun s'est levé et observe Cosmos. Ils se saluent mutuellement. La jeune femme les invite à s'asseoir et leur propose du thé. Elle ajoute de l'eau bouillie dans une théière et met une tasse pour Cosmos. Puis elle leur verse du thé à tous les deux.

« Je dois vous laisser maintenant car j'ai des courses à faire. Comme Li Changlin est de service aujourd'hui, c'est mon tour d'aller au magasin. Je serai de retour d'ici une heure ou deux. Serez-vous toujours là? Si oui je vous invite à manger avec moi, sans façons, j'adore faire la cuisine! »

Wang Jun répond tout de suite.

« C'est gentil de ta part mais nous n'en n'avons pas pour longtemps et j'ai un rendez-vous cet après-midi, quelque chose d'important! »

La jeune femme les salue tous les deux et sort de l'appartement. On entend ses pas dans l'escalier.

Wang Jun et Cosmos se regardent mutuellement. Aucun des deux ne se décide à lancer la discussion. Finalement Cosmos :

« Xiao Wang, la dernière fois que nous nous sommes vus, c'était mercredi matin. Depuis, on dirait que beaucoup de choses se sont passées. Tu as disparu de la circulation pour réapparaître subitement. Manifestement tu m'attendais! Comment savais-tu que j'allais venir ici! »

Wang Jun réfléchit puis il regarde Cosmos droit dans les yeux.

« Je te propose une explication de tout cela. Mais cela ne va pas être facile. Je suis aussi très retourné. Je ne sais comment t'expliquer les choses. Je suis venu ici pour récupérer quelques affaires que j'avais laissées lorsque j'ai emménagé avec Cao Yu il y a quelques mois. C'est seulement un sac et pas très important. Il y a quelques livres, des lettres de mon père, mon diplôme de l'Académie de Police. C'est tout. »

Il lui montre un sac vert de l'armée dans un coin. C'est effectivement peu de choses. Wang Jun est prudent et il ne laisse rien traîner. Il se lève et montre quelque chose à Cosmos sur le mur. Celui-ci comprend de suite. Il se lève. Ils sortent sans dire un mot, Wang Jun chargé de son sac, et commencent à descendre l'escalier. Ils ne parlent pas. Arrivés au 10ème étage, Wang Jun dit à Cosmos :

« Nous n'allons pas sortir ensemble. Un chauffeur m'attend en bas. Tu peux regarder par la fenêtre. Tu nous verras partir. Dès que tu me verras monter dans la voiture, descend jusqu'au sous-sol. Ne sors pas par la porte principale. Cet immeuble comporte des garages. Ils ne servent qu'à ranger des choses. Tu y attendras un petit temps. Quelqu'un t'attend en bas pour te filer. Je dirai que tu n'es pas venu. »

« Et la concierge alors, elle m'a vu et je lui ai même parlé! »

« Aïe, reprend Wang Jun, je n'avais pas prévu ça ! Bon alors sors en même temps que moi et quitte-moi de suite. Tu es venu en transport en commun sans doute! Je t'ai vu arriver. Tu n'es pas discret Cosmos. »

Cosmos est surpris par le tour que prennent les événements. Il se sent piégé.

« Je pensais te trouver seul. Qui est cette fille qui était avec toi chez Li Changlin? »

« Oh, c'est réellement l'épouse de Li! Son épouse officielle. Ils se sont mariés pour l'appartement. Mais elle a un ami ailleurs et lui aussi. C'est un mariage pour raison économique. Pas de grand mystère derrière tout cela! Devant le chauffeur qui m'accompagne, je ne peux que parler de la pluie et du bon temps, or je voudrais avoir une conversation avec toi, car j'ai beaucoup de choses à te dire et je sens que je te dois des explications ! Je te donne rendez-vous cet après-midi au carrefour de Xidan, à 14 heures. Je viendrai en bus et tu verras tout sera clair pour toi à ce moment-là. »

Cosmos est perplexe.

« Où habites-tu maintenant Wang Jun? »

« Je te dirai cet après-midi ! Maintenant je dois partir! Sois à l'heure! »

Cosmos regrette de ne pas avoir pris la moto de son voisin. Il se sent peu mobile. Peut-être devrait-il couper les ponts avec Wang Jun. Mais tout cela l'intrigue. Il se décide donc à agir. Finalement à part une fausse identité, il n'a pas grand chose à se reprocher. Il prend Wang Jun par le bras et l'entraîne dans l'escalier.

« Ton chauffeur pourrait peut-être me déposer à Fuxingmen par exemple. Je n'ai rien à cacher! »

Sa proposition surprend Wang Jun. Néanmoins il accepte.

« Ok ! Cet après-midi à Xidan. On ira boire un verre ensemble ! »

Ils dévalent les derniers escaliers. Le chauffeur fait les cent pas devant l'immeuble. Il prend le sac des mains de Wang Jun, ouvre le coffre de la Jetta et met le sac à l'intérieur. Puis il s'adresse à Cosmos.

« Tu veux que je te dépose quelque part? Ça t'évitera de marcher! »

Cosmos répond :

« Avec plaisir ! Surtout qu'il ne fait pas très chaud. »

Le chauffeur lui ouvre la porte et lui fait signe de monter. La petite vieille est sortie de sa loge. Elle avise Wang Jun.

« Wang Jun, tu nous quittes. Nous allons te regretter. J'ai entendu dire que tu as quitté la police! »

« Oui, je suis venu chercher quelques affaires et dire au revoir à Li Changlin, mais malheureusement il n'est pas là! »

« Et ton ami qui est venu te voir, reprend la vieille. Vous n'avez pas passé beaucoup de temps ensemble! J'espère que vous n'êtes pas fâchés! En plus il a un nom bizarre! »

« Oui, c'est un chanteur, c'est son nom de scène. Bien sûr que personne ne s'appelle comme cela. Mais il a une très belle voix et il chante de la musique moderne, américaine! »

La vieille semble aux anges. Voyant qu'une conversation a démarré, le chauffeur est venu s'en mêler :

« Moi j'adore la musique américaine, surtout le rock. J'ai plein de cassettes chez moi. Tu fais du rock, du blues ou du country! »

Cosmos ne sait plus où se mettre. De plus la vieille renchérit.

« Mon petit-fils me fait écouter des cassettes souvent. Il est étudiant à Tsinghua[15]. Il sera ingénieur plus tard! Je lui dirai que je connais un chanteur! »

Wang Jun n'a pas imaginé que les choses allaient se passer comme cela. Il a voulu faire régner une atmosphère de mystère et voilà que tout est entré dans une conversation de rue. Décidément il n'est pas très doué. Cosmos le regarde en souriant. Il s'adresse à la vieille :

« Je ne suis pas un très grand chanteur. Je chante de temps en temps. Peut-être qu'un jour je serai aussi connu que Cui Jian[16]. Mais pour le moment c'est un peu difficile. »

Tous semblent ravis, sauf Wang Jun qui apparaît comme gêné par la tournure qu'ont prise les événements. Cosmos lui souffle dans l'oreille :

« Et la personne qui devait me filer, on peut l'inviter si tu veux! »

Et il éclate de rire.

Puis ils prennent congé de la vieille. Entretemps, attirées par le bruit, d'autres personnes se sont jointes au petit groupe et essayent de comprendre

---

15Université de Beijing

16Chanteur de rock célèbre à Beijing

de quoi on parle. La femme de Li Changlin est revenue. Elle avise Wang Jun et Cosmos. Elle est bien chargée avec plein de légumes dans son cabas.

« Vraiment il faudra venir manger à la maison. Li Changlin sera très content. Venez un de ces jours. Et puis tu peux amener Cao Yu, dit-elle en s'adressant directement à Wang Jun, c'est une jeune fille tellement charmante, précieuse comme le jade! »

Wang Jun ne sait que dire! Cosmos vient à son secours.

« Oui, nous viendrons un de ces jours! Mais nous sommes très occupés pour le moment. Je te remercie de ton invitation. Salue Li Changlin de notre part! »

La jeune femme est aux anges. Finalement ils prennent congé et montent dans la voiture. Il est près de midi. Dix minutes plus tard ils sont à Muxidi. Le chauffeur s'arrête et laisse descendre Cosmos.

« Quand tu seras un chanteur célèbre, j'espère que tu m'inviteras à tes concerts, lui lance-t-il en riant. »

Puis il démarre et se dirige vers l'Hôtel de l'Amitié. Ils y arrivent un quart d'heure plus tard. Le chauffeur arrête la voiture devant la porte principale, descend pour ouvrir le coffre et tend son sac à Xiao Wang.

« Voici ! Je crois que Mademoiselle Huang t'attend à l'intérieur ! Je viendrai vous chercher lundi matin à huit heures pour vous conduire tous les deux à l'Institut des Minorités. Passez un bon dimanche tous les deux.»

Puis il le salue et quitte l'hôtel. Xiao Huang l'attend effectivement en haut de l'escalier. Il prend son sac et la rejoint. Elle veut de suite savoir comment les choses se sont passées avec Cosmos.

« Bien, nous n'avons pas vraiment eu le temps de beaucoup discuter. Je lui ai dit que je lui devais des explications mais on se revoit cet après-midi! »

Xiao Huang le regarde droit dans les yeux. Il n'aime pas quand elle fait ça. Il se sent nu sous son regard. Puis, elle lui sourit. Elle lui prend le bras et ils entrent dans l'hôtel. Ils se dirigent vers l'ascenseur et montent directement à leur étage. Il est presque une heure. Ils entrent dans l'appartement. Xiao Wang dépose son sac. Elle le soupèse.

« Humm, ce n'est pas très lourd. Tu n'as pas ramené grand chose. Bon l'essentiel c'est que tu as établi le contact. Maintenant raconte-moi comment cela s'est passé! »

Wang Jun lui décrit dans le détail leur rencontre et l'agitation au bas de l'immeuble. Elle est intéressée. Déjà en train de chercher les failles qui vont permettre de manipuler Cosmos.

« Si je comprends bien, ton ami Cosmos, puisqu'il se fait appeler ainsi, donc appelons-le comme cela, est un musicien. Il faudra que tu me présentes. Tu vas le voir cet après-midi à Xidan[17]. Peut-être que je viens avec toi! Oh non, tu vas le rencontrer seul, je vous suivrai de loin ! Entraîne-le au Marché aux oiseaux à Tian Qiao sous un prétexte quelconque. C'est assez loin de Xidan. Nous nous rencontrerons par hasard. Je vais m'habiller en style étudiante moderne, jeans, sneakers et pull. Si je ne vous trouve pas, on se retrouve ici à 18 heures. Nous irons rendre une petite visite à Erwan Le Floch et surtout tenter d'amadouer sa redoutable épouse. »

…..

En quittant Wang Jun et le chauffeur, Cosmos est perplexe. Il a senti la gêne de Xiao Wang mais il s'en fiche. Tout ce qui l'intéresse est de renouer avec son ami. Il l'aime bien Wang Jun. Il aime bien Cao Yu aussi mais de toute évidence on ne la reverra jamais. Il espère que ce n'est pas trop dur pour elle. Néanmoins il ne parvient pas à comprendre ce qui s'est passé exactement. Le trou de trois jours lui semble mystérieux. Il se dirige vers Xidan. Il a le temps finalement et décide de ne pas prendre le métro mais d'aller à pied. Lui qui n'est pas très sportif, cela lui fera du bien. Il réfléchit et se demande comment avertir Na que probablement il ne peut pas venir avec elle. En effet ce sera trop juste. Peut-être l'appeler chez le propriétaire du hutong. Il a le téléphone et il est sympathique. Il avise une cabine téléphonique, entre et décroche le combiné. Il forme le numéro. Ça sonne ! Personne ne décroche. Il insiste. Au bout d'une vingtaine de sonneries quelqu'un décroche, une petite voix. Ça doit être la fille du proprio.

« Allo ! C'est qui? »

« Bonjour, c'est Cosmos, le voisin. Tu me reconnais? »

« Oui, répond l'enfant ! Mais mon père n'est pas là! Je suis seule à la maison. »

« Ce n'est rien ! Tu peux me rendre un service? Va chercher Na, j'ai quelque chose à lui demander! »

Il entend que l'enfant pose le combiné et sort de la maison. La porte claque. Juste un peu de patience ! Au bout de quelques instants, la porte est à nouveau ouverte, des pas dans la pièce et l'enfant reprend le combiné :

« Elle arrive tout de suite ! Oncle Cosmos, tu viendras encore faire du cerf-volant avec moi sur la place Tian An Men? »

17Autre quartier de l'ouest de Beijing

Quelque temps auparavant, un jour de grand vent il était allé avec le propriétaire au centre-ville. Sa fille les accompagnait. Sur la place Tian An Men ils avaient fait du cerf-volant! Elle a bonne mémoire et manifestement ça lui a plus.

« Oui, bien sûr, mais il faut qu'il fasse un peu moins froid et que ton papa soit d'accord! »

« Merci oncle! »

Il sent la joie de l'enfant ! Sa vie n'est pas facile. Elle vit seule avec son père. Sa mère a été tuée par accident pendant les émeutes. Bêtement, elle était sur le trottoir. Elle a ramassé une balle perdue. La petite fille était avec elle.

Il entend de nouveau des pas et quelqu'un prendre le combiné :

« Cosmos? »

« Oui! »

« Tu as vu Wang Jun ? »

« Oui, mais il n'avait pas beaucoup de temps, alors il m'a donné rendez-vous cet après-midi à Xidan, à deux heures. J'ai peur de ne pas arriver à temps pour la rencontre avec le maître de Qi Gong. Je voulais te prévenir. »

Il sent Na déçue mais elle a l'habitude des contretemps.

« Ce n'est rien Cosmos, ce sera pour une autre fois. A ce soir! »

« Oui, à ce soir! »

Il l'entend raccrocher. Il remet le combiné sur son socle. Il sort de la cabine. Il fait beau aujourd'hui. C'était bizarre ce matin. Wang Jun avait l'air embarrassé. Pourquoi avoir inventé cette histoire loufoque de quelqu'un qui allait le filer. Bon il verra bien cet après-midi. Comme il a le temps, il décide de manger un bout. Il avise un marchand ambulant qui vend des patates douces cuites dans la cendre et en achète deux ou trois. Il paye, puis se met en route. Délicieuse ces patates douces. Délicieusement sucrées. Puis il commence à marcher. Il fait un peu froid quand même. Il frissonne un peu. Il se rend compte qu'il n'a pas fermé correctement son manteau. Il s'arrange correctement, tout bien fermé, à l'abri du vent.

…

Wang Jun attend le bus à l'arrêt tout près de l'Hôtel. Xiao Huang l'a accompagné jusque là. Elle est pendue à son bras. Elle est jolie et il sent qu'ils attirent l'attention et, peut-être la jalousie des gens. Lorsque le bus arrive, elle se détache. Il monte dans le bus. Beaucoup de monde. Il doit pousser. Bon c'est comme ça et puis si on ne pousse pas on ne monte pas.

Finalement il arrive à s'insérer. Il est bien coincé entre un militaire et une grosse femme. Pas de sièges vides, il lui faudra rester debout. Le bus démarre. Xiao Huang lui fait un signe au revoir de loin. Quelle curieuse fille tout de même.

…

Deux heures. Cosmos attend au coin sud de l'avenue Fuxingmen et de celle de Xidan. Il regarde s'il ne voit pas Wang Jun. Il se rappelle soudain que Wang Jun n'est jamais très ponctuel, par exemple mercredi quand toute cette merde a commencé. Soudain quelqu'un lui met la main sur l'épaule. C'est Wang Jun. Il en est sûr. Il se retourne doucement. Son ami est là.

« Cosmos, je te propose de marcher dans la rue. Nous allons à pied jusqu'au Pont du Ciel. Comme cela on a le temps de discuter. »

Wang Jun aime marcher. Il est assez sportif et pratique aussi la course à pied. Cosmos est un peu fainéant, mais comme il fait beau, il décide que, pourquoi pas!

« D'accord, allons-y. »

Ils se mettent en route, traversent le carrefour et se dirigent vers l'ouest sur Chang'an. Tout d'abord ils ne disent rien puis Wang Jun :

« Je te dois des explications, Cosmos. J'ai été un peu cachottier car je me sentais mal à l'aise puisque tu connais Cao Yu. Mercredi matin je ne savais pas ce qui allait se passer et puis il y a eu plein d'emmerdements. J'en suis tout à fait responsable car je n'étais pas un très bon policier. »

« Etais? Pourquoi 'étais' » lui demande Cosmos.

Wang Jun rougit :

« J'ai été viré de la police à cause de ce qui s'est passé mercredi ! Tu es au courant je crois! Quelqu'un t'a vu à midi lorsque le vieux Zhang a eu sa crise cardiaque. Des gens ont même dit que c'était toi qui l'avais insulté! »

Cosmos était au courant mais il n'était pas sur place. Par contre il avait été informé dans l'après-midi. Ce que Wang Jun lui raconte est étonnant. Qui peut colporter de telles informations?

« Non, Xiao Wang, je ne suis pas revenu. Je t'ai seulement vu le matin quand tu as pris ton service. Par contre j'ai été informé, mais je ne te dirai pas par qui, c'est top secret! »

Wang Jun a l'habitude des mystères de Cosmos. Il ne sait jamais exactement comment il est informé d'un tas de choses. Cosmos a été journaliste, il a certainement conservé de bons contacts qui l'informent de toute une série de choses. Wang Jun reprend :

« Mercredi en fin d'après-midi, j'ai été convoqué par mon chef, tu sais le grand costaud, celui qui a été dans les paras avant d'entrer dans la police! » Cosmos voit bien de qui Jun parle. Une montagne de muscles, un champion d'arts martiaux. Quelqu'un qu'il vaut mieux ne pas rencontrer, mais il ne se rappelle pas son nom. Wang Jun :

« Il m'a signifié que je ne convenais vraiment pas et que j'étais viré de la police. Trop mou, pas sérieux, pas assez répressif. Mais il m'a fait une proposition... »

Cosmos est étonné par tout ce que Wang Jun lui raconte!

« Mais quel rapport avec la disparition de Cao Yu. Je lui ai téléphoné à Cao Yu, ce soir-là et elle ne m'a rien dit de spécial! »

Wang Jun prend un air mystérieux :

« Elle se méfiait de toi et pensait que tu jouais un drôle de jeu. Elle était un peu parano, tu sais! »

Wang Jun s'arrête de marcher. Ils ne sont plus très loin de Tian An Men. Il fouille dans sa poche et en sort une petite enveloppe de papier kraft.

« Elle m'a écrit une lettre. Une lettre de rupture. Et elle est partie le soir même. Quand je suis rentré le soir, après ma réunion avec mon chef, elle avait vidé l'appartement. Lis la lettre et tu comprendras tout! »

Cosmos prend l'enveloppe, l'ouvre et déplie la lettre. Ça le gêne un peu de lire cette lettre qui ne lui est pas adressée, mais il veut savoir. Il lit jusqu'au bout. Il y a plein de choses qu'il ne comprend pas.

« Ecoute, Xiao Wang, hier soir j'ai rencontré un ami français qui habite à l'Hôtel de l'Amitié. Il m'a parlé d'un certain Wang Jun qui travaille à l'Institut des Minorités et qui va se marier à une mademoiselle Huang, une franco-chinoise. Avoue qu'il y a de quoi y perdre son latin! C'est ta vie. Si tu étais en pétard avec Cao Yu, je veux bien l'admettre car je me doutais que tout n'était pas si rose entre vous et au téléphone mercredi elle était étrange. Mais bon sang, essaye d'être clair! Et qui est cette Mademoiselle Huang?»

Wang Jun semble de plus en plus mal à l'aise. Ils continuent à marcher tous les deux. Finalement il reprend la parole.

« Bon, je recommence par le début. Comme tu le sais, je ne suis pas un garçon très rigoureux. Lors de l'événement de juin je suis allé avec toi dans des assemblées à Beida et ailleurs. Un peu après j'ai rencontré Cao Yu. Nous nous sommes plus tout de suite. Tu te rappelles quand je t'ai dit que je l'aimais? »

Cosmos répondit de suite :

« Oui, je me rappelle ce moment. Tu m'as dit que tu voudrais faire ta vie avec elle et qu'elle te rappelait cette jeune fille avec laquelle tu avais fait ton escapade à Changchun. Vous étiez un joli couple. Mais pour quelqu'un comme toi qui t'intéresse tellement à la politique, au mouvement des étudiants, elle était plutôt apolitique et elle a continué à fréquenter tout cela pour toi! Et puis vous avez décidé de vous installer dans ce hutong près de Haidian. »

« Voilà, reprit Wang Jun. Jusque là tout allait bien et si je n'avais pas rencontré Mademoiselle Huang, comme tu dis, nous serions probablement restés ensembles! »

« Et comment as-tu rencontré cette demoiselle, car c'est la première fois que tu me parles de cela! »

Wang Jun rit. Cela a l'effet de détendre l'atmosphère :

« Je ne te dis pas tout Cosmos! Nous ne sommes pas mariés que je sache! Je suppose que tu ne me dis pas tout non plus ! D'ailleurs tu es un sacré cachotier par moment et tu cultives toujours le mystère! Par exemple, je ne connais que ton pseudo et pas ton vrai nom, même si j'ai ma petite idée. Tu m'as donné quelques pistes récemment! Mais bon ce n'est pas le sujet de notre conversation. En octobre dernier, à la fin du mois, j'étais de service, comme d'habitude à ce carrefour de Bai Shi Qiao Lu que tu connais bien pour être venu m'y espionner à plusieurs reprises... »

Cosmos sourit! Wang Jun continue :

« Je surveillais mollement le trafic, comme d'habitude, et, comme d'habitude j'avais le vieux Zhang dans les pieds. Tu ne peux pas imaginer à quel point il me surveillait, comme s'il était chargé personnellement de refaire mon éducation. Parfois j'avais l'impression que mon vieux m'avait suivi jusque Beijing. A un moment donné, une personne à vélo est venue à contresens. Je ne sais pas pourquoi elle a fait ça. Bon je l'ai arrêtée et je l'ai un peu engueulée mais sans plus. C'était une très jolie fille. Elle était habillée à la mode occidentale, avec un bluejean américain, un Lee Cooper, je pense, si ma mémoire est bonne. Elle avait des lunettes de soleil super à la mode et tout le reste à l'avenant. Et elle avait un de ces sourires. Bon j'ai été en quelque sorte ensorcelé. Je lui ai dit que c'était bon pour une fois et elle s'apprêtait à partir, dans le bon sens cette fois. Mais c'était compter sans Zhang le redresseur de torts. Il est venu de suite et a commencé à me traiter de laxiste, exactement comme mercredi. Sauf que cette fois-là, il n'a pas eu de crise cardiaque. J'ai essayé de le calmer mais ça l'énervait encore plus. La jeune femme m'a fait un clin d'œil et lui a demandé s'il fallait payer une amende? Ça a eu le don de l'énerver encore plus et il s'est mis à lui faire la morale aussi. Je les ai laissés discuter car la circulation ne s'arrête pas. Zhang s'est mis sur le côté avec elle. Je lui ai donc fichu une contredanse – 5 yuans c'est pas la mort- et elle a payé tout de suite. Pendant que je faisais les papiers et que je la faisais régler son amende, Zhang s'est occupé de la circulation des vélos. A un moment, elle m'a regardé droit dans les yeux. J'ai trouvé ça bizarre pour une jeune chinoise. Elle m'a dit que j'étais très beau, que je lui plaisais et qu'elle m'invitait à déjeuner après mon service. Elle m'a vite demandé à quelle heure je finissais et qu'elle viendrait me chercher. J'étais rouge comme une pivoine. J'ai dit oui, comme si j'avais été ensorcelé. Une force irrésistible émanait de cette jeune femme ! Il était dix heures environ et j'en avais encore pour deux heures à faire le clown avec Zhang. Je peux te dire que mes deux dernières heures de service n'ont pas été brillantes. Les engueulades de Zhang ont été nombreuses. Et en plus il faisait régulièrement un rapport à mon chef -oui tu sais la grosse brute, champion de Wushu – chaque fois qu'il venait, c'est-à-dire souvent. Heureusement ce jour-là il n'est pas resté très tard car quelqu'un l'attendait chez lui. Li Changlin mon camarade de promo est venu me relever! La demoiselle était là, à midi pétante, toujours aussi charmante. Elle était à pied. Elle avait mis son vélo dans un parking et nous avons cherché un petit restau pour manger un bout. C'est comme ça que tout a commencé avec elle! »

« Et Li Changlin, il n'a pas fait de remarques?»

« Non! Tout d'abord il n'est pas très physionomiste, et puis il était à moitié endormi. Je crois que les filles ça ne l'intéresse pas trop. Il n'a donc même pas fait attention à Xiao Huang! »

Ils marchent tous les deux depuis un bon bout de temps et ils approchent du « Pont du Ciel ». Cosmos est un peu essoufflé à cause du rythme imposé par Wang Jun. Cette histoire lui semble extraordinaire.

« Bon, continue, c'est presque un roman ton histoire. Un jour si j'écris pour gagner ma vie, j'utiliserai ton histoire. Amour, trahison, tromperie, mais jusque là tu n'avais pas encore trompé Cao Yu! »

« Nous avons déjeuné ensemble. Ensuite nous nous sommes vus régulièrement. Ce qui était difficile, c'était de donner le change à Cao Yu. Je ne suis pas un très bon menteur. Je pense qu'elle s'est doutée de quelque chose très rapidement. Avec Xiao Huang nous sommes devenus amants très rapidement. J'étais devenu bigame en quelque sorte. En réalité, elle n'est pas chinoise. Elle est franco-chinoise! Son père était un agent des services de sécurité extérieurs. Il a été tué par les Gardes Rouges pendant la révolution culturelle. Elle déteste le Parti Communiste à cause de ça. Elle a été éduquée en France et elle a eu une bourse du gouvernement français pour faire ses études. Maintenant, elle a deux métiers, d'une part elle est doctorante à Beida et elle travaille aussi pour une entreprise mixte franco-chinoise ce qui lui permet un train de vie assez confortable. »

Cosmos est perplexe. Néanmoins, cela correspond à ce qu'Erwan lui a dit de cette jeune femme.

« Mon ami français, Erwan Le Floch, m'a aussi dit que tu travailles pour l'Institut des Minorités. Je ne comprends pas le lien. »

Wang Jun reprend le fil de son récit. Ce qui est formidable est qu'il invente au fur et à mesure. Avec Xiao Huang ils ont élaboré un scénario. Néanmoins il est conscient qu'il ne doit pas répéter stupidement tout comme une leçon bien apprise, mais au contraire en faire quelque chose de vivant qui a au moins l'apparence de la vérité.

« Cosmos, tu as lu la lettre que Xiao Cao m'a laissé! Tous ces événements sont arrivés en même temps. Mercredi, lorsque mon chef m'a convoqué, il m'a signifié que j'étais viré de la police. Il m'a aussi dit qu'il fallait tenir compte que mon père était un combattant de la révolution et puis que quelqu'un était intervenu en ma faveur. Xiao Huang a un oncle à Beijing. C'est une personne influente. Les deux frères Huang étaient proches de Liu Shaoqi et de Deng Xiaoping. Ça leur a coûté cher à la révolution culturelle, mais après quand Deng est revenu aux affaires, tous ces gens-là ont retrouvé des postes intéressants. Il veille donc sur sa nièce pour qu'elle ne fasse pas trop de bêtises. Il a un ami qui est Directeur de l'Institut des Minorités et un autre Professeur à l'Académie des Sciences sociales. Il leur a proposé de me prendre sur un programme de recherche. Voilà l'essentiel! »

« J'ai quand même une question, réplique Cosmos! Où étais-tu passé de mercredi à samedi? Avec Mademoiselle Huang je suppose! »

Wang Jun rougit comme une tomate!

« Oui, mercredi soir je n'avais plus d'endroit où aller! » Cao Yu avait jeté toutes nos affaires! C'est du moins ce que m'a dit le propriétaire. J'ai appelé Xiao Huang et elle m'a accueilli chez elle, à l'Hôtel de l'Amitié. Jeudi soir j'ai eu une première rencontre avec mon futur chef de l'Institut des Minorités et avec ce professeur de l'Académie des Sciences sociales. C'est l'oncle de Xiao Huang qui a organisé cela dans un restaurant de canard laqué, celui qui est derrière Qianmen! »

« Oui, je connais, l'interrompt Cosmos. Moi quand j'y vais, c'est dans la grande salle, je ne fais pas partie de la haute, moi, termine-t-il en ironisant sur le nouveau statut social de son ami! »

Wang Jun regarde sa montre. Il est près de 3 heures de l'après-midi. Ils sont maintenant tout près du Marché aux Oiseaux. Cosmos prend la parole :

« Tiens, cela fait longtemps que je ne suis pas venu ici! Il est joli ce marché et il y a toujours plein de choses intéressantes à voir. »

Wang Jun est ravi. Il n'a même pas à proposer à Cosmos d'entrer dans ce marché. D'autre part Cosmos pense à la fille de son propriétaire. Il pourrait lui acheter quelque chose. Un poisson rouge par exemple. Elle est souvent triste cette petite fille. Oui il va acheter quelque chose. Ils entrent. Il y a du monde mais c'est supportable. Toutes sortes de marchand sont là qui vendent de l'artisanat, des plantes, et bien sûr des oiseaux et des poissons rouges. Il avise des perruches ondulées dans leur cage. Il demande le prix au vendeur. Wang Jun est surpris. Il ne savait pas Cosmos amateur d'oiseaux. Le marchand lui propose un mainate ou un perroquet. Mais Cosmos préfère des perruches. Soudain il avise des inséparables. Ils sont vraiment très jolis. Oui, se dit-il ce serait un joli cadeau pour cette petite fille. Il se retourne vers Wang Jun :

« Tu sais, la petite fille de mon propriétaire est orpheline de mère. Elle vit seule avec son père. Sa maman a été tuée dans la nuit du 2 au 3 juin. C'est très triste. Elle était sur le trottoir à Muxidi, elle regardait et elle a pris une balle perdue. J'ai mauvaise conscience parfois. Je me sens responsable. Nous avons voulu changer le monde en parlant fort et sans nous soucier des conséquences, mais cela a surtout changé le destin de cette petite fille et de son père. Alors quand je peux les aider, rendre un service, je le fais! »

Wang Jun se sent mal tout d'un coup ! Il a l'impression de participer à toutes ces choses qui écrasent la vie des gens ordinaires, à ce fantôme de la politique qui avale des populations entières. Qu'a-t-il à faire de tous ces mensonges. C'est quoi cette histoire et tous les plans tordus de Xiao Huang à côté de la douleur de cette petite fille. Il sent l'émotion l'envahir, le submerger. Il veut dire quelque chose à Cosmos. Celui-ci se rend compte de l'émotion de son ami.

« Ne sois pas si émotif, Wang Jun, c'est la vie, tu sais! »

« Je me sens honteux devant de telles situations, poursuit Xiao Wang. »

Il s'apprête à continuer quand il entend une voix, une voix si chaude l'appeler :

« Xiao Wang, quel hasard, nous avons eu la même idée de balade cet après-midi. Moi qui pensais te voir seulement ce soir. Je suppose que ce garçon est ton ami Cosmos? »

Elle s'approche. Cosmos est surpris. Il se retourne et la voit. Wang Jun ne lui a pas menti. Elle est d'une beauté exceptionnelle. Très bien habillée. A l'occidentale avec un jean très chic. Non manifestement ça ne provient pas de Chine. Wang Jun a repris ses esprits. Il est sous l'emprise de cette fille. Mais il peut comprendre. Elle est très belle, elle rayonne d'intelligence. Sa façon de regarder les gens en face, droit dans les yeux lui donne un ascendant énorme. Il est impressionné. Elle lui fait de suite la bise. Il sent sa main le prendre par l'épaule, doucement, mais fermement. Ça ne le surprend pas d'une étrangère. Il a l'habitude avec ses amis étrangers. Elle vient de le tester en quelque sorte. Il sent quelque chose de dangereux chez elle. Aussi l'impression de l'avoir déjà vue quelque part. Mais il ne saurait dire ni où ni quand. Elle se présente :

« Bonjour Cosmos, je suis Mona Huang mais j'ai aussi un nom chinois, je m'appelle Huang Yinghua! Xiao Wang m'a beaucoup parlé de toi! Je suis vraiment contente de te rencontrer enfin. Jusqu'ici c'était un peu difficile à cause de la situation particulière de Wang Jun. Il aime les femmes, je dois le surveiller. »

Elle dit tout cela sur le ton de la plaisanterie, mais tant Wang Jun que Cosmos sentent que c'est très sérieux.

Cosmos la regarde, intéressé. Jamais il n'a rencontré quelqu'un comme cette jeune femme. Quel âge peut-elle avoir? 25 ans? Wang Jun lui a dit qu'elle fait un doctorat à Beida. Il a l'impression de l'avoir déjà rencontrée quelque part. Elle est vraiment très belle. En quoi est-elle métisse? Elle semble totalement chinoise, du moins dans l'apparence physique. Son comportement n'est par contre pas celui d'une jeune femme chinoise de cet âge. Mais peut-être joue-t-elle un rôle. Qui est-elle exactement? Et ses plaisanteries sur la bigamie supposée de Wang Jun! Comme une menace pour lui et ses proches. Il est trop tôt pour savoir. Tout colle dans le déroulé des choses depuis mercredi mais il sent quelque chose de bizarre. Néanmoins, il décide de continuer ce qu'il a entamé. Le marchand s'est un peu mis en retrait. Il n'ose plus trop proposer ses oiseaux. Cosmos s'excuse auprès de Xiao Huang et de Wang Jun. Il se tourne à nouveau vers le marchand d'oiseaux.

« Il y a des inséparables. Je voudrais les acheter pour une petite fille qui est orpheline. C'est ma nièce! Enfin, presque! »

Le marchand se dirige vers l'arrière de l'étal. Il en revient presque aussitôt avec une petite cage qui comporte deux oiseaux.

« Ceux-ci sont mieux! Ils sont très beaux et je crois que la petite fille les appréciera. Ne pas oublier de les couvrir le soir. Ton histoire m'émeut. Je te fais un prix pour ces oiseaux. C'est toujours très triste une petite fille qui est orpheline. Les inséparables lui rappelleront toujours l'être aimé qui a disparu. Je t'offre la cage qui va avec! »

Xiao Huang a entendu la conversation. Elle attend que Cosmos ait fini la transaction avec le marchand. Cosmos prend la cage, il achète de la nourriture pour les oiseaux et il prend congé. Tous trois se dirigent vers la sortie du marché et arrivent au « Pont du Ciel ». Xiao Huang :

« C'est très triste l'histoire que tu racontes. Moi-même je suis orpheline de père et c'est très douloureux. Même si j'ai 26 ans maintenant, Papa me manque terriblement. Pourtant de nombreuses années se sont passées. Qu'est-il arrivé à cette petite fille. A-t-elle perdu son père ou sa mère? J'ai beaucoup de compassion pour elle! »

Elle prend soudain un air triste. Cosmos sent que, cette fois, elle ne joue pas un rôle, comme si des choses personnelles revenaient à la surface. Wang Jun intervient :

« Comme je te l'ai dit Cosmos, Yinghua a perdu son père lors des dix années de malheur. Il a été tué par les Gardes Rouges dans des circonstances atroces! »

Ils font quelques pas dans la rue. Le froid est piquant. Il est déjà près de quatre heures. Xiao Huang semble avoir perdu de son allant. Cosmos explique l'histoire de la petite fille. Xiao Huang s'énerve :

« Pourquoi est-ce que la Chine connaît toujours le malheur. Mais quelle est ta relation avec cette petite fille? Cette histoire de Tian An Men est vraiment tragique. C'est comme une pièce de théâtre. Pourquoi ne sommes-nous pas capables de résoudre des choses comme cela pacifiquement. »

Elle semble honnête dans ses sentiments. Comme si elle portait sur elle-même la douleur de la petite fille.

« Et son père, il devrait se remarier, trouver quelqu'un pour s'occuper de sa fille. C'est trop injuste. »

Ils marchent doucement. Xiao Huang reprend son calme peu à peu, mais Cosmos l'a vue comme elle doit être naturellement, sans contrôle, perdue. Il la sent fragile, et forte à la fois. Elle interpelle Cosmos :

« Ce soir nous allons rencontrer ce couple franco-belge à l'Hôtel de l'Amitié. Je pense que tu les connais peut-être. Veux-tu venir avec nous? Nous les voyons à 18 heures. Nous pouvons marcher jusque-là ou bien prendre un taxi si tu es fatigué! »

Cosmos préfère refuser.

« Non, mon amie m'attend et demain je vais avec mon ami français et ses enfants faire une visite à la campagne. J'ai un oncle qui a une entreprise agricole à la Commune des Quatre Saisons. Nous allons jusque là en vélo demain matin, mais il ne faut pas partir trop tard. Peut-être une autre fois! »

Xiao Huang est satisfaite. Non seulement le contact avec Cosmos est établi mais de plus elle arrive à s'insérer dans sa vie et à nouer des liens.

« Bon, d'accord, ce n'est que partie remise. Mais je voudrais te faire une proposition! Wang Jun et moi nous avons décidé de nous marier. La décision a été prise il y a quelque temps déjà. J'ai demandé à Jun d'inviter ses amis, mais il est très timide, alors je fais moi-même. C'est dans trois semaines. Nous allons faire une grande fête le 11 février. C'est un dimanche. Nous avons réservé une salle à l'Hôtel de Beijing. J'aime bien cet hôtel, surtout sa partie ancienne qui s'appelait l'Hôtel de Paris. Je t'invite. J'ai décidé d'inviter beaucoup de personnes. La cérémonie civile, ça on fait plus tôt. Légalement nous serons mariés bien avant, tout au début de février. Mais il y aura une cérémonie religieuse. Du côté de ma mère nous sommes catholiques. Nous nous marierons donc aussi à la cathédrale de Beijing. L'évêque est d'accord pour officier. Il y aura plein de gens. Acceptes-tu mon invitation? Dis oui Cosmos. Et il faut venir avec ton amie! Ce sera une grande fête. Dis oui, s'il-te-plaît! »

Elle a pris un air suppliant, comme une petite fille à qui on ne peut pas refuser. Cosmos ne se sent pas capable de dire non. Mona a une force de conviction peu commune couplée avec un culot certain !

« Oui, répond-il, mais je dois demander à Na. »

Mona l'embrasse et le serre fort dans ses bras. Il sent sa chaleur et son enthousiasme. Comment résister à une telle fille. Les passants se retournent. Certains sourient mais d'autres semblent plus critiques.

Wang Jun est gêné. Elle le surprend toujours. C'est comme cela qu'il a imaginé les Françaises, et elle correspond à son préjugé. Elle se retourne vers lui et lui prend la tête entre les mains :

« Te rends-tu compte Jun chéri, ton meilleur ami va venir à notre mariage ! C'est merveilleux ! Comme un conte de fées! Je suis la princesse et toi le prince charmant! C'est fantastique! »

Elle reprend la main de Cosmos :

« Je suis très heureuse que tu as accepté. Je vais t'envoyer une invitation officielle. Donne-moi ton adresse... et ton vrai nom, car Cosmos, cela n'existe pas... même si c'est très symbolique et que ça me plaît beaucoup. Mais laisse-moi deviner, Cosmos, tu dois être de la famille Yu, n'est-ce pas? »

Cosmos ne peut qu'acquiescer.

« Oui, comment as-tu deviné ? »

« Pas très compliqué, mais je continuerai à t'appeler Cosmos, car je trouve ça très original et très symbolique ! Du Cosmos à l'Univers, il n'y a qu'un pas, n'est-ce pas Yu Zhou? »

Cosmos sourit :

« Tu es très forte, comment as-tu fait le rapprochement? »

« Je te dirai un jour ! C'est lié à mon statut mixte, français et chinois. Donne-moi ton adresse maintenant que je t'envoie l'invitation. »

Cosmos sort un bloc-notes et un stylo d'une poche de son manteau. Depuis son travail de journaliste il a pris l'habitude d'avoir toujours quelque chose pour écrire sur lui. Ça lui a servi à maintes reprises. Cette fille l'épate. Finalement Wang Jun a bien fait de la rencontrer. De plus, les échanges avec elle sont beaucoup plus intéressants qu'avec Cao Yu. Elle pourrait peut-être l'aider dans son projet économique aussi. Elle a l'air d'avoir beaucoup d'influence et beaucoup d'argent. Pourquoi pas? Et peut-être grâce à elle il pourrait aller en France poursuivre des études! Qui sait! Il écrit son adresse et la lui tend. Elle regarde :

« Oh ! Tu habites dans ce quartier. C'est bien ! Mais tous ces hutongs seront bientôt détruits! On va y construire de grands immeubles je pense! Es-tu au courant? »

Donc elle connaît ce quartier. Oui il est au courant. Son propriétaire lui en a parlé. De grands projets immobiliers sont en cours pour faire de Beijing une ville moderne.

« Oui, répond-il, je sais! Mais je suis seulement locataire! Zhang mon proprio m'en a parlé. Il pense tout revendre et acheter un appartement dans les nouveaux immeubles qui seront construits! »

« Et comment s'appelle la petite fille. Si je comprends bien elle est orpheline de mère. Tu peux l'amener au mariage, et son papa aussi, j'adore les enfants. »

« Zhang Mei, mais on l'appelle Meimei! »

« C'est très joli. Elle est certainement charmante et très belle! »

« Oui, dit Cosmos ! Mais je vais partir maintenant! Je crois qu'elle sera heureuse avec ses oiseaux!»

Ils se séparent. Cosmos prend un bus pour Dongzhimen. Xiao Huang et Wang Jun lui font de grands signes au revoir et partent de leur côté, à pied.

IV

Cosmos descend à Dongzhimen. Il décide de continuer à pied jusqu'à son logement. Il tient la cage avec les deux inséparables à bout de bras. Les gens le regardent d'un air curieux. Pas trop fréquent de voir un homme encore jeune avec une cage et des oiseaux. Il a un peu mal aux jambes. Il n'a pas l'habitude de marcher aussi vite. Wang Jun est un sacré marcheur. Il doit certainement faire pas mal de sport. Sa nouvelle femme a l'air assez sportive aussi. Elle l'intrigue cependant. Il faut être prudent. Elle est curieuse. Il se demande ce qui est vrai dans ce que Wang Jun lui a raconté sur leur rencontre. Il a l'impression d'avoir entendu une histoire bien mise au point. Ce qui le surprend le plus est qu'il ne s'est rendu compte de rien. Pourtant il connaît bien Wang Jun. Il était si amoureux de Cao Yu. Qu'est-elle devenue? Rentrée chez elle à Chongqing? Personne ne sait qui étaient ses parents. Un jour, elle en avait touché un mot à Na. Elle a dit que la période de la révolution culturelle avait été difficile pour elle. Ses parents étaient d'une mauvaise origine sociale. Ils étaient sans le sou et elle a souvent eu faim. Mais rien de plus. Elle s'intéressait peu à la politique, au mouvement des étudiants. Wang Jun lui suffisait, c'était sûr. La nuit du 3 au 4 juin elle est restée à la maison. Il est vrai que Wang Jun voulant la protéger l'a quasiment obligée de rester en dehors des émeutes qui s'étaient déclenchées. Lui était sur place, à Muxidi. Na était aussi restée à la maison. Il a eu chaud ce soir-là, mais finalement il a échappé au coup de filet. Il repense soudain à Mona. Pourquoi se fait-elle appeler par son nom français. Il a l'impression qu'elle cultive un certain trouble. Il est certain de l'avoir vue quelque part. Mais il ne parvient pas à savoir exactement où. Il ignore que c'est l'impression de toutes les personnes qui la rencontrent. L'aurait-il vue à Beida lors des assemblées générales, ou pendant les émeutes, lors de l'intervention de la police? Non ce n'est pas possible. Une franco-chinoise étudiante à Beida n'aurait pas pris ce risque. De plus, elle est une femme d'affaires. Il devra lui demander plus de détails là-dessus. Lui qui veut justement se lancer dans le business. Ce sera utile d'être épaulé par quelqu'un comme elle. Cette rencontre n'a pas été inutile. Il approche de l'Académie des Beaux-arts. Il est près de cinq heures. Il pense rejoindre Na, mais se trouve un peu ridicule avec sa cage et ses oiseaux.

En plus, les maîtres de Qi Gong n'aiment pas trop être dérangés lorsqu'ils font leurs exposés ou lorsqu'ils montrent les exercices. Qui peut donc être ce Li Hongzhi? Il n'en a jamais entendu parler. Na a l'air convaincue. Il la verra ce soir. Elle aura certainement beaucoup de choses à raconter. Il traverse l'avenue et pénètre dans le hutong qui fait face à cet institut d'enseignement supérieur. Officiellement, Na a une place dans un dortoir pour filles. En réalité elle est tout le temps avec lui dans la maison qu'ils louent. Zhang, le propriétaire est un chouette gars. Il n'a vraiment pas eu de chance de perdre sa femme au moment des événements. C'est arrivé tellement bêtement. Elle était en visite chez une amie dans le quartier de Muxidi. Comme beaucoup, elle a voulu voir ce qui se passait. Zhang n'était pas avec elle, mais la petite l'accompagnait. Avec son amie elles étaient sur le trottoir et regardaient la police et l'armée charger les manifestants. Tout d'un coup, il y a eu un mouvement de foule. Des policiers leur ont dit de partir, que c'était trop dangereux. Le problème était qu'on ne savait plus vraiment qui était qui. Elle a vu des gens habillés en militaires sur une barricade. Ils avaient des armes et ils tiraient sur d'autres militaires qui avançaient sur Chang'an. Elle a essayé de partir. Il y avait beaucoup de bruit partout. Elle tenait sa fille par la main et s'est dirigée vers des petites rues adjacentes. Son amie la pressait. La petite était entre elles deux. Soudain elle s'est effondrée. Le sang pissait par la tête. Quelqu'un a crié : « Des snipers, sur les toits ! Ils nous tirent dessus. »

Des gens l'ont soutenue. On l'a mise sur un brancard improvisé. Mais il était trop tard pour elle : une balle lui était entrée par l'arrière de la tête et l'avait complètement explosée. Des personnels médicaux ont bien essayé de faire quelque chose, sans succès. Son amie a pris la petite et lui a caché la scène, mais Meimei a tout vu. L'amie l'a ramenée chez elle. Des voisines s'en sont occupées. Le lendemain il a fallu annoncer la triste nouvelle à Zhang. Depuis, il est comme un zombie. Cosmos s'occupe souvent de Meimei. Elle est gentille mais il sent bien que quelque chose est cassé. Il décide de la prendre le lendemain avec lui. Loïc et Lorraine ont à peu près le même âge. Bon, on verra bien. Il arrive devant sa maison. Il regarde si Zhang était chez lui. La porte est entrouverte, malgré le froid. Il frappe.
« Entrez, dit la voix de Zhang. »
Il pousse la porte !

« Ah Cosmos c'est toi ! Na m'a dit que tu amenais tes amis étrangers demain pour une balade à vélo. Tu ne trouves pas qu'il fait un peu trop froid. Elle m'a dit aussi que ces gens ont des enfants du même âge que Meimei! Je te propose d'aller avec toi. J'ai le minibus de l'entreprise. Ce sera plus confortable. Et ça nous fera une sortie. Mais qu'est-ce, tu achètes des oiseaux maintenant? »

Cosmos montre la cage et les inséparables :

« C'est un cadeau pour Meimei. J'ai pensé que ça lui ferait plaisir! »

« Tu gâtes trop cet enfant! Mais c'est un joli cadeau! Tu ne devrais pas! Meimei, crie-t-il, viens ici! Cosmos a un cadeau pour toi! »

La petite fille accourt depuis une autre pièce! Elle est vêtue d'une robe à fleurs avec des collants en dessous. Elle court vers Cosmos et se jette dans ses bras:

« Papa a dit qu'on fera une balade ensemble demain, jusqu'à la Commune des Quatre Saisons. Je suis très contente. »

« Regarde Meimei, je t'ai apporté des oiseaux. J'espère que tu t'en occuperas bien. Ce sont des inséparables. Si l'un meurt, l'autre meurt de chagrin. C'est pourquoi ils vont toujours par deux! »

Le père, Zhang, sourit :

« Bon tu vois, pour demain tu n'as pas le choix. C'est décidé! Je pense que ce sera plus agréable pour tes amis! Il fait quand même un peu froid pour faire du vélo en campagne! »

V

Après avoir quitté Cosmos, Xiao Huang et Wang Jun prennent un taxi qui les amène en moins de trente minutes à l'Hôtel de l'Amitié. Ils montent directement dans leur appartement et font le point. Il est cinq heures.

« Xiao Huang, comment as-tu deviné le nom de Cosmos? »

« Pas très compliqué, réplique-t-elle. Mais ça a peu d'importance. L'essentiel est d'avoir le contact avec lui et que ça s'est bien passé. Il croit plus ou moins ce que tu lui as raconté. Tu dois me dire exactement ce que tu lui as dit pour que je ne commette pas d'impair. »

Wang Jun lui raconte dans le détail comment s'est passée l'après-midi. Elle semble assez satisfaite.

« Xiao Wang, ce mariage sera un jour particulièrement important. Il y aura beaucoup de monde, des gens qui tournent autour de la dissidence et des étrangers qui travaillent ici, mais aussi des représentants officiels de Chine et de France. »

Wang Jun ne se sent pas tout à fait à la hauteur.

« Mais tu sais, je ne parle pas vraiment de langues étrangères, un peu de français et finalement je me débrouille mieux en anglais. »

« C'est parfait, lui dit Mona ! Comme cela tu ne diras pas de bêtises ! Et puis ajoute-t-elle en souriant, je suis certaine que Cosmos te donnera un coup de main. »

« Maintenant, continue-t-elle, il faut nous préparer pour tout à l'heure. Nous allons rencontrer Erwan Le Floch et sa famille. J'ai senti comme une tension dans le couple. Pour nos affaires, il vaudrait mieux qu'ils s'entendent. »

Wang Jun sent que tout s'accélère. La difficulté avec Mona, c'est qu'elle voit le déroulement des tactiques et des stratégies qu'elle met en œuvre, mais elle ne se rend pas compte à quel point Wang Jun est largué parfois. Il veut plus de précisions sur ce qu'elle veut et surtout sur ce qu'il doit faire. Tout lui semble tellement hasardeux et confus! »

« Xiao Huang, tu dois me dire ce que tu veux faire exactement et pourquoi nous essayons de pénétrer les cercles d'amis de Cosmos, y compris ses amis étrangers et les gens qu'ils connaissent! Moi je ne vois pas trop l'intérêt! »

Ainsi, Wang Jun ne sent pas l'affaire. Pourtant dans l'esprit de Xiao Huang, il est une pièce essentielle. Elle ne peut pas tout lui expliquer. Il faut qu'il avance à l'aveugle, en quelque sorte. Il sent qu'elle maitrise tous les éléments mais qu'elle garde des informations pour elle !

« Ecoute Jun, Cosmos connaît beaucoup de gens à Beida. Il a été journaliste aussi. Il travaille à Beijing Information et pour Xinhua, tu es au courant quand même! »

Wang Jun réplique de suite car des choses lui semblent inexactes!

« Non, Cosmos n'était pas journaliste. Il était rédacteur à Beijing Information. Il y en a plusieurs comme lui, des anciens étudiants de Beida ou d'autres universités. Il a été engagé parce qu'il connaît très bien le français, mais il n'a jamais fait de reportages et il n'a jamais travaillé à Xinhua. Par contre, il connaît des étrangers qui travaillent à Xinhua simplement parce qu'il a dû interpréter pour eux. Il m'a expliqué que comme les gens qui parlent bien français ne sont pas très nombreux, les différents organes de presse se les partagent. »

Mona semble contrariée :

« Es-tu certain de ce que tu avances? »

« Oui, Chérie, absolument certain! »

« Mais pourquoi a-t-il quitté les Editions? »

« Il y a eu un conflit, d'après ce qu'il m'a dit. Il s'est engueulé avec un certain Ma. C'était après l'incident de Tian An Men. Il en voulait au monde entier. Il disait aux cadres de Beijing Information qu'il allait écrire sur son front qu'ils étaient tous une bande de fascistes à la solde de Li Peng. Ma lui a demandé de se calmer, qu'il avait de la chance qu'aux Editions on était compréhensif avec les « Etudiants » mais qu'il ne fallait pas pousser le bouchon trop loin ; que le temps n'était pas si loin où il se serait retrouvé dans le Laogaï[18] pour de tels propos. Il faut savoir que le Ma en question est un ancien Garde Rouge ! Après cet éclat la direction de Beijing Information a décidé de le virer. »

Ces informations ne correspondent pas à ce que sait Xiao Huang. Elle doit tirer cela au clair.

« Et de quoi vit-il, car après avoir quitté les Editions il n'avait plus de travail. Cette histoire est mystérieuse. »

Wang Jun ne sait pas exactement quels sont les revenus de Cosmos.

« Je crois qu'il fait des affaires, enfin qu'il essaye...Enfin je n'en sais pas plus pour le moment! Après les événements nous nous sommes vus moins souvent, pour des raisons de sécurité. Quand il est venu me voir mercredi

18Système pénitentiaire chinois, l'équivalent du Goulag soviétique

matin, j'étais assez surpris. Je pense qu'il a gardé des contacts avec d'anciens camarades de promotion et même des gens qu'il a connus au lycée! »

« Au lycée, mais il est originaire de Changchun! Humm beaucoup de gens de cette région sont dans la police. Il faut que je vérifie des choses. Il est dangereux ton ami Cosmos! Tu comprends maintenant pourquoi il faut voir clair dans ses relations. Je l'ai vu à l'œuvre à Beida. Il fonctionne comme un espion. On en reparlera plus tard. Maintenant il est presque six heures, nous avons rendez-vous avec la famille Le Floch! »

Ils sortent de l'appartement, prennent l'ascenseur et quittent l'Hôtel. Ils se dirigent vers le complexe réservé aux apparts' hôtels, en fait les logements de la plupart des experts étrangers de diverses nationalités travaillant pour le gouvernement chinois à Beijing.

Arrivés devant la porte des Le Floch, Xiao Huang frappe et attend. C'est calme à l'intérieur. Elle entend des pas et puis la porte s'ouvre. C'est Lorraine. Elle les fait entrer. Cécile est occupée dans la salle de bain avec Morgane. Ils pénètrent dans l'appartement. Erwan est assis à une table avec le garçon, Loïc. Il lui fait réviser une leçon. On entendrait une mouche voler. Erwan se lève pour les saluer. Il tend la main à Wang Jun et fait la bise à Mona. Puis il les invite à s'installer. Il va chercher deux chaises supplémentaires dans la pièce à côté. Il n'a pas l'air dans son assiette.

« Vous n'avez pas l'air en forme Erwan. Vous êtes malade? »

Erwan, effectivement, ne tient pas une forme superbe. Il n'est pas rasé et ses yeux sont complètement rouges. Il leur sourit :

« Ce n'est pas trop grave. Hier soir, Cosmos nous a rendu visite. Je suis allé le raccompagner jusqu'à la porte extérieure. En revenant, j'ai rencontré une copine, Sandra, qui m'a invité à prendre un verre. Bon le verre, c'était un peu plus qu'un, un excellent whisky canadien. Il y avait aussi un copain portugais, José, qui avait amené du vin. Finalement, on a fait la fête une partie de la nuit. Nous avons refait le monde au moins une dizaine de fois. Pour compléter le tout, plusieurs amis de la communauté latino du complexe sont venus nous rejoindre. Bref, la fiesta s'est terminée vers trois heures du matin. José est reparti en même temps que moi ! Les latinos sont restés continuer à boire et à chanter avec Sandra -Je me demande d'ailleurs dans quel état elle a fini car elle avait pas mal picolé également. Quand je suis revenu ici, j'ai trouvé porte de bois. Du coup, José m'a invité à dormir chez lui. Quand on y est arrivé, on a encore ouvert et vidé quelques bouteilles de bière. Une nuit agitée en fait. Ce matin j'avais une sacrée gueule de bois et j'avais oublié que je devais conduire Lorraine à un cours de danse. Il y avait de l'ambiance quand je me suis pointé ici vers 11 heures du matin. »

Mona a presque pitié de lui. Il doit avoir beaucoup de mal à se concentrer. Elle décide qu'ils reviendront un autre jour. C'est assez mal choisi et Cécile doit certainement être d'une humeur de chien. Il vaut mieux ne pas jeter d'huile sur le feu.
« Oh, je suis désolée ! Je pense que nous reviendrons un autre jour. Nous allons vous laisser vous reposer. »
En temps normal Erwan aurait protesté. Mais l'état de son crâne lui indique qu'il vaut mieux reporter cette discussion à un autre jour. Entretemps, Cécile est sortie de la salle de bain avec la petite Morgane, enveloppée dans une grande serviette. Elle n'a pas l'air spécialement irritée et tend sa fille à Xiao Huang :
« Tiens, Mona, peux-tu me la tenir un peu. Et puis comme son grand-frère a dit qu'il avait été sur tes genoux, elle voulait te connaître à tout prix. »
Mona aime beaucoup les enfants. Elle prend la petite dans ses bras. Cécile continue :
« Oui, hier soir, mon mari a fait une sortie arrosée. Alors aujourd'hui il n'est pas en très grande forme. Il est allé boire avec une de ses grandes copines, une jolie blonde canadienne, n'est-ce-pas Erwan! Avec tout ce qu'il a bu, il doit avoir quelques marteaux-piqueurs à l'œuvre à l'intérieur de son crâne. Pendant ce temps, sa dévouée épouse s'est occupée de tout, les enfants, les courses, le cours de danse de Lorraine, etc! »

Mona se rend compte que sous une apparence ironique, elle est en réalité dans une très grande colère. Elle décide de jouer la carte de la solidarité féminine.
« Oui, répond-elle à Cécile, la vie n'est pas toujours facile pour les femmes. En France, les hommes croient toujours qu'ils ont tous les droits. Mais nous les femmes, nous ne nous laissons plus faire. »
Erwan semble émerger de sa gueule de bois.
« Bon ça va, je vois que le MLF est aux commandes. Je n'aurais pas dû boire comme cela. Je pensais que ça allait durer une demi-heure et puis on

69

ne voit pas passer le temps. Promis, juré! Je ne le ferai plus. Et puis je vais reprendre une aspirine, car ça me tape trop fort là! »

Il se lève péniblement et se dirige vers la salle de bain. Lorraine vient près de Mona et lui dit avec un sourire canaille :

« Oui, quand Papa est rentré, il était encore tellement saoul qu'il a manqué se casser la figure dans l'escalier. Et puis il a dormi une grosse partie de l'après-midi. Je lui ai mis des compresses sur la tête pour que ça passe plus vite. Maman l'a grondé très fort et puis ils se sont disputés. »

Loïc pour sa part ne dit rien. Il sent bien que dans cet environnement féminin ce n'est pas gagné et, qu'aujourd'hui en tout cas il vaut mieux, en tant qu'élément masculin, filer doux. Entretemps Erwan est revenu.

« Je suis désolé Mona, on peut essayer de se voir lundi pendant la journée... »

Cécile l'interrompt :

« Et moi alors, j'ai aussi envie d'être là. Ça me concerne aussi ! Et je travaille toute la journée. Je ne suis pas journaliste free-lance, moi ! J'ai des horaires et Lao Ma n'est pas très souple sur cette question! »

Mona intervient :

« Oui, je veux vous voir tous les deux. »

Et s'adressant à Cécile.

« J'ai cru comprendre que le travail à Beijing Information n'est pas trop intéressant! Si tu veux, Cécile -tu permets qu'on se tutoie, n'est-ce pas? Si tu veux, je connais des gens bien placés à Faculté de Français de Beida. Ils seront sans doute intéressés par toi car il y a actuellement un poste de professeur de Français Langue Etrangère vacant! »

Elle a visé juste. Cécile en a marre de son travail à Beijing Information. Donner des cours de français l'intéresserait beaucoup plus.

« Oui ce serait gentil, car Lao Ma devient difficile et il est un peu rigide. Je crois que c'est un ancien Garde Rouge! Du moins c'est ce que Cosmos, un de nos amis chinois qui a travaillé aux Editions nous a dit. »

C'est vraiment l'occasion rêvée pour Mona. Elle fait un petit signe à Wang Jun, sans se faire remarquer. Celui-ci a beaucoup de peine à suivre la conversation. Puis elle répond :

« Les Gardes Rouges, c'étaient surtout des voyous. Ils ont tué mon père. J'étais encore bébé. Mais ma mère m'en a parlé et mon oncle Huang m'a dit qu'il ne les supportait pas. Ils ont mis la Chine sens dessus dessous! Ils ont été très cruels avec beaucoup de gens. Les Chinois ont beaucoup souffert.

Moi je ne les supporte pas. Ceux qui se revendiquent encore d'avoir été Gardes Rouges, c'est parce qu'ils regrettent ce temps-là! Maintenant, la Chine évolue vers un système légal socialiste et nous ne voulons plus de ces choses. Il nous manque encore la cinquième modernisation, la démocratie, mais je pense que nous sommes sur la bonne voie, malgré l'incident de l'année dernière. »

Erwan est vraiment trop mal en point pour intervenir dans la conversation. Et sans doute il vaut mieux. Il sera toujours temps ultérieurement de discuter de tout cela avec Mona et Wang Jun. Mais Cécile est emballée, elle trouve Mona très intéressante, même si un point la tracasse :
« Pourtant Mona, les Gardes Rouges ont été envoyés par Mao. »
« Non, reprend Mona, c'est ce que tout le monde a cru en Occident. Ce sont Lin Biao[19] et puis la Bande des quatre[20] qui ont manipulé le président Mao. Zhou Enlai est arrivé à s'opposer à ce courant, mais ils étaient très puissants. Personne en Chine ne les aimait et ils étaient très brutaux! Le président Mao leur a dit à maintes reprises de faire attention, de respecter le Parti et le peuple, mais ils ne voulaient que le pouvoir. Heureusement nous nous en sommes débarrassés. »

Cécile aurait bien continué la conversation mais tout d'un coup le téléphone sonne! Elle se dirige vers le fond de la pièce et décroche le combiné.
« Allo !...Oui, Cosmos! Attends, je te le passe! Erwan, c'est ton pote Cosmos pour toi! »
Mona est attentive. Ainsi Cosmos s'est pris à son propre jeu! Même ses amis ignorent son véritable nom. Quel enfantillage. Cela a été si facile pour elle de deviner sa véritable identité. Un jeu d'enfant. Pas de code compliqué à casser. Seulement un peu de jugeote et d'intuition féminine. Erwan a pris le combiné :
« Oui Cosmos! … Oui, il n'y a pas de problèmes!.....Je vais lui demander, attends.... Cécile, finalement demain tu viens avec nous. On peut prendre Morgane car un copain de Cosmos viendra avec un minibus! »

19Ministre de la Défense pendant la Révolution culturelle, mort dans un accident d'avion

20Groupe de quatre dirigeants structuré autour de l'épouse de Mao, Jiang Qing

Incroyable, se dit Mona. Ce genre de combine existe toujours. Un minibus d'entreprise utilisé pour des besoins personnels. Il se débrouille bien Cosmos. Mais Cécile fait signe que non à Erwan.

« Bon désolé Cosmos, elle ne veut pas!... Que j'insiste! On voit bien que tu la connais mal! Si elle a décidé que c'est non, c'est non! Donc, on fait le plan initial. Je ferai entrer Na dans l'hôtel et puis nous partirons avec Loïc et Lorraine. .... Il y aura une petite fille en plus avec nous, c'est super, je vais le leur dire. Je pense qu'ils seront contents. Bon, ciao, à demain. »

Il raccroche !

« Loïc, Morgane, demain Cosmos vient avec un copain qui a un minibus. Et il amène sa fille. Ça vous fera une compagnie! »

Les deux enfants ne semblent pas plus enthousiastes que ça.

« Et elle a quel âge? »

« Bon, ben je ne sais pas, Cosmos ne m'a pas dit. »

Erwan revient vers les autres. Son mal de tête commence à se dissiper avec l'aspirine.

« Oui, demain nous allons à la campagne... »

Mona le coupe :

« Je sais ! Wang Jun et moi, nous avons rencontré Cosmos par hasard cet après-midi au Marché des oiseaux, à côté du Pont du Ciel ! Il m'a dit qu'il faisait une sortie avec vous. Et sa copine va rester avec Cécile pendant ce temps-là. Les nouvelles vont vite! »

Erwan est estomaqué. C'est comme dans un village, tout se sait très vite.

Mona décide de prendre congé :

« Je vais vous laisser à votre soirée en famille. Erwan soignez-vous! Oh on peut se tutoyer, c'est plus facile. On peut se voir lundi après le travail de Cécile. Six heures ça va Cécile? »

« Oui, répond celle-ci ! Pas de problème! Je serai peut-être en retard mais on peut manger un bout ensemble. »

« C'est moi qui vous invite, dit Mona. Je viendrai vous chercher, et Morgane sera mon invitée particulière ! »

Depuis le début de la conversation, Morgane n'a pas bougé des bras de Mona. Elle a l'air de bien s'y plaire. Celle-ci tend le bébé à sa mère.

« Bon, je te la rends. Donc on se voit lundi soir à six heures. Et puis, je veux aussi vous inviter à mon mariage, dans deux semaines, le 11 février. Ça se passera au Grand Hôtel de Beijing, mais on peut en parler plus lundi. »

Lorraine s'invite dans la conversation :

« Mais le 11, c'est mon anniversaire! »

« C'est merveilleux, reprend Mona, on fêtera tout ensemble. Bon, à lundi. Tu viens Wang Jun? ajoute-t-elle en chinois. »

Erwan et Cécile les raccompagnent à la porte. Le concierge est sur le pas de la porte. Il dit quelque chose à Mona. Celle-ci répond d'un ton vif. Puis Mona et Wang Jun partent. Ils les entendent sur le sentier dans le jardin. Lorraine et Loïc les regardent par la fenêtre.

« Bon dit Erwan, en rentrant! Pour le bain, qui commence? Lorraine ou Loïc? »

Aucun des deux n'a l'air de se décider.

« On pourrait se laver demain matin, dit Loïc! »

Cécile intervient :

« Bon vous allez pas commencer, hein! Allez Lorraine, c'est ton tour aujourd'hui. Et hop! »

Le ton est sans appel. La petite part vers la salle de bains sans rechigner. Son frère lui fait des grimaces dans le dos.

VI   Lanzhou, dimanche 21 janvier 1990

Le train est arrivé pendant la nuit. On entend vaguement du bruit, l'agitation de la gare. Les portes du wagon sont restées fermées. Cao Yu a froid. Elle se réveille doucement. Elle se sent complètement ankylosée. Tout son corps lui fait mal. Les autres filles se sont bien occupées d'elle. Elles espéraient arriver plus rapidement. Mais le train s'était mis à ralentir et il s'arrêtait parfois. On entend des cris à l'extérieur. Cao Yu a pu manger un peu. Weina veille sur elle avec tendresse. Les autres filles font de leur mieux, sachant qu'elle a probablement quelques côtes froissées, si pas cassées. Elle a du mal à respirer. Si elle ne bouge pas trop, ça va. Elles entendent des voix se rapprocher du train. Puis des bruits de moteur, comme des camions. Soudain, elles réalisent qu'on déverrouille les panneaux externes des wagons. Un rai de lumière entre, puis tout est ouvert. Tout le monde se lève dans le wagon. Des soldats sont à l'extérieur, l'arme au pied, baïonnette au canon. Certains portent des fusils d'assaut. Dehors le soleil luit. Cao Yu ne voit pas grand chose. Weina l'aide à se lever, lui ferme convenablement son manteau. Un ordre vient de l'extérieur:
« Dehors! Et rangez-vous devant les wagons, par deux!»
Les occupantes ne se font pas prier. Elles descendent en sautant. Quand c'est le tour de Cao Yu, elle se rend compte que la distance au sol impose de sauter. Un garde voit qu'elle a du mal et s'approche pour l'aider. Mal lui en prend. L'officier qui commande le détachement hurle:
« Arrête d'aider cette vermine contre-révolutionnaire. Ça peut bien descendre tout seul. »
Weina aide Cao Yu mais elle ne peut l'empêcher de tomber, ce qui fait rire quelques soldats. Finalement, toutes les occupantes sont dehors et elles se rangent devant les voitures. Elles voient que le train est composé de nombreux wagons, mais qu'à part le leur, seul un autre est rempli de personnes déportées. Weina regarde les occupantes de l'autre wagon avec attention. Ce sont pour la plupart des personnes plus âgées. Une cinquantaine au total. Toutes des femmes également. On peut reconnaître des nonnes tibétaines à leur costume, mais pour les autres il est difficile de savoir qui elles sont et pourquoi elles sont déportées. Certaines semblent avoir beaucoup de mal à rester debout, comme si elles avaient été battues. L'une d'entre elles est particulièrement mal en point. Elle doit avoir au

moins quatre-vingt ans. Weina réalise que Cao Yu regarde les personnes de l'autre wagon. Elle la tire par le bras et lui souffle :

« Ne t'intéresse pas trop à ces gens-là. Ce sont certainement des politiques ou des religieux, peut-être les deux! »

« Mais pourquoi sont-ils ici? Répond-elle? »

« Chut, lui dit Weina, je te dirai plus tard. Maintenant il vaut mieux ne pas parler! »

Un garde les a vues se parler et intervient :

« Hé, les deux putes, interdit de parler. Qu'est-ce que vous mijotez ? Répondez! »

« Excusez-moi Camarades, mon amie a froid et je lui ai dit de fermer son manteau correctement. C'est tout! »

« Bon, c'est bon pour une fois. Jusqu'à notre arrivée au Centre, pas un mot. Vous allez monter dans les camions. Exécution! »

Il leur montre deux camions bâchés qui viennent d'arriver. Les gardes les encadrent et les poussent sans ménagement vers l'arrière du camion. Arrivées au camion, il faut encore y grimper. Wei Na et une autre fille poussent Cao Yu dans le camion puis montent avec leurs propres moyens. Le camion comporte deux ridelles latérales et une à l'arrière qui est remontée dès que toutes les filles ont grimpé. Il n'y a pas de bancs et toutes doivent s'installer sur le plancher. C'est terriblement inconfortable d'autant plus que tout est froid. Lorsque les soldats en ont fini avec le premier wagon, ils s'occupent du deuxième groupe. L'embarquement est rapide aussi. Cependant plusieurs personnes ne parviennent pas à grimper. Les soldats les poussent avec brutalité dans la benne et ferment la ridelle du fond. Ensuite ils abaissent les bâches des deux camions et les occupants sont plongés dans une semi-obscurité. Au moins cela les protège du vent.

Dès que c'est fait, les deux wagons qui ont servi au transport des déportés sont clos à nouveau. Un garde fait signe au conducteur du train qui se met en route, entre dans la gare de Lanzhou puis continue son chemin en direction du sud. Deux soldats soulèvent la bâche de chaque camion, montent et s'installent à côté des prisonnières. Les deux qui sont dans le camion où se trouvent Cao Yu et le groupe des prostituées sont jeunes, très jeunes même. Une des filles essaye de lier conversation mais ils les rabrouent immédiatement. Ils ferment à nouveau la bâche arrière du camion, font signe aux filles de se serrer un peu plus afin qu'ils puissent prendre leurs aises. Les camions ne démarrent toujours pas. Il reste une vingtaine de soldats à l'extérieur. L'officier qui commande le détachement est monté à l'avant du premier camion. Un autre gradé a fait de même dans le second. Soudain on entend le bruit d'un troisième véhicule qui s'arrête juste à côté. Le chauffeur laisse tourner le moteur. Les filles entendent des cris, des ordres et les soldats restants grimpent dans le camion qui vient d'arriver.

Dès que c'est fait, les trois véhicules se mettent en route. Aucune des prisonnières ne sait exactement où elles sont. Comme le train n'est pas entré dans la gare elle n'ont pas pu entendre une éventuelle annonce ou éventuellement lire un panneau. Certaines essayent de nouveau de communiquer avec les deux jeunes gardes, mais ceux-ci font vite comprendre qu'il vaut mieux ne pas insister. Le camion roule sur un terrain rempli de nids de poules et de fondrières. Toutes sont bousculées. Comme il n'y a rien pour s'accrocher, sauf les ridelles, pour celles qui sont dans le fond ou sur les côtés, c'est très difficile. A un moment, elles sentent que le camion aborde une route macadamisée. Une des filles proche des soldats parvient à lire l'heure sur la montre de l'un d'eux. Elle fait passer l'information subrepticement dans l'ensemble du camion. Il est dix heures du matin. Les trois camions traversent une ville, sans doute Lanzhou, puisque Weina tenait l'information de l'avant-veille, mais sans certitude aucune.

Cependant, une des filles lui dit qu'elle est déjà venue dans le Gansu et que ça y ressemble, y compris le froid piquant. Elles entendent des bruits de ville, le brouhaha des rues. Puis le camion roule plus rapidement et elles savent qu'elles sont sorties du centre-ville. Un certain temps s'écoule. Les deux soldats somnolent. Une des filles regarde à nouveau l'heure. Il est 11 heures maintenant. Cela fait une heure qu'elles roulent. Soudain, le camion ralentit, puis s'arrête. On entend une porte métallique s'ouvrir, le camion entre dans l'enceinte d'un bâtiment. Il roule encore un peu puis pénètre dans ce qui semble une cour intérieure. Le camion s'arrête. Elles entendent les autres camions faire de même et puis tous les moteurs sont arrêtés. Les deux gardes sursautent. Ils abaissent la ridelle arrière, remontent la bâche arrière qu'ils attachent avec des sangles et sautent du camion. Ils font signe aux prisonnières de faire de même et de se ranger par deux dans la cour.

Tant bien que mal, les filles arrivent à descendre. C'est haut, particulièrement pour Cao Yu avec ses multiples blessures et contusions qui sont loin d'être guéries. Avec l'aide de Weina et de deux autres filles, elle se retrouve sur le sol et se met dans le rang. Le deuxième camion est également vidé. Du troisième, les soldats sortent rapidement et se rangent en bon ordre dans la cour en face des deux groupes de prisonnières. Elles se trouvent effectivement à l'intérieur d'une espèce de forteresse plus ou moins rectangulaire. Tout est entouré de murs épais et hauts, environ cinq ou six mètres.

Des barbelés couronnent les murs d'enceinte. Il y a des petites tours de guet tous les cinquante mètres, des espèces de miradors qui ne sont pas tous en dur. A l'intérieur de ces tours, des gardes armés veillent. Quelques tours sont équipées de projecteurs. La prison est grande. Elle comporte plusieurs séries de bâtiments. Xiao Cao essaye d'estimer l'ampleur des bâtiments. C'est difficile, mais à vue de nez, probablement quatre ou cinq cents mètres de longueur sur deux ou trois cents mètres de largeur. Il n'y a pas d'enceinte intérieure comme dans de nombreuses prisons. Les officiers responsables du détachement semblent attendre quelque chose ou quelqu'un. Une petite tribune a été installée. Heureusement, il n'y a pas de vent. Un pâle soleil a fait son apparition et réchauffe un tant soit peu les prisonnières. Cao Yu espère que cela ne va pas durer trop longtemps car elle commence de nouveau à ressentir toutes les douleurs de son corps. Elle se demande de nouveau où elle est. Ce ressenti des choses qui vont trop vite. Que va-t-elle devenir? Que vont-ils lui faire? Elle regarde les personnes autour d'elles. Toutes ont l'air résigné. Comment ne pas l'être. Elles doivent avoir froid aussi mais certaines essayent de montrer de la bonne humeur. Elle regarde à nouveau autour d'elle. Leur groupe comporte une vingtaine de personnes, toutes assez jeunes. Peut-être quelques-unes sont un peu plus âgées. L'autre groupe est plus réduit. Elle essaye de les compter, mais elle ne parvient pas à se concentrer suffisamment. Probablement une quinzaine. Trois nonnes bouddhistes, facilement reconnaissables, mais pour les autres elle ne sait pas. Toutes des personnes assez âgées. Celle qui a eu tant de mal à descendre du train, à remonter dans le camion et à en descendre est plus ou moins soutenue par une autre. Toutes ces femmes respirent la souffrance, mais au-delà de cette première impression une certaine force intérieure semble émaner d'elles. Elle se sent soudain complètement nulle. Qu'a-t-elle à voir avec tous ces gens. Elle ne fait pas de politique. Elle a bien participé à quelques manifestations en juin, mais qui n'y a pas été. Elle en veut à Cosmos. Elle l'a toujours trouvé imprudent. Il s'est montré un peu partout. Et ce nom de Cosmos par lequel il se fait appeler. Comme si cela pouvait tromper un policier expérimenté. A travers ce qu'il a raconté, elle a deviné qu'il travaillait à Beijing Information. Lors des manifestations, il entraînait Wang Jun.

De nouveau, elle commence à se sentir mal. Elle aimerait bien s'asseoir. Le temps ne passe pas vite. Les soldats sont l'arme au pied. Ils ne sont pas très bien rangés. Leurs vêtements pas très propres non plus. Rien à voir avec ceux qu'on voit monter la garde à Beijing autour de Zhongnanhai[21] ou d'autres bâtiments. Certains ont un air sauvage cependant. Lorsqu'elle est sortie du train, elle a été effrayée par leur allure. Sans doute pas très bien habillés, mais en tout cas pas des soldats d'opérettes. Les baïonnettes l'ont fait frissonner. Elle s'est soudain imaginée au sol avec un soldat s'acharnant sur elle. Non se dit-elle, ce n'est pas possible. Les soldats de l'Armée Populaire de Libération ne se comportent pas comme cela. Ils sont respectueux et n'utilisent que la violence révolutionnaire contre les ennemis du peuple. Ses pensées la ramènent à ce qui s'est passé lors de son arrestation. Où est Wang Jun? Peut-être l'ont-ils tué? Elle va sans doute être interrogée et elle dira que c'est un malentendu, une erreur, qu'elle est une étudiante, qu'on l'a arrêtée par erreur. Elle se rend compte qu'elle a changé de monde et des larmes commencent à lui couler sur les joues. Un des soldats la regarde ; il a remarqué ses larmes. Il donne un coup de coude à son voisin et tous deux la dévisagent. Ils rient. Weina voit leur manège et leur lance un regard noir. Cela les fait rire encore plus. L'officier a dès lors son attention attirée. Il se déplace vers eux. Tous trois échangent quelques mots. L'officier jette un regard sur Cao Yu. Il s'approche :
« Pourquoi pleures-tu? Tu te sens honteuse? Comment tu t'appelles? »
Cao Yu ne parvient pas à articuler. Elle sent ses forces l'abandonner. Weina répond à sa place.
« Elle s'appelle Cao Yu. Elle est malade. S'il vous plaît, ayez pitié d'elle. »
L'officier les regarde toutes deux d'un air dédaigneux. Il retourne près des deux soldats. Puis il fait le tour du petit détachement. Il commence aussi à trouver le temps long. Il demande quelque chose à un autre soldat. Celui-ci

21 Siège du gouvernement chinois à Beijing

78

fouille dans un sac, en sort une liste et la tend à l'officier. Il revient près des deux jeunes femmes. Il dévisage Cao Yu à nouveau :

« Cao Yu, ton cas est grave. Tu as trompé la confiance du Parti. Le Parti t'a permis de faire des études, alors que ton père est un antisocial. Mais tu ne t'es même pas montrée reconnaissante. Je t'ai à l'œil Cao Yu. Et ça ne sert à rien de pleurer. »

Son ton est dur. Il s'adresse ensuite à Weina :

« Et toi, tu es qui? »

« Moi, je m'appelle Wang Weina. »

Il consulte à nouveau la liste.

« Ah oui, je vois ! On t'a arrêtée en train de t'envoyer en l'air avec un étranger! Comme Cao Yu, tu viens de Chongqing. »

Il regarde les deux filles avec insistance. Derrière son dos les soldats échangent des sourires entendus.

« On dit que les filles du Sichuan sont les plus belles de Chine! Hum! C'est vrai! Même non lavées et avec ces vêtements qui puent, un homme comme moi peut s'en rendre compte! Vraiment vous êtes des sales putes. On va vous dresser. Je vous verrai plus tard toutes les deux! »

En l'entendant dire ces derniers mots, les soldats ont du mal à étouffer des rires naissants. Il a certainement entendu mais il fait comme si de rien n'était. Weina et Cao Yu sont mal à l'aise. Les sous-entendus sexuels de l'officier sont clairs. Il les a bien repérées. Elles devront être particulièrement prudentes, mais peut-être ce sera une opportunité. Weina se dit qu'elle doit cependant protéger cette petite qui s'est trouvée au mauvais moment au mauvais endroit, sans doute au milieu de rivalités ou de plans de certaines personnes. Elle ne sait pas mais elle subodore quelque chose. Le temps devient très long. Subitement il y a du mouvement. Une petite troupe sort d'un bâtiment situé derrière elles. Une vingtaine de gardiennes viennent se placer derrière elles. Elles sont armées de matraques et ne semblent pas commodes. La porte d'entrée grince et un véhicule noir entre dans la cour de la prison. Deux personnes en sortent : un homme et une femme d'une cinquantaine d'années. Ils sont habillés en civil. L'homme, athlétique, est vêtu d'un pardessus de couleur noire. La femme est en jupe. Elle est plutôt rondelette. Tous deux jettent un regard sans intérêt sur les prisonnières. Ils se dirigent vers la tribune. Sur un ordre de l'officier, les soldats présentent les armes, puis remettent l'arme au pied. L'homme s'installe derrière le pupitre. Il sort un papier de sa poche et met des lunettes sur son nez. L'officier vient tout près de lui et ils échangent quelques mots. Il est difficile d'entendre ce qu'ils se disent. La femme se rapproche et elle salue l'officier. Il y a entre eux une sorte de complicité. L'homme en civil regarde l'ensemble des prisonniers et entame un discours.

« Pour le cas où vous ne le sauriez pas, vous êtes ici dans un établissement qui relève de la Prison des femmes de Lanzhou. La plupart d'entre vous ont été envoyées ici pour activités antisociales ou, pour certaines parce que vous n'aviez pas d'activité professionnelle valable. Nous nous chargerons de votre rééducation et de votre punition. Certaines d'entre vous auront un régime plus dur parce qu'elles sont des ennemis jurés du peuple; elles n'ont pas encore compris que dans notre pays on ne peut pas conspirer à travers l'utilisation de la religion. Je parle du groupe qui est à ma gauche... »
Il regarde ostensiblement vers le groupe des personnes plus âgées. Il continue :
« Parmi vous, les ennemis du peuple, beaucoup sont des récidivistes. Vous avez sciemment violé la loi chinoise. Certaines ont déjà séjourné dans d'autres centres de rééducation par le travail mais cela n'a manifestement servi à rien. Nous vous réservons un traitement spécial. Si vous vous comportez bien, si vous abjurez vos croyances stupides et médiévales, votre sort s'améliorera. Sinon, tant pis pour vous! »
La menace est évidente. Les personnes du deuxième groupe ne réagissent même pas. Elles se contentent d'écouter. L'homme s'interrompt un peu puis reprend le fil de son discours :
« Vous aurez peu affaire à moi ! Et ça vaut mieux pour vous. Si on vous amène devant moi, c'est que vous vous êtes mal comportées. Pour votre gouverne, sachez que je m'appelle Zhou, Zhou Xiaowen, mais j'ai un surnom, on m'appelle le Tigre d'Acier. Pour ceux qui sont nouveaux ici, demandez aux anciens, ils vous raconteront pourquoi il vaut mieux ne pas me rencontrer. »

Le groupe n°2 semble comme frappé par une vague. L'inquiétude gagne les personnes. Seule la personne qui avait tant de mal à se déplacer reste complètement indifférente. Weina et Xiao Cao remarquent la peur qui s'est emparée du groupe. Des personnes se signent à la manière des catholiques comme si le diable leur était apparu. Zhou Xiaowen est content de son petit effet. C'est un homme de taille moyenne. Malgré le froid il transpire. Une jeune femme du groupe des prostituées fait signe à Weina et lui murmure quelque chose à l'oreille. Puis l'information circule dans l'ensemble du groupe. Les soldats ne disent rien. Weina se penche vers Cao Yu et lui souffle à l'oreille :

« Ce Zhou Xiaowen est un type qui a fait la guerre de Corée, dans la police militaire. En fait il est très connu pour ses comportements brutaux. Il a déjà tué beaucoup de personnes dans les camps qu'il dirige. Il déteste particulièrement les catholiques et les bouddhistes. On dit qu'il a travaillé avec Kang Sheng[22] au moment de la révolution culturelle. »

Cao Yu frissonne. Elle a entendu parler du personnage. Les milieux de la dissidence en parlent beaucoup. Tous ceux qui sont arrêtés espèrent ne pas être envoyés dans un camp géré par ce personnage. C'est bien leur malchance de tomber sur lui ! Elle espère ne pas attirer l'attention. Malheureusement l'officier les a repérées, elle et Weina. Il a semble-t-il jeté son dévolu sur ces deux jolies filles. Quel malheur d'être belle parfois. Vraiment en Chine le sort des femmes est injuste. Cette phrase de Lu Xun[23] lui revient en mémoire. Il vaudrait mieux pour elle mourir que tomber entre les mains de ce bourreau. Weina ne semble pas très rassurée non plus. Elle, qui peu de temps auparavant pensait que leur statut de non-politique les protégeait, n'a pas envisagé d'être éventuellement confrontée à un homme comme ce Zhou. Zhou savoure son petit effet. Il fait un signe, montrant qu'il va reprendre son discours. Weina se demande quelle heure il peut être. Sans doute pas loin de treize heures. Sa faim est passée. Il lui reste un peu de viande séchée dans la poche. Mais comment manger sans attirer l'attention des soldats qui ont l'air de beaucoup s'amuser en voyant l'effet de l'annonce de Zhou. Finalement elle y renonce, car c'est trop risqué.

Zhou reprend le fil de son discours:

« Je vais laisser la parole à la camarade Liu, Liu Hong. C'est une camarade avec laquelle j'ai traversé beaucoup de difficultés. Elle est un vétéran de la lutte révolutionnaire. Elle a traversé beaucoup d'épreuves. Récemment elle a été chargée de redresser des étudiantes contre-révolutionnaires. Toutes celles dont elle s'est occupée ont reconnu leurs erreurs. Ces étudiantes

---

22Chef de la police politique sous Mao, le Beria chinois

23Célèbre écrivain chinois

menaient des vies qui n'étaient pas en accord avec la ligne du Parti ni avec la morale socialiste. Elles ont été promptement rééduquées par la camarade Liu. Vous en rencontrerez quelques-unes. Elles sont actuellement moins fières que lorsqu'elles paradaient devant les caméras des impérialistes occidentaux! »

Il s'arrête un moment et échange quelques mots avec l'officier qui est resté à côté de lui.

« Le camarade Deng Xiaolong commande le détachement de l'APL rattaché à cette prison. Il vous a accueillies à votre descente du train... »

Comment ose-t-il parler ainsi. Il se moque ouvertement des prisonnières. L'humiliation est présente à tous moments dans ses propos, présente avec la menace de violences physiques.

« ...donc le camarade Deng me signale que nous avons justement ici une étudiante qui s'est très mal comportée. »

Il donne un ordre sec :

« Cao Yu, sors du rang et approche-toi ! »

Cao Yu prend cet ordre en pleine figure. Elle se met à trembler et s'avance. Mais déjà les deux soldats qui l'avaient regardée peu avant sont venus l'extraire. Elle est toute tremblante. Ils la portent presque pour l'amener devant le « Tigre d'Acier ». Là elle reste debout malgré la douleur et la peur. Zhou la regarde avec sévérité mais aussi avec une certaine délectation. Elle est seule devant tout le monde. Weina n'est pas à ses côtés pour la soutenir.

« Alors Cao Yu, reprit Zhou, tu t'es mal comportée, mais tout n'est pas perdu. Malgré ton mauvais passé familial, tu as eu une bonne éducation et tu étais à Beida. Je pense que la camarade Liu s'occupera personnellement de toi. »

Liu Hong et lui se regardent et ont un sourire entendu. Cao Yu ne sait pas pourquoi. Elle ne peut même pas l'imaginer.

« Mais c'est qu'elle est jolie, ajoute Deng, et éduquée! Quelle jolie petite fleur. »

« Oui, poursuit Zhou Xiaowen, très jolie, elle devait faire le délice de ses clients. On m'a dit qu'elle était bien connue de la police! »

Et ils partent tous les trois d'un grand éclat de rire. Cao Yu ne comprend pas pourquoi le sort s'acharne ainsi sur elle. Elle a espéré ne pas attirer l'attention! La voici en pleine lumière.

« Retourne à ta place maintenant, Cao Yu, et dis à ta copine Weina que vu vos qualités à toutes deux, nous aurons un traitement particulier pour deux aussi jolies fleurs! »

Tout est lourd de sous-entendus salaces. Décidément, elle est vraiment dans un autre monde. Les deux soldats la prennent par les bras et la portent presque jusqu'à sa place dans le rang à côté de Weina. Elle se remet en place. Tout cela l'a choquée, et puis tout le monde la regarde. Weina lui fait un petit sourire du genre, ne t'inquiète pas, cela va s'arranger. Au moins, personne ne l'a encore battue.

Liu Hong prend la parole à son tour. Sa voix ne porte pas très loin. Il faut faire un effort particulier pour la comprendre. De plus elle a un accent du sud très marqué. Pour les filles qui viennent du sud-ouest cela ne pose pas de problèmes mais d'autres personnes dans l'assemblée semblent avoir beaucoup de peine à suivre. Elle commence par leur décrire les lieux. La prison n'est pas très grande. Une enceinte de 475 m sur 345. Elle met en garde : que personne n'essaye de s'évader, les gardes sur les miradors ont des ordres très stricts. Et puis elle en vient aux choses plus pratiques. Cette prison est aussi une entreprise. Ici, dit-elle on fabrique des vêtements d'enfants pour l'exportation. Il faut donc être très attentif à la qualité. Celles qui bâcleront le travail ou saboteront seront sévèrement punies. Il y a actuellement 300 prisonnières dont la plupart sont des asociales, des mendiantes, des femmes sans familles provenant de la région. Comme le camarade Zhou l'a fait remarquer tout à l'heure, une dizaine d'ex-étudiantes provenant de plusieurs villes sont incarcérées. Mais les choses avancent bien avec elles et la direction de la prison envisage d'en libérer plusieurs très prochainement. Les deux groupes arrivés aujourd'hui, précise Liu Hong, sont un peu atypiques par rapport à l'ensemble des prisonnières car à Beijing on a commencé à nettoyer la ville pour la préparation des Jeux Asiatiques. D'autres suivront probablement. Il y a encore de la place dans le camp-prison. Liu regarde l'ensemble des deux groupes. Elle s'adresse au premier, celui dans lequel se trouve Cao Yu :

« Vous êtes des très jeunes femmes. Vous avez commis beaucoup d'erreurs. Mais rien n'est perdu si vous vous amendez. Vous allez travailler dans les ateliers. Le travail commencera demain. La journée dure 10 heures. On travaille de 6 heures à 16 heures dans les ateliers et après, la correction du niveau idéologique. Il n'y a pas de congés. A 10 heures, tout le monde est sur sa paillasse. Demain matin vous rejoindrez vos postes de travail. Votre groupe comporte 15 personnes. Cinq gardiennes sont chargées de vous surveiller. Cet après-midi vous commencerez à rédiger vos autocritiques. »

Elle s'arrête, puis regarde le deuxième groupe, celui des personnes âgées, elle les fixe d'un air très sévère.

« Votre groupe est un ramassis de pourritures contre-révolutionnaires. Zhou et moi ne comprenons pas que vous n'avez pas été condamnées à mort. Mais ici, pour vous, ce sera à peu près la même chose. Vous travaillerez également dans l'atelier couture. Nous calculerons vos rendements en parallèle avec ceux du premier groupe. Vous serez nourries en fonction de vos résultats. Si vous ne travaillez pas correctement, ni assez vite, ni avec suffisamment de qualité, vous serez punies. Les gardiennes savent très bien comment traiter des contre-révolutionnaires de votre sorte. »

Elle continue de la sorte pendant quelque temps. Cao Yu est horrifiée par la dureté de cette femme, surtout par rapport aux femmes âgées. Comment peuvent-elles travailler alors que la plupart sont fort âgées et en mauvaise condition physique.

Liu Hong les informe que leur groupe restera un maximum de trois ans dans ce camp-prison, puis chacune sera renvoyée dans son pays natal où elles seront embauchées dans des usines textiles. Ici, elles n'auront pas de salaires. Mais pour le groupe n°2, c'est différent car ces personnes ont été condamnées à des peines de 15 ans à 20 ans de camp. Le temps passe et Liu Hong continue son discours. Elle leur décrit la disposition du camp et la place des différents ateliers, les endroits autorisés et les autres, tous interdits! Une seule règle, il vaut mieux filer doux. A un moment elle s'arrête. Elle leur dit :

« Bon, maintenant il est deux heures ! Nous allons vous donner à manger. Ce sera votre seul repas jusque demain matin. Les autres jours, petit déjeuner à cinq heures trente, le déjeuner à quatre heures trente l'après-midi. L'étude idéologique et politique a lieu après le déjeuner, de cinq heures à sept heures. Ensuite vous avez chacune rendez-vous avec votre gardienne référente. A huit heures vous êtes enfermées dans les baraques. Les gardiennes vont vous accompagner au réfectoire et cet après-midi nous recevrons chacune d'entre vous. Je m'occuperai personnellement de Wang Weina et de Cao Yu. »

A peine a-t-elle fini que les gardiennes, inactives jusque là commencent à les regrouper. Elles leur hurlent de se diriger vers le réfectoire. Pour celles qui traînent un peu, les premiers coups de matraques. Cao Yu a du mal à suivre le mouvement. Curieusement, aucune des gardiennes ne s'en prend à elle. Au contraire, l'une lui prend le bras pour la soutenir. Traitement différent pour le deuxième groupe. Ces femmes âgées ne marchent pas assez vite. Celle qui a eu tant de mal à monter et descendre du camion est bousculée et battue par trois des gardiennes. Elles la relèvent et l'amènent brutalement au réfectoire. Cette vieille dame ne se plaint même pas. Elle regarde tristement les gardiennes qui l'ont maltraitée. Les deux groupes arrivent finalement au réfectoire. Réfectoire, c'est un bien grand mot. En effet, il n'y a ni tables, ni chaises. C'est juste une grande salle rectangulaire d'une vingtaine de mètres sur dix. Il doit s'agir d'un ancien entrepôt. Il est possible d'apercevoir des ouvertures et des fenêtres sans vitres. Au fond de la salle, sont installés de grands récipients qui fument. Difficile de savoir de quoi il s'agit. Les gardiennes les mettent toutes en files et les font rentrer une par une. Weina et Cao Yu sont les premières. Quelqu'un à l'entrée, probablement une autre détenue, leur tend un bol en aluminium et des baguettes et leur indique l'endroit où elles peuvent recevoir leur nourriture, dans le fond de la salle. Elles reçoivent chacune une portion d'un mélange de soupe avec du chou et du riz. L'ensemble a une couleur bizarre mais au moins c'est chaud. A côté de la nourriture se trouve la machine à eau chaude. Elles s'installent dans un coin et mangent rapidement. Les autres filles du groupe les rejoignent peu après. La salle est assez vaste. Elles ne savent pas combien de personnes mangent d'habitude dans cet endroit. Après avoir avalé leur brouet, elles vont chercher de l'eau chaude. Les gardiennes sont entrées et les surveillent de près. L'une d'elles s'approche du groupe. Elle est assez forte et balance sa matraque avec nonchalance. Elle s'approche de Cao Yu et lui passe la main dans les cheveux.

« Alors petite princesse, tu vas connaître les délices de Lanzhou? Il est bon ton thé! Humm, quel délice. »
Personne n'ose rien dire. La gardienne ajoute.
« Je t'accompagne chez la Camarade Liu tout à l'heure. Elle a hâte de te connaître! »
Puis elle se retourne vers Weina :

« Toi aussi, tu viendras avec moi. Et le commandant Deng sera aussi de la partie! »

Deux autres gardiennes se sont approchées. Elles écoutent leur collègue. Elles sourient d'un air complice. Puis toutes trois repartent vers l'extérieur.

Le deuxième groupe est en train de prendre sa nourriture. Une des nonnes bouddhistes s'approche de leur groupe. La vieille dame est avec elle. Elles les regardent avec douceur. Mais elles ne disent rien. Une grande tristesse s'est emparée d'elles. La vieille dame rejoint le groupe n°2. La nonne bouddhiste leur glisse très rapidement :

« Je suis déjà venue dans ce camp. J'y ai passé dix ans juste après la Révolution culturelle. Beaucoup de gens sont morts ici. Mais ce n'est pas le pire. Le pire c'est Liu Hong. La vieille dame qui vient de vous regarder c'est Dorothy Hu. C'est une religieuse catholique. Elle a l'air faible mais elle est très forte. Vous pouvez compter sur son aide spirituelle. »

Elle se retourne pour vérifier qu'aucune gardienne ne s'intéresse à elle :

« Dorothy a été arrêtée la première fois en 1949, lorsque le Parti Communiste a pris le pouvoir. Elle aurait pu vivre normalement, mais pour cela elle devait renoncer à sa foi catholique. Jamais elle n'a accepté. Elle a passé beaucoup d'années dans plusieurs camps du Laogaï. Elle a été souvent battue et torturée. Elle a été libérée en 1978, puis arrêtée à nouveau et renvoyée dans un camp. Toutes les autres sont comme elle, des personnes qui refusent d'abandonner leur foi. Zhou Xiaowen a juré que cette fois il les ferait abjurer. Il va se servir de vous pour cela. Vous ne pouvez rien empêcher, mais vous pouvez faire comme nous, prier! »

Elle se retourne pour rejoindre son groupe. La gardienne qui a ironisé sur Cao Yu est de nouveau dans le bâtiment. Dès qu'elle réalise que la nonne parle avec le groupe des jeunes filles, elle accourt en hurlant. Toutes s'écartent sur son passage. Elle agrippe la nonne par le bras, la pousse devant elle en criant :

« Qui t'a autorisée à faire ta propagande bouddhiste de merde auprès de la petite princesse. Salope! »

Elle lui tord le bras, la pousse par terre et lève sa matraque. Elle s'apprête à lui faire subir un passage à tabac en règle quand une voix retentit :

« Camarade Lin, garde ton énergie pour d'autres occasions. Ne détruis pas la main d'œuvre. Celle-ci peut encore servir! »

La nommée Lin s'arrête net. Elle remet sa matraque en place et crache sur la nonne :

« Hum, ce n'est que partie remise, salope! Tu ne perds rien pour attendre. »
Personne ne bouge. Un silence de mort. La personne qui a stoppé la gardienne s'approche. C'est une femme d'une quarantaine d'années. Elle est vêtue d'un uniforme militaire comme les autres gardiennes. Une certaine autorité émane d'elle. Elle s'adresse à toutes les personnes présentes.
« Nous allons commencer les entretiens et voir votre programme de rééducation. Je suis la responsable du personnel pénitentiaire. Je vous rappelle qu'il vous est interdit de faire circuler de l'information. »
Elle s'adresse à la nonne :
« Et toi, Mao Zhongqun, ce n'est pas ton premier séjour ici. Tu connais le règlement! Allez, au mitard! »
Elle fait signe à Lin. Celle-ci relève brutalement la nonne. Elle la prend par le bras et la conduit à l'extérieur. Au passage elle lui refile un ou deux coups de matraque pour la faire avancer plus vite.
Cao Yu se serre contre Weina. Elle est effrayée. Les paroles de la nonne la tracassent. Comment va-t-elle survivre dans ce monde impitoyable? Comme pour répondre à sa question, une des femmes qui répartissent la nourriture se rapproche de leur groupe. Elle lui dit simplement :
« Oh, deux jours de mitard sans doute, rien à boire et rien à manger. Elle ne fera pas de vieux os, Mao Zhongqun. Je ne comprends pas pourquoi elle a pris des risques à venir vous parler. Elle a pourtant déjà passé de nombreuses années ici. Elle est incorrigible! »
Weina lui demande :
« Et toi, tu n'as pas peur de venir vous parler! »
« Tu es vraiment une conne, moi j'ai un poste intéressant et je peux me déplacer dans le camp. Les gardiennes ont confiance en moi. Alors n'oubliez pas les filles de quel côté est le pouvoir ici! En tout cas pas de celui de ces vieilles radoteuses! Mais on en reparlera plus tard! Vous avez vos entretiens de rééducation maintenant! »
Elle part sans se retourner.
Quel monde étrange se dit Cao Yu. Pourquoi tout le monde s'intéresse-t-il à elle qui ne demande qu'une chose, disparaître dans un trou de souris.

Le repas terminé, les gardiennes les rassemblent et les emmènent à l'extérieur. Cao Yu et Weina partent avec la gardienne vers un bureau situé de l'autre côté de la prison. Elles peuvent se rendre compte de la disposition des bâtiments. L'ensemble est une véritable forteresse. La porte d'entrée se situe sur le côté sud. Dès qu'on entre dans l'enceinte, on est plein nord.

Du côté est se trouvent trois bâtiments sans étages, parallèles au mur sud, de forme rectangulaire et percés de fenêtres grillagées. Les vitres ont disparu et ont été remplacées par des cloisons de papier. Ces bâtiments sont en réalité les dortoirs où logent les deux cents détenues de la prison. Ils sont séparés par des espaces qui permettent de rassembler les détenus. La numérotation est simple : A, B et C. Ces bâtiments couvrent environ les deux tiers de l'espace interne entre les murs sud et nord. Entre le mur nord et le bâtiment C, une autre construction semble au premier abord moins rustique. Il s'agit du bâtiment qui abrite les gardiennes. Cet immeuble dispose d'un étage et est pourvu de ses propres toilettes.

Au centre de la prison, face à la porte sud, un bâtiment administratif imposant s'impose immédiatement à la vue des visiteurs. Devant cet ensemble administratif, l'espace ouvert où les détenues ont dû attendre les responsables de la prison. Ce bâtiment comporte trois étages, y compris le rez-de-chaussée. C'est là que la gardienne emmène Wang Weina et Cao Yu. A l'ouest se trouve toute la partie production, à savoir les ateliers de production et les chaînes de fabrication. La disposition est semblable aux dortoirs sauf qu'il y a moins d'espace entre les bâtiments. Cao Yu n'a pas l'occasion de les détailler, la gardienne les fait entrer directement dans le bâtiment central. Il faut d'abord monter un escalier monumental en béton. Ensuite elles entrent dans l'immeuble. L'architecture en est simple, juste un bloc surélevé. En dessous il y a des garages. Cao Yu et Weina arrivent néanmoins à se situer et surtout à situer le réfectoire qui est perpendiculaire aux dortoirs avec son entrée presque à hauteur du terrain où elles ont été accueillies en arrivant. Il est évident que les architectes qui ont conçu cette forteresse n'ont pas fait preuve de beaucoup d'imagination. L'ensemble est pourtant très fonctionnel. Les toilettes sont coincées entre le réfectoire et le mur nord. La gardienne fait entrer les deux prisonnières dans le hall d'entrée. Elles doivent passer par un sas et un portique de contrôle électronique. La prudence règne. Devant ce bâtiment, des soldats montent la garde, arme au pied et baïonnette au canon. Ceux-ci ne sont pas non plus des soldats d'opérette. La gardienne doit également passer par le portique de détection de métaux. Elle se débarrasse de tous objets métalliques et les récupère après le passage du portique. Ni Weina, ni Cao Yu n'ont jamais rien vu de pareil. Le hall d'entrée est assez vaste. Il comprend une petite salle d'attente avec des fauteuils. Une table et des chaises à gauche en entrant. Les soldats qui s'occupent du portique de sécurité sont assis. L'un d'entre eux se lève à leur arrivée et leur fait signe d'attendre. Toutes deux et la gardienne s'arrêtent.

Au milieu du hall trône une plante d'une belle dimension. Au fond de la pièce une reproduction d'une peinture de paysage. Pas d'affiches de propagandes. Du côté droit de l'entrée, des vitrines ont été installées où l'on peut voir exposés les produits fabriqués par l'usine-prison. Plusieurs sortes de vêtements de différentes couleurs, tailles et qualités. Quelques affiches vantant les produits de la « Lanzhou Clothing Factory », et une carte du monde qui détaille les endroits où les produits sont exportés. Le soldat qui les a stoppées est parti au fond du hall. Il est entré dans un petit bureau et on peut l'entendre téléphoner, sans comprendre ce qu'il dit. Il revient peu de temps après et s'adresse aux trois femmes.

« Toi, la gardienne, tu restes ici, tu t'assieds sur ma chaise, et vous deux, vous me suivez! »
C'est un homme jeune, bien de sa personne, sanglé dans un uniforme impeccable. Il a un revolver à la ceinture et regarde les deux prisonnières d'un air perplexe. Il les devance et se dirige vers un escalier en colimaçon. Ils montent au deuxième étage. Cao Yu avance difficilement. Le soldat la houspille et lui intime l'ordre de se dépêcher. Arrivés sur le palier du deuxième étage, ils prennent le couloir ouest jusqu'au bout. Deux portes se font face, sur l'une d'elles, côté sud, Liu Hong, Directrice des Ressources humaines de la Lanzhou Clothing Factory, sur l'autre, côté nord, Wang Gang, Officier de Sécurité. Sur la porte juste avant celle de Wang Gang, il est inscrit, Zhou Xiaowen, Directeur Général. En face de la porte du Directeur, se trouve une salle de réunion. Les portes sont assez éloignées les unes des autres. Devant les portes des trois cadres, des soldats armés montent la garde, chacun armé d'un fusil d'assaut. Le soldat qui accompagne Cao Yu et Weina frappe à la porte de Liu Hong, puis il entre. Il referme soigneusement la porte derrière lui. Le soldat de faction fait comprendre aux deux filles qu'elles doivent attendre sans bouger. Weina prend Cao Yu par le bras et la serre fort contre elle :

« N'aie pas peur petite sœur, tout ira bien! »

Cao Yu n'est pas vraiment rassurée mais elle lui fait cependant son plus joli sourire. Le soldat fait semblant de rien. Xiao Cao est angoissée. Elle ne comprend pas pourquoi on les emmène ici. Manifestement elles sont les seules à avoir ce traitement. Est-ce un traitement de faveur, ou alors y a-t-il une embrouille? Tout a tellement l'air bizarre ici. L'environnement militaire lui fait peur. Les soldats qui les ont convoyées depuis la gare de triage avaient un air sauvage, mais ils ne semblaient pas bizarres. Ceux-ci sont d'une toute autre trempe, comme des officiers de services de sécurité. Qui est réellement ce Zhou Xiaowen? Jamais aucune des deux n'a entendu parler de lui. Kang Sheng, par contre, tout le monde en Chine connaît ce sinistre personnage. Bien qu'il soit mort depuis 1975, son nom fait encore trembler tout le monde. Si Zhou Xiaowen était un protégé et un disciple de Kang Sheng, il vaut mieux effectivement ne pas avoir affaire à lui. Weina pour sa part ne connaît rien à la politique. Elle n'a pas été suffisamment longtemps à l'école pour avoir reçu une éducation politique. Elle aurait bien demandé des renseignements à Cao Yu mais la présence des soldats qui semblent si froids, si rigides, si sévères l'intimident. Alors qu'elle se sentait capable de nouer des relations avec les soldats qui les ont accompagnées, ceux-ci lui font froid dans le dos. Ils ont l'air très stylés mais d'un style effrayant. Les deux filles ressentent exactement la même chose. Peut-être, se dit Cao Yu, est-ce le but recherché, leur faire peur, leur foutre la trouille, mais pourquoi ?

La porte de Liu Hong s'ouvre et le soldat sort. Il fait signe à Cao Yu d'entrer. Weina veut la suivre, pensant que toutes deux sont invitées, mais un des militaires lui serre fortement le bras et la dirige vers l'autre porte, celle de Wang Gang. Elle prend un air affolé.

« Mais c'est ma petite sœur, je dois la protéger, proteste-t-elle! »

Liu Hong sort de son bureau à ce moment, s'avance vers elle et la gifle avec le revers de la main :

« Tu fais ce qu'on te dit, vermine, Wang Gang va s'occuper de toi. Moi, je reçois la petite fleur de Beida! »

Cette situation est surprenante. Weina a les larmes aux yeux. Le garde la maintient en place sans effort. Elle sent l'énergie qui émane de lui. Elle se laisse faire. Le garde la lâche! Il frappe à la porte de Wang Gang. Une voix forte crie :

« Entrez! »

Pendant ce temps, Liu Hong est retournée dans son bureau. Elle a fait entrer Cao Yu et a soigneusement refermé la porte derrière elle. Le garde qui les a amenées à l'étage repart et retourne à son poste à l'entrée du bâtiment. Il avise la gardienne :

« Je crois que tu peux retourner. Je te ferai appeler quand ce sera fini. »

Celle-ci se lève et quitte le bâtiment.

Au deuxième étage du bâtiment, Wang Gang, après avoir fait entrer Weina, referme soigneusement la porte de son bureau. Il la verrouille et met la clef dans un tiroir de son bureau. La pièce est vaste et est pourvue de deux fenêtres. L'une d'elles côté nord permet de voir au-delà de la forteresse ; l'autre à l'ouest donne sur toute la partie usine de la Lanzhou Clothing Factory. Weina se demande vraiment pourquoi elle a été prise en charge par l'officier chargé de la sécurité. Elle est perturbée. L'officier lui montre un fauteuil près de la fenêtre ouest et la prie de s'asseoir. Cet homme est trop poli se dit Weina. Il veut quelque chose. Wang Gang va chercher un dossier dans un tiroir de son bureau et vient s'asseoir dans le fauteuil qui lui fait face. Il sort une paire de lunettes d'une de ses poches et commence à lire le dossier sans rien dire. Weina regarde autour d'elle. La pièce comprend une table avec trois fauteuils, un bureau tout ce qu'il y a de classique, et plus loin, dans le coin opposé au bureau, il y a un canapé. Sans doute fait-il la sieste quand il est seul, se dit-elle. Une armoire se trouve sur l'autre mur, celui opposé à la fenêtre ouest, la porte faisant face à la fenêtre nord. Wang lève la tête et la regarde. Il pose le dossier sur la table, entre Weina et lui. Elle se sent gênée.

« Alors Weina, bienvenue dans le Laogaï de Lanzhou ! La vie peut être supportable pour toi, ou bien ça peut être l'enfer! »

Elle sent la violence en lui. C'est un homme robuste. Mais que lui veut-il?

« Camarade officier, dit-elle, je ne suis qu'une pauvre fille, une prostituée, et je ne sais pas ce que vous désirez de moi. »

Il se cale profondément dans le fauteuil.

« Il te faudra apprendre rapidement si tu ne veux pas qu'il t'arrive malheur, et cela pourrait aller mal pour ta copine ; la jolie fleur de Beida, prise en flagrant délit de prostitution mercredi soir. »

Il la regarde.

« Tu es très jolie! Ta copine aussi, il serait dommage que ces beautés se fanent au contact du Laogaï, que vous dépérissiez toutes les deux. Oui, ce serait dommage! »

Il sourit!

« Sais-tu qui je suis et sais-tu où tu es? »

Elle répond rapidement, très mal à l'aise :

« Nous sommes dans une prison où on produit des vêtements, la camarade Liu Hong a expliqué lorsque nous sommes arrivées. »

« Bien, rétorque Wang Gang, bien. »

Il est vêtu d'un uniforme de bonne coupe, impeccablement repassé et porte des bottes en cuir.

« Il sort un paquet de cigarettes d'une poche de son uniforme.

« Tu veux une cigarette? »

« Non répond-elle, je ne fume pas! »

« Bon, reprit Wang Gan en allumant une cigarette, tu as été arrêtée il y a quatre jours. Tu as été surprise lors d'une descente de la police anti-mafia dans un hôtel de Beijing. Tu étais nue dans un lit avec un étranger. La police a laissé filer l'étranger et toi on t'a emmenée. D'après le rapport qui m'a été transmis, tu n'as pas opposé de résistance. Tu n'es pas une fille contrariante, finalement. Tu as reconnu les faits de suite et tu as été mise dans le train qui est arrivé ce matin à Lanzhou. C'est cela? »

Il la regarde avec insistance.

« Oui, répond-elle, je couche avec des hommes contre de l'argent! »

« Surtout des étrangers d'après le rapport de la police de Beijing, tu connais l'anglais? »

Weina comprend un peu d'anglais bien qu'elle ait été très peu à l'école. Elle préfère adopter un profil bas. Elle fait signe que oui!

« Bon, continue Wang Gang, les gens comme toi qui fréquentent les étrangers sont toujours un peu suspects. Les Chinois ne sont pas assez bons pour toi? »

La question la surprend un peu, et elle préfère jouer carte sur table :

« Ils ont souvent plus d'argent et ne sont pas trop difficiles. Beaucoup sont des gens qui travaillent à Beijing et qui cherchent une compagnie. La plupart s'ennuient et ils ont peur d'aborder les femmes chinoises, alors je leur facilite la tâche. »

« Oui, reprit Wang Gang, nous avons eu le témoignage d'un serveur qui nous a décrit ton modus operandi. Chapeau, du grand art. Je suppose que ça doit marcher à tous les coups. »

Puis il devient plus sérieux :

« Tu es jeune Weina, et ton avenir va dépendre de moi. Comprends-tu cela! Tu as la malchance de tomber dans un camp expérimental. Le Laogaï a été créé par Kang Sheng. Zhou Xiaowen a été un de ses proches collaborateurs. Connais-tu Kang Sheng, petite fleur? »

Elle fait signe de la tête que non!

« Décidément, reprit Wang, tu es la personne idéale que j'attendais. Et ta copine, la jolie fleur de Beida, le cadeau de Liu Hong, d'où la connais-tu? Vous avez l'air tellement proches l'une de l'autre ; nous avons l'impression que vous vous connaissez depuis longtemps. De plus, vous venez toutes les deux de Chongqing, toi de Ciqikou[24] et elle de Beibei[25]. 30 kms de distance. Vous vous connaissiez peut-être avant l'arrestation. C'est ce qui est d'ailleurs écrit dans le rapport. »

Weina commence à être paniquée. Non elle ne connaît Cao Yu que depuis peu. Elle lui explique en long et en large qu'elle a eu pitié de cette fille qui a été sauvagement battue, mais elle ne sait pas pourquoi. Wang Gang l'interrompt :

« Cette fille est un petit mystère pour nous! Elle arrive ici avec une étiquette prostituée mais elle a été battue comme si on voulait lui faire avouer quelque chose. Ce qui me tracasse est le fait qu'elle a un dossier politique, juste une petite note indiquant qu'elle a participé aux événements contre-révolutionnaires de l'année dernière. De plus son père était un élément antiparti à Chongqing. Que sais-tu d'elle, et dis-moi toute la vérité, sinon il t'en cuira. »

Le ton de Wang Gang est ferme. Elle regarde ses mains. Elle est proche des larmes.

« Je ne la connais pas camarade Wang. Mais j'ai confiance en elle. Je crois qu'elle a été prise dans une histoire qui ne la concerne pas. »

Elle ne peut rien dire de plus. Elle ne sait d'ailleurs rien de plus. L'officier se lève. Il se tourne du côté de la fenêtre ouest et tire une tenture. Puis il se

---

24Quartier populaire traditionnel de Chongqing

25Ville thermale de la municipalité de Chongqing

rend à la fenêtre nord et fait de même. Il s'approche d'elle. Elle est mal à l'aise. Que veut-il? Ce que tous les hommes veulent quand ils voient une jolie fille? S'il faut payer ce prix là, finalement c'est son métier. Mais que va-t-il arriver à Cao Yu, une jeune fille si fragile. Wang Gang passe derrière elle. Il lui passe une main dans les cheveux. C'est donc cela. Tout d'un coup, elle se sent en terrain de connaissance. Avant de donner plus, elle veut savoir quel avantage elle pourra avoir. Elle se tourne vers lui et lui sourit. Contrairement à ce qu'elle pensait, il s'éloigne en reculant. Que veut-il? Elle se lève à son tour et se met face à lui.

« Même avec tes vêtements sales et le fait que tu ne t'es pas lavée depuis plusieurs jours, tu es très appétissante, lui dit-il! Mais avant de passer aux choses sérieuses, voyons ce que nous pouvons discuter. Et ce que je vais te demander. »

Elle ne bouge pas. Lui non plus. Elle sent la tension.

« Je suis prête à faire tout ce que vous voulez, camarade Wang, mais je voudrais savoir ce que vous attendez de moi en dehors de ce que nous allons faire ici! »

Wang s'approche d'elle. Il est beaucoup plus grand. Il lui prend la tête entre les deux mains et la regarde dans les yeux.

« Ecoute-moi, Weina, ta copine et toi vous allez jouer un rôle dans le développement de cette entreprise. Mais pour cela nous devons nous débarrasser de ces vieilles personnes que la police politique nous envoie régulièrement, tous ces catholiques et bouddhistes indécrottables dont nous ne savons que faire. Moi je les déteste. Liu Hong aussi et Zhou Xiaowen encore plus. Alors toi et moi nous allons sceller un pacte. Tu devras faire tout ce que tu peux pour qu'elles crèvent toutes le plus vite possible. Elles sont de trop sur la terre. Malheureusement ce n'est plus comme il y a quelques années. On ne peut pas les battre et puis c'est bon. Mais nous pouvons les affamer. »

Ainsi la nonne bouddhiste avait vu juste. Elle se rappelle ses paroles :

« Vous allez faire partie d'un plan et vous ne pourrez rien y faire. La vieille catholique les a regardées d'un air si triste, comme si elle savait ce qui allait se passer!

Weina s'exprime soudain :

« Mais je ne veux tuer personne. Je sais que je suis une pute, mais pas une criminelle! »

Wang Gang continue à lui tenir la tête entre les mains.

« Qui te demande de tuer qui que ce soit! Demain matin, les responsables d'atelier vous expliqueront votre travail. Notre pacte portera sur ton obéissance aveugle à ce qu'elles te demanderont de faire. Tu ne tueras personne, tu permettras simplement une évolution naturelle plus rapide. Cao Yu fait aussi partie du pacte. Pour une partie de ta vie, tu m'appartiendras, et Cao Yu appartiendra à Liu Hong!... Tu es plus mon genre ajoute-t-il! »

Elle se sent perturbée.

« Comment, Cao Yu appartiendra à Liu Hong? »

« Tu n'as pas compris? Disons que Liu Hong n'est pas trop portée sur les hommes, plutôt les femmes. C'est comme cela que Zhou et moi la tenons. Et Cao Yu, c'est son petit cadeau! Tu n'es pas contente pour elle? »

Weina est effondrée. Elle qui voulait défendre Cao Yu, elles sont arrivées à être au centre d'une véritable tourmente et de plans complètement tordus.

Wang continue

« Normalement toutes les deux, d'après les règlements du Laogaï, vous pouvez rester un maximum de trois ans ici. Avec notre accord, vous pourrez vous en aller plus rapidement. Mais il faut faire ce que nous attendons. Cao Yu ne mourra pas de faire l'amour avec une femme. Peut-être qu'elle y prendra goût, ajoute-t-il d'un ton ironique! En échange, vous aurez toutes les deux des avantages. Si la production de notre usine décolle vraiment, nous amasserons beaucoup d'argent et votre sort à toutes les deux s'améliorera considérablement. Il lui lâche la tête et lui met les mains aux fesses. Il la serre très fort. Elle sent son envie grandir. Mais elle veut en savoir plus avant de se laisser faire plus avant.

« Quels avantages, dit-elle. Je ne comprends pas. »

Il commence à être excité.

« Et bien, par exemple, nous avons des travaux administratifs. Nous avons aussi besoin d'hôtesses pour accueillir les industriels étrangers qui viennent pour passer des contrats; il y a aussi une salle d'exposition. Finalement votre séjour ici pourrait se passer pas trop mal. Et d'ici deux ans, nous vous enverrons toutes deux à Chongqing où nous vous trouverons un bon travail. »

Weina est quelqu'un de pratique. Elle se dégage de l'étreinte de Wang Gang. Puis elle enlève ses vêtements. Il la regarde d'un air satisfait. Quand elle est complètement nue, elle s'approche de lui et commence à lui enlever sa veste, puis le reste de ses vêtements. Elle est prête. Elle aurait pu plus mal tomber. Cet homme-là malgré sa dureté est assez tendre. Elle l'embrasse avec passion.

…..

Wang Gang ouvre la porte et fait sortir Weina. Elle sait qu'il viendra la chercher quand il en aura envie. Le garde l'attend devant la porte. Elle se demande où est Cao Yu. Le garde lui fait signe d'avancer. Cao Yu les attend au bout du couloir. Elle a une drôle de tête. Quand elle la voit elle la serre très fort dans ses bras. Puis elles quittent le bâtiment. La gardienne les attend dehors. Elle est polie avec elles et leur tend des petits pains à la vapeur. Elle les conduit dans le bâtiment du personnel et leur propose de prendre une douche. Leur nouveau statut est reconnu. La gardienne leur propose un peu de thé. Puis, dès qu'elles ont pris leur douche, elles sont conduites dans le dortoir des détenues. Cao Yu semble brisée. Elle se raccroche à Weina. Elle ne veut rien dire. Weina ne lui dit rien non plus. Il n'est point besoin de mots. Dans le dortoir, elles s'installent sur deux paillasses côte à côte. Cao Yu regarde Weina en pleurant.

« Dors petite sœur, ne crains rien, je serai toujours avec toi, quoi qu'il arrive! »

Les autres prisonnières respectent leur silence. Il est huit heures du soir. Le camp est silencieux. Tout le monde dort.

VII   Lundi 22 janvier 1990, appartement de Mona et Wan Jun.

Le réveil sonne. Wang Jun s'extirpe des couvertures. Il arrête le réveil. 6
heures du matin. C'est tôt. Il regarde à ses côtés. Mona dort tranquillement.
Elle est recroquevillée comme un chat. La veille, ils sont rentrés assez tard.
Elle a voulu absolument visiter la Grande Muraille. Bon en plein hiver, ce
n'est pas spécialement amusant. Ils ont pris un taxi car leur chauffeur
n'était pas disponible. Il a eu froid. Mona était comme fascinée. Elle
n'arrêtait pas de lui montrer des choses. Puis ils ont été au restaurant en
rentrant. Elle a commandé des tas de plats. Puis de l'alcool. Et ensuite ils
sont rentrés. Elle a enfilé sa chemise de nuit et hop au lit. Elle lui a donné
un baiser rapide, s'est retournée, et s'est endormie presque aussitôt.
« Mona, réveille-toi, il est six heures. »
Elle s'étire, jette un œil. Elle n'a pas l'air facile à réveiller. On dirait une
petite fille.
« Quoi? Déjà? Je suis fatiguée, je n'ai pas assez dormi! »
Il la regarde à nouveau et lui sourit. Qu'elle est belle. C'est étrange cette
femme avec laquelle il vit maintenant. Il a de la peine à comprendre que sa
vie a changé si rapidement.
« Nous avons rendez-vous à 9 heures à l'Institut des Minorités. »
Mona ouvre les yeux. Elle le regarde :
« Comme tu es courageux! Moi, me lever le matin c'est comme un
cauchemar, même quand j'ai bien dormi. Bon, quand il faut, il faut. Elle
s'extirpe du lit et court vers la salle de bains.
« Bon, elle m'a pris la place, se dit Wang Jun. Tant pis, j'aurais dû être plus
rapide. »
Une demi-heure plus tard ils sont prêts tous les deux et descendent dans la
salle de restaurant. Peu de monde à cette heure. Quelques hommes
d'affaires mal réveillés. Des Chinois de Hong Kong et quelques
occidentaux. Mona et Wang Jun s'installent à une petite table près du
buffet. Wang Jun a encore un peu mal la tête, ses yeux un peu rougis. Mona
est ravissante et radieuse. Elle attaque de suite avec un bol de bouillie de
riz.
« Quand j'étais petite, je détestais ce genre de nourriture. Ma mère me
forçait à en manger sous prétexte que je devais m'habituer si un jour je
retournais en Chine. Ça faisait sourire mon grand-père mais il ne pouvait, et
surtout n'osait s'opposer au mode d'éducation de ma mère. Et puis comme

tu vois, maintenant dans cet hôtel on trouve tout ce qu'on veut, et je commence quand même par la bouillie de riz. Les mamans-tigres chinoises, ça sait y faire pour conditionner leurs enfants. Mon chéri, tu devrais essayer le petit déjeuner à la française. Si tu ne t'habitues pas que feras-tu lorsque tu devras aller en France? Les Français ne sont pas très compréhensifs, surtout dans le sud. Si tu ne manges pas ce qu'ils te présentent, tu mourras de faim. »

Elle éclate de rire. Wang Jun ne sait que penser. Est-elle sérieuse ou s'amuse-t-elle avec lui? Finalement il opte pour le p'tit déj à la française. Pain grillé et confiture. Et Mona :

« Mais prends du café, mon chéri. Ça fait partie. Et du café fort! Pas comme les Américains qui boivent un liquide qui a juste le mérite d'être chaud et de goûter le café. »

Wang Jun se laisse faire. Finalement ce n'est pas mauvais. Mona sourit en le voyant se débrouiller péniblement avec son couteau, son pain grillé et son café.

« Humm! Tu fais des progrès. Si tu n'avais pas cet air chinois, on te prendrait presque pour un français. Tu dois demander à Erwan de te donner des leçons de gastronomie. Bien. Chaque chose en son temps. Si tu as fini, nous remontons dans la chambre et puis on y va. Le chauffeur nous attend. »

Elle se lève précipitamment et quitte la table, Wang Jun sur ses talons. Elle s'est habillée très sobrement ce matin. Style étudiante. Un jean, chemisier blanc, pull noir et des bottillons. Des boucles d'oreille discrètes en ambre. Elle est déjà près de l'ascenseur. Elle a du mal à se lever mais après elle ne manque pas de dynamisme. Ils montent. Arrivés à l'étage, elle court vers la chambre. Les employés sont assez surpris. Wang Jun regarde l'heure. 7 heures et demi. Ils ont pris leur temps pour le petit déjeuner. Retour dans la chambre. Mona squatte de nouveau la salle de bain. Jun attend avec patience. Elle en ressort légèrement maquillée.

« Allez Jun, dépêche-toi, sinon nous allons être en retard ! »

Elle ne manque pas de culot. Il s'engouffre dans la salle de bains, se brosse les dents. Il a à peine terminé qu'il entend la voix de Mona à l'extérieur :

« Plus vite, je suis prête, moi! »

Elle est insupportable. Il ne sait plus que faire. Une surprise de taille l'attend lorsqu'il ouvre la porte. Mona se jette à son cou, l'embrasse et l'entraîne vers le lit. Elle lui tient la tête fermement et le regarde :

« J'ai bien fait de te choisir. Tu me conviens totalement! Nous avons encore le temps. Une petite gâterie avant de partir? »

Elle ferme les tentures, vérifie le verrou de la porte, enlève tous ses vêtements et se glisse dans le lit.

« Allez, fainéant, tu n'es pas encore déshabillé? Viens je t'attends. »

Elle éclate de rire.

« Wang Jun, il te faut m'accepter, je suis complètement fantasque et impulsive. Viens! Je veux faire l'amour! Maintenant! »

…

Huit heures du matin. Mona et Wang Jun sont dans le hall. Elle le regarde d'un air coquin. Jamais Wang Jun n'a rencontré une fille comme cela. Une voix retentit derrière eux.

« Mademoiselle Huang ! Nous partons quand vous le voulez. La voiture est prête! »

Le chauffeur est là. Très stylé. Jun le regarde. Il a l'impression de le voir pour la première fois. Il lui semble une autre personne que celui de samedi. Pourtant ce doit être le même. Mona est surprise de son attitude.

« Wang Jun, tu as déjà rencontré notre chauffeur! Il t'a accompagné samedi, et déjà vendredi soir. On dirait que tu le vois pour la première fois. Il a simplement changé de costume. »

En effet le chauffeur est habillé de manière plus formelle aujourd'hui. Il a l'air étrange. Wang Jun l'observe. Mais le chauffeur fait comme si de rien n'était. Mona le prend par le bras.

« Wang Jun, il s'appelle Guan Kai. Guan Kai n'est pas seulement un chauffeur dévoué, mais également un ami. Tu vas le rencontrer souvent. Parfois il t'accompagnera dans tes missions pour l'Institut des Minorités. Alors si tu ne veux pas te perdre, tu devrais apprendre à le reconnaître. Tu es un peu fatigué mon chéri! »

Wang Jun salue Guan Kai. C'est vrai qu'il se sent fatigué. Trop d'émotions, de choses nouvelles depuis quelques jours. Guan Kai le salue en retour. Il prend les clés de l'appartement des mains de Mona et va les confier à la réception. Puis il revient.

« Nous pouvons y aller maintenant. L'Institut des Minorités n'est pas très loin. Il est aussi situé sur Zhongguancun. En réalité, nous allons y prendre le camarade Liu Bo et rejoindre Yang Bao à l'Académie des Sciences sociales de Chine.

Ils se dirigent tous les trois vers la porte. Ils sortent de l'hôtel et descendent les escaliers. Arrivés en bas Guan Kai leur fait signe d'attendre. Il fait assez froid en ce lundi matin, mais un pâle soleil pointe à travers la brume. Wang Jun regarde ce que fait le chauffeur. Il se dirige vers une voiture noire. Une Mercedes semble-t-il. Guan Kai ouvre la porte, s'assied, met le moteur en route. Il vient se ranger juste devant eux. Toujours aussi stylé, il sort et ouvre la porte de derrière.

« Je vous en prie, Mademoiselle Huang, prenez place. »

Mona s'assied, se pousse vers l'intérieur et tire Wang Jun à elle. Celui-ci s'installe dans la voiture. C'est la première fois de sa vie qu'il est dans une voiture aussi luxueuse. Dès qu'il est installé, Guan Kai referme doucement la porte, s'installe au volant et démarre. L'Institut des Minorités est proche de l'Hôtel de l'Amitié. La Mercedes dévale l'avenue. Ils arrivent très rapidement à l'Institut. Le directeur Liu Bo les attend devant le portail d'entrée. Il n'attend pas que Guan Kai sorte du véhicule et s'installe à l'avant. Il se retourne vers Mona et Wang Jun pour les saluer. Il se frotte les mains avec énergie. Dès qu'il est installé, Guan Kai se remet en route. Il est presque huit heures trente. Peu de circulation à Beijing ce matin. Pourtant c'est lundi. L'impression que la ville dort. Mona regarde par la fenêtre. Des cyclistes par milliers. Cela lui rappelle leur histoire officielle à elle et à Wang Jun. Elle commence à confondre la réalité et les fictions inventées pour les besoins de sa mission. Il faut qu'elle prenne garde à ne pas s'emmêler les pinceaux. Le temps passe vite. Tian An Men. Les gardes de la place sont engoncés dans leurs gros manteaux. Rien ne bouge vraiment. Guan Kai accélère après Tian An Men. Il a sans doute hâte d'arriver. Il brûle un ou deux feux rouges. Jianguomen. On arrive. Le bâtiment de l'Académie des Sciences sociales se dresse devant eux. Guan Kai arrête la voiture et va se garer à l'intérieur. Tout le monde descend. Le trajet a été rapide car il est à peine neuf heures. Le directeur Liu Bo semble bien connaître les lieux. Il leur montre le chemin. Wang Jun se sent un peu dépaysé. Ils entrent dans un grand immeuble. Liu Bo fait signe au gardien. Puis ils montent un escalier.

« Le bureau de Yang Bao est au premier ! C'est très pratique », déclare Liu Bo tout de go!

Ils arrivent dans un couloir. Les murs sont gris, peu attrayants. On a du mal à penser qu'ici se trouve la fine fleur de la recherche chinoise en sciences sociales. Enfin ils arrivent devant une petite porte. Wang Jun lit ce qui est indiqué sur la porte: Yang Bao, Directeur de recherches, Département des Recherches européennes. Liu Bo frappe à la porte. On entend la voix de Yang Bao :

« Entrez, je vous attendais »

Liu Bo pousse la porte et invite Mona et Wang Jun à entrer. Yang Bao s'est levé et vient les saluer. Le bureau n'est pas très grand et meublé de façon modeste. Un bureau dans le fond, à côté d'une baie vitrée qui donne sur Jianguomenwai[26], une petite table à gauche de la porte d'entrée. Une bibliothèque sur le côté droit du bureau. Yang Bao les invite à s'asseoir. Il leur offre un peu de thé. Des tasses sont déjà prêtes. Yang Bao leur sourit.

« Je vous attendais. Nous allons commencer de suite. Merci d'être à l'heure. C'est important. Je vais être très pratique. Liu Bo et moi nous avons réfléchi à la meilleure façon d'organiser cette étude. En fait, il s'agit d'une enquête. Il faudra aller interroger des personnes dans les minorités musulmanes et recueillir toutes sortes d'information. Les questionnaires sont déjà prêts. Nous connaissons mal la façon dont les jeunes musulmans chinois réagissent actuellement par rapport à l'éthique socialiste. La plupart des questions portent donc là-dessus. »

Yang Bao regarde fixement Wang Jun :

« Wang Jun, te sens-tu capable de faire ce genre de travail. Il te faudra aller non seulement dans les quartiers musulmans de Beijing, mais aussi voyager dans plusieurs régions où il y a des villes avec de fortes concentrations de Musulmans! Ça c'est la première partie du travail. Tu en as pour environ six mois. Tu ne seras pas souvent à Beijing. »

Wang Jun trouve cette proposition intéressante. Il avait peur de devoir faire une véritable recherche. Il est rassuré. Il se sent encadré!

« Oui, camarade Yang, ce travail me convient! Je ferai de mon mieux! »

Yang sourit et se retourne vers Mona :

« Après votre mariage, vous ne vous verrez pas beaucoup. Mais j'ai du travail pour toi aussi Mona! Il faudra faire de la recherche documentaire. Il faudrait aussi trouver un francophone pour assister Wang Jun, car je crois comprendre que tu es très occupée par tes autres activités professionnelles, dont ta thèse de doctorat! »

---

26 Grande avenue dans l'est de Beijing

Il sourit. Mona sent qu'il n'est pas dupe.

« Professeur Yang! Vous êtes un père pour moi. J'ai réfléchi à cette question! Il y a un journaliste français… »

Yang Bao l'interrompt :

« Ne serait-ce pas celui qui est marié à cette ancienne gauchiste belge? J'ai entendu parler de lui par des relations anciennes. Il conviendrait bien pour cela. Je pense qu'il n'a pas de travail en réalité. Il pourrait encadrer valablement Wang Jun et lui apporter une certaine connaissance de la France. »

Yang Bao est un ancien cadre du Département des Relations Internationales du PCC[27]. Il a fréquenté tous ces anciens gauchistes lors de leur tourisme politique à la fin de la Révolution culturelle. Mona reprend la balle au bond.

« Oui, c'est exactement cette personne. Je devrais le rencontrer aujourd'hui ou demain. Mais que pouvons-nous lui offrir? »

Yang Bao la regarde en souriant. Elle a compris. Ce sont les fonds de la police qui devront intervenir. Donc, sa dotation de Bandolimpex. Il lui faut réaliser un montage. Et payer Erwan directement. Elle fait signe à Yang Bao qu'elle a compris. Wang Jun n'y a vu que du feu. Liu Bo intervient.

« L'Institut des Minorités va rémunérer Wang Jun. Nous mettons aussi un bureau à sa disposition. Mais la recherche est pilotée ici, à l'Académie des Sciences sociales. »

Wang Jun se sent dépassé. Il va vite apprendre. Liu Bo le prend par l'épaule.

« Cet après-midi, tu viens me trouver à l'Institut. Je vais te montrer ton bureau et on fera aussi les démarches administratives. »

Il a fallu peu de temps pour tout mettre au point. Yang Bao montre les questionnaires à Wang Jun et lui explique le plan d'enquêtes.

« Cette semaine, tu vas rester au bureau pour étudier tout cela. La semaine prochaine, tu vas commencer par les quartiers Ouighours[28] de Beijing. Guan Kai t'accompagnera au début et puis après tu seras seul ou accompagné de ce journaliste. Une fois par semaine, nous avons une réunion ici. Et puis d'ici ton mariage tout va être un peu calme car il y a aussi la Fête du Printemps. »

---

27 Parti Communiste Chinois

28 Les Ouighours sont une minorité turcophone résidant principalement dans la province de Xinjiang

Dès lors tout est très rapide. Mona et Wang Jun, prennent congé. Liu Bo reste avec Yang Bao. Guan Kai les attend à l'extérieur. Yang Bao a donné un paquet de dossiers à Wang Jun. Guan Kai lui donne un coup de main. Retour à l'hôtel. Tout le monde est silencieux sur le chemin du retour. Guan Kai leur demande s'ils veulent s'arrêter à Wangfujing pour faire des courses. On dirait qu'il connaît bien les petites manies de Mona. Celle-ci lui sourit :

« Oui, bien sûr. »

Guan Kai arrête la voiture. Ils descendent.

« Ne nous attend pas Guan Kai. Nous rentrerons par nos propres moyens. Peux-tu déposer les dossiers de Wang Jun dans la chambre? Ce serait gentil.»

Guan Kai fait signe qu'il a compris et démarre en trombe. Mona prend le bras de Wang Jun :

« Mon chéri, je vais te montrer une des activités favorites des femmes françaises… et de pas mal de chinoises, faire les magasins. »

Wang Jun a horreur de cela. Mais il n'a pas vraiment le choix.

VIII   Lundi 22 janvier 1990 au matin, Beijing,

Cécile descend du bus. Il fait froid. Elle est soucieuse. Tout est étrange
depuis quelques jours. Déjà la visite de cette franco-chinoise avec son ami,
le jeu de Erwan avec Sandra, puis la visite de la veille à la campagne avec
Cosmos, son propriétaire et la fille de celui-ci. Bien sûr, cela a plu aux
enfants. Finalement tout s'emmêle. Et puis Cosmos et ses plans pourris!
Comment tout cela va-t-il se terminer? Pourtant, il faut donner un coup de
main. Comment arranger une chose aussi compliquée. La veille au soir, en
repassant depuis la campagne, Cosmos est revenu sur ce projet qui lui
semble à elle si embrouillé. Il faut aussi essayer de ne pas trop attirer
l'attention. Pour Cosmos, manifestement désirer quelque chose c'est déjà
l'avoir. Erwan l'énerve, car avec son manque de réalisme habituel il
encourage Cosmos et ses rêves. Elle a passé la journée avec Na, mais
comment communiquer avec quelqu'un qui ne pratique quasiment aucune
autre langue que le chinois. Erwan prétend qu'il la comprend. Sa jalousie
habituelle refait surface. Hier soir, les enfants étaient calmes, prêts à
dormir. Elle allait faire de même car tout cela l'avait fatiguée. Vers 10
heures, un coup de fil de Xiao Yu, sa collègue de bureau. Elle aussi semble
mystérieuse. Ou alors, c'est elle-même qui décode mal. Elle se rappelle sa
conversation du mercredi avec Xiao Yu. Elle n'aurait pas dû lui parler.
Tout cela sent les ennuis en perspective. Toutes sortes d'ennuis. Peut-être
que finalement elle ferait mieux de rentrer dans son pays, comme Xiao Yu
lui a dit, laisser Erwan à ses rêves chinois. Oui, rentrer en Belgique avec les
enfants, reprendre son boulot de prof de français à l'Athénée Royal de
Bastogne, demander le divorce et puis ce serait mieux ainsi. Elle avance
songeuse sans trop faire attention à ceux qui l'entourent. Il a gelé cette nuit.
Les marchands sont pourtant sur le marché. Une jeune paysanne allaite un
enfant qui doit avoir un ou deux ans. Un autre plus grand dort sous l'étal et
une petite fille l'aide pour le commerce. Cécile sent une présence derrière
elle. Elle ne se retourne pas. Garder l'effet de surprise. Qui cela peut-il être.
On lui prend le bras. C'est Huang Wei.
« Tu m'as surprise! »
« Oui, tu étais perdue dans tes pensées. Des problèmes avec ton mari peut-
être? »
Les nouvelles vont vite. Huang Wei en sait plus qu'elle-même.
« Tu sais, si Erwan a fait la fête samedi, ce n'est pas grave. »

Comment sait-il cela? Puis elle réfléchit qu'il y avait toute une série de latinos à cette fête de samedi soir et qu'ils ne sont pas des gens particulièrement discrets!

« Je suis ton interprète aujourd'hui, poursuit Huang Wei! »

Mais c'est un Huang aussi. Y a-t-il un lien avec la franco-chinoise, cette demoiselle Huang Yinghua, aux activités mystérieuses. Bon, il y a plus d'un âne qu'on appelle Martin, et Huang c'est assez courant en Chine. Elle lui répond très rapidement.

« Ah bon, et que vas-tu interpréter? L'air de la calomnie? »

Le jeune chinois n'a pas compris l'ironie car il se met à rougir. Il fait semblant de ne pas avoir entendu et continue :

« Tu ne vas pas au travail aujourd'hui, Cécile. Le bureau des étrangers organise une visite impromptue. »

« C'est gentil, mais sera-t-on rentré pour midi, mes enfants m'attendent! »

Le jeune homme sourit :

« Ne crains rien, tout est organisé. Pas de problèmes! »

Cécile pense à son rendez-vous avec Xiao Yu. Celle-ci a insisté pour qu'elle vienne tôt au travail. Que c'est urgent!

« Il faut vraiment y aller, demande-t-elle? »

Huang Wei part d'un rire éclatant!

« Mais oui, c'est un cadeau pour le bon travail que tu fais! »

Cécile ne sait que faire. Tout cela la contrarie énormément. Elle doit voir Xiao Yu! »

« Mais Xiao Huang, ce n'est pas toi mon interprète attitré. Xiao Yu n'est pas là? »

Le garçon affiche un sourire de façade. Il doit être vexé!

« Elle a beaucoup de travail en retard. De plus elle doit aller à l'imprimerie pour vérifier les épreuves. Lao Ma a pris cette décision samedi! »

Cécile sent que quelque chose ne va pas. On veut l'éloigner, mais pour quelle raison!

« Et tout le monde va à cette visite? »

« Non, répond Huang Wei, seulement toi, moi, le chauffeur et une responsable du bureau des étrangers, Madame Zhang! »

« Où allons-nous? »

« A Shougang, réplique Huang Wei! »

Il n'y a plus de place pour argumenter. Tout a été décidé par le chef de la section de français. Elle ne peut que s'incliner.

La visite est intéressante. Finalement elle verra bien Xiao Yu demain. Rien ne presse. Elle se demande quel rôle joue Huang Wei. Parfois il tient des propos anti-gouvernementaux, mais quelle confiance lui accorder? Quand elle parle de lui à ses amis, personne ne veut rien dire. A nouveau le sentiment d'étrangeté s'empare d'elle.

« Bon, je viens avec toi. Quand partons-nous? »

« Tout de suite, répond Huang Wei. Le chauffeur nous attend. »

Tout est réglé comme du papier à musique.

« Attends un peu, prends mon sac. Je dois me rendre aux toilettes avant de partir. »

Elle entre dans le bâtiment. Ce n'est qu'un demi-mensonge. Elle passe effectivement aux toilettes puis monte dans son bureau. Personne. Elle grimpe au troisième, puis au quatrième, puis au cinquième! Pas de Xiao Yu dans les couloirs. Pourtant, à cette heure elle est généralement en train de bavarder avec l'une ou l'autre. Soudain elle entend sa voix haut perchée; elle est en discussion avec Lao Ma. Celui-ci lui donne ses dernières recommandations pour l'imprimerie. Elle attend qu'elle en ait fini avec Ma. Celui-ci rentre dans son bureau.

« Xiao Yu! »

La jeune femme se retourne, surprise!

« Oh, Cécile, c'est toi! Je dois aller à l'imprimerie. Si tu es rentrée pour midi je peux te voir à l'hôtel! »

« Rien de grave, ni d'urgent? » demande Cécile.

Xiao Yu réfléchit:

« Pas vraiment urgent! Un peu seulement! »

Cette façon de répondre, typiquement chinoise, a le don d'irriter Cécile. Ces choses toujours imprécises. Erwan invoque en permanence le relativisme culturel. Comme si la Chine avait déteint sur lui. Parfois elle ne le reconnaît pas. Elle a l'impression de vivre avec un étranger, plus chinois que les Chinois! Qu'est-ce donc ce pays qui imprègne si fortement ceux qui y viennent, au point de les avaler culturellement ou de les rejeter. Oui, déteindre est le mot qui convient. Erwan est copain comme cochon avec Cosmos. Toutes ces histoires de Qi Gong et autres bondieuseries. Mais, c'est peut-être son éducation religieuse qui le marque et facilite son imprégnation. Finalement les Jésuites et les Dominicains sont venus en Chine, et ils y sont restés. Ils y ont été reconnus. Parfois elle a un sentiment de rejet par rapport à tout cela. Et puis à d'autres moments, le fatalisme ambiant la gagne. Elle se dit alors, à quoi bon! Elle est cependant étonnée par la situation :

« Mais Xiao Yu, hier soir tu m'as téléphonée. Tu voulais absolument me voir. Tu ne devais pas aller à l'imprimerie! »

De nouveau ce sourire énigmatique, poli, comme celui de Huang Wei peu de temps auparavant :

« Cécile, ne t'inquiète pas! Ici tu es en Chine. Fais ta visite ce matin et nous nous verrons peut-être ce midi. Ou alors demain. »

Elle a raison. Il ne sert à rien de s'énerver pour des futilités. Elle quitte Xiao Yu. Huang Wei l'attend patiemment devant la porte d'entrée, son éternel sourire aux lèvres. La voiture est prête. Ils embarquent et quittent la rue Bai Wan en direction de l'ouest. Shougang est un complexe sidérurgique géant aux portes de Beijing. Cela rappelle des souvenirs à Cécile. Quelques années auparavant, bien avant de se marier... Elle était encore étudiante. Elle militait alors dans un groupuscule maoïste. Elle vivait avec un étudiant, Ludo, un anversois. Un marxiste-léniniste pur et dur. Elle aurait mieux fait de se marier avec lui. Mais il y a eu une scission dans le groupe. Elle d'un côté, lui de l'autre. Ils étaient venus ensemble dans une de ces nombreuses délégations politico-touristiques. Elle se rappelle la Shougang d'alors, un paysage industriel style 19ème siècle. D'énormes cheminées se dressaient, des bâtiments d'une laideur innommable! Ils avaient été reçus par une jeune femme sèche, tout de vert vêtue: la dirigeante du Comité révolutionnaire. Des slogans énormes, vengeurs appelaient à liquider le « courant déviationniste de droite qui remet en cause les conclusions justes! » Des ouvriers s'affairaient, par ci, par là. Ils peignaient des slogans, posaient des affiches en grands caractères. Des petits groupes épars étudiaient l'Anti-Dühring de Frédéric Engels, le financier de Marx. Cela forçait l'admiration de l'ancien camarade de Cécile!

« Rends-toi compte, Cécile! Je fais la philo. J'arrive à peine à me farcir Engels, et eux, de simples ouvriers, ils l'ETUDIENT! Vraiment, le socialisme est formidable! »

Après le voyage, il y avait eu la scission et ils se sont séparés. Dommage, pense-t-elle maintenant. Ils étaient d'accord sur l'essentiel. C'était presque des querelles de chapelle tout cela. Plus tard elle a rencontré Erwan. Erwan, un petit bourgeois réactionnaire éduqué dans le catholicisme qui se moquait de tout cela. Mais les enfants c'est avec lui qu'elle les a eus. Elle revient à la réalité. La voiture quitte une grande avenue pour prendre une route de campagne. Des flocons de neige voltigent. A l'époque, se rappelle-t-elle, presque personne ne travaillait réellement dans l'usine. Elle s'en était étonnée! On lui avait sèchement répondu que le travail capitaliste et socialiste, ce n'est pas la même chose. Des colonnes de statistiques avaient suivi, des statistiques révolutionnaires, des augmentations de production si pharamineuses qu'elles ne pouvaient faire rire que des esprits un peu critiques. Et son ami d'alors qui gobait tout, qui avalait tout comme parole d'évangile! C'est peut-être cela le socialisme, un système où l'apparence des choses est supérieure à la réalité. Il suffit d'y croire et cela change tout. Les esprits chagrins de l'économie libérale ne peuvent pas comprendre ces choses. Lorsque des années plus tard elle a parlé de cela avec Erwan, il s'est moqué gentiment d'elle. Elle n'a pas apprécié. Elle se rappelle même ses paroles :

« Cécile, tu sais bien que le Capitalisme est l'exploitation de l'homme par l'homme, et le Socialisme, juste le contraire… l'exploitation de l'homme par l'homme! »

Non elle n'avait pas apprécié. Au moins, pendant la révolution culturelle, quand elle avait visité la Chine, elle y croyait. Elle n'avait pas de doutes, et c'était mieux. Elle ne reconnaît pas cette Chine de sa jeunesse. Dans ce domaine-là aussi le conflit avec Erwan est patent!

Elle n'a plus revu Ludo par la suite. Mais peut-être était-ce lui qui avait raison. Il a continué à faire de la politique. L'évolution naturelle, à la recherche des révolutions improbables, des nouvelles classes ouvrières. Elle a entendu parler de lui. Puis il lui a écrit. Il est un dirigeant des Verts, maintenant. Là aussi, l'évolution naturelle. Au moins, il croit encore à quelque chose, pas comme Erwan qui se moque de tout.

« Cécile nous arrivons! »

La voix de Huang Wei la sort de ses pensées et la réveille en quelque sorte; il la ramène dans le présent. Elle quitte ses rêves et sa nostalgie pour se retrouver dans Shougang ; pas la Shougang d'avant, des bannières rouges qui flottent au vent, de l'espoir pour les ouvriers, non la Shougang de 1990. Tout a changé. De nouveaux bâtiments ont émergé. L'aspect général est plus moderne. La voiture traverse un passage à niveau, prend à droite, monte un petit raidillon, laisse quelques bosquets à sa gauche et pénètre dans une cour pour s'arrêter devant un bâtiment d'une quarantaine d'années aux murs fraichement repeints. Deux personnes les attendent. A ce moment, elle se rend compte que la personne du Bureau des Etrangers ne les a pas accompagnés. Tant mieux, se dit-elle. La voiture s'arrête. Ils descendent.

Leurs hôtes les accueillent chaleureusement. Toujours cette affabilité lors des visites officielles. Huang Wei fait les présentations :

« Voici Madame Cao, responsable de la production dans l'atelier de laminage n°4 et Mademoiselle Wei, attachée commerciale et chargée de relations publiques. »

Cécile les détaille avec curiosité. Toutes deux semblent terriblement intimidées. Peut-être n'est-ce qu'une façade. Cao porte un pantalon et une veste grise. Elle doit avoir une cinquantaine d'années. Le cadre moyen par excellence. Elle sourit béatement et montrent des dents proéminentes et très jaunies. Elle a un air un peu maladif mais la vivacité de son regard ne laisse aucun doute à Cécile sur ses capacités intellectuelles.

En Chine, plus qu'ailleurs, les apparences sont trompeuses et l'eau qui dort est souvent un courant impétueux. Quant à Wei, son look est tout à fait différent. Malgré le froid vif, elle porte des bas nylons sous une jupe écossaise et a revêtu une jolie veste ouvragée comme en portent beaucoup de jeunes filles chinoises. Elle se veut élégante sans doute! Seule fausse note, des chaussures de sport, genre sneakers confèrent un aspect hétéroclite à son habillement. Heureusement qu'Erwan n'est pas là, il l'aurait examinée sous toutes les coutures et ça l'aurait rendue folle. Elle le trouve crispant. Dès qu'un jupon passe, il se retourne, détaille, scrute, fait des comparaisons et des remarques. Dès qu'il constate l'air contrarié de Cécile, il en rajoute, titillant sa jalousie naturelle. D'après ce qu'elle sait il ne l'a jamais trompée. Mais cette présence fréquente de Sandra ne la rassure pas. Pour sa part, elle est moins fidèle. Elle l'a trompé une ou deux fois, par lassitude, par ennui, par défi aussi. Pour voir. En a-t-il su quelque chose? Elle l'ignore. Il n'a jamais rien dit. Il est vrai qu'il ne se confie pas volontiers. Elle a souvent l'impression qu'il n'écoute pas, qu'il est absent, parti dans un autre monde, celui de sa tête.

Depuis qu'il fréquente Cosmos, c'est pire. Et puis, il s'intéresse au Bouddhisme. Il lit les livres d'Alexandra David-Neel, comme si cela présentait un quelconque intérêt pour comprendre la Chine. Elle, une grosse bourgeoise pleine de fric qui voyageait comme une princesse. Ils se comprennent de moins en moins. Cette manie de regarder les filles, surtout les plus jolies, ces étudiantes chinoises aux allures de nymphes, avec leur teint si frais et leurs yeux pétillants de malice et d'envies...insatisfaites. Mais qu'en sait-elle exactement? De nouveau, comme dans la voiture, la voix de Huang Wei la ramène sur terre :

« Cécile, tu es dans la lune aujourd'hui. Peut-être tu aurais mieux fait de faire la fête avec la bande des latinos et avec Sandra. Tu n'avais qu'à demander à la bonne de rester. Il faut prendre du bon temps. Bon nous devons entrer. Madame Cao nous présentera son atelier plus tard. Mademoiselle Wei va nous expliquer tout ce qui concerne Shougang. Elles sont très flattées. Je leur ai dit qui tu étais, que tu étais venue ici il y a quelques années! »

Elle réplique du tac au tac. Elle a du mal à ne pas se comporter comme ça, et ça ne passe pas toujours bien :

« Mais qui je suis? Mais je suis Cécile Wagner, tout simplement! »

Qu'a-t-il été leur raconter? Et comment savent-ils tout cela? Les liens anciens avec le Parti Communiste n'existent plus. Bien sûr, elle a conservé quelques contacts au Département des Relations internationales. C'est fort utile, mais pas toujours utilisable. Pour elle, la Chine est en train de trahir le communisme. Qu'est-ce que ce cornichon de Huang a raconté?

« Mais que leur as-tu dit? » demande-t-elle.

« La vérité, Cécile. Tu es venue pendant les années de trouble. Elles ont bien compris. »

Elle n'en saura pas plus. Elle ne tirera rien de plus de Huang Wei! Il sourit comme d'un bon tour qu'il lui aurait joué. Leur petit groupe gravit les escaliers. Ils pénètrent dans un hall, puis on les dirige vers un petit salon. Du thé les attend! Mademoiselle Wei s'assoit, faisant outrageusement remonter sa jupe sur ses cuisses. Huang a l'air de s'intéresser beaucoup à elle. Madame Cao n'entre pas dans le salon. Ils restent donc à trois. Wei s'adresse à Cécile pour la remercier d'être venue. Puis elle entame un long monologue sur l'historique de l'entreprise, les bonds spectaculaires après les années de troubles. Ce mélange d'assertions pour se faire plaisir et de chiffres tout à fait indigestes (voire fantaisistes peut-être!) dure environ une heure. Huang Wei invite alors Cécile à poser des questions. Elle décline l'invitation. Dès lors, la visite de l'atelier n°4 peut avoir lieu. Cécile ne connaît rien de plus ennuyeux que ces visites d'entreprises. Mais peut-être est-ce parce qu'elle n'en a jamais fait ailleurs. Erwan lui dit toujours que son expérience est à courte vue, unilatérale, qu'elle manque d'esprit critique. Ah oui, lui il en a beaucoup de l'esprit critique. Dès qu'elle critique la façon de vivre des jeunes Chinois, c'est la dispute assurée. Et la façon dont il se fait prendre au charme de toutes ces jeunes femmes devant lesquelles il fait le beau. Elle atterrit à nouveau. Ces visites d'usine ont une espèce de cérémonial. Elle s'y soumet par politesse. Toujours le même interminable protocole. L'atelier n°4 ne diffère pas de ce qu'elle a vu 15 ans plus tôt. Un peu plus moderne cependant. Madame Cao les a rejoints pour la visite sur le terrain. Elle semble tout à fait à son aise au milieu des machines. Cécile ne prend même pas la peine de détailler ces engins. Elle n'est pas très technique et n'éprouve aucune attirance pour ces choses-là. Par contre le manège de Huang et de Wei ne lui a pas échappé. Une question lui brûle les lèvres. Osera-t-elle la poser? Oui, non, oui!

« Xiao Huang! »

« Oui, Cécile! »

« Tu as l'air très ami avec Mademoiselle Wei, tu la connais bien? »

Il rougit jusqu'aux oreilles! Bingo! Elle a tapé juste. Il la connaît donc probablement très bien et sans doute aussi au sens biblique du terme! Il reprend son calme et répond :

« C'est une camarade de classe, Cécile. Nous étions ensemble au Lycée! »

Elle sourit. Ces éternelles camarades de classe, amies d'enfance. N'importe quoi. Mais jamais on n'avoue que c'est la ou une des petites amies, sauf dans quelques cas très rares. Cette discrétion orientale. Cécile est résolue à porter le fer dans la plaie. Elle a enfin trouvé un sujet de distraction. Wei s'est retournée et la dévisage. Elle ouvre la bouche et demande quelque chose à Huang Wei ! Cécile ne parvient pas à saisir le sens. Pour la visite, Wei a enfilé un manteau vert de l'armée. C'est surprenant pour une jeune fille aussi coquette. C'est vrai qu'ils sont à l'intérieur d'une usine sidérurgique. Elle ne serait pas sortie à Beijing de cette façon!

« Enfin, c'est ta petite amie quoi! »

Huang Wei rougit de plus belle mais ne peut articuler un mot. Wei lui parle mais il est comme paralysé entre ces deux femmes dont l'une s'amuse à ses dépens. Cet aspect des choses ne lui plaît pas car il est en train de perdre la face.

« Huang, ne t'inquiète pas, nous sommes les seuls ici à parler français. J'ai bien compris qu'elle est ta petite amie! »

Cette fois le jeune homme reprend son self control, son sourire habituel et figé!

« Oui, si tu veux! »

« Non, reprit Cécile, pas si je veux, si tu veux! »

Elle aime le piéger de cette façon. D'autant plus qu'il rougit facilement.

« Mademoiselle Wei aimerait bien te parler et mieux te connaître ainsi que ta famille! »

Les choses avancent, se dit Cécile.

« Mais j'allais te le proposer. Viens manger avec elle à la maison. Tu sais, notre porte est toujours ouverte. Mais continuons la visite maintenant sinon Madame Cao va se fâcher. »

Le reste de la visite se passe assez rapidement. En effet qu'est-ce qui ressemble le plus à un laminoir qu'un autre laminoir. Vers 11 heures tout est fini. Cécile pense que c'est terminé. C'est compter sans la volonté de Madame Cao. Il reste encore une salle d'exposition à visiter. Cécile n'en peut plus. Elle aurait préféré de loin discuter avec Huang et Wei, mais il faut en passer par là. Heureusement cela ne dure pas trop longtemps. Une demi-heure plus tard ils quittent l'usine. Cécile trouve un air inquiet à Wei. Qu'a-t-elle donc? Le retour en voiture est morne et sans histoire. Huang veut dire quelque chose mais il n'ose pas. Peut-être que le chauffeur comprend un peu de français. Difficile à savoir mais cela serait surprenant. La voiture emprunte Bai Shi Qiao[29]. Il y a des travaux à l'entrée principale. Le chauffeur fait le tour du bloc et pénètre par l'entrée des fournisseurs, l'entrée Nord, celle par laquelle Cosmos entre ou sort régulièrement. Puis il se dirige vers Ya Yuan, l'ensemble d'appartements où réside Cécile. Il veut entrer dans la cour mais Cécile lui fait signe que ce n'est pas nécessaire. Elle et Huang descendent de la voiture. Huang lui dit au revoir!

« J'espère que cela ira bien avec Xiao Yu! »

Comment sait-il? Elle n'a pourtant parlé à personne. Il faudra faire plus attention. Mais elle fait comme si de rien n'était.

« Au revoir Huang et bon appétit! »

« Merci, au revoir! »

Il remonte dans la voiture, claque la porte. Cécile passe la porte de Ya Yuan. Une porte monumentale. Peinte tout en rouge. Elle prend à gauche. Quelques employés de l'hôtel vaquent à leurs occupations, c'est-à-dire à pas grand chose, leurs occupations principales étant la surveillance des allées et

---

29Rue de Beijing

venues. Le personnel de l'hôtel est pléthorique. La plupart des employés n'ont strictement rien à faire; ils s'occupent comme ils peuvent. Après avoir dépassé le parking à vélos, Cécile tourne à droite. Encore quelques mètres et elle sera chez elle, bien au chaud, avec ses trois enfants. Une petite voix l'appelle :

« Xiao Yu! Tu m'attendais! Viens on sera mieux à l'intérieur! »

« Je préfère ne pas entrer! J'ai des choses importantes à te dire! »

« A quel propos, réplique Cécile! »

Xiao Yu ne répond pas tout de suite. Elle paraît un peu embarrassée.

« Hum! Tu m'as récemment posé une question sur les adoptions d'enfants! »

« Oui, poursuit Cécile, cela m'intéresse, et mon mari aussi! »

Xiao Yu pèse ses mots.

« Ton mari! Pourtant tu as déjà trois enfants. C'est beaucoup ! Pourquoi en vouloir un quatrième? »

Cécile la regarde. Elle ne l'a encore jamais vue aussi sérieuse.

« Parce que j'aime les enfants et que ce sera bien un quatrième! »

Un silence. Elles font quelques pas en direction du restaurant. Xiao Yu reprend :

« J'ai demandé à ma mère pour les adoptions d'enfants! Elle est policière et s'occupe de jeunes délinquants. Ils passent devant elle avant qu'on ne les punisse. Elle doit faire l'enquête et les interroger... »

« Bref une sorte de juge d'instruction, reprend Cécile! »

« Je ne connais pas bien le système occidental, avance prudemment Xiao Yu, mais elle fait partie de la police! »

Tout cela devient très intéressant. Xiao Yu est une perle. Elle va toujours à la pêche aux informations, même quand c'est difficile.

« Oui, tu lui as demandé, et qu'a-t-elle répondu? »

Cécile est impatiente de connaître la réponse. La réponse de Xiao Yu n'est pas celle qu'elle attend :

« Elle a dit qu'il faut renoncer à ce projet. Ce n'est pas très compliqué en soi mais il y a d'autres aspects. Il pourrait y avoir d'autres problèmes. Elle a beaucoup de sympathie pour ta famille. »

Qu'en termes délicats ces choses-là sont dites. Cécile est directe :

« Bref, elle pense que nous cherchons les ennuis! »

La jeune fille ne sait plus comment répondre. Elle reprend son style habituel, très diplomatique :

« Pas vraiment Cécile. Mais ici c'est la Chine, tu sais! »

Oui, se dit Cécile, le pays de la grande prudence et des miroirs aux alouettes. Mais faut-il pour cela ne rien faire. C'est vrai qu'en Chine, bouger, se faire remarquer quand on n'a pas le statut qu'il faut, c'est déjà manquer de modestie. Dès lors les ennuis peuvent accourir au grand galop. Mais se dit-elle, faire des choses c'est aussi conquérir l'estime des gens et de soi-même. Elle se veut conciliante :

« Xiao Yu, c'est très aimable à ta maman de vouloir nous protéger, et je la remercie beaucoup. Mais je désire vraiment adopter un enfant. Ces liens que j'ai avec ton pays, je désire les renforcer. Mon mari, Erwan est d'accord aussi! »

Elle n'est pas convaincante et Xiao Yu est au courant des difficultés du couple. Elle se demande si tout cela n'est pas une fuite en avant. Cependant, ce n'est pas à elle de juger.

« D'accord, dit-elle! Voilà ce que ma mère m'a dit. Il n'y a pas vraiment de loi sur l'adoption. Les Chinois adoptent un peu comme ils veulent. Il y a même beaucoup d'abus. Le problème est de trouver l'enfant à adopter. Le mieux est de passer par un hôpital... »

« Je ne connais personne, répond Cécile! »

Xiao Yu a un grand sourire.

« Moi bien ! J'ai une ancienne camarade de classe qui travaille dans un hôpital. L'hôpital sino-japonais. Elle est très efficace. Hier soir je l'ai vue. Un peu avant de te téléphoner. Elle m'a dit que cela tombait bien. »

Ainsi Xiao Yu a déjà commencé des démarches concrètes. Et son discours avant, c'était pour la tester. Mais alors, que serait devenu l'enfant si elle s'était laissée convaincre. Cela lui fait froid dans le dos, cette sorte d'irresponsabilité.

« Ah ! dit-elle »

Xiao Yu reprend :

« Un bébé est né et sa mère ne peut pas s'en occuper. Elle est seule dans la vie. C'est une paysanne. Si elle rentre chez elle, sa mère tuera l'enfant. Elle préfère que le bébé vive et le donner! »

« C'est fantastique, s'exclame Cécile! »

Elle prend Xiao Yu dans ses bras et l'embrasse de joie. Xiao Yu continue :

« Il faut aller très vite maintenant ! On peut aller cet après-midi. »

Cécile est surprise par la rapidité des événements.

« Tout cela est rapide. Mais je n'ai rien pour un bébé. Et Erwan est parti pour un repérage photo ce matin. Il faut acheter des choses. Je dois prévenir Erwan qu'il aille dans des magasins pour chercher au moins le nécessaire de base. Le Magasin de l'Amitié doit avoir ce qu'il faut.»

Il lui semble qu'un autre grand magasin à Jianguomen vend aussi des produits occidentaux, comme des langes, mais c'est loin, de l'autre côté de la ville. Elle poursuit :

« Xiao Yu, je pense qu'on peut aller demain. Je prendrai congé. Tu sais comme Lao Ma est difficile! »

Xiao Yu la regarde et lui fait comprendre qu'il ne faut rien dire à Ma, mais qu'elle doit travailler l'après-midi, sinon il se posera des questions. Il est effectivement préférable qu'Erwan fasse les courses, car il n'a pas d'obligations par rapport aux Editions. Une petite neige a commencé à tomber. Elle entend la voix de son mari. Tiens! Serait-il rentré plus tôt que prévu? Cela facilite les choses. Xiao Yu s'éclipse et sort du jardin. Peut-être que ce bébé pourra améliorer leurs relations!

IX   Lundi 22 janvier 1990, le soir.

Tang Gang regarde partir Li Mei. Elle est dure. Ses paroles résonnent encore dans sa tête.

« Pars! Je t'ai aimé! Mais je ne peux plus coucher avec un assassin. Va-t'en! »

Il regarde ses mains. Elles tremblent! Que va-t-il devenir? Il a encore sur les lèvres le goût de son dernier baiser. Drôle de fille quand même ! Il attend que Li Mei ait tout à fait disparu! Il prend son vélo et se prépare à partir. Puis non. Il laisse le vélo. Qu'est-ce qu'il peut s'en foutre maintenant? La vie sans elle n'a plus de sens. Il irait bien au cinéma pour se changer les idées. Mais on n'y passe que des navets. Voir un film étranger? Peut-être! Il faut descendre jusque Chang'An! C'est loin. Il fait froid et il n'a aucun courage. Que reste-t-il en lui du fier soldat de l'Armée Populaire de Libération? Du moins ce qu'on lui en a fait croire! Et puis ces films étrangers, ce sont surtout des séries B américaines. Autant aller voir des films de Gong Fu, sauf l'exotisme. Il regarde son vélo qu'il a laissé tomber et qui gît là sur le trottoir. Cela lui rappelle d'autres vélos écrasés par les chars. Il ne se sent pas bien. Il l'aime bien Li Mei. Mais quelque chose empêche une relation normale. Pourtant ils s'entendent bien. Du moins c'est ce qu'il croyait. Et puis, tout d'un coup, elle a explosé:

« Pars, assassin, tu as trop de sang sur les mains. Chaque fois que je te vois, je vois tous ces gens assassinés ! Assassinés pour rien. Pour le théâtre de la politique. Pour Deng qui ne voulait pas perdre le pouvoir, pour Chai Ling, l'excitée, Pour Li Lu qui ne pense qu'à écraser les autres. Non pars, je t'ai aimé mais je ne te supporte plus. Pas pour ce tu es, seulement pour ce que tu représentes. Va-t'en ! »

Il met la main au fond de sa poche droite et touche un objet froid et dur. Son arme de service. Dans la poche gauche, plusieurs chargeurs. Depuis juin, il ne s'en sépare jamais. Depuis qu'il fait partie de ces unités spéciales, c'est comme un réflexe de sentir l'arme au fond de sa poche. Des images surgissent dans sa tête! La nuit du 3 au 4 juin, à Muxidi. Il n'était pas encore dans les unités spéciales, celles qui ne disent pas leur nom. Ils avançaient. Tous des troufions du Sichuan. Convaincus qu'il fallait défendre la révolution. Du moins c'est ce qu'on leur avait dit. S'ils n'agissaient pas la révolution culturelle allait recommencer, en pire. Les étrangers étaient prêts à intervenir. Ceux de Taïwan n'attendaient que ça.

Ce serait le chaos en Chine. Il faudrait tout recommencer. Des chars les précédaient. Ecrasement des barrages. Un étudiant, la chemise déchirée, du sang sur la figure se dressa soudain à quelques mètres, derrière la barricade écrasée :

« Frères, ne faites pas cela. Les Chinois ne doivent pas tuer les Chinois ! »
La troupe s'était arrêtée. Cet étudiant était comme un fantôme qui se serait adressé à eux. Et alors son chef de section :

« Tang Gang, Liquide moi ce fils de pute ! »
Il hésita. L'étudiant avait à peu près son âge. Un pékinois sans doute. Il y a eu du flottement. Personne ne dit rien. Le temps était comme suspendu.

« Tang Gang ! Tu es le fils d'un héros de la longue marche ! »
Oui son père a participé à la Longue Marche[30]. Il est resté ensuite comme résistant clandestin à Chongqing et a été intégré dans l'Armée après la Libération. A la révolution culturelle, il a été critiqué. Il y a eu la guerre entre deux groupes de gardes rouges. A l'époque, commandant de l'APL, il a tenté de les raisonner. Ils l'ont attrapé, torturé et tué comme une bête. Plus tard, l'armée a arrêté les Gardes Rouges responsables de l'assassinat. Ils ont été condamnés à mort et exécutés promptement. Il était trop petit pour se souvenir, mais on lui a raconté.

La voix du Chef de section le ramena à la réalité.

« Tang Gang, tu es notre meilleur soldat. Tue-moi cette vermine contre-révolutionnaire ! »
Tang n'hésita pas. Il épaula son fusil. La balle était dans le canon. Que cette arme lui était douce. Il pensa à son père, à tous les morts de la révolution. L'étudiant était toujours là, si proche. Il visa, le doigt sur la détente. Il ne voyait plus rien à part le fusil et l'étudiant. Il est un soldat de la révolution, un enfant de Mao! De vieilles personnes étaient sur le trottoir. Elles le virent mettre l'étudiant en joue. Celui-ci ne se doutait de rien. Il le défiait. Il était comme un fantôme. Il visa, posément. La tête du fantôme! Les passants réalisèrent la situation. Ils insultèrent la troupe :

« Vous êtes des chiens. Vous n'êtes pas des soldats du peuple, des soldats de l'APL, seulement des chiens... »
« Alors, Tang ! Qu'est-ce que tu fous ! Tire! »

30Moment important de la Révolution chinoise qui vit Mao et l'armée révolutionnaire accomplir une marche de 11.000 lis à travers le centre et l'ouest de la Chine

Le chef s'impatientait. C'était l'épreuve du feu. Serait-il digne de toute cette lignée de révolutionnaires dont il est l'héritier bien involontaire! Les paroles lui firent mal. Il fallait agir. Tang Gang décida. Il abaissa son arme. Tout le monde le regardait. Le chef de section était stupéfait. L'étudiant le regarda. Il croyait avoir gagné. Puis calmement Tang Gang, posa un genou en terre, reprit son arme, épaula et tira. La détonation éclata. Tang Gang avait fait mouche. La tête de l'étudiant fut éclatée par la balle. Son corps s'effondra. Le sang pissait, la cervelle coulait. Les autres personnes présentes regardaient comme tétanisées.

Certains ramassèrent des pavés. Le geste de Tang Gang avait galvanisé le reste de la troupe. Des pavés pleuvaient sur la ligne. L'officier, le chef de section commanda un feu généralisé, à volonté. Les soldats tirèrent. Ce fut un massacre. Les manifestants reculèrent. C'était la débandade. Le soldat à côté de Tang s'effondra soudain. Un projectile l'avait atteint. Une barre de fer vola et défonça le crâne de l'officier. Des coups de feu, en provenance de ce qu'il restait de la barricade, éclatèrent. Ceux qui étaient restés de l'autre côté balancèrent des cailloux, tout ce qu'ils pouvaient trouver comme projectiles, sur la troupe. Tang prit l'officier dans ses bras. Une bave rouge lui perla aux lèvres. Des ambulanciers surgirent et le prirent en charge. Un sous-officier prit le commandement de la ligne. Des renforts arrivèrent. Sur les chars, des soldats, hésitants tout d'abord, mirent les mitrailleuses en batterie. Les tourelles des chars pivotèrent. Ils avancèrent vers la foule. Les balles sifflèrent. Les mitrailleuses arrosèrent la foule. Les corps tombaient. Ceux qui le pouvaient encore se sauvèrent dans les rues adjacentes. La barricade était complètement enfoncée. D'autres troupes arrivèrent en renfort. Un officier avisa Tang Gang.

« Camarade Tang, tu es un héros. Grâce à toi, l'insurrection est matée. Maintenant nous faisons mouvement vers Tian An Men! »
La troupe avançait. Ils eurent des pertes. Ils avancèrent sur Chang'An. Les trottoirs étaient vides! Des camions arrivèrent. Leur unité fut embarquée. Les chars avançaient et écrasaient tout sur leur passage. Peu de temps après ils arrivèrent sur Tian An Men. La place était presque vide. Ils y entrèrent par le nord. Dans un mouvement en tenaille, soutenus par des unités parachutistes venues par le sud de la place, ils encerclèrent ceux qui n'avaient pas pu se sauver avant leur arrivée. Tang se souviendrait

longtemps de cette nuit. Des horreurs de ces deux jours, les 3 et 4 juin ; cette trop longue nuit où tout avait basculé. Les trop nombreuses morts. Cette situation de guerre civile. Ennemi, ami, des soldats pendus aux réverbères, des manifestants écrasés par les chars, déchiquetés par les mitrailleuses lourdes.

Tang se souvient. Il marche dans le hutong. Un bruit le fait sursauter. Il se retourne. Ce n'est rien. Un chat en balade. Li Mei ne sait pas qu'il a déserté. Pour elle. Mais il n'a pas eu le temps de lui dire. On le cherche. Il serre son arme de service au fond de sa poche. L'illusion d'une certaine sécurité. L'arme de poing, la puissance. Il sort du hutong. Il est en pleine avenue. Le vent souffle assez fort. Un arrêt de bus. Il s'arrête et attend. Il est perdu dans ses pensées. Il n'a pas remarqué une moto garée près de l'arrêt du bus. Deux individus parlent en l'observant, discrètement. Le bus arrive. Tang Gang grimpe dedans. Peu de monde à cette heure. La receveuse est assez jolie. Même pas le courage de lui faire du charme. Il prend son billet et paie.
« Ce bus va jusqu'à Tian An Men? demande-t-il. »
Elle le regarde gentiment :
« Non, tu dois changer. Prends le métro à Dongzhimen et descends à Qianmen! Tu connais? Tu n'es pas d'ici toi! Tu n'as pas l'accent! Tu es du Sichuan, je l'entends! »
Elle le regarde plus attentivement :
« Tu as l'air triste! Qu'est-ce que tu as? Tu es malade? »
Celle-là, elle drague sec, se dit Tang Gang, et il lui plaît, c'est évident! Elle s'accroche, elle lui glisse :
« C'est la fin de mon service. Si tu veux, tu viens jusqu'au dépôt. J'irai avec toi à Tian An Men ensuite! »
Il ne peut que balbutier un d'accord quasi incompréhensible. Il se laisse porter par les événements. Fait-il tellement pitié A-t-il tellement l'air perdu? Il s'assied sur un siège, juste derrière celui de la receveuse. Le bus est quasiment vide. Deux ou trois personnes âgées lui jettent un regard désapprobateur. Quelques jeunes à l'arrière du bus ont l'air de raconter des histoires salaces, dont peut-être Gang et la receveuse sont les héros. Il les entend à peine. Il touche son arme dans sa poche. L'envie subite d'en finir mais aussi d'en entrainer quelques-uns avec lui en enfer. Il se sent détaché. Serait-ce bientôt la fin du voyage? Ils roulent sur une grande avenue maintenant. Un quartier populaire dans l'est de Beijing. Une voiture, une

Fiat chinoise s'arrête à leur hauteur. Gang regarde les occupants, mais sans les voir. Le regard éteint, les yeux absents, pourquoi va-t-il à Tian An Men? Ressasser des souvenirs? Après le massacre à Muxidi, un officier avait appelé Tang Gang.

« Camarade Tang, tu t'es très bien comporté à Muxidi. Tu seras cité à l'ordre de l'armée. Nous allons maintenant nettoyer la place et ses environs des contre-révolutionnaires. Nous avons besoin d'hommes comme toi. Je vais te confier une mission un peu particulière. Les contre-révolutionnaires sont presque battus. Il faut actuellement éviter qu'ils communiquent entre eux. Sais-tu comment ils ont fait jusqu'à présent? »

« Non, répondit Tang Gang! »

L'officier lui expliqua que les étudiants et les autres émeutiers utilisaient des services d'estafettes à moto.

« Ce sont des hooligans, des déchets de la société. Il faut les exterminer. Tu vas partir avec une petite escouade, sept soldats en plus de toi. On va vous procurer des armes de poing et des motos. Un des lieux de passage de ces estafettes c'est derrière Qian Men. Vous allez ratisser le quartier et dès que vous en repérez un vous le prenez en chasse et vous le tuez. Vous ne dépendez que de moi. C'est une mission de confiance. »

Il s'était retrouvé ainsi dans un escadron de la mort. Cela il ne l'a jamais dit à Li Mei. Combien de gens il a tué cette nuit-là? Il ne sait pas exactement. Elle a raison. Il est un assassin.

Le bus continue à rouler. La receveuse regarde Tang Gang. Il est perdu dans ses pensées. Qu'a-t-il ce garçon? Il l'émeut profondément.

X

Li Mei ne se sent pas très bien. La colère qu'elle a montrée à Tang Gang, elle l'a aussitôt regrettée. Mais comment lui dire qu'elle ne supporte plus cette situation. Les images des blessés et des morts de Tian An Men lui reviennent en mémoire. Cette nuit-là, quand elle a dû soigner tant de gens. Et puis il parlait si peu de cela. Elle ne sait pas exactement ce qu'il a fait. Elle le suspecte d'avoir eu un rôle pas très net. Elle a entendu des bruits sur des équipes spéciales de soldats, habillés en civil, qui tuaient les estafettes. Lorsqu'il était arrivé, blessé, il était justement en civil. D'autres militaires l'avaient amené. Non, elle a bien fait de se séparer de lui, mais elle aurait préféré que cela se passe autrement. Et puis lorsqu'il est parti, si vite, comme un désespéré, sans même se battre, sans argumenter. Elle voit en lui un petit garçon pris en faute. Il n'a même pas pris son vélo. Il a véritablement disparu. Sans doute a-t-il pris un bus. Où est-il parti? Elle est inquiète car elle le sait armé. Elle ne comprend pas pourquoi il se promène en permanence avec une arme. Lorsqu'elle l'observait, elle le voyait toucher son arme dans la poche droite de sa veste et les balles dans l'autre poche. Maintenant elle a des choses plus urgentes à faire. S'occuper de ce bébé. Tang Gang n'a pas été d'un grand secours. Il s'est bien comporté pendant l'accouchement mais pour le reste il est un peu emprunté. Elle sort de son appartement, situé au premier étage d'un petit collectif et se dirige vers l'hôpital. Il faut qu'elle téléphone à Xiao Yu. Elle la connaît depuis longtemps. Elles sont vraiment de bonnes copines de classe. Juste après l'accouchement elle l'a appelée en lui demandant si elle ne connaissait pas un étranger intéressé à adopter cet enfant qui part si mal dans la vie. Xiao Yu travaille aux Editions en Langues étrangères. Elle espère que cela ne lui posera pas trop de problèmes, car faire adopter des enfants par des étrangers est un peu tabou ici à Beijing. Elle a entendu parler de plusieurs cas et chaque fois cela a échoué. Pas à cause des autorités ni des adoptants, mais des gens mal intentionnés y voient un retour à certaines pratiques d'avant la révolution. Elle espère que ce ne sera pas le cas cette fois-ci. La mère de Xiao Yu travaille dans la police. Son amie lui a demandé son avis et celle-ci n'est pas opposée. Elle a même proposé les services de la police pour résoudre des questions pratiques, si cela est nécessaire. Elle arrive devant l'entrée de l'hôpital. Le gardien la connaît et la laisse entrer sans vérifier son identité. Il fait froid de nouveau. Elle a mal fermé son manteau.

Elle se dépêche de monter les escaliers qui conduisent au bâtiment principal. Une forte odeur de désinfectant se dégage et la prend aux narines lorsqu'elle ouvre la porte. Une de ses collègues est à l'accueil et lui envoie un bonjour sonore. Elle monte au deuxième étage, le service où elle travaille. Elle va directement au local des infirmières. Un médecin est justement là. Il l'interpelle :

« Li Mei, seras-tu disponible le week-end prochain, je crois qu'il y aura pas mal d'accouchements. Et on manque un peu de personnel. Plusieurs césariennes sont prévues. »

Bien sûr qu'elle est disponible. Elle préfère travailler et faire des heures supplémentaires que ruminer des idées noires. Elle hoche la tête et répond affirmativement :

« Oui, pas de problèmes. »

Le médecin sort. Elle entend ses pas dans le couloir.

Elle décroche le téléphone et forme le numéro de Xiao Yu. Comme Xiao Yu habite chez ses parents et que ceux-ci ont des postes à responsabilité, il y a un téléphone à la maison. Le téléphone sonne plusieurs fois. Finalement, quelqu'un décroche. Une voix féminine répond mais ce n'est pas son amie.

« Bonjour, c'est Li Mei, est-ce que Xiao Yu est à la maison? »

« Oh Li Mei, comment vas-tu? Oui je l'appelle de suite. »

La mère de Xiao Yu pose le combiné. Li Mei l'entend appeler sa fille. Puis elle reprend le combiné.

« Elle arrive. Tu es à l'hôpital? »

« Oui, j'ai des choses importantes à lui demander. »

La mère répond :

« Elle m'en a parlé et je crois qu'elle a de bonnes nouvelles pour toi! Quand viens-tu nous dire bonjour? Tu es toujours la bienvenue ici. Mais on ne te voit pas souvent! »

Elle veut répondre mais elle n'en a pas le temps. Xiao Yu est arrivée et s'empare du combiné.

« Allo! Li Mei! Je suis contente que tu téléphones. Je ne savais pas comment te contacter. Tu es à l'hôpital je suppose? »

Xiao Yu est tout excitée.

« J'ai vu mon amie étrangère. Je lui ai dit tout d'abord que c'est un peu bizarre de vouloir adopter un enfant alors qu'elle en a déjà trois. Mais elle m'a dit qu'elle est très motivée. Donc la réponse est oui. »

Li Mei a envie de sauter de joie. Heureusement elle est seule dans le bureau.

« Et quand viennent-ils chercher l'enfant? »

Xiao Yu semble réfléchir un petit peu. Puis elle répond.

« Ecoute, j'ai vu mon amie ce midi, elle a envoyé son mari faire des achats pour accueillir le bébé correctement. Nous pourrons venir demain. Tu dois me dire où nous venons te chercher. C'est délicat quand même. Mon amie prend congé demain pour ne pas attirer l'attention de son chef à Beijing Informations. »

C'est au tour de Li Mei de faire une petite pause.

« S'ils peuvent venir demain après-midi. Je vous attendrai à la porte de l'hôpital. »

« Le bébé est à l'hôpital? » demande Xiao Yu.

« Non répond Li Mei, mais c'est un peu compliqué à trouver. C'est dans un hutong qui est tout près d'ici, mais il vaut mieux se donner rendez-vous à l'entrée. Dis à tes amis de prendre une couverture pour emballer le bébé car c'est un nourrisson. C'est une petite fille née la semaine dernière. Je t'attends demain à 14 heures. »

Elles échangent encore un petit peu au téléphone. Entretemps l'interne est revenu. Elle raccroche.

Elle discute avec l'interne sur sa présence en fin de semaine. Puis elle quitte le bureau. Lorsqu'elle arrive dans le hall d'accueil de l'hôpital, une collègue qui travaille dans les services administratifs l'attend. Elle se rapproche d'elle et lui parle tout doucement pour que personne d'autre ne puisse entendre.

« Li Mei, comment ça s'est passé avec cette jeune femme que tu as accouchée il y a quelques jours? As-tu trouvé une solution pour l'enfant? Tu sais ce qui va se passer si cette femme retourne dans sa famille. L'enfant est illégal et c'est une fille! Tu sais comme moi que ces paysans sont sans pitié! »

Oui, Li Mei sait quel sera le sort de la petite fille si sa mère retourne dans sa famille. Le bain prolongé sans doute. Elle prend le bras de sa collègue et lui répond tout doucement, presque à mi-voix.

« Oui, j'ai trouvé une solution. Mon amie Xiao Yu travaille avec des étrangers. Elle a une amie qui vient d'Europe ou d'Amérique, enfin quelque chose comme ça, et elle est d'accord pour adopter l'enfant. »

Elle est vraiment heureuse. Elle voit que sa collègue l'est tout autant. Mais celle-ci a les pieds sur terre.

« Tu sais Li Mei, il faut des papiers officiels à cet enfant. Je... »

Elle hésite, puis elle continue.

« Le problème est que cet enfant est né hors hôpital. Jusqu'ici il n'y a d'inscription dans aucun registre. Je peux faire le nécessaire mais il faut encore la collaboration d'un médecin pour attester que l'enfant est bien né à l'hôpital. Sinon ce sera très compliqué! »

Li Mei aime bien cette collègue. Elle est très pratique et très humaine. Elles se regardent et voient qu'elles se sont mutuellement comprises. La collègue continue toujours à voix basse. De loin on dirait deux amoureuses en train de s'échanger des serments de fidélité.

« Tu sais, le docteur Hu... »

Li Mei répond :

« Hu, Hu, le jeune interne? »

Sa collègue sourit

« Oui, le docteur Hu, ce joli garçon qui te fait toujours du plat et qui te veut toujours dans son service. Et bien, il est très discret et digne de confiance. Je lui en ai touché un mot et il est d'accord pour contresigner des documents. Je ferai le nécessaire au niveau des registres. Ce n'est pas très compliqué. »

Oui, le docteur Hu, celui qui l'a abordée dans le local des infirmières juste avant son coup de fil à Xiao Yu.

« Tu es merveilleuse, répond Li Mei, et le docteur Hu aussi. C'est vraiment très chouette de votre part à tous les deux! »

Elle est vraiment contente. Elles se séparent. Li Mei sort de l'hôpital et rentre chez elle. Elle aime bien ce docteur Hu. Il a fait une partie de ses études aux USA et aurait pu y rester mais il a préféré rentrer en Chine. Chemin faisant, elle repense à Tang Gang. Où est-il maintenant? Elle a été vraiment dure avec lui. Comment rompre autrement. Elle espère juste qu'il ne fera pas de bêtises. Depuis qu'elle l'a rencontré, elle l'a trouvé fragile psychologiquement. Tous ces cauchemars qu'il fait régulièrement. Elle trouve bizarre que ces derniers temps il n'avait pas l'air de travailler beaucoup. Au début de leur relation, il avait des gardes à assumer, des missions à accomplir. Depuis quelque temps, c'est comme s'il avait été libre comme l'air. Il s'était presque installé à demeure chez lui. Comme c'est un militaire, les voisins n'ont rien osé dire mais elle voyait bien qu'ils n'en pensaient pas moins. Quant à la concierge, elle lui a fait quelques remarques acerbes à plusieurs reprises. Qui sait si elle n'a pas remonté l'information à la police? Li Mei n'a pas peur. Un soldat décoré pour son action héroïque lors des émeutes ne sera pas mis en accusation. De plus, Tang Gang lui a expliqué que son père a participé à la guerre révolutionnaire et qu'il a été tué pendant la Révolution culturelle par des jeunes voyous, membres d'un groupe dissident de Gardes rouges à Chongqing. Il neige à nouveau un petit peu. Demain elle essayera de savoir ce que devient Tang Gang. Elle a les coordonnées d'un de ses amis de bataillon. Elle essayera de l'appeler demain matin.

…

Le bus est arrivé au dépôt, tout près de Dongzhimen. A part le chauffeur, la receveuse et lui-même, il n'y a plus personne. Il quitte son siège. La jeune fille salue le chauffeur et elle lui prend le bras.

« Viens, lui dit-elle, nous allons prendre le métro à Dongzhimen et je t'accompagne à Tian An Men. »

Il se laisse mener. La station de métro est proche. Ils s'engouffrent dans la bouche. Elle a des tickets. Ils prennent la ligne circulaire n°2, descendent à Jianguomen et puis la ligne n°1, celle qui traverse Beijing d'Est en Ouest. Ils ont de la chance, car à peine après avoir quitté le premier train, ils ont presque immédiatement une correspondance. Ils descendent à Tian An Men Est. Ils débouchent sur la place Tian An Men. Il fait froid et il n'y a presque personne.

« Et voilà, lui dit-elle. Tu as des souvenirs ici? Tu as l'air d'un militaire! Tu as fait partie des nettoyeurs de la place? »

Il la regarde, les larmes aux yeux. Elle a compris. Elle se serre contre lui. Pourquoi fait-il pitié comme cela alors qu'il n'est qu'un assassin. Ils descendent vers le sud de la place. Ils arrivent vite à Qianmen. Les soldats de garde autour de la place les regardent d'un œil suspicieux. Elle sent qu'il ne faut pas trop poser de questions. Ce garçon a juste besoin d'une présence, de quelqu'un à côté de lui. Il la regarde soudain :

« Comment tu t'appelles? »

Elle répond aussitôt :

« Mon nom de famille est Lin et mon prénom Hui, donc Lin Hui! Je suis la bienveillante, enfin c'est ce que dit mon prénom. Mais je ne le suis pas toujours! »

Il réfléchit. Bienveillante, oui, c'est bien comme prénom, bienveillante, Hui, c'est ce dont il a besoin aujourd'hui. Quelqu'un de bienveillant avec lui. Mais en est-il digne?

« Moi, c'est Du Xiaolong. Je suis un chômeur. Je cherche du travail. Et ce n'est pas facile car je n'ai pas mes propres outils. Parfois je trouve sur les marchés. Ils ont toujours besoin de gens. Mais je n'ai pas de domicile et je dors par ci par là! »

Mais pourquoi lui a-t-il inventé une histoire comme celle-là. Elle le regarde tristement. Elle tombe souvent sur des gens complètement désespérés. Ce garçon lui ment, se dit-elle, mais elle fera comme si tout était vrai.

« Et bien Xiaolong, mon petit dragon, ce soir tu ne dormiras pas dehors. Je vais t'héberger. »

Elle se hausse sur la pointe des pieds. Elle est beaucoup plus petite que lui, au moins deux têtes. Elle lui pose un baiser doux sur les lèvres.

« Viens Xiao Du, dit-elle, je vais te montrer quelque chose. Ça va te changer les idées! »

Tang Gang ne résiste pas. Elle lui prend la main et ils marchent dans la rue. Ils font quelques mètres. Ils arrivent à une porte d'entrée. Un escalier descend directement dans une cave. Tang Gang n'est pas inquiet. Il est dans un état tel qu'il est prêt à se laisser guider. Elle peut l'emmener en enfer si elle le désire. Ils pénètrent dans une sorte de cave aménagée en cabaret. Tang Gang est surpris mais il a déjà entendu parler de ce genre d'endroit où vient la jeunesse dorée de Beijing. Ils entendent de la musique de style occidental. Toutes les tables sont occupées. Lin Hui déniche une table proche de la scène. Elle lui dit de s'asseoir et va chercher quelque chose à boire. Elle ne lui demande pas ce qu'il veut et revient quelques minutes après avec une bouteille d'alcool de grain. Cela lui convient bien. Il n'a pas envie d'être sage. Elle pose la bouteille et deux tasses sur la table. Elle les remplit à ras bord et s'assied à côté de lui. A quelques mètres devant eux il y a une petite scène. Un groupe est occupé à installer son matériel. Il regarde sa montre. Il est 9 heures du soir. Tout le monde fume et il est difficile de voir quelque chose à travers l'atmosphère enfumée. Tang Gang ne fume pas d'habitude mais il décide de faire une exception. De toute façon, peut-être que demain il sera mort. La police lui mettra la main dessus. Déserteur, cela peut coûter cher. Lin Hui s'absente encore une fois et revient avec deux bouteilles de bière. Voilà une nana qui assure, se dit-il.

Elle semble heureuse d'être avec lui. Il essaye de se détendre. Le groupe est presque complètement installé. Il y a un chanteur, deux guitaristes, un claviériste et un batteur. Le chanteur attire son attention. Il est grand, plus grand que la moyenne des habitants de Beijing, il porte un bonnet en laine, il a des lunettes de soleil et est vêtu d'un jean et d'un tee shirt. Une jeune femme, très jolie, se tient au pied de la petite scène. Après avoir fait les tests d'usage, le micro, les guitares, et avoir produit quelques effets larsen. Le chanteur s'adresse au public.

« Bonsoir, vous ne nous connaissez pas encore. Nous sommes un groupe de Beijing qui s'appelle « Les Etoiles » et moi je suis le chanteur. On m'appelle Cosmos. D'habitude nous nous produisons à Tianjin. Mais on m'a proposé de venir aussi chanter le soir ici, dans ce cabaret à Beijing. J'espère que vous apprécierez. Certaines de mes chansons sont inspirées par Cui Jian et, pour d'autres je trouve mon inspiration dans un groupe américain qu'on appelle les Eagles. »
Une salve d'applaudissements interrompt le chanteur. Le groupe commence à jouer. C'est la première fois que Tang Gang assiste à un concert. Il avale coup sur coup plusieurs rasades d'alcool et se désaltère avec la bière. Lin Hui n'est pas en reste. Elle se serre tout contre lui. Sa tête tourne un peu. Il n'a rien mangé. Comme si elle avait deviné, Lin Hui se lève et va chercher des petits snacks, de la viande séchée au bar. Ça va mieux. La musique commence. Ils jouent tout d'abord des standards chinois du Rock 'n Roll. Toutes les personnes ont l'air de connaître la musique et les paroles. Le répertoire de Cui Jian y passe. Tout le monde a l'air d'attendre quelque chose. Beaucoup boivent énormément. L'ambiance est électrique. Tang Gang se demande combien de personnes sont rassemblées ici. La salle est grande. Il se tourne vers Lin Hui.
« Oh, à peu près 400 personnes quand c'est bien rempli. On a de la chance on est tout près de la scène. La sono n'est pas terrible et derrière ils n'entendent pas grand chose. »
Elle a l'air terriblement excitée. Tout est nouveau pour lui. Il n'imaginait pas des jeunes Chinois se comporter comme cela. Mais aujourd'hui, il s'en fiche. Qu'il est loin le Tang Gang qui mettait de l'ordre dans Beijing dévastée par l'émeute et la répression de juin. Il continue à boire. Lin Hui le regarde avec intérêt. Quelqu'un lui passe une cigarette un peu bizarre. Il remarque que d'autres comme cela passent de groupe en groupe. Il ne sait

que faire. Xiao Lin la prend, tire fortement dessus. Cela répand une odeur étrange qu'il ne connaît pas. Et puis elle lui passe la cigarette et lui enjoint de fumer. Il s'exécute. Elle tire à nouveau dessus et puis le pousse à fumer plus. Elle rit de manière nerveuse. Il se sent bizarre. Sa tête tourne. Ses tempes battent. Une impression étrange comme si tous ses sens étaient en éveil. Personne ne lui prête attention. De nombreux jeunes se sont levés et frappent dans leurs mains au rythme de la musique qui est maintenant complètement syncopée. C'est alors qu'il entend la voix du chanteur. Comment s'appelle-t-il encore ? Cosmos, oui, c'est cela, Cosmos et le groupe des Etoiles. La voix du chanteur est exceptionnelle, extrêmement mélodieuse. Des bribes de paroles lui vont droit au cœur :

« Il n'est pas facile de courber la tête...

La longue marche des dix mille lis...

Nous ne nous résignerons pas et nous cacherons notre douleur...

On ne pourra plus cacher la vérité...

Ne pas avoir peur...et le dire à notre dirigeant, le président Mao... »

Les spectateurs sont tous debout pour la plupart et reprennent les paroles en chœur.

Lin Hui lui souffle dans l'oreille :

« C'est la nouvelle longue marche de Cui Jian. Ce chanteur des Etoiles est très bon pour l'interpréter. Une amie m'avait dit qu'il la chanterait ce soir et c'est pourquoi il y a beaucoup de monde. »

Mais lui, il ne connait pas. Lin Hui ajoute :

« Ici à Beijing, toute la jeunesse connait cette chanson. Elle est interdite, car Cui Jian l'a chantée à Tian An Men la veille du massacre par les fascistes de Li Peng[31]. »

Cosmos chante le dernier couplet et s'adresse à la foule.

« L'année dernière, nous avons été réprimés. La jeunesse chinoise n'est pas battue et, un jour la vérité se fera jour. »

Un tonnerre d'applaudissements ponctue ses paroles. Il poursuit :

« Nous allons terminer ce concert et puis nous partirons. Je vais vous interpréter une chanson que j'aime beaucoup. C'est une chanson d'amour, une chanson triste aussi, mais la Chine n'est-elle pas triste, alors si nous avons un « Hotel California » dans le cœur, nous pouvons passer plus facilement cette épisode. Comme l'a dit Cui Jian « J'ai l'espoir dans le cœur et je suis transporté de joie ! »

---

31 Premier Ministre chinois lors des événements de Tian An Men

Un grand silence se fait. Cosmos entame les paroles d'Hotel California. Tout semble se passer comme dans un rêve. Le public s'assied à nouveau. Lin Hui est très calme maintenant. La plupart des jeunes présents ont les larmes aux yeux. Certains ont allumé des bougies. Cosmos chante à nouveau. Les guitares jouent, les guitares pleurent, comme si la terre promise était à leur portée. Les images des émeutes viennent à l'esprit de tous. De nouveau, Tang Gang entend des morceaux de phrase. Sa tête est embrouillée. C'est comme si Cosmos chantait spécialement pour lui. Ils sont quatre cents au moins à ressentir cette impression :

« Sur une autoroute sombre et déserte, un vent frais passe dans mes cheveux...

J'aperçois une lumière vacillante, je dois m'arrêter pour la nuit...

Ça pourrait être le paradis comme ça pourrait être l'enfer »

Tang Gang se prend la tête entre les mains. Lin Hui continue à écouter religieusement Cosmos chanter « Hotel California ».

« Oui, la Chine pourrait être le paradis. »

A ce moment il sent comme une présence à côté de lui, comme un écho lointain une voix résonne en lui :

« Le paradis? Peut-être, mais pour toi cela ne peut-être que l'enfer! »

Mais qui a parlé. Il lève la tête et regarde sur la chaise à côté de lui, de l'autre côté où se trouve Lin Hui. Un jeune homme est assis qui le regarde. Il porte des cheveux longs et est habillé d'une chemise blanche, ouverte, couverte de sang.

« C'est toi qui a parlé, lui demande Tang Gang? »

Le garçon regarde Tang Gang d'un air amusé!

« Oui, bien sûr, Tang Gang. »

Il a l'impression de le connaître. Mais où l'a-t-il déjà vu? Et soudain il se souvient. Il y a quelques mois. La nuit du 3 au 4 juin. Mais ce n'est pas possible.

« Non, ce n'est pas possible, tu es mort! »

Le jeune homme sourit tristement :

« Peut-être, mais je suis proche de toi maintenant. Je suis venu t'accompagner pour une partie de ton voyage, la fin. Mais c'est toi qui m'as appelé! Tu te souviens de moi, n'est-ce pas? »

Tang Gang est effrayé. Il se retourne vers Lin Hui. Elle écoute toujours le chanteur et semble être aux anges. Il regarde autour de lui. Personne ne fait attention, ni à lui ni à son étrange compagnon. De nouveau la voix de Cosmos :

« Nous sommes tous des prisonniers ici! »

Tang Gang veut se lever, mais il est comme rivé à son siège. Il veut hurler, mais sa voix ne porte pas.

« Reste calme, me dit un gardien de la nuit...

Tu ne peux jamais partir. »

Le temps semble suspendu. Les derniers accords de guitare. Les applaudissements. Tang Gang regarde à nouveau le jeune homme. Il a tourné le côté droit de sa tête vers lui. Un trou immense dans son crâne. Sa voix à nouveau :

« A bientôt Tang Gang. »

Tang Gang se retourne vers Lin Hui. Le concert est fini. Il la prend dans ses bras. Elle est bien vivante et lui aussi.

« Xiao Du, c'est fini, c'était formidable. Viens je t'emmène chez moi maintenant. »

Elle le regarde et ne semble pas voir le jeune homme assis de l'autre côté. Tang Gang lui demande :

« Tout est étrange. Il y a une personne bizarre à côté de moi, de l'autre côté. »

Elle sourit.

« Non il n'y a personne, juste une chaise vide à côté de toi. Viens nous partons. Il vaut mieux ne pas traîner ici. »

Il se retourne. Il n'y a plus personne. Lin Hui rit maintenant.

« Je crois que tu ne supportes bien ni l'alcool, ni la cigarette un peu spéciale que je t'ai donnée. On va chez moi. Je te ferai à manger et ça ira mieux après. »

Ils se lèvent. Il y a encore beaucoup de personnes. La sono diffuse de la musique chinoise. Le groupe des Etoiles et Cosmos sont déjà partis par une autre sortie. Tang Gang et Lin Hui montent les escaliers et se retrouvent à l'air libre. La plupart des spectateurs du concert sont déjà parties. Lin Hui regarde l'heure sur la montre de son ami.

« Oh, déjà 10 heures. Et je travaille demain. Mais je commence plus tard. Si tu veux on peut prendre un taxi. On sera plus vite à la maison! »

Tang Gang n'a pas trop envie de monter dans une voiture. L'incident avec le jeune homme dans le cabaret l'angoisse. Il préfère marcher.

« C'est gentil Lin Hui, mais comme on a bu beaucoup et que je ne suis pas trop dans mon assiette, ce serait bien de marcher au moins une partie du trajet. Tu habites loin d'ici? »

Ce n'est pas pour déplaire à la jeune femme. Elle a envie de se promener avec ce garçon qui semble si mystérieux. Il n'a vraiment pas l'air d'un journalier venu du Sichuan. Elle a regardé ses mains. Ce ne sont pas des mains de travailleur manuel. Il y a bien des callosités, mais pas du genre qu'on attrape en manipulant la pelle et la pioche. Il l'intrigue vraiment. Oui, se demande-t-elle, quel est son métier, s'il en a un. Lorsqu'il est monté dans son bus, elle l'a trouvé si beau et si désespéré, comme s'il venait de perdre quelqu'un de très cher. Elle se demande si elle a bien fait de l'amener dans ce cabaret branché de la scène punk-rock pékinoise. Ils ne font pas de mal, mais quand même, les chansons de Cui Jian sont interdites. Et d'ailleurs dans cet endroit, il n'y avait pas que les chansons interprétées qui sont interdites. Une descente de police aurait fait des dégâts. Elle s'interroge aussi sur sa réaction excessive à ce qu'elle lui a fait fumer. Probablement qu'il n'a jamais fumé un joint de sa vie. Pour cela aussi, il est préférable de prendre l'air. Elle le regarde candidement et lui dit,

« Non, ce n'est pas très loin. On va remonter le long de Tian An Men, et puis on prendra Chang'An. Ça fait à peu près cinq kilomètres à pied jusqu'à mon appartement. Je vis au deuxième étage d'un petit collectif juste au nord de Muxidi. C'est un T2. Ça te convient? »

Il a un frisson en entendant le nom de Muxidi. Cela lui rappelle plein de souvenirs. Il connaît bien ce quartier.

« Oui, pas de problèmes. Mais tu es sûre que tu peux m'héberger? Tu vis seule? »

Elle sourit à nouveau d'un air énigmatique et lui répond sous forme de boutade :

« Non, je suis mariée et mon mari est très jaloux. Mais il te fera quand même une place dans le lit! Il aime les hommes aussi!»

Puis elle éclate de rire. Tang Gang ne sait plus que dire.

« Je, je ne veux pas te déranger, ni être une gêne! »

Elle le regarde droit dans les yeux.

« Sérieusement, crois-tu que si j'avais un vrai mari ou un petit ami hyper jaloux, crois-tu que je t'inviterais chez moi? Je n'ai pas de vrai mari. Je vis seule!»

Tang Gang est rassuré. Mais que veut-elle signifier par pas de vrai mari. Y a-t-il des faux maris? Et puis elle est très jeune. Comment peut-elle avoir un appartement à elle sans être mariée. La plupart des jeunes ne sont pas autorisés à se marier très tôt. Quant aux célibataires, les unités de travail les logent plutôt dans des chambres ou même parfois dans des dortoirs, filles d'un côté et garçons de l'autre. Cette situation lui semble particulière. Il veut en savoir plus. Tout en marchant vers le Nord de la place Tian An Men il l'interroge à nouveau.

« Je suis très heureux que tu veuilles bien m'héberger cette nuit... »

Elle le coupe

« Oh peut-être pour plusieurs nuits, si je suis satisfaite de toi... »

Elle a un air coquin. Elle marche à côté de lui. C'est vrai qu'elle est mignonne. Elle a du bagout également, et cela lui plaît. Il ne se laisse pas démonter et continue :

« Mais que veux-tu dire par un vrai mari. Et puis d'habitude les jeunes travailleurs logent dans des dortoirs ou dans des chambres ; c'est rare d'avoir un appartement! »

Elle lui doit une explication. En plus, il a l'air d'en connaître un bout sur la situation des jeunes travailleurs à Beijing. Il n'est pas si emprunté que cela.

« Tu as raison Tang Gang. A mon âge, généralement, on ne dispose pas d'un appartement sauf si on est marié. Je suis donc mariée, du moins officiellement! »

Cette histoire lui semble de plus en plus embrouillée. Ils arrivent maintenant au nord-ouest de Tian An Men. Ils entendent des sirènes de police provenir du sud de la place. De nombreuses voitures et des jeeps de la police se dirigent vers un point bien précis. D'où ils sont, ils voient des personnes courir, vite encerclées et attrapées par des policiers en civil et en uniforme.

« J'ai l'impression que nous sommes partis juste à temps. Ne traînons pas ici. Il faut traverser l'avenue et marcher vers l'ouest. »

Les militaires qui montent la garde sur la place les regardent d'un air hostile. Ils attendent le feu vert pour traverser l'avenue Chang'An sur le passage piéton. De l'autre côté, un side-car stationne. Deux policiers les observent. Ils sont engoncés dans leurs capotes. Elle se demande s'ils vont vérifier leur identité. Elle n'aime pas ça. L'un d'eux s'adresse à Tang Gang :

« Où vous allez comme cela? Montrez-moi vos papiers. »

Sans que Lin Hui puisse le voir, Tang Gang sort une carte de sa poche et la montre au policier. Celui-ci se radoucit immédiatement :

« Bon ça va! Emballe-bien la poulette. Tu as bon choix, elle est vraiment du gibier de qualité, ça se voit tout de suite. »

Il se retourne vers son collègue et lui glisse deux mots dans l'oreille. Le deuxième éclate de rire. Puis le premier tape légèrement sur l'épaule de Tang Gang comme pour l'encourager :

« Allez, bonne promenade camarade et bonne nuit surtout. Et ne crains rien, la police veille.»

Lin Hui rougit. Leur vulgarité est atroce. Mais ils ont de la chance. Elle a soudain eu peur d'un véritable contrôle. Elle ne comprend pas cependant ce qu'il s'est passé. Ils s'éloignent de l'endroit où ils ont été contrôlés. Tang Gang lui explique qu'il a déjà rencontré ces policiers. Il leur a rendu un service:

« Tu vois, pour survivre à Beijing quand on est un travailleur migrant il faut avoir des relations. Ce n'est pas plus compliqué que cela. Mais explique-moi maintenant ton histoire de mariage et d'appartement! »

« Ah oui, reprit Lin Hui, je logeais effectivement dans un dortoir avec d'autres filles, et j'en avais marre. Je ne suis pas originaire de Beijing et nous étions plusieurs dans ce cas. J'ai donc cherché une solution pour obtenir un appartement. J'ai d'abord eu un chef très compréhensif. Il m'a demandé quelques faveurs pour arranger mon dossier administratif et puis il m'a donné un tuyau. Il suffit de se marier. »

Tang Gang l'écoute avec attention... Ils arrivent à hauteur de Zhongnanhai. Les gardes les regardent passer sans émotion particulière. Ils marchent d'un pas mesuré, presque lent comme un couple normal qui rentre chez lui après une soirée au restaurant. Elle poursuit.

« Bon, les faveurs, ce n'est pas très rigolo. Mais, il faut ce qu'il faut. J'ai donc cherché quelqu'un de l'unité de travail à épouser. Je n'avais pas envie de faire un vrai mariage. »

« Et comment as-tu fait ? » lui demande Tang Gang, visiblement intrigué par son histoire, mais pas par les faveurs accordées au chef, une chose habituelle dans beaucoup d'entreprises.

Elle est un peu gênée par la tournure de leur conversation mais se dit que maintenant qu'elle a commencé à se livrer, il faut aller jusqu'au bout.

« C'est la première fois que je raconte cette histoire. Dans mon unité de travail, tous mes collègues pensent que je suis réellement mariée. En fait, tu as vu le chauffeur qui conduisait le bus tout à l'heure. Et bien, c'est mon mari officiel. Il n'aime pas les femmes, il préfère les hommes, et moi, ça m'arrange bien. Comme ça, nous sommes contents tous les deux. Lui, il peut faire croire qu'il est normal. Il fréquente des amis homos qu'il voit régulièrement. Moi, j'ai un appartement. Il est là de temps en temps, mais pour le moment il loge en fait ailleurs. »

Elle le regarde d'un air presque suppliant :

« Ne dis jamais cela à personne. Tu sais que c'est un crime d'être homosexuel. Et si ça se savait, je serais punie aussi. Je ne veux pas aller en prison, et mon mari « officiel », je l'aime beaucoup, comme un copain, je ne veux pas qu'il lui arrive quelque chose. »

Il lui met le bras autour de l'épaule :

« Ne crains rien, je suis très discret. Je ne voudrais pas qu'il t'arrive quelque chose. Mais je trouve cela bizarre! »

Ils continuent à marcher. Ils approchent de Xidan. Le carrefour est fortement éclairé. Il y a encore beaucoup de gens sur les trottoirs. Probablement des gens comme eux qui sont sortis. Le Nouvel An[32] est proche. Ils accélèrent le pas et arrivent rapidement à Fuxingmen. Ils passent en dessous du pont autoroutier. Cet endroit est à moitié désert. Quelques marchands à la sauvette les accostent et tentent de leur vendre des patates douces et des kakis.

« Tu en veux, demande-t-elle? »

Les effets de l'alcool commencent à disparaître, même si sa tête tourne encore un peu. Il a faim sans doute.

« Oui, ce serait bien. »

Elle prend deux patates douces et les tend à Tang Gang. La vendeuse discute avec Lin Hui. Peut-être se connaissent-elles! Ce ne serait pas étonnant car elle doit passer certainement souvent ici. Tang Gang attend un petit peu à l'écart. Il regarde autour de lui ce grand carrefour de Fuxingmen. Une femme est dans l'ombre et s'approche de lui sans qu'il s'en rende compte. Elle l'interpelle:

« Hé ! Soldat! As-tu vu mon enfant? »

Il se retourne. Cette femme est jeune encore. Pas d'une très grande beauté. Elle a les larmes aux yeux. Elle n'est pas habillée très chaudement. Elle porte une robe à fleurs, comme beaucoup de Pékinoises en été. Elle a des sandales aux pieds. Elle doit avoir très froid, mais elle n'en a pas l'air. Tang

32Nouvel An chinois ou Fête du Printemps

Gang lui trouve un air irréel. Elle s'approche de lui et lui met la main sur le bras. Il veut la repousser mais n'y arrive pas.

« Dis-moi, soldat, as-tu vu mon enfant? Je la cherche depuis longtemps. » Mais comment sait-elle qu'il est un soldat? Il n'est pas en uniforme et a plutôt l'air d'un SDF que d'autre chose. La femme lui prend la main. Il sent un froid terrible. Elle se met à genoux devant lui. Il se sent ridicule. Cette situation l'ennuie. Il regarde vers Lin Hui. Celle-ci ne le voit pas. Elle discute toujours avec la marchande. Il veut l'appeler, mais aucun son ne sort de sa bouche. Il comprend subitement. Il regarde la femme plus attentivement. Celle-ci se redresse. Elle le regarde droit dans les yeux. Les siens sont comme remplis de haine. Elle approche son visage du sien comme si elle voulait l'embrasser.

« Je cherche ma petite Lili depuis des mois. Je ne sais pas où elle est. Toi seul, tu peux me la ramener! Mais pour cela, tu dois finir ton voyage. » Soudain, il a l'impression d'une autre présence derrière lui. Il sent une main sur son épaule. Il n'a pas besoin de regarder. Maintenant il sait. Le jeune homme qu'il a tué à Muxidi est là.

« Nous t'accompagnons Tang Gang. Tous les morts de Tian An Men, tous ceux que tu as tués, tous nous t'accompagnons. » Quelqu'un le secoue. C'est Lin Hui.

« Xiao Du, qu'est-ce qu'il t'arrive. » La marchande est là aussi. Toutes deux l'aident à s'asseoir sur le rebord d'un mur de soutien du pont. L'homme qui accompagne la marchande s'approche également. Il tend une flasque à Tang Gang et le force à boire. Les choses vont mieux. Il reprend ses esprits. Il regarde Lin Hui puis les deux autres personnes. L'alcool le revigore. Il se sent vraiment beaucoup mieux. Le marchand lui demande s'il en veut encore. C'est un excellent alcool de sorgho, du genre qui fait des trous dans l'estomac. Tang Gang le remercie de son attention. Il a un peu froid. La température est plutôt basse. Il essaye de se lever. Lin Hui et le marchand l'aident à se mettre debout. Puis il essaye de marcher. Sa tête tourne. Il a sans doute eu une petite syncope. C'est la première fois que cela lui arrive. Lin Hui semble inquiète.

« Tu es sûr que cela va aller. On peut essayer de trouver un taxi. Je n'aurais pas dû t'écouter. Tu dois avoir faim. Quand as-tu mangé la dernière fois? » Tout cela est si loin. Il a déjeuné avec Li Mei. Pourquoi l'a-t-elle jeté comme cela? Il est vraiment maudit et maintenant il rencontre des fantômes. Mais, il ne peut pas en parler. Lin Hui le prendrait pour un fou. Il s'accroche à elle.

« Ça va, dit-il, j'ai eu un coup de pompe. J'ai certainement faim et je suis fatigué. On ne doit plus être très loin de chez toi. Je crois que ça ira. »

Il remercie les deux personnes qui l'ont aidé, puis ils continuent leur chemin. Ils sont presque à Muxidi. Ils avancent lentement. Des souvenirs lui arrivent en pagaille. Des souvenirs pas trop heureux. Lin Hui trotte à côté de lui. Elle lui tient la main. Une main bien chaude. Pas comme celle du fantôme, de la femme qui a perdu son enfant. Il ne se souvient pas d'elle. Autant le garçon qu'il a tué est présent dans son esprit... Soudain il s'arrête! Une vision d'horreur, devant lui. Il se rappelle. Après avoir enfoncé la barricade de Muxidi avec les chars et dégagé le carrefour, ils ont continué leur avancée vers Tian An Men. Ils ont trouvé le cadavre d'un soldat pendu à un réverbère. Son corps était complètement carbonisé. Lui et un camarade de son unité l'ont décroché. C'était atroce. Et maintenant, il voit ce soldat carbonisé devant lui. Cette peau noire, complètement craquelée. Ce corps qui n'en est plus un. L'homme est juste devant lui. Lin Hui se demande pourquoi il s'est arrêté. Ce garçon va vraiment mal. Quels sont ces probables souvenirs qui le hantent. Elle tente de lui parler.

« Xiao Du, que t'arrive-t-il? On dirait que tu as vu un fantôme. »

Mais il ne répond rien. Il fixe un point à quelques mètres de lui. Elle essaye de suivre son regard et de voir ce qu'il voit. Mais il y a seulement un réverbère devant lui. Un réverbère comme il y en a beaucoup sur Chang'An. Il ne bouge pas, comme pétrifié. Elle voit ses lèvres remuer, mais aucun son ne sort de sa bouche. Elle a lâché sa main. Elle le voit s'approcher du réverbère. Il s'arrête à un mètre du poteau. Il lève la tête et regarde les lampes, puis le système d'éclairage. Elle l'interpelle.

« Xiao Du, dis-moi quelque chose. Tu me fais peur. »

Des gens passent sur l'avenue et les regardent bizarrement. Elle sent une émotion forte la submerger. Puis tout se calme. Tang Gang semble émerger de son rêve éveillé. Il la regarde avec douceur et tristesse. Il lui prend la main.

« Viens, dit-il, on y va. »

Elle ne demande rien. Ils traversent le carrefour de Muxidi. Elle le sent nerveux. Sa main est moite et très chaude malgré le froid et le fait qu'il n'a pas de gant. Il s'arrête à nouveau.

« Attends, dit-il, je veux vérifier quelque chose. J'ai des souvenirs terribles de cet endroit. Attends-moi juste un instant.»

Il se retourne dans la direction de Tian An Men. Et il les voit. Tous trois le suivent à quelques mètres. Ils évoluent en silence. Pas un mot, pas un cri. Des ombres du Royaume des Morts. Ils semblent flotter sur le sol, avancer sans aucune difficulté. Il commence à entendre des cris des hurlements. Des cris de douleur. Le sifflement des balles. Le bruit des chenilles des chars qui écrasent tout sur leur passage. Beaucoup de gens courent dans tous les sens. Il est le seul à voir ces scènes. Il revit la soirée du 3 juin. Il observe la femme qui le suit de manière plus attentive. En réalité, sa robe à fleurs est couverte de sang. Le sang coule en permanence sur ses jambes, mais cela n'a pas l'air de la gêner. Il se tourne vers Lin Hui.

« N'aie pas peur Xiao Lin. Continuons. Ma tête ne va pas trop bien. Mais c'est seulement un conflit avec moi-même. Allons chez toi. »

Ils continuent. Puis, ils prennent une petite rue au nord de la grande avenue. Peu après ils pénètrent dans un ensemble d'immeubles.

« C'est ici chez moi, lui dit-elle. Les murs sont gris et froids mais mon cœur est rempli de chaleur et d'amour. Ils traversent un petit jardin, ou une espèce de cour. Des immondices sont entassées contre les murs. Personne n'a l'air de s'en inquiéter. Il entend un rat couiner. Ils se dirigent vers un des immeubles, franchissent une porte cochère. Ils débouchent sur un escalier intérieur en béton. Des odeurs désagréables lui parviennent mais il n'en a cure. Ils montent l'escalier jusqu'au second étage. Il jette un regard discret derrière lui. Elle remarque le mouvement mais ne dit rien. Il n'y a personne derrière lui. Il respire. Peut-être que c'est un mauvais rêve. Trop d'alcool, et cette substance qu'il a fumée dans le cabaret. Il se sent mieux. Elle fouille dans ses poches. Sans doute cherche-t-elle ses clés. Finalement, elle les trouve. Ils sont seuls dans la cage d'escalier. Il regarde l'heure. Minuit moins dix. Ils ont mis beaucoup de temps pour venir de Tian An Men. Elle se hausse sur la pointe des pieds, lui prend la tête entre les mains et lui donne un baiser sur les lèvres. C'est doux, agréable, une douceur très grande. Il se sent revivre. Il lui rend son baiser. Et puis, ils continuent à se regarder, tendrement enlacés. Une larme coule sur sa joue. Il l'essuie.

« Ne crains rien, tout va bien. »

Elle lui sourit à nouveau. Elle se dégage de son étreinte, prend la clé, l'introduit dans la serrure. Elle tourne deux fois. La porte s'ouvre. Elle entre la première dans l'appartement. Ce n'est pas très grand. Un petit hall, une toilette douche située juste à côté de l'entrée, jouxtant une petite cuisine. Il y a ensuite une chambre avec un grand lit et une salle de séjour qui donne sur un balcon. Un canapé occupe le fond de la pièce. Au milieu, une table ronde. Tout a l'air si calme. Elle referme la porte et met la sécurité. Il va jusqu'au balcon. Elle y a rangé toutes sortes de choses. Il ouvre la porte pour voir de quel côté de l'immeuble ça donne. Il constate avec plaisir que le jardin est situé juste de ce côté. Satisfait il rentre dans la pièce. Xiao Lin s'active déjà dans la cuisine. Elle lui crie :

« Je prépare à manger. Je vais faire du poulet sauté et il me reste des nouilles. Ça ira? »

Il s'apprête à répondre quand il remarque une odeur forte qui envahit la pièce. Il se retourne vers le canapé. Ils sont là tous les trois à l'observer, tous les trois assis l'un à côté de l'autre sur le canapé. La femme parle la première.

« Nous t'avons laissé t'installer Tang Gang. Mais tu ne peux pas nous éviter. Nous faisons partie de toi...jusqu'au bout, jusqu'à la fin du voyage. »

De nouveau il est figé, sans voix. Il ne comprend plus rien. Il pensait être tranquille. Mais il n'en est rien. Ce qui l'effraye le plus est cette situation étrange dans laquelle il se trouve où il peut à la fois être avec les fantômes et aussi entendre les bruits de la vie réelle. La femme à la robe à fleurs lui parle de nouveau. En réalité, elle ne parle pas mais il entend tout ce qu'elle exprime.

« Je cherche ma fille, Tang Gang. Je ne sais pas ce qu'il m'est arrivé. Tu es le seul à pouvoir résoudre cette situation et à me donner la paix de l'âme. Ma petite Lili! Où est-elle, qu'est-elle devenue? »

Le soldat carbonisé se contente de le regarder et le jeune homme qu'il a tué ne dit rien. Il est là, comme un reproche muet. Il entend la voix de Lin Hui :

« C'est presque prêt. J'arrive. Il se tourne et lui répond.

« Oui, merci. »

Il l'entend venir de la cuisine. Elle amène deux bols remplis à ras bord avec des nouilles au poulet. Elle dépose le tout sur la table ronde située au milieu de la pièce. Elle retourne immédiatement à la cuisine et revient avec des baguettes, une bouteille de bière et deux verres. Il jette un œil sur le canapé. Il n'y a plus personne. Lin Hui lui dit de prendre des tabourets dans la cuisine, ou bien peut-être qu'ils peuvent s'asseoir dans le canapé et manger côte à côte. Entretemps, elle a allumé la télé. Il y a un spectacle de l'opéra de Beijing du Sichuan.

« Tiens, Xiao Du, toi qui viens du sud-ouest, ça doit te plaire. »

Il n'a pas trop envie de s'installer sur le canapé, mais c'est aussi un moyen d'être proche d'elle, et elle a l'air d'y tenir. Il rapproche la table du canapé. Il la remercie pour l'opéra du Sichuan même si en réalité cela ne l'intéresse pas. Elle s'assied sur le canapé et commence à manger son bol de nouilles avec rapidité. Il prend son bol également et se met à manger. Mais ça ne passe pas. Il pense à trop de choses. Ces fantômes lui font peur maintenant. Il sent bien qu'ils ne vont pas le lâcher. Il laisse soudain tomber ses baguettes par terre. Xiao Lin les ramasse rapidement, se lève et court à la cuisine en chercher d'autres qu'elle lui tend. Il les prend et tente de manger à nouveau. Mais cela ne va pas. Il ne parvient à rien avaler. Lin Hui est triste. Elle voit bien que ce garçon file un mauvais coton. Elle ne sait pas ce qu'il a. Pourtant il lui plaît. La soirée amoureuse qu'elle a imaginée est en train de se transformer en cauchemar. Elle se serre tout contre lui et lui parle doucement :

« Quand je t'ai vu tout à l'heure monter dans le bus, j'ai tout de suite pensé que j'avais besoin de quelqu'un comme toi. Tu avais l'air si triste que j'ai eu beaucoup de compassion. J'ai l'impression d'avoir essayé quelque chose qui ne marche pas. Je te vois depuis le début de la soirée. Tu as l'air de souffrir à l'intérieur de toi. Tu devrais me parler et me dire ce qui ne va pas. Je me sens coupable. Peut-être est-ce moi qui ne sais pas m'y prendre? J'ai les larmes aux yeux. J'ai du chagrin. J'ai peur pour toi. Ce soir, après le carrefour de Fuxingmen, tu t'es arrêté. Tu ne bougeais plus. Tu fixais un réverbère comme si tu avais vu le diable. Et tout ce qu'il y avait c'était un réverbère comme il y en a tant à Beijing. Je t'ai fait à manger, car tu dois avoir faim, mais tu n'honores pas mon repas. Il est presque une heure du matin. Tu es tendu. J'ai envie de te prendre dans mes bras et de te consoler, mais j'ai peur que ça ne marche pas. »

Elle s'arrête de parler et pleure.

Tang Gang la regarde sans pouvoir rien faire. Il met son bras autour de son épaule et la serre très fort. Peut-être que l'amour peut résoudre ce problème qu'il a en lui. Cette douleur intérieure qu'il traîne depuis le mois de juin, depuis cette nuit fatidique du 3 au 4 juin. Elle sanglote fortement et sa poitrine se soulève. Il ne sait que faire. Elle lui prend la main, se lève et lui dit :

« Viens! »

Il la suit. Elle le mène dans la chambre. Il se laisse faire. Elle le déshabille. Elle ouvre le lit et l'invite à se coucher. Elle part éteindre la lumière dans la cuisine et revient dans la chambre. Il est dans le lit. Il sent un grand froid l'envahir. Lin Hui éteint toute lumière dans l'appartement. Elle enlève ses vêtements et se glisse à côté de lui. Son grand corps est tout froid. Elle essaye de le réchauffer par tous les moyens en sa possession. Rien n'y fait. Son corps est terriblement froid, glacial. A-t-il eu si froid ce soir. Il ne réagit pas. Elle se lasse finalement. Elle sort du lit, enfile un pyjama et part dormir sur le canapé. Elle attrape une couverture en passant et s'enroule dedans. Tout est calme. Tang Gang reste immobile dans le lit. Il a senti cet amour qui vient de Lin Hui mais il ne parvient pas à y répondre. Il sent effectivement ce grand froid s'emparer de son corps. Il entend Lin Hui, la bienveillante, sangloter sur le canapé. Il voudrait aller la retrouver mais sait que cette démarche serait vaine. Il entre dans un sommeil peuplé de cauchemars.

8 heures. Lin Hui est debout et prête à partir. Elle a préparé des baozi, des petits pains fourrés à la viande pour Xiao Du. Elle laisse un mot sur la table. Elle jette un œil dans la chambre à coucher. Pour une soirée ratée, c'est une soirée ratée. Peut-être que ça ira mieux quand elle rentrera après son travail. Elle change d'horaire aujourd'hui mais elle doit quand même être au bureau de la compagnie des bus ce matin. Son chef lui a demandé de passer. Peut-être veut-il encore un câlin. Il est devenu exigeant ces derniers temps. Grâce à ça, elle a un appartement et ses horaires sont intéressants. Sans compter les petits cadeaux. Bref un homme charmant. Mais aujourd'hui elle n'a pas la tête à cela. Si aujourd'hui il veut encore cette douceur qu'elle seule est capable de lui donner, elle lui dira non.

Et tant pis pour les avantages... Elle en a marre de cette relation quasi obligée. Toujours dans des circonstances un peu sordides. Supporter aussi les racontars de certaines collègues. Et puis, elle le trouve dégoûtant finalement. À son âge il devrait se calmer. Pourquoi ne va-t-il pas voir une prostituée? Peut-être qu'il la considère comme une pute. Elle se sent honteuse. Peut-être va-t-elle perdre son boulot. Xiao Du dort comme un bébé. Il est sur le dos. Son visage est calme, pas cet air angoissé qu'il avait la nuit dernière. Elle ferme doucement la porte de sa chambre. Elle se dirige vers la porte de l'appartement. Elle avise son manteau, posé sur une chaise. Elle le prend pour l'accrocher à une patère fixée au mur du hall d'entrée. C'est lourd. Elle a de la peine à l'accrocher. Quand c'est fait, elle remarque que quelque chose est tombé de la poche intérieure. C'est un document de la taille d'une carte d'identité. Il y a aussi une feuille qui a l'air d'un document officiel. Elle les ramasse et s'apprête à les remettre dans la poche intérieure mais jette un œil rapide dessus. Il y a une photo de Xiao Du. La carte est émise par l'armée. Elle n'a jamais vu de tels documents car elle ne connait personne qui est ou a été dans l'armée. Et puis elle voit le nom : Tang Gang. Pourtant la photo est bien celle de Xiao Du. Pourquoi lui a-t-il menti. Elle l'a amené dans un haut-lieu de l'underground pékinois. Sans doute a-t-il ses raisons. Elle regarde le deuxième document. Le nom de Tang Gang apparaît aussi. Ce papier cite le soldat Tang Gang à l'ordre du jour de l'armée pour des actes héroïques accomplis la nuit du 3 au 4 juin 1989. Les actes en question ne sont pas détaillés. Xiao Du, non, Tang Gang est un héros de l'armée. Mais que faisait-il seul le soir dans un bus en direction de Dongzhimen? Lin Hui ne se sent pas très à l'aise. Elle lui demandera des explications quand elle rentrera. Elle remet les documents dans le manteau. La curiosité la démange. Elle a envie de le réveiller mais elle n'ose pas. Par contre, elle continue à lui faire les poches. Peut-être y a-t-il d'autres choses intéressantes à trouver? Elle commence par la poche extérieure droite. Quelque chose de lourd s'y trouve. Elle prend l'objet et le sort. C'est un revolver d'une taille impressionnante. Elle se demande vraiment quoi faire. Tang Gang alias Du Xiaolong la surprend véritablement. Elle remet prestement le revolver où elle l'a trouvé. Pourquoi a-t-il cette arme dans sa poche. Elle ne connaît absolument rien aux armes. Elle n'a aucune idée de la dangerosité de celle-ci. Cependant, elle n'aimerait pas se trouver du mauvais côté du canon. Elle retourne dans la chambre à coucher. Tang Gang a l'air de dormir paisiblement. Elle lui caresse les cheveux. Il frémit légèrement mais ne se réveille pas. Elle quitte la pièce et puis l'appartement après avoir vérifié que tout est prêt pour son réveil. Elle pense revenir dans la journée. Elle se dirige vers Muxidi et descend dans la bouche de métro. Elle est en retard. Un léger mal de tête, mais par rapport à ce que ressentira Tang Gang en se réveillant, c'est peu de chose. Un train arrive rapidement. Elle monte. Il y a du monde et pas de place assise. Elle fait le chemin inverse de la veille au soir. Elle pense aux paroles de ce chanteur, Cosmos, reprenant les chansons de Cui Jian. La Nouvelle Longue Marche. Oui, il faut une Nouvelle Longue Marche à la Chine. Pour elle, tout cela, ce sont surtout des mots. Elle, elle veut juste s'en sortir. La politique ne l'intéresse que très peu, mais ce chanteur, elle l'aime bien. Il a une voix douce. Elle aurait bien aimé le rencontrer. Il a l'air si inaccessible. Cette jeune femme en bas du podium, sans doute sa petite amie. Elle semblait veiller farouchement sur lui. Il était sans doute plus sage de ne pas s'en approcher. Après son changement de train, il lui reste trois stations avant Dongzhimen. Moins de monde maintenant. De toute manière elle est en retard. Son chef l'attend. Elle appréhende cette rencontre. Il va encore fermer la porte à clef, lui dire qu'elle est très jolie, que s'il avait vingt ans de moins... Que des fadaises. Et puis, et puis elle lui fera un câlin, sur le coin du bureau, ou bien une fellation. Elle en a vraiment marre parfois. Ça dure depuis plusieurs mois. Jamais elle n'aurait dû accepter. Elle a mis le doigt dans l'engrenage. Le train arrive. Elle descend à Dongzhimen et monte l'escalier. Elle n'aime pas les escalators. Toujours trop de monde.

Les bureaux sont situés tout près de Dongzhimen. Elle regarde l'heure à une horloge publique. Déjà 9 heures. Elle entre dans le bâtiment de la compagnie des bus et se rend directement au deuxième étage. Elle se dirige vers le bureau de son chef. Il l'attend dans le couloir. Il est très souriant. Vieux cochon, se dit-elle! Mais pas un mot ne sort de sa bouche et elle lui sourit également. Il lui tend la main et l'invite à entrer dans son bureau. Contrairement à ses craintes, il ne ferme pas la porte. Une autre personne est déjà dans le bureau, une femme d'une cinquantaine d'années.

Son chef l'invite à s'asseoir et fait les présentations.

« Lin Hui, voici la camarade Zhou Lin, du bureau de la Sécurité publique. Elle voudrait discuter un peu avec toi. Elle a, je crois, quelques questions à te poser. »

Lin Hui est surprise, mal à l'aise. Trop de choses bizarres lui arrivent depuis hier soir. Et maintenant, la police. Peut-être que Tang Gang est un dangereux malfaiteur. Peut-être qu'on l'a reconnue hier dans le cabaret à écouter de la musique interdite et en compagnie de personnes peu recommandables. Elle commence à ébaucher des scénarios tous les plus tordus les uns que les autres. Elle salue la policière. Celle-ci lui dit de s'asseoir. Elle lui explique que de nombreux vols ont été signalés dans le bus où elle est receveuse. La Police voudrait prendre les personnes en flagrant délit, mais avant d'aller plus loin, elle veut savoir si elle, Lin Hui n'a rien remarqué de particulier. Elle se détend tout d'un coup. Ce n'est donc que cela. Son chef et la policière se rendent compte qu'elle est subitement moins tendue. Ils se regardent et son chef lui met la main sur l'épaule :

« N'aie pas peur Xiao Lin, la camarade Zhou veut seulement quelques informations. Tu n'es suspectée de rien du tout. »

Puis il ajoute, pour la taquiner :

« Peut-être, n'as-tu pas la conscience tranquille et la Police te fait peur! »

Lin Hui ne sait pas où se mettre. Finalement la discussion avec la policière se passe très bien et au bout d'un quart d'heure, c'est fini. Zhou Lin prend congé.

Lin Hui ne sait plus très bien ce qu'elle doit faire. Son chef reste assis derrière son bureau et la regarde avec insistance. Il prend la parole :

« Lin Hui, je t'ai fait venir ce matin pour plusieurs raisons. La présence de la camarade Zhou est un hasard. Il y a effectivement de nombreux vols dans les bus à Beijing. Mais je doute que nous puissions y faire quelque chose. La Police va probablement mettre un ou deux agents en civil pour surveiller ça pendant quelque temps, mais, en ce qui nous concerne nous ne pouvons rien faire. Je veux aussi discuter avec toi de deux ou trois petites choses. La première est que notre relation, du moins ici au bureau, va se terminer. Trop de bruits circulent à ce propos. Ma femme s'est plainte auprès de la Direction. Par les temps qui courent, je préfère être prudent. Dommage, mais cela ne remet pas en cause ce que tu as obtenu grâce à… tes petits services. J'aurais bien aimé continuer, mais je suis un homme prudent. Cependant, il y a autre chose. »

Il s'arrête et la regarde avec tendresse :

« Xiao Lin, tu n'étais pas obligée de te marier pour avoir ton appartement. J'aurais pu arranger les choses, même si tu ne t'étais pas mariée... »

Elle est soufflée. Car c'est lui qui lui a suggéré le mariage comme solution! Et maintenant, c'est elle la responsable. Mais où veut-il en venir? Il reprend :

« Des bruits circulent à propos de votre couple, de ton mari et de toi. On dit que vous avez des mœurs très libres. Surtout ton « mari ». »

Elle se sent de plus en plus mal à l'aise. Elle aurait préféré qu'il fermât la porte et que comme d'habitude elle n'ait qu'à se soumettre à ses envies. Mais non, ceci est plus sérieux et très inquiétant. Que s'est-il passé? Son chef continue :

« Il y a deux jours, ton mari a été arrêté dans un bar pour homosexuels. Tu sais que c'est un délit. Il a été pris en flagrant délit. Je te passe les détails. La Police m'a interrogé à ton propos. Je t'ai protégée. Je leur ai dit que tu n'avais rien à voir avec cela. J'ai ici une déclaration que tu vas signer, puis dans les jours qui viennent tu feras une demande de divorce. Les choses seront vite réglées. Tu t'es fait avoir par ce « mari ». Mais ne t'inquiète pas, je te protège, tu gardes ton appartement et de temps en temps, je te rendrai visite. »

Elle se sent piégée. Protégée, mais prise au piège. Son chef a finalement trouvé un moyen d'avoir sa petite épouse. Elle ne devra plus satisfaire à ses besoins ici, mais elle sera liée à lui d'une autre manière. Un véritable cauchemar. Néanmoins, elle ne peut que dire oui.

« Merci, dit-elle. Je me suis mariée avec lui pour lui faire plaisir et pour pouvoir justifier l'appartement. Mais il n'est jamais là. Je ne sais pas ce qu'il fait ni quelles sont ses mœurs. Nous n'avons jamais eu de relations sexuelles ensemble.»

Son chef lui sourit à nouveau.

« C'est très bien Xiao Lin. C'est ce que j'ai dit à la Police. Cette question est donc réglée. Je vais faire installer le téléphone dans ton appartement, ce sera plus facile. Et puis, ta vie sera plus agréable, maintenant. Une jeune femme seule dans Beijing doit être protégée. Pas de vagues, pas de bruits, l'entente parfaite et tout est très bien ainsi. Tu vas aussi prochainement changer de poste. Tu resteras encore un mois ou deux comme receveuse de bus, puis tu auras des fonctions plus administratives, des horaires plus réguliers. Mais, tu dois pour cela continuer à être très compréhensive, et parfois aussi avec certains de mes amis qui t'apprécient beaucoup... »

Il continue à lui expliquer des tas de choses. Elle sent sa liberté s'envoler. Le désespoir s'installe en elle. Elle pense à Tang Gang. Elle doit le faire partir de son appartement. Elle est résignée. Son chef prend son attitude pour de la soumission, ce qu'il adore. Il la prend tendrement par l'épaule et lui dit gentiment.

« Aujourd'hui, tu ne travailles pas. Tu peux rentrer chez toi. Je comprends que tu es émue. La vie s'ouvre devant toi. Repose-toi aujourd'hui et demain. Tu reprends ton service mercredi matin. Après le Nouvel An tu travailleras dans l'administration. Je t'aurai ainsi plus près de moi. »

Il semble content de lui-même. Les apparences sont sauves. Tout est réglé. Sauf que Tang Gang est chez elle et qu'elle ne sait pas comment régler ce problème. Mais, qu'est-ce qu'il lui a pris de le draguer hier soir? Pourquoi est-elle si impulsive parfois?

XII

Tang Gang émerge de son sommeil. Sa tête lui fait horriblement mal. Il se demande où il est. Il regarde autour de lui. Il se souvient maintenant. Il a quitté Li Mei, pris un bus, s'est fait draguer par la receveuse. Puis toute cette soirée, tous ces fantômes qui l'ont hanté. Il ne peut pas rester dans cet appartement. Il se demande aussi pourquoi son sommeil a été aussi lourd. Il cherche ses vêtements. Il se rappelle vaguement que Lin Hui a voulu faire l'amour avec lui, mais que son corps était comme un bloc de glace. Il frissonne. Tous ses vêtements sont par terre. Ils sont restés tels que la veille au soir. Il s'habille. De fortes nausées l'indisposent. La drogue de la veille au soir, plus l'alcool et le fait qu'il a peu mangé, et tous ces fantômes, cet étudiant, cette femme qui cherche sa fille et ce soldat complètement carbonisé. Où sont-ils maintenant? Vont-ils encore le hanter? Il espère que ces fantômes ne viennent que la nuit. Mais, il faut qu'il s'en aille. Il ne peut rester ici. Lin Hui est gentille, mais tant pis. Il sent que quelque chose de mal va se passer. Il enfile ses chaussures, puis ouvre la porte et pénètre dans le salon. Il y a une assiette avec des baozi. A côté une paire de baguettes et un bol. Un mot est écrit, à son intention sans doute.

« Xiao Du, je dois aller à mon travail. Je suis allée te chercher des baozi. Il y a aussi des petits pains à la vapeur dans la cuisine et de la bouille de riz que tu dois réchauffer. J'espère que tu vas mieux qu'hier soir. Je regrette de t'avoir emmené dans cet endroit. Cela ne te convenait sans doute pas. Je rentrerai en fin de matinée et j'aimerais qu'on discute de tout cela. Je t'ai dit ma vérité, j'espère que tu me diras la tienne. »

Il relit la lettre plusieurs fois. Que peut-il apporter à cette jeune femme. Il se sent complètement désespéré. Inquiet, il regarde dans toutes les pièces pour voir si les trois fantômes ne sont pas cachés quelque part. Mais il n'en trouve pas de trace. Rassuré, il fait chauffer la bouillie de riz. Dès qu'elle est prête, il s'installe à table et avale rapidement un bol. Puis il attaque les baozi. Il a faim. Il les engloutit rapidement. Les choses sont redevenues normales. Le soleil passe à travers les fenêtres du salon. Un pâle soleil d'hiver. Il doit résoudre plusieurs problèmes. Tout d'abord, le fait d'être déserteur ne facilite pas sa vie de tous les jours. Il doit réellement trouver du travail. Il sent qu'il ne peut pas rester avec cette jeune femme. Elle finira par découvrir qui il est. Il sent qu'il la met en danger. Il regarde l'heure à sa montre. 11 heures du matin, déjà! Elle va sans doute bientôt revenir. Il lui faut partir. Il cherche de quoi écrire. Un bloc est resté sur la table du salon. Il trouve aussi un crayon. Il n'a jamais été un grand écrivain. Il inscrit simplement :

« Merci, mais je ne peux rester. »

Il dépose le mot écrit en bonne position pour qu'elle le voie en arrivant. Il va chercher son manteau et l'enfile. Avant de partir, il décide d'aller voir l'aspect des jardins en plein jour. Comme la veille, il ouvre la porte du balcon. Elle tient bien et il doit s'y prendre à deux fois. En ouvrant, il entend du bruit à l'extérieur. Le bruit est très fort. Il connaît! Des chenilles de char. De nombreux chars. Il croit devenir fou. Des chars dans un jardin d'immeubles. C'est impossible. Il ferme la fenêtre. Son cœur bat la chamade. Il court vers la porte de l'appartement. Ferme la porte derrière lui et descend les escaliers à toute vitesse. Arrivé en bas, il manque renverser le concierge de l'immeuble. Celui-ci le regarde d'un air agacé. Il pénètre dans le jardin. Aux quatre coins, des chars sont installés. Des commandos aussi, prêts à tirer sur les personnes présentes dans le jardin. Ce n'est pas possible. Ces choses ne peuvent exister. Il est victime d'hallucinations. Où sont les trois fantômes. Il les cherche maintenant. Dans l'allée principale du jardin, entre l'immeuble où habite Lin Hui et celui situé de l'autre côté du jardin, ils sont assis sur un banc. Ils le regardent avec attention. Comme la veille au soir, lorsqu'ils étaient installés dans le canapé du salon. Il ferme les yeux. Non tout cela va disparaître. C'est un mauvais cauchemar. Quelqu'un l'appelle :

« Tang Gang! Tang Gang! »

C'est la voix de son officier, celui qui lui a donné l'ordre de tirer.

« Tang Gang ! Tu dois les tuer tous. Prends ton arme! Sois un homme, un soldat de la révolution. »

Il se retourne. L'officier est à quelques mètres. Son uniforme est tâché de sang. Sa tête est nue et porte les marques des projectiles qu'il a reçus. Malgré cela il a encore la force de lui donner des ordres. Ceux-ci deviennent précis.

« Tang Gang! Prends ton revolver, oui, dans la poche droite. Le chargeur dans la poche gauche. Arme et tire. Il faut défendre le Parti et la Révolution. »

Tang Gang ne sait plus que faire. Il met sa main dans la poche du côté droit. Il sent le froid du métal. La lourdeur de l'arme. Sa main gauche prend un chargeur dans la poche gauche. Il sort l'arme et s'apprête à mettre le chargeur dans l'arme, à armer et à tirer. Mais, comment son chef qui est mort peut-il savoir cela? Il est mort avant qu'il ne soit en charge de cette unité spéciale. Il a un instant de lucidité. Son arme est prête maintenant. Il voit devant lui une vieille dame qui s'occupe d'un enfant. Il lève son arme à deux mains. Il plie les genoux, prêt à tirer. Puis il se ravise et enlève le chargeur. Il remet pistolet et chargeur dans les poches de son manteau. La vieille a néanmoins vu l'arme. Elle prend l'enfant dans ses bras et hurle, en courant vers le bâtiment situé de l'autre côté du jardin.

« Au secours. Un fou, il y a un fou! Attention il est armé! Appelez la police! »

Tang Gang va dans la direction inverse et sort du complexe d'immeubles. Il se dirige vers le carrefour de Muxidi. Tout est calme soudain. Il court. Arrivé sur l'avenue, il entend de nouveau le bruit des chars, mais aussi celui d'une fusillade nourrie. Une barricade est érigée au beau milieu de l'avenue dans la direction de Tian An Men. Les chars font mouvement vers l'ouest et commencent à écraser la barricade. Des balles sifflent dans tous les sens. L'étudiant est de nouveau sur la barricade. A côté de lui, la dame qui recherche sa fille et le soldat carbonisé. Il doit les tuer tous les trois. C'est la seule solution. Des troupes de toutes sortes évoluent sur le carrefour. Il fait noir soudain. Le bruit des chars devient insupportable. Du côté de la bouche de métro ça bouge beaucoup aussi. Son chef est revenu et lui crie à tue-tête de tuer, de tuer.

« Tue-les, Tang Gang, tue les tous! »

Cette fois, sa décision est prise. Il sort de nouveau son arme et le chargeur, se met en position de tir et vise soigneusement l'étudiant. Celui-ci, surpris, ne bouge plus. Il lève les bras. Il crie :

« Non, arrêtez, vous êtes fou! »

Son doigt est sur la détente. Il entend soudain la voix de Lin Hui :

« Tang Gang! Non! Arrête! »

Sa voix vient de la bouche de métro. Il a un moment d'hésitation. Il regarde dans cette direction et la voit courir vers lui. Il lui crie :

« Va-t'en! Tu n'es qu'un fantôme. »

Il se remet en position de tir. Mais il n'a pas le temps. Un coup violent lui est porté qui le projette sur le sol. Il sent immédiatement plusieurs personnes lui sauter dessus, une poigne vigoureuse lui faire tomber son arme, lui ramener les mains dans le dos et lui passer les menottes. Deux policiers le relèvent. Une voiture arrive presqu'aussitôt et il est poussé à l'arrière du véhicule. L'arrestation a été très rapide. Plusieurs agents motocyclistes sont maintenant autour du lieu du drame. Il entend des agents à l'extérieur :

« On est arrivé à temps. Il allait tirer sur les gens qui traversaient l'avenue. »

« On aurait dû l'arrêter plus tôt. Le renseignement d'hier soir était bon! »

Un autre :

« Oui, mais on n'était pas sûr que c'était lui et on ne savait pas dans quel immeuble il était. Tu imagines, une prise d'otage dans un de ces immeubles, peut-être avec la poulette qu'il avait levée hier soir! Bon on y va. On doit le mener dans sa caserne! Et pas de brutalité! C'est un héros de Tian An Men! Il est juste malade dans sa tête! »

Tang Gang est lucide soudain. Il est effrayé. Il a manqué tuer de simples passants. Les gens se sont rassemblés. Tout le monde se demande ce qu'il s'est passé. La voiture démarre, précédée par deux policiers à moto, toutes sirènes hurlantes. Les gens qui s'étaient amassés s'écartent pour laisser la place. Il a le temps de voir une jeune femme en pleurs qui lui fait signe. C'est Lin Hui. Il la regarde. Cette histoire est finie. Deux agents sont montés à l'arrière avec lui. Ils lui font les poches.

« Pas mal, dit l'un d'eux, un 9 mm, deux chargeurs, il y avait de quoi faire du dégât! Tiens, la citation à l'ordre de l'armée. On t'a arrêté à temps, Tang Gang! »

Il ne répond rien. Les deux policiers n'insistent pas. La voiture roule une bonne demi-heure vers l'ouest. Tang Gang ferme les yeux. Il ne veut même pas savoir où on l'emmène. Ils arrivent à l'entrée d'une caserne. La voiture entre dans la cour et s'arrête. Les policiers le font descendre. Des policiers militaires le prennent en charge et le mènent dans un local d'interrogatoires. Ils le font asseoir. Il y a en tout et pour tout deux chaises et une petite table.

« Attends sans bouger! Quelqu'un va arriver de suite. »

Mais Tang Gang est complètement abattu et passif. Il fait mécaniquement ce qu'on lui dit de faire. Il ne doit pas attendre longtemps. Une autre personne arrive presqu'aussitôt qui s'assied sur la chaise juste en face de la sienne. Le nouvel arrivant le dévisage soigneusement puis lui adresse la parole. Il a l'air assez embêté de cette situation. C'est un homme d'une cinquantaine d'années :

« Alors Tang Gang! On t'a enfin retrouvé. Qu'est-ce qu'il t'a pris de disparaître comme cela. Tu as manqué commettre un massacre. Imagine que tu aies réussi! En plein jour, à Muxidi, un héros de Tian An Men, un soldat d'élite décoré tue des citoyens! Qu'as-tu à dire? »

Tang Gang ne sait que dire. Comment expliquer qu'il s'est retrouvé soudain le 3 juin au soir, qu'il y avait une barricade, que des gens qu'il avait tués ou rencontrés la nuit du 3 au 4 juin le poursuivaient et qu'il devait tuer les ennemis de la Révolution. Il se décide cependant et commence à parler. Il raconte ce qu'il vit depuis la veille au soir. Son interlocuteur l'écoute avec attention. Il hoche la tête par moment et prend des notes sur un petit carnet. Lorsque Tang Gang a fini, il le regarde attentivement :

« Tang Gang, je ne suis pas un policier. Je suis un médecin militaire. Il y a eu plusieurs cas comme le tien après les événements de Tian An Men. Je crois que c'est ta chance; le premier à avoir pété les plombs a tué une dizaine de personnes dans une gare routière du Hunan. Et puis, on s'est rendu compte que d'autres étaient sur le même chemin. Tu es victime de ce qu'on appelle un trouble psychique post traumatique. Ça, c'est la bonne nouvelle. Ça veut dire que tu ne seras pas jugé. Tu es malade. L'Armée et le Parti ne te considèrent pas comme responsable de ce que tu as presque fait. Mais nous ne pouvons pas te garder dans un environnement civil. Ta place est dans l'Armée, la vraie, celle qui agit ! Tu seras intégré dans une unité d'élite de la Police Armée et envoyé à Xigazê, au Tibet. Tu pars demain. Nous nous attendons à des émeutes prochainement. Des soldats aguerris comme toi seront très utiles à cet endroit. En tant que médecin, je me suis intéressé à cette maladie psychique. Il y a beaucoup d'articles à ce propos dans la presse occidentale. Nous allons essayer de te soigner, mais tu as peu de chances de guérir. Mon point de vue est que dans de tels cas, il vaut mieux remettre le patient dans un environnement semblable, c'est-à-dire une unité combattante. Pour le reste, tu auras des médicaments à prendre, et puis... »

Le médecin le regarde avec tristesse :

« ...pour le reste il te faut vivre avec tous tes fantômes, et sans doute jusqu'à la fin! Ton seul ami, c'est ton fusil!»

Tang Gang baisse la tête. Le médecin sort du local. Il appelle un militaire de faction à la porte extérieure.

« Tu peux lui enlever les menottes. Il ne présente aucun danger. Il a juste besoin de ses frères d'armes. Tu passes à l'infirmerie avec lui. Voici une ordonnance pour quelques tranquillisants. Il part demain pour Xigazê avec le reste de son unité, ceux qui ont fait sauter le bouchon de Muxidi la nuit du 3 juin, sans faire trop de dégâts. Enfin…»

Les paroles du médecin font du bien à Tang Gang. Il se sent compris. Le factionnaire lui enlève les menottes. Le médecin lui met la main sur l'épaule :

« Bonne chance Tang Gang. Essaye de t'en sortir! Il y a des situations pires que la tienne. » Il veut dire quelque chose, mais il s'en sent incapable. Il sort, accompagné du factionnaire. Une nouvelle vie commence. En allant vers l'infirmerie, il se sent comme rentré à la maison. Cet environnement militaire est son véritable chez lui. Il remarque que plusieurs ombres le suivent attentivement. L'étudiant, la femme avec sa robe à fleurs, le soldat carbonisé mais aussi l'officier qui le commandait lors de l'assaut à Muxidi, et puis les personnes qu'il a tuées tout au long de la nuit. Tous l'accompagnent comme une troupe silencieuse. Au moins, il a réussi à les faire taire.

…

En sortant de la bouche de métro à Muxidi, quelle n'est pas la surprise de Lin Hui d'apercevoir Tang Gang à quelques mètres. Il y a beaucoup de monde. Il a une position bizarre. Il est debout mais avec les jambes pliées et tient dans ses mains l'arme qu'elle a découverte le matin dans son manteau. Il vise une personne qui traverse l'avenue. Mais que lui arrive-t-il? Il est devenu fou! Elle crie!

« Tang Gang, non! »

Il tourne la tête vers elle. Il quitte sa position de tireur! Il la regarde! L'amour va-t-il être plus fort que cette folie? Cela ne dure qu'un instant! Il se remet en position. Elle a le temps de voir des policiers surgir derrière lui, le faire tomber, lui passer les menottes et le pousser dans une voiture. La foule s'approche des lieux de l'incident pour voir de quoi il s'agit. Comme partout ailleurs, la foule est curieuse à Beijing. Lin Hui s'approche du véhicule des policiers. Elle se fraye un chemin en poussant, en s'infiltrant et elle arrive à être suffisamment proche du véhicule pour apercevoir Tang Gang, menotté à l'arrière du véhicule, encadré par deux agents. La voiture démarre. Elle tend le cou et peut saisir son regard, si vide, si désespéré. Il a disparu de sa vie, pour toujours. La foule se disperse. Il n'y a plus rien à voir. Un policier la hèle :

« Hé toi, ce n'est pas toi que j'ai vue hier soir avec ce cinglé? »

Elle le regarde d'un air hagard, les larmes aux yeux. Le policier la toise :

« La prochaine fois, choisis un peu mieux tes clients! Allez, casse -toi connasse! »

Li Mei a mal dormi. Tant d'émotions la veille. Le départ de Tang Gang. Si soudain. Mais elle en a assez. Elle sort la tête des draps et regarde l'heure sur le réveil. 7 heures! Déjà. Se lever et aller à l'hôpital. Elle doit également passer chez sa jeune accouchée. Voir si la personne qui s'occupe d'elle n'est pas trop dure. Et puis la préparer à se séparer de l'enfant. Les étrangers viendront l'après-midi. Elle se lève, fait sa toilette et mange rapidement un bol de bouillie de riz. Faire quelques courses ce soir avant de rentrer car il n'y a presque plus rien à manger. Elle fait chauffer un peu d'eau et se prépare du thé. Huit heures. Partir. Elle met son manteau et quitte l'appartement. En sortant, elle rencontre la concierge qui la regarde d'un air pas sympa du tout. Elle n'a rien contre les vieilles personnes, mais toutes ces vieilles femmes qui passent leur temps à observer tout le monde et à rapporter des choses au Comité de Quartier, et parfois à la Police, et bien ça lui fait froid dans le dos. Elle est certaine que la vieille est jalouse. Elle la salue mais n'a même pas droit à un sourire en retour. Peut-être qu'elle s'imagine des choses. Elle espère que ces étrangers savent comment faire avec un nouveau-né. Accueillir un enfant aussi petit, ce n'est pas évident. Xiao Yu lui a dit qu'ils ont déjà trois enfants. Quelle idée bizarre de vouloir en adopter un quatrième. Elle, elle n'a absolument pas envie d'avoir des enfants à elle. Son travail la prend à plein temps et lui pompe toute son énergie. Elle arrive dans la petite maison. Lao Wu, la personne qui a pris la jeune mère en charge est sur le pas de la porte. Malgré le froid vif elle est vêtue seulement d'un chemisier. Elle est occupée à nettoyer son devant de porte. Elle fait un grand sourire à Li Mei et engage la conversation.

« Bonjour, as-tu des nouvelles pour faire adopter cet enfant? »

« Oui, j'ai eu un coup de téléphone de mon amie, Xiao Yu. Un couple d'étrangers est d'accord. Ils viendront cet après-midi. C'est un peu rapide. J'aurais préféré que l'enfant puisse rester avec sa mère un peu plus. Mais comme ils sont décidés c'est sans doute mieux. »

« Et comment vont-ils trouver? demande son interlocutrice? »

Li Mei lui explique qu'elle les attendra devant la porte de l'hôpital en début d'après-midi, puis qu'elle viendra chercher l'enfant immédiatement.

L'autre réfléchit. Oui cela lui semble rapide aussi. Mais c'est sans doute mieux. Ainsi, la jeune mère n'aura pas vraiment le temps de s'attacher. Oui, c'est la meilleure solution, pour tous. Et pour elle aussi, car elle n'est pas enchantée de devoir s'occuper de cette paysanne inculte, même si Li Mei lui a donné un peu d'argent pour cela. Li Mei entre dans la petite maison. La mère et l'enfant dorment. Elle s'approche pour les regarder. Elle ne veut pas les réveiller. La petite fille est très jolie. De qui tient-elle? De son père? Personne ne sait vraiment qui c'est. Elle sort sur la pointe des pieds et referme précautionneusement la porte d'entrée.

Lao Wu l'attend. Elle lui explique qu'elle viendra dès que les étrangers seront là. Lao Wu lui demande d'être discrète. Elle ne veut pas que les gens du quartier soient au courant. Li Mei est un peu surprise. Mais Lao Wu lui explique que bien des gens dans ce quartier populaire ne voient pas nécessairement d'un bon œil l'adoption d'un enfant chinois, fût-ce une fille, par des étrangers. Donc, lui recommande Lao Wu, un peu de discrétion. Li Mei prend congé d'elle et se dirige vers l'hôpital où elle arrive rapidement. Elle monte directement dans son service et va au local des infirmières. Il y a beaucoup d'agitation à l'étage. Elle trouve une enveloppe à son nom sur la table. Elle l'ouvre. Il y a un extrait de naissance établi pour la petite fille. Le document est rempli et porte le cachet de l'hôpital ainsi que la date et l'heure. Un nom est inscrit : Bai Na! Elle sent une présence derrière elle. Son amie est là :

« Il fallait trouver un nom pour cet enfant Li Mei. J'ai pris un patronyme au hasard, Bai et puis j'ai ajouté Na. C'est joli Na, une fille gracieuse. Dans le registre, j'ai indiqué qu'elle était née de père inconnu. S'il y a enquête, je dirai que la mère nous a déclaré s'appeler Bai mais qu'elle n'avait aucun document d'identité. Au moins l'enfant existe. Ton ami médecin a signé les documents relatifs à l'accouchement. J'espère que tout se passera bien. Je ne veux pas que cet enfant meure, ni qu'il aille dans un orphelinat. Il y a quelques années j'ai travaillé quelques mois dans ce genre d'établissement. Les enfants y sont maltraités. Beaucoup meurent faute de soins. Je préfère qu'elle parte à l'étranger. Donne les documents aux étrangers. Je voulais te dire cela. Maintenant je retourne au travail.»

Elle tourne les talons. Pour Li Mei, c'est une vraie aventure. Pourvu que tout se passe bien. Elle n'a aucune idée des procédures d'adoption, mais elle sent que ce ne sera pas facile. Elle se rappelle qu'elle doit téléphoner à Xiao Yu. Elle décroche le téléphone et forme le numéro des Editions en Langues étrangères. Elle entend sonner de l'autre côté et une voix lui répond rapidement :

« Bonjour, Editions en Langues étrangères. »

« Bonjour, réplique Li Mei, c'est l'Hôpital Sino-Japonais, est-ce que vous pouvez me passer Xiao Yu à Beijing information? »

La personne de l'autre côté marmonne un vague

« Oui, ne raccrochez pas! »

Puis elle entend une autre sonnerie et une voix d'homme prend le combiné :

« Allo, à qui ai-je l'honneur? »

Elle se doute que c'est la voix du chef de Xiao Yu, un homme assez désagréable du nom de Ma quelque chose. Elle prend sa voix la plus suave :

« Bonjour, je voudrais parler à Xiao Yu, c'est à propos de son rendez-vous à l'hôpital, cet après-midi! »

Elle sent qu'elle a réussi son coup et qu'elle a désarçonné Ma quelque chose, car il répond aussitôt d'un air gêné :

« Ne quittez pas, je vous la passe! »

Xiao Yu prend le combiné. Elle a immédiatement compris le subterfuge de son amie, pouvoir lui parler sans attirer l'attention. Lao Ma a horreur que les employés de Beijing Information reçoivent des coups de fil privés au bureau. Il a d'ailleurs quitté le bureau dès qu'il a passé le téléphone à Xiao Yu.

« Bien joué Li Mei, mais il est déjà parti du bureau. Je lui ai d'ailleurs annoncé que je devais aller à l'hôpital pour, soi-disant, des problèmes typiquement féminins. Donc nous sommes tranquilles. Mes amis français ont réservé une voiture pour cet après-midi. Ils ont commandé un taxi indépendant. Ils auraient pu avoir une voiture officielle mais c'est plus discret comme cela. J'ai un ami qui travaille dans une société de taxis et qui a tout de suite compris ce que je voulais. Nous partirons de l'Hôtel de l'Amitié à 13 heures. Il y a pas mal d'embouteillages mais je pense qu'on sera là vers 13h45, 14 heures au plus tard. »

« Ok Xiao Yu, je serai à la porte à partir de 13 heures 30. A plus. »

Elle raccroche. Elle regarde l'heure à l'horloge murale. Il est près de 10 heures. Que va-t-elle faire jusque l'après-midi. Elle ferait tout aussi bien de rentrer chez elle. Normalement, elle ne travaille pas ce matin. Elle est venue pour savoir si les documents que son amie lui avait promis étaient prêts. Et elle n'est pas venue pour rien. Oui, ce serait mieux de rentrer chez elle, de faire quelques courses en passant. Il y a un petit marché entre l'hôpital et son appartement. Il fait beau. Elle range l'enveloppe avec le certificat de naissance dans son sac à main et quitte le local. Dans le couloir, elle rencontre quelques collègues qui s'étonnent de la voir alors qu'elle n'est pas de service. Son aventure avec Tang Gang et la façon dont cela s'est terminé lui laisse un goût amer. Pourquoi rate-t-elle en permanence sa vie sentimentale? Elle est active, toujours dévouée, prête à rendre service mais elle ne parvient pas à tomber sur un garçon intéressant, ou du moins sur un qui pourrait lui plaire. Elle aimait beaucoup Tang Gang, mais il n'a pas été très clair avec elle. Toujours ces mystères par rapport à son travail. Pourquoi ne faisait-il plus rien depuis des mois? Bon ça ne sert à rien de se tracasser. C'est bien fini. Il faut qu'elle l'évacue de sa tête. Elle a des bonnes copines, un job intéressant, un médecin de l'hôpital qui la trouve charmante et ne manque pas une occasion de le lui dire. Le hic, c'est qu'il est marié. Décidément, elle est nulle. Elle descend les escaliers et se retrouve à l'accueil. La porte est grande ouverte. Que se passe-t-il? Des personnes sont en train de discuter avec le personnel de l'accueil. Ça crie fort. Les gens n'ont pas l'air très content. Elle décide de ne pas s'en mêler et sort. Elle ressent le froid piquant. Il ne fait pas plus de deux ou trois degrés. Mais, c'est agréable. Elle quitte l'hôpital. Le gardien à l'entrée lui fait un gentil sourire. Elle marche un peu machinalement dans la rue. Encore deux ou trois cent mètres et elle sera chez elle, bien au chaud, dans son petit cocon. Du coup elle a oublié de passer sur le petit marché. Qu'à cela ne tienne, il y a également une épicerie d'état dans une rue adjacente. Elle change donc de chemin et fait un détour. Il y a du monde dans l'épicerie. Un marchand s'est aussi installé dans la rue et vend toutes sortes de légumes. Toutes sortes, c'est un bien grand mot pour l'hiver. Il y a surtout du chou et des pousses de haricot mungo. Elle s'arrête, demande le prix et achète un chou. Elle n'a pas envie de marchander et, elle n'a pas l'impression que le vendeur lui aurait fait une quelconque ristourne. C'est un homme d'une quarantaine d'années, habillé de vêtements de toile bleue et d'une gabardine kaki. Il est coiffé d'une chapka style armée, mais sans l'étoile. Elle paye, prend son chou et entre dans l'épicerie. Il n'y a pas un choix énorme. Tout le monde a l'air un peu morose. Elle achète des nouilles, quelques légumes fermentés et un morceau de tofu. Il faudra qu'elle se décide un jour de se lever plus tôt pour acheter du tofu frais sur le marché, car celui-ci est un peu limite. Bon ça ira, elle en a vu d'autres. Munie de tous ses achats elle sort du magasin et se dirige vers sa rue. Il ne doit pas être loin de 11 heures. Arrivée au coin de sa rue, une odeur agréable lui chatouille les narines. Un Ouighour vend des brochettes de mouton (ou peut-être de chèvre)! Ça a l'air bon et elle est un peu affamée. L'homme porte un bonnet coloré. Elle achète plusieurs brochettes bien épicées qu'elle mange immédiatement. Elle paye. Ce n'est vraiment pas cher. Cette fois, elle doit rentrer. Quelqu'un veut lui vendre des maïs, un autre des patates douces, mais elle est bien décidée à ne plus se laisser tenter. Elle réalise que toute cette activité lui a vidé la tête et que ses idées noires ont disparu. Finalement, faire les courses ça a du bon. Elle arrive enfin au bloc d'immeubles dans lequel se trouve son appartement. La porte du bas est ouverte. Elle s'apprête à grimper les escaliers quand la concierge l'appelle.

« Xiao Li, peux-tu venir une minute. J'ai quelque chose à te dire ! »

Tiens, que veut-elle donc. Jamais cette concierge ne s'intéresse à elle ! Mais elle est accommodante et n'a vraiment pas envie de se mettre cette personne à dos. Elle fait donc son plus beau sourire de commande et entre dans la loge. La concierge est là, assise sur un tabouret en bois. Elle est accoudée à une table. Devant elle, un bocal en verre avec un couvercle dans lequel il y a du thé. Elle la regarde avec attention. Li Mei ne se laisse pas démonter et demande ce qu'il se passe.

« Bonjour, vous voulez me parler? Y a-t-il un problème? »

La concierge ne répond pas immédiatement. Elle tousse et boit d'abord une bonne rasade de thé. Li Mei la regarde également. Elle doit avoir des problèmes de rhumatisme. Elle ne donne pas l'impression d'une personne en très bonne santé.

« Ma petite Li Mei, un policier est venu ce matin! Il voulait te voir! »

Li Mei est surprise. Un policier, elle n'a pas l'impression d'avoir fait quelque chose de mal. Elle s'étonne :

« Un policier? Pourquoi? »

La concierge darde vers elle des yeux pas vraiment sympathiques :

« Tu sais Li Mei, tu es une jeune fille sérieuse. C'est ce que je lui ai dit, que tu travailles dur à l'hôpital, que tu fais souvent des nuits et que tu as été héroïque lors des incidents de juin. Mais il voulait vraiment te rencontrer. Au début il ne voulait rien dire. Je lui ai fait remarquer que tu es quelqu'un de très sérieux et que je suis aussi membre du Comité de Quartier. Finalement il m'a dit de quoi il s'agit! »

Li Mei fulmine à l'intérieur. La vieille salope se dit-elle, c'est certainement elle qui a amené ce policier à s'intéresser à elle, et pas le contraire. Elle ne l'aime pas et elle a certainement fait un rapport au bureau du quartier de la Sécurité Publique. La vieille continue et, tout en parlant continue à observer Li Mei :

« Donc, il m'a expliqué de quoi il s'agit. Dès que tu pourras, il faudra que tu te rendes au bureau de la Sécurité Publique de notre quartier. Je peux aller avec toi si tu veux. Comme tu n'as pas de parents ici, je suis un peu comme ta mère. Mais, ajoute-t-elle malicieusement, il faudrait que tu m'écoutes aussi et que tu surveilles tes fréquentations. »

Ainsi c'est cela. La présence de Tang Gang pendant de longs mois. La vieille n'a pas pu résister à en faire une affaire d'état. Mais Li Mei garde son calme et son sourire. Elle s'adresse à la vieille avant que celle-ci ne continue :

« Oui, bien sûr. Nous pouvons aller ensemble, mais je ne voudrais pas que cela vous cause du désagrément ; vous avez quelques difficultés à marcher. J'ai parlé à un collègue de l'hôpital de vos difficultés de santé, il m'a dit que vous devriez consulter et qu'on peut bien vous soigner! »

Elle sait pertinemment que la vieille n'en fera rien. Elle consulte régulièrement un médecin non officiel qui lui vend des remèdes traditionnels. Elle attend la réponse qui ne tarde pas à venir.

« Oh, ne t'inquiète pas trop pour moi. J'en ai vu d'autres et le Qi Gong que je pratique me met à l'abri des plus gros problèmes. Mais tu as raison, tu peux certainement aller toute seule au bureau de la Sécurité. »

Elle n'a toujours pas dit de quoi il retourne. Elle attend avec délectation que Li Mei lui en demande plus. Li Mei s'amuse bien aussi dans ce jeu du chat et de la souris. Elle ne commet pas l'erreur d'aller plus avant dans la recherche de renseignements sur ce que lui veut la Police. Cependant, cela l'inquiète et la concierge s'en rend certainement compte. Comme Li Mei ne dit rien de particulier, elle se décide à attaquer sur un autre front.

« Tu devrais faire attention à ton appartement, Xiao Li. J'ai remarqué que tu ne fermes pas toujours bien la grille de protection de ta porte. Il faut être prudent. Sait-on ce qui peut arriver! Et puis, oui, soigne bien tes fréquentations. »

Elle va y venir d'elle-même. Li Mei sait, ou du moins sent qu'elle ne peut pas s'empêcher de lui faire la morale.

« Ma petite Li Mei, à propos de ce garçon qui est souvent venu chez toi depuis plusieurs mois... »

Elle s'arrête quelques instants. Li Mei fait celle qui ne comprend pas. Elle fronce les sourcils. La vieille poursuit :

« Tu sais, ce garçon qui a un air de militaire. Souvent pas très propre sur lui. Eternellement avec ce grand manteau et les mains dans les poches. »

Li Mei sait pourquoi Tang Gang garde les mains dans les poches mais elle ne peut pas le dire. Elle n'est d'ailleurs pas supposée savoir que Tang Gang se balade en permanence avec son arme de service et deux chargeurs pleins. La conversation se poursuit.

« Oui, et bien ce garçon, il est même resté la nuit chez toi. Je sais que tu es une jeune fille honnête, mais cela ne se fait pas. Tu aurais dû signaler sa présence. La Police a été informée et m'a fait le reproche de ne pas les avoir prévenus! »

Quelle sale menteuse, se dit Li Mei. Elle a prévenu la Police. Mais qu'y a-t-il de mal à héberger un héros de Tian An Men? La vieille poursuit :

« Le policier m'a donc parlé de cette personne. Il veut t'interroger à ce propos. Il s'agit peut-être de quelqu'un qui est recherché. Tu pourrais être complice d'un malfaiteur. »

Li Mei ne peut garder son calme plus longtemps. Elle apostrophe la vieille :

« Ecoutez, vous racontez des bêtises. Tang Gang est un militaire. Il a été dans les troupes qui ont remis de l'ordre la nuit du 3 au 4 juin. Il est quelqu'un de très bien. Mais il est parti maintenant. Et je ne sais pas ce que j'irai raconter à la Police car c'est tout ce que je sais. Il a été blessé pendant les émeutes. Je l'ai protégé et soigné lorsque ses camarades me l'ont amené. Mais j'irai à la Police. Pas de problèmes. J'irai demain. Mais ce n'est pas la Police qui est venue ici. C'est vous qui les avez appelés. Je le sais. Tang Gang m'en a parlé car il a été mis au courant par ses supérieurs. »

Elle tourne les talons et s'apprête à remonter dans son appartement. Mais elle se ravise et revient vers la vieille. Celle-ci a un moment de recul comme si cette jeune furie allait la frapper. Li Mei la toise et lui demande.

« A qui est-ce que je dois m'adresser à la Police du quartier? »

La veille reprend son self contrôle et lui répond d'un ton sec :

« A personne en particulier. Tu leurs dis que tu viens de ma part. Ils t'attendent dans l'après-midi. Au plus tard à 18 heures. »

XIV Mardi 23 janvier, 13 heures. Hôtel de l'Amitié

Cécile et Erwan sont presque prêts. Une certaine agitation règne. Lorraine et Loïc sont partis très rapidement à l'école. Ils seraient bien venus avec leurs parents, mais leur mère leur a fait comprendre que ce n'était vraiment pas possible. Dans la matinée, Erwan n'a pas quitté l'appartement sauf pour faire un saut chez José. Il y a récupéré un berceau provenant d'une copine latino de celui-ci. Une sorte de lit-berceau en toile avec un fond en carton. Pas vraiment idéal mais ça ira. Il faudra bien caler le bébé vu que c'est un nourrisson de quelques jours. Sandra, toujours au courant de tout, est passée en coup de vent vers midi pour proposer son aide au cas où. Cela a eu le don d'irriter Cécile :
« Tiens, la voilà encore celle-là, a-t-elle marmonné. »
Malheureusement, Erwan a entendu et ça l'a mis de mauvaise humeur.
« Tu pourrais être gentille avec Sandra, lui a-t-il répliqué, elle veut seulement aider, rien de plus. »
Cécile n'a rien ajouté mais elle n'en pensait pas moins. Du coup, Sandra est partie sans un mot.
« Bon débarras », a ajouté, Cécile, « celle-là, moins je la vois, mieux je me porte. »
De midi à une heure ils ont réglé divers problèmes pratiques. Xiao Yu est arrivée vers midi trente. Elle a pris Morgane dans ses bras puis l'a donnée à la bonne qui ne comprend rien à toute cette excitation. Xiao Yu l'a prise à part pour lui expliquer que les patrons vont adopter un enfant et que donc, elle devra aider pour faciliter les choses.
A midi quarante-cinq, le téléphone sonne. Xiao Yu se précipite vers le combiné. C'est le patron de l'entreprise de taxi. Il a expliqué au chauffeur de quoi il retourne et celui-ci a commencé à faire des histoires. Comme quoi, ce n'est pas normal d'aider des étrangers à adopter une enfant chinoise, qu'il y a un excellent orphelinat à Beijing et qu'il y aura des problèmes avec les autorités. En fait, il veut plus d'argent et un très gros extra pour cette mission difficile. Le patron explique à Xiao Yu qu'il faut attendre un peu, le temps de trouver un autre chauffeur. Il raccroche. Xiao Yu appelle Erwan et lui explique la situation. Cécile a entendu et elle s'énerve encore plus. En fait, ils sont prêts. Seule la voiture manque. A une heure moins cinq le téléphone sonne à nouveau. Xiao Yu décroche immédiatement. Le patron du taxi annonce que ce n'est vraiment pas

possible, qu'aucun chauffeur ne veut participer à cette aventure. Les choses sont mal barrées. Erwan se souvient que Huang Yinghua lui a proposé son aide en cas de difficultés de ce genre. Il appelle Xiao Yu et lui parle de cette possibilité. Il fouille dans ses poches et finit par retrouver la carte de visite de Huang Yinghua. Il la tend à Xiao Yu.

«Tu vois, cette personne a une entreprise d'import-export, et elle a proposé d'aider si nous avions des difficultés. »

Cécile n'est pas très enthousiaste de faire appel à Xiao Huang. Elle se méfie un peu d'elle. Le temps passe. Erwan se décide à l'appeler. C'est un numéro interne à l'hôtel. Il décroche le combiné. Xiao Yu lui tend la carte et il forme le numéro. Il entend le téléphone sonner. Personne ne décroche. Il laisse sonner. Pas de réponse. Cécile s'énerve. Erwan reforme le numéro. Cette fois au bout d'une dizaine de sonneries il entend quelqu'un décrocher. Une voix ensommeillée répond allo en chinois. C'est Mona Huang.

« Oui, bonjour Erwan. Je suis vraiment ravie de vous entendre. Je disais justement à Wang Jun que nous devrions aller vous rendre visite. Est-ce que je peux vous être utile? »

Elle est vraiment charmante. Elle a certainement commencé à faire sa sieste et Erwan l'a réveillée. Il lui explique rapidement le problème. Un coup d'œil à sa montre. Le temps passe. Il est déjà une heure et quart. Mona se montre tout de suite très enthousiaste.

« Ecoutez Erwan! Je pense que je peux résoudre ce genre de problème. Je vous rappelle dans une minute. »

Elle raccroche! Erwan pose le téléphone.

« Bon, je suppose qu'elle ne peut rien faire, ta copine » lui dit Cécile d'une manière vindicative. »

Erwan essaye de la calmer. Xiao Yu est un peu surprise par le ton de Cécile. Elle a l'habitude de la voir répliquer vivement, mais ici, elle est véritablement agressive avec son mari. Elle essaye de la calmer.

« Tu sais, Cécile, en Chine, quand on demande aux gens, ils essayent toujours de trouver une solution. Si cette dame a promis, et bien elle va le faire. Tu ne dois pas te fâcher comme cela. Ça ne sert à rien. »

Cécile lui lance un regard noir mais ne dit rien. Elle part s'occuper de Morgane qui joue avec la bonne. Xiao Yu lance un regard complice à Erwan! De nouveau le téléphone sonne. Xiao Yu décroche, prenant Erwan de court. C'est Mona.:

« J'ai trouvé une voiture pour vous. Le chauffeur vous attend devant le bâtiment principal de l'hôtel. Je descends aussi pour faciliter les choses. »

Xiao Yu passe rapidement le cornet de téléphone à Erwan :

« C'est très gentil, Mona, nous arrivons de suite. »

Cécile rend Morgane à la bonne. Tous trois sortent de l'appartement. La petite Morgane est un peu surprise d'être traitée comme cela. Les choses vont vite. Ils descendent l'escalier, passent en trombe devant la loge du concierge et se dirigent rapidement vers la sortie du bloc d'appartements. Quelques instants plus tard, ils sont au bas de l'escalier d'honneur du bâtiment principal. Mona les attend. Comment a-t-elle fait? Elle est seule. Elle leur fait signe. La voiture qui les attend est une superbe Mercedes noire. Le chauffeur ouvre la porte arrière. Il fait signe à Cécile et Erwan de s'installer. Mona les salue. Elle s'excuse de l'absence de Wang Jun, mais celui-ci est très occupé avec son nouveau travail. Elle leur présente le chauffeur :

« Guang Kai est mon chauffeur. Je lui ai vite expliqué de quoi il s'agit. Il va faire tout ce qu'il peut pour vous aider. Je vois que vous avez une interprète avec vous, ajoute-t-elle en désignant Xiao Yu. »

Celle-ci sourit et salue Mona :

« Je suis une collègue de Cécile! Nous travaillons ensemble à Beijing Information. Je suis venue pour aider. »

« C'est très bien, reprend Mona. A quelle heure avez-vous rendez-vous? »

Erwan explique :

« Nous devons être à deux heures de l'après-midi à l'Hôpital sino-japonais. »

Mona a un bref échange avec Guang Kai. Celui-ci lui dit quelque chose en chinois que seule elle peut entendre. Elle se retourne vers Erwan, Cécile et Xiao Yu :

« Il n'y a pas de problèmes. C'est vraiment bien tombé. Je ne bouge pas cet après-midi. J'ai des comptes à vérifier pour mon entreprise. Mais vous auriez dû m'en parler immédiatement. Je peux vraiment vous faciliter les choses. Mon oncle est quelqu'un d'important. Vous savez, ici à Beijing, les relations c'est essentiel. Monsieur Guang va vous conduire. Si vous devez aller acheter quelque chose pour la petite, n'hésitez pas à lui demander. Je viendrai vous voir et découvrir ce merveilleux bébé tout à l'heure. Allez, hop maintenant, en voiture. Xiao Yu, monte à l'avant. Comme cela tu peux donner les explications à Guang Kai! »

Guang Kai vérifie que toutes les portes sont bien fermées. C'est un homme d'une trentaine d'années. Un air affable. La mission est claire. Que tout aille bien. Il sait que ces histoires d'adoption chatouillent un petit peu le sentiment national chinois. Il faudra donc être prudent. Il aurait peut-être mieux valu ne pas prendre la Mercedes, mais ces stupides étrangers s'y sont pris au dernier moment. Quand Mona l'a appelé, il le lui a dit immédiatement. Bien sûr qu'il est disponible. C'est l'essentiel de sa fonction. Etre à son service. Mais le matériel par contre. S'il avait eu un peu de temps pour préparer, il aurait plutôt pris un véhicule plus discret, éventuellement une jeep Beijing ou une berline Mitsubishi. C'est comme ça. Guan Kai est quelqu'un de très pragmatique. Au fond de lui-même, cette mission ne lui déplaît pas. Il connaît la situation des orphelinats chinois, en particulier ceux de la région de Beijing. Il préfère que des enfants soient adoptés par des étrangers plutôt que recueillis par des orphelinats. Guan Kai n'ignore pas le risque de vente des enfants sur le marché international de l'adoption. Heureusement, en Chine tout est suffisamment strict. Et puis, tout ceci rentre bien dans la stratégie de Xiao Huang. Cela lui permet de pénétrer ces réseaux d'amitié et de sympathie où cohabitent des étrangers et des ex-étudiants sympathisants du mouvement de Tian An Men. Comme il est souvent à l'Hôtel de l'Amitié, il n'a que des échos favorables à propos de ce couple européen. Après avoir vérifié que tout est ok, il salue sa patronne -qu'elle est belle- et se met au volant. Il met le moteur en route. La Mercedes démarre sans encombre. Il adore cette voiture. Il jette un œil à sa convoyeuse. Pas mal. Une jolie nana. Elle le regarde avec attention. Il lui sourit:

« Xiao Yu, où allons-nous exactement, à l'Hôpital Sino-Japonais? »

Xiao Yu est étonnée par son air avenant. Il n'a pas l'air du tout d'un chauffeur de taxi. Il est trop classe. Quelque chose cloche. Il a un air terriblement sympathique. Une sorte de force tranquille émane de lui. Elle le trouve intéressant. Elle lui répond avec beaucoup de sympathie, mais ne peut s'empêcher de rougir. Elle baisse les yeux. Guan Kai remarque, mais ne fait aucun commentaire. Il voit bien l'effet qu'il fait à cette jeune fille. Elle relève les yeux et lui répond en souriant.

« En fait, nous avons rendez-vous à deux heures à la porte de l'hôpital. Mon amie qui est infirmière nous y attend. »

Guan Kai regarde l'heure sur l'horloge du tableau de bord. 1H30. Il faut y aller. Malheureusement, le véhicule est garé dans le sens inverse de la sortie. Il fait une marche arrière rapide. Le gardien lui fait un signe amical. Guan Kai connaît bien l'Hôpital Sino-Japonais, un des trois grands hôpitaux de Beijing, situé dans le quartier de Chaoyang. Il décide de passer par le nord. Ce sera plus rapide. Son seul problème est de tourner à gauche dans Zhongguancun, ce qui n'est pas possible immédiatement. Il décide de descendre à droite et de tourner au premier carrefour dans l'autre sens. Il s'adresse à Xiao Yu :

« Dis à tes amis de ne pas s'inquiéter. Nous arriverons à temps. Ce n'est pas très loin. Je vais descendre l'avenue et repartir dans l'autre sens pour passer par le nord. »

Xiao Yu ne lui dit pas qu'en fait Li Mei attend probablement déjà depuis au moins une demi-heure. Ils s'engagent sur l'avenue et effectivement, au premier carrefour Guan Kai repart dans l'autre direction. Arrivé au carrefour de l'hôtel, il s'engage dans la grande avenue à droite et file en direction de Chaoyang. Conformément à ses craintes, cela prend quand même un peu de temps. Il y a pas mal de véhicules sur la route. Des minibus, des autocars, des camions de l'armée et aussi des paysans avec des charrettes à bras ou tirées par des mules. Quel spectacle, se dit-il. Il serait temps que tout cela se modernise. Il regarde dans le rétroviseur et observe ses passagers. Ils ont l'air songeur tous les deux. La femme s'est installée du côté droit. Elle a l'air énervé. Elle ne regarde pas son mari. Quant à lui, il a l'air perdu dans ses pensées. Il les a rencontrés parfois dans l'hôtel. Comme il est le chauffeur attitré de Mona Huang, il a souvent beaucoup de temps à tuer. Il se balade alors. Mona l'encourage à surveiller les choses et les gens et à se fondre dans le paysage. Mais, cela l'intéresse aussi. Sa fonction officielle de chauffeur est intéressante. Cela lui procure beaucoup d'opportunités. Il est officiellement chauffeur de la société Bandolimpex. En réalité, il est chargé de la sécurité de Mona. Lao Huang a été très clair avec lui :

« Guan Kai, tu réponds d'elle! Tu veilles sur elle. C'est la fille de mon frère tué par ces salopards à la Révolution culturelle. »

Guan Kai l'aime beaucoup et il prend cette tâche à cœur. Mona est sérieuse. Il a l'impression qu'elle sent les choses. Et ce petit con de Wang Jun qui couche avec elle. La Mercedes ronronne. Cette voiture est confortable et agréable. Il jette un œil sur l'horloge du tableau de bord. Le temps passe vite. Il peut voir la femme jeter des regards nerveux à sa montre. Il regarde Xiao Yu. Elle semble perdue dans des rêves. Il décide de l'en extirper :

« Xiao Yu! »

Elle sursaute! Cela le fait rire.

« Xiao Yu, nous sommes presque arrivés. Dis à ton amie européenne que nous sommes dans les temps. Je la trouve très nerveuse. »

Xiao Yu lui rend son sourire. Décidemment cette jeune fille est très plaisante. Il remarque qu'elle a un petit problème de peau sur son visage. Comme beaucoup de jeunes femmes à Beijing, des éruptions, comme des vésicules. Pour le reste, elle est parfaite. Il devrait peut-être songer à se marier. Est-ce que c'est compatible avec son métier. Il vaut mieux oublier.

Xiao Yu se retourne et dit quelques mots à Cécile:

« Nous sommes presque arrivés. Ne t'inquiète pas, tout va bien se passer. »

Cécile ne dit rien. Erwan semble se réveiller. Guang Kai engage la voiture dans Yinghuayuan, la rue de l'Hôpital Sino-Japonais. Il s'approche de la grande entrée. Il arrête la voiture juste à côté de la grille d'entrée. Xiao Yu abaisse la vitre et fait signe à quelqu'un qui se tient juste à côté de l'entrée.

« Li Mei, nous sommes arrivés! »

Li Mei est surprise, mais dès qu'elle reconnaît Xiao Yu, elle accourt.

« Xiao Yu, quelle belle voiture. C'est bien, vous êtes à temps. Elle regarde à l'intérieur de la voiture. Cécile et Erwan lui disent bonjour. Elle s'adresse à nouveau à Xiao Yu :

« Le bébé n'est pas ici. Il faut aller dans un quartier qui est tout près d'ici. Je peux vous montrer le chemin. »

Guan Kai prend l'initiative :

« Mademoiselle, prenez la place de Xiao Yu à l'avant et puis montrez-moi le chemin. Ce sera plus facile.

Xiao Yu ouvre la porte, prend d'abord son amie dans les bras. Li Mei se met à sa place et Xiao Yu s'installe à l'arrière. Pour ce faire Cécile doit se déplacer vers le milieu. Ça n'a pas l'air de trop lui plaire. Comme si elle préférait éviter d'être trop près de son mari. Xiao Yu referme la porte du véhicule. Guang Kai redémarre.

Li Mei indique le chemin à Guan Kai :

« Il faut reprendre l'avenue vers le sud, faire une centaine de mètres et puis prendre une petite rue à droite. On entrera dans un ensemble de hutongs. »

Guang Kai suit ses indications. Effectivement, il tourne rapidement à droite et se trouve dans un autre monde. Après l'univers policé de l'hôpital, les avenues goudronnées il roule désormais sur des rues en terre. Est-il toujours à Beijing? Ils roulent deux ou trois cent mètres, évitant les nids de poule et arrivent sur une espèce de petite place ou de petite cour. Li Mei lui fait signe de s'arrêter.

« Restez ici, je vais voir si tout va bien. S'il n'y a personne je vous ferai signe d'avancer. Mais, veuillez tourner la voiture et me suivre en marche arrière. Ainsi, s'il y a des problèmes ce sera plus facile de repartir sans incident. »

Guan Kai la trouve bien prudente mais sans doute a-t-elle raison. Elle descend du véhicule et s'engage plus profondément dans le hutong. Pendant ce temps, il fait faire un tour complet au véhicule et la suit en marche arrière. En réalité, la rue continue et est très sinueuse. Il soulève pas mal de poussière. La rue est déserte et personne ne semble sortir de chez soi pour venir voir ce qui se passe. A un moment, Li Mei lui fait signe de s'arrêter. Il la voit entrer dans une maison et ressortir presque immédiatement avec une femme d'un certain âge. Est-ce la mère de l'enfant? Non, ce n'est pas possible. Il coupe le moteur et descend du véhicule. Xiao Yu veut descendre ainsi que les deux étrangers, mais il leur fait comprendre rapidement qu'il faut attendre encore un peu. Tout est extrêmement calme. Il fait beau. Froid, mais beau. Beaucoup de soleil. Guang Kai ne connaît pas particulièrement ce hutong mais il n'est pas étonné par ce qu'il découvre. De toute façon, d'ici quelques années avec la modernisation de la Chine, tout cela aura disparu. Tout le monde habitera dans des immeubles modernes. Il trouve que c'est mieux. Originaire de Beijing, il est sensible à un certain romantisme du hutong, mais il se pense que ça vaudra mieux pour tout le monde. N'est-ce pas l'évolution normale vers la modernité? Il regarde le couple des étrangers dans la voiture. Que sont-ils venus chercher en Chine? Ils n'ont pas l'air de s'entendre beaucoup. La femme a l'air de mauvaise humeur. Peut-être est-elle tendue, énervée par la situation. Il aurait bien aimé discuter de cela avec Mona. Oui, il l'appelle souvent Mona. C'est son nom français. Cela lui plaît bien. Elle est belle. Quand Lao Huang lui a demandé d'être son garde du corps en quelque sorte, il a tout de suite accepté. Lao Huang lui a demandé de cacher qu'il connaît plusieurs langues étrangères dont le français et l'allemand. Il est moins bon en anglais, mais cela ne le gêne pas trop. Il jette un œil distrait vers la voiture. Xiao Yu discute avec les deux étrangers. Il fait le tour de la voiture. Li Mei a disparu. Elle est entrée, avec cette femme plutôt âgée et à l'aspect ingrat, dans une petite maison. Sans doute l'endroit où se trouve la mère. Il est derrière la voiture. Venir ici avec une Mercedes dernier cri, ce n'est pas la meilleure idée. Il remarque une griffe sur la carrosserie à l'arrière du véhicule. Cela ne lui plaît pas. Il entend des voix. Deux personnes viennent de la grande avenue et s'approchent de l'endroit où il se trouve. Une femme et un enfant. Ils passent sans rien dire. Sa plaque minéralogique est à elle seule une dissuasion pour les curieux. La femme lui jette un regard sans intérêt. Le garçon doit avoir une dizaine d'années. Ils continuent leur chemin. Du côté de la petite maison, tout est calme. Il jette un œil sur sa montre. Deux heures et demie. Le temps passe vite. Que se passe-t-il? Li Mei ne sort toujours pas. Il décide d'aller jusque là. Il ouvre la porte de la voiture et parle à Xiao Yu. Celle-dit dit à ses amis de rester dans la voiture. Mais Cécile en a assez et en sort. A ce moment Li Mei quitte la petite maison. Une jeune femme l'accompagne. Elle porte un bébé dans ses bras. Complètement emmitouflé. Erwan sort alors de la voiture et tous se dirigent vers la petite maison. Environ une dizaine de mètres séparent la voiture du groupe constitué par Li Mei, Lao Wu et la jeune mère avec son enfant. Erwan observe la jeune femme. Elle n'est pas vraiment très jeune. Sans doute une trentaine d'années. Son visage est marqué. Guan Kai est à côté d'Erwan et observe également. Cette fille ne vient pas d'ici. Elle est typée sud-ouest. Il y en a beaucoup comme elle sur les chantiers de modernisation de la ville. Néanmoins, il laisse Li Mei et Xiao Yu gérer les choses. Cécile et Erwan ne savent pas trop quoi faire. Xiao Yu dégèle l'atmosphère :

« Cécile, Erwan, Li Mei vient de me dire que tout va bien, mais il ne faut pas traîner ici. La maman est d'accord pour vous donner l'enfant. Mais elle a eu des frais médicaux et il faudrait l'aider un peu. »

Guan Kai a très bien compris de quoi il s'agit. Pauvre femme. Si elle avait pu, elle aurait gardé l'enfant avec elle. Mais dans sa situation, c'est impossible. Cet enfant est un enfant noir. Son destin est de finir dans le bain forcé ou bien de se trouver en orphelinat. Elle a donc décidé que l'adoption est la meilleure solution. Au moins sa petite fille sera en de bonnes mains. Elle a les larmes aux yeux. Elle tend l'enfant à Li Mei. L'infirmière recueille le bébé. Elle le berce. C'est une jolie petite fille. Ses yeux sont fermés. Erwan sait ce qu'il doit faire. Il demande à Xiao Yu :

« Combien faut-il lui donner. Cette histoire est triste finalement. J'ai préparé une enveloppe avec un peu d'argent. Dis-lui que nous nous occuperons bien de son enfant. Que sa petite fille sera bien traitée et que nous lui parlerons de sa maman. Nous lui dirons que c'est par amour pour elle qu'elle a accepté l'adoption. »

Xiao Yu est elle-même émue. Elle traduit ce qu'Erwan vient de dire. Cécile a pris le bébé dans ses bras maintenant. Guan Kai l'invite à monter dans la voiture. Le pire, c'est qu'il aurait pu le lui dire en français, mais sa situation lui interdit de révéler sa connaissance de cette langue. Il dit deux mots à Xiao Yu. Celle-ci prend Cécile par le bras et la mène à la voiture. Puis elle revient près d'Erwan et de Li Mei. Bien que discret, le petit groupe a cependant attiré l'attention. Plusieurs personnes sont finalement sorties des maisons environnantes. Un homme s'approche du groupe. Il n'a pas l'air commode. Âgé d'une cinquantaine d'années il se présente comme responsable du quartier. Il avise Guan Kai:

« Qu'est-ce que vous faites ici? Je suis au courant. Cette femme qui habite chez Lao Wu a accouché il y a quelques jours. L'enfant n'est pas un enfant légal. Il faut le mener à l'orphelinat. Et cette femme, cette paysanne, il faut qu'elle retourne chez elle. On en a assez de ces paysans qui viennent déranger tout ici. Ce sont des délinquants. Nous ne les voulons pas. »

Il parle fort. Il essaye manifestement d'ameuter le quartier. D'autres personnes, intriguées par les bruits de voix, entrouvrent leurs portes. Xiao Yu et Li Mei sont gênées. Elles sentent que la situation peut dégénérer! Le soi-disant responsable prend les personnes présentes à témoin:

« On a l'impression que ces étrangers qui ont beaucoup d'argent font comme dans l'ancienne société, avant la Révolution, et qu'ils essayent de voler les enfants chinois, on ne sait pour quoi faire. »

Un murmure parcourt le groupe. Guang Kai fait comprendre à Erwan, Li Mei et Xiao Yu qu'il est temps de rentrer dans la voiture. Il prend le soi-disant responsable à part. Il lui parle d'un ton sec et autoritaire!

« Camarade! Tu devrais te calmer. »

En même temps il sort une carte de sa poche et la lui met devant le nez. L'autre blêmit et prend de suite une attitude obséquieuse.

« Excusez-moi camarade, je ne savais pas. Je croyais que ces étrangers venaient voler un enfant avec l'aide de chinois contre-révolutionnaires. Je vais calmer cela tout de suite. »

Guan Kai regarde si tout le monde est remonté dans la voiture. Il s'adresse à Lao Wu et à la jeune mère.

« Je crois que tout est calmé. Je vous conseille néanmoins de rentrer chez vous. Si cette personne vous pose des problèmes, n'hésitez pas à m'appeler. »

Il donne une carte à Lao Wu. Puis s'adressant à la jeune mère :

« Le mieux que tu as à faire est de quitter Beijing le plus vite possible. Tu es illégale ici, n'est-ce pas? »

La jeune femme répond, en baissant les yeux :

« Oui, je travaille sur un chantier de construction, mais mon hukou[33] est ailleurs. »

Guan Kai éprouve de la compassion pour elle. Il lui met la main sur l'épaule :

« Je veillerai à ce que ce quartier soit tranquille pendant une semaine encore. Les Jeux Asiatiques approchent. Tous les clandestins vont être expulsés. C'est l'armée qui est chargée de cela. Pars dès que tu peux. Tu es du Sichuan n'est-ce pas? »

La jeune femme le regarde d'un air surpris:

« Oui, je viens du district de Zhongshan dans la municipalité de Chongqing. Comment savez-vous? »

Guan Kai a deviné en fait. Il prend son portefeuille, sort de l'argent et le lui tend :

« Tiens, ceci c'est pour t'aider. Il faut que les choses aillent bien. Pars dès que tu peux! Rentre dans la maison avec Lao Wu maintenant. »

La jeune femme quitte la petite place avec Lao Wu. Guan Kai se rapproche du responsable qui n'a pas perdu une miette de leur conversation :

« En ce qui te concerne, essaye d'être plus discret à l'avenir. Il te faut apprendre à qui tu parles! »

Guan Kai prend quelque chose dans sa poche et le glisse dans la main du responsable. Il lui serre le bras, une poigne de fer, lui souffle dans l'oreille :

« Si j'apprends que tu as fait le con avec cette femme après notre départ, gare à toi. »

L'autre ne demande pas son reste. Il salue Guan Kai et invite les gens à rentrer chez eux, leur indiquant qu'il ne s'est rien passé et que tout cela est un malentendu. De loin tout cela a l'air d'être simplement une discussion un peu vive. Erwan, de la voiture, regarde ces échanges. Xiao Yu est remontée à l'arrière avec Cécile. Le bébé dort profondément. La petite foule s'est dispersée. Guan Kai revient vers la voiture. Erwan est impressionné par ce

---

33Domicile légal

chauffeur. Il trouve qu'il se comporte plus comme un spécialiste du contrôle des groupes que comme un simple chauffeur. Qui est donc Guan Kai ?

Guan Kai vérifie que tout le monde est rentré chez soi. Il n'aime pas trop utiliser son autorité. Il a senti que c'était nécessaire pour empêcher que la situation devienne incontrôlable. Comme beaucoup de personnes de sa génération travaillant dans le domaine de la sécurité, il a été à bonne école avec des vétérans comme Lao Huang. Pour lui, tout vaut mieux que retourner aux situations de chaos que la Chine a connues avec la Révolution Culturelle, quand les forces de l'obscurantisme et de la réaction avaient été lâchées. Dès qu'il est certain que tout est calme, il retourne vers la Mercedes. Erwan le voit revenir. Il constate aussi son air satisfait. Guan Kai monte dans le véhicule. Il s'installe confortablement et se tourne en souriant vers Xiao Yu :

« Cette personne était un peu énervée. Je lui ai expliqué qu'il n'y avait aucun problème. Il a bien compris la situation et a dit que c'est mieux d'adopter cet enfant et que ces étrangers sont très généreux. Informe tes amis, Xiao Yu. Et maintenant, retour à la maison. »

Xiao Yu ne comprend pas comment il a réussi à calmer le chef du quartier. Elle, elle n'y serait jamais arrivée. Li Mei par contre a tout compris. Ce Guan Kai lui fait soudain penser à quelqu'un d'autre. En plus raffiné certainement. Mais la même source, les Forces Spéciales de l'armée. Y compris l'allure, la façon de se comporter. Elle le regarde. Il lui plairait bien aussi celui-là. Elle aurait dû garder Tang Gang. Celui-ci lui est inaccessible. D'un autre niveau. Mais réellement, la même source. Elle gardera cela pour elle. Elle n'en parlera jamais à personne. Même pas, surtout pas, à Xiao Yu. Son amie est trop naïve et trop candide pour comprendre tout cela.

Guan Kai jette un œil à l'arrière de la voiture. Il rencontre le regard d'Erwan. Quelque chose passe entre eux. Une sorte de compréhension. Erwan tient le bébé maintenant. Cécile a l'air un peu perdue. Xiao Yu est aux anges. Elle trouve tout cela formidable. Il faut rentrer maintenant. Finalement, tout s'est bien passé. Erwan s'adresse à Xiao Yu :

« Xiao Yu, je voudrais que tu remercies ce monsieur. Il a été vraiment efficace. Je sentais que la situation n'était pas facile. Vraiment, oui vraiment, c'était merveilleux. »

Guan Kai a tout compris. Mais il doit attendre la traduction. Xiao Yu ne tarde pas et interprète la phrase d'Erwan. Guan Kai fait un signe de tête et un sourire. Puis il passe la première et démarre. Il demande à Li Mei où la déposer. Celle-ci est songeuse. Elle aurait bien aimé le revoir. Mais, comment faire? S'intéresse-t-il à elle au moins? Elle trouve un moyen.

« J'habite dans le quartier. Donc je peux aller à pied. Mais vous pouvez me déposer à l'hôpital. Je vais passer au bureau des infirmières car j'ai quelques petites choses à régler. »

Puis s'adressant à Xiao Yu également :

« Je crois qu'il y aura des petites difficultés bureaucratiques. Ces étrangers sont sans doute très courageux et peuvent résoudre les questions pratiques pour l'accueil de cette petite fille. Mais il faudrait les aider pour le reste. Ici à l'hôpital nous avons tout le dossier administratif. Il faudra aller avec eux à la Police, au Bureau de la Sécurité Publique pour les étrangers et leur demander ce qu'il faut faire. Je peux aider, si c'est nécessaire. »

Guan Kai saute sur l'occasion :

« Oui, bien sûr ! Je vais te donner mes coordonnées. Tu peux m'appeler quand tu veux. Demain, je verrai avec ma patronne. Elle acceptera certainement que je les aide. »

Il a fait d'une pierre deux coups. Il donne une carte de visite à Li Mei. Elle lui fournit son adresse et le numéro de téléphone où la joindre à l'hôpital. Xiao Yu est perplexe. Elle est étonnée de ce lien qui se crée entre Li Mei et ce Guang Kai qu'aucune des deux ne connait vraiment. Elle est assez naïve. Elle est au courant de la relation orageuse que son amie a eue avec Tang Gang. Guang Kai démarre et retourne à l'hôpital. Li Mei descend. Xiao Yu remonte à l'avant. Elle a l'impression que Li Mei lui a soufflé une occasion de rencontrer quelqu'un. Sans doute, elle n'est pas assez réactive. Pourtant, ce garçon, cet homme avait l'air de s'intéresser à elle quand ils ont fait le trajet entre l'hôtel et l'hôpital. Ils repartent. Li Mei fait de grands signes au revoir. Xiao Yu la voit rentrer dans l'hôpital. Elle est trop naïve probablement. Ils arrivent rapidement à l'Hôtel de l'Amitié. Guan Kai conduit la voiture jusque l'appartement d'Erwan et Cécile. Les employés de l'hôtel sont assez surpris de voir cette Mercedes officielle entrer dans le complexe de bâtiments. Ils sont cependant habitués à une certaine discrétion et se le tiennent pour dit. Les enfants d'Erwan et Cécile ne sont pas encore rentrés de l'école. Tous descendent du véhicule. Cécile a repris le bébé. Une si adorable petite fille se dit elle. Il faut lui donner un nom. Elle a quelques idées. Erwan a insisté pour en discuter avec les enfants dès leur retour de l'école. Normalement ils doivent être là vers cinq heures. Elle entre dans l'appartement et regarde l'heure à l'horloge murale située dans le couloir d'entrée. Seulement quatre heures. Ils ont fait vite. Xiao Hui, la bonne a tout préparé. Elle lui donne le bébé et s'occupe de Morgane. Xiao Hui sourit. Guan Kai est entré dans l'appartement également. Il va directement vers le téléphone et appelle Mona. Le téléphone sonne. Wang Jun décroche :

« Bonjour, c'est Guan Kai ici. Peux-tu dire à Xiao Huang que les étrangers sont rentrés maintenant. Elle peut venir! »

Wang Jun n'est absolument pas au courant.

« Attends, de quoi me parles-tu? Quels étrangers d'abord! Bon je te passe Xiao Huang, ce sera plus facile! »

Guan Kai réalise que Wang Jun est toujours aussi distrait, et toujours aussi peu professionnel. Mona lui a certainement parlé de l'histoire mais, selon son habitude, il n'a pas fait trop attention. Il faudrait bien veiller qu'il ne fasse pas de bêtises dans l'opération en cours dont il est un élément clé. Il entend les pas de Mona dans l'appartement. Elle dit quelque chose à Wang Jun qu'il n'entend pas. Elle prend le combiné:

« Oui, Guan Kai! Comment est-ce que tout cela s'est passé? Pas de problèmes? »

Guan Kai se donne un temps de réflexion. Il ne veut pas tracasser Mona outre mesure. Puis Xiao Yu et la bonne sont à côté de lui. Il lui faut parler en style codé, dans le plus pur style chauffeur! Il lui donnera plus de détails plus tard.

« Tout s'est bien passé, patronne! Vous pouvez venir. Je suis dans l'appartement des étrangers. Le bébé est installé. Nous vous attendons! »

« Bien reprend Mona! J'arrive immédiatement! »

Guan Kai raccroche. Il les informe :

« Madame Huang sera ici dans quelques minutes. Je pense que vous n'avez plus besoin de moi pour le moment. Donc je vais prendre congé! »

Il a, évidemment, dit cela en chinois. Tout le monde a compris. Néanmoins Xiao Yu traduit pour Erwan et Cécile. Morgane semble légèrement perturbée par la situation. Sa mère l'a véritablement couvée depuis qu'elle est née et elle se trouve très rapidement en concurrence avec un autre bébé, sans bien comprendre ni le pourquoi, ni le comment. Son père essaie de la prendre dans les bras. Elle rechigne et se met à pleurer. Voyant cela, Xiao Hui reprend le bébé et Morgane peut aller directement dans les bras de sa mère. Erwan semble plutôt résigné à cette situation. Ça dure déjà depuis un certain temps. Au début il a pensé que cela passerait, mais la situation perdure. Ça n'augure rien de bon pour l'avenir. Peut-être que l'arrivée de ce nouveau-né améliorera les relations difficiles qu'il a avec sa fille. Le bébé est calme. Il dort profondément. C'est un petit gabarit. Xiao Yu prend Erwan à part :

« Li Mei a donné un document. C'est un certificat de naissance signé par le responsable du service. Demain il faudra aller à la police. Je dois travailler et il vaut mieux que Cécile aille au bureau également car Lao Ma est particulièrement difficile ces jours-ci! »

Erwan ne voit pas de difficultés particulières. Il demandera à Cosmos de l'aider. Il doit justement passer ce soir. D'ailleurs, quelqu'un frappe à la porte. Plusieurs personnes entrent. L'appartement semble bien rempli tout d'un coup. En fait, Cosmos, Na, Mona et Wang Jun sont arrivés ensemble. Xiao Yu ne connait ni Cosmos, ni Xu Na. Mona Huang lui semble étrange et Wang Jun a l'air tellement emprunté et gêné. Elle décide de partir mais Cécile la retient:

« Non, Xiao Yu, il te faut rester. Nous allons boire un peu de thé et puis, on va discuter de tout cela! Erwan peux-tu préparer du thé pour tout le monde? Celui-ci est un peu surpris. Il sent une volonté de l'exclure de la conversation en l'envoyant dans la cuisine faire des tâches ménagères. Cette volonté qu'il sent chez Cécile depuis la naissance de Morgane de prendre le pouvoir. Il s'apprête à rouspéter en lui demandant d'envoyer la bonne, mais Mona a bien saisi la difficulté de la relation et déclare tout de go:

« Ce n'est pas nécessaire, Cécile, nous voulons juste voir l'enfant. A propos, il vous faut aller à la Police demain. Je peux aller avec vous. Je suis libre le matin. Mon chauffeur Guan Kai connaît bien toutes les procédures. Il nous conduira. »

Cécile sent que Mona lui a coupé l'herbe sous le pied. Elle n'aime pas cela. Néanmoins, elle ne peut pas faire grand chose. Mona parle d'autorité et, de toute évidence, elle dispose d'un système de relations qu'il est préférable de prendre en compte. Finalement, la discussion se termine et les décisions sont prises entre Mona et Erwan. Cosmos sourit. Il a l'air fatigué. Il attrape Morgane au vol et joue avec elle. Le temps passe. Mona a apporté un petit cadeau. C'est une grenouillère. Où a-t-elle déniché cela, s'interroge Cécile. Na est partie avec la bonne dans la cuisine. Le bébé dort toujours et Xiao Hui l'a déposé dans le petit lit fourni par les amis latinos. Wang Jun et Cosmos discutent de choses et d'autres et puis, tout le monde décide de partir. Erwan aurait bien voulu discuter un peu avec Cosmos. Mais ces derniers temps, celui-ci passe toujours en coup de vent. Il sort en même temps que tous, c'est-à-dire Mona, Wang Jun, Cosmos et Na. Cécile se retrouve seule avec Xiao Hui. Avant de partir, Erwan lui dit deux mots :

« Ecoute, tu me fais systématiquement le coup! Je fais aussi partie de la famille. Tu n'es pas la seule à décider de tout. Je sors avec Cosmos car je voudrais discuter un peu avec lui. J'en profiterai pour voir si les enfants rentrent de l'école. »

Cécile semble surprise par la réaction de son mari. Aurait-il décidé de ne plus se laisser mener par le bout du nez? Elle décide de faire monter les enchères :

« Mais tu es complètement à côté de la plaque mon pauvre Erwan! Tu ne vas pas bien! Calme-toi, ça vaudra mieux! »

Elle a haussé le ton pour que les autres puissent entendre. Erwan sort rapidement et claque la porte. Xiao Yu est gênée.

« Cécile, tu devrais être plus douce avec ton mari. Ce n'est pas facile pour lui! »

Elle s'attire un tel regard qu'elle ne va pas plus loin dans sa tentative de médiation. Elle embrasse Cécile et quitte l'appartement.

…

A l'extérieur, Cosmos marche avec Erwan en tenant Na par la taille. Erwan est étonné de savoir que Mona et lui se connaissent maintenant.

« Alors Cosmos, le monde est petit. C'est quand même surprenant. Les gens que je connais se connaissent tous. »

Mona les entend et se retourne :

« C'est un peu un hasard! J'étais allée au Marché aux Fleurs et aux Oiseaux. Wang Jun est un ami de Cosmos. Moi, je ne le savais pas. »

Elle éclate de rire. Puis elle ajoute.

« Mais demain, en allant à la Police, on discutera de choses sérieuses, car depuis lundi Wang Jun travaille officiellement pour l'Institut des Minorités sur ce projet avec l'Université de Beijing et l'Académie des Sciences sociales. Maintenant nous vous laissons. J'ai des documents comptables à vérifier; Wang Jun va m'aider, sinon je vous l'aurais volontiers laissé. »

Elle les salue et entraîne Wang Jun avec elle. Elle est satisfaite de la manière dont les choses se développent. Elle se colle à Wang Jun et lui souffle dans l'oreille :

« Tu vois. Le filet se resserre. Tout va bien se passer. Notre objectif de réseautage de tous ces gens va passer comme une lettre à la poste. Erwan va être un vecteur sans même s'en rendre compte. »

Wang Jun suit difficilement la stratégie et les plans de Mona. Elle sait certes y faire, mais les choses ont l'air tellement compliquées qu'il ne comprend pas bien l'exacte utilité des relations qu'ils sont en train de nouer. Il lui manque des éléments. D'autre part, sa vie est confortable et sa paresse naturelle s'en accommode bien. Pas de soucis matériels. Une jolie nana dans son lit. Des petites choses le tracassent. Qu'est devenue Cao Yu? Dès qu'il aborde le sujet, il se fait rabrouer. Ils arrivent dans le bâtiment principal et veulent monter directement dans leur chambre. Guan Kai les attend dans le hall. Mona fait signe à Wang Jun de monter, qu'elle a des choses pratiques à régler avec Guan Kai. Il ne peut faire autrement qu'obtempérer. Guan Kai le regarde s'éloigner en direction de l'ascenseur. Mona et lui se dirigent vers un petit salon situé sur le côté du lobby. Mona s'assied dans un fauteuil et Guan Kai sur le canapé. Il lui rapporte les événements de l'après-midi. Mona l'écoute attentivement. Il lui parle de l'incident avec le responsable du quartier. Cela la rend soucieuse.

« Et tu as donc géré cela avec autorité! »

Guan Kai sourit en répondant :

« Oh, dès qu'il a vu qui je suis, le responsable est devenu plus conciliant! Je lui ai expliqué que la politique du Parti est aussi une politique d'ouverture et tout s'est très vite calmé. J'ai gardé le contact avec l'infirmière. Il semble qu'elle a joué un rôle important dans cette affaire. Il ne faudrait pas que cela s'ébruite trop. Demain, pensez-vous que l'on va régler une partie des problèmes à la Police. »

Mona est un peu circonspecte.

« Oui, ce n'est pas très compliqué. On peut prendre un peu de temps. Mais Erwan est un journaliste free-lance. Il faut donc bien le contrôler. Nous avons peu de moyens de pression sur lui, sauf que sa femme travaille à Beijing information. On verra. Demain, on résout ce problème et on attaque les autres. Je vais remonter près de Wang Jun. Tu es libre maintenant. Je n'ai plus besoin de toi aujourd'hui. »

Elle a repris son ton de patronne. Guan Kai lui dit au revoir. Elle se dirige vers l'ascenseur et monte dans son appartement.

…

De son côté Erwan est content d'être sorti. Il ne fait pas trop froid. Il observe Mona et Wang Jun partir vers le bâtiment principal. Erwan se dirige vers la grande entrée de l'hôtel. Le garde les regarde. Il s'adresse à Cosmos et à Na.

« La prochaine fois que vous venez ici, il faut vous enregistrer. La direction de l'hôtel ne veut plus que les gens entrent comme cela. »

Na réplique immédiatement :

« Nous sommes venus voir nos amis étrangers. Qu'y a-t-il de mal à cela? C'est juste une visite. »

Le garde la toise :

« Ne fais pas la maligne. Il y a un règlement ici. C'est bon pour cette fois. Mais si tu reviens, tu t'inscris à l'entrée. Sauf si tu as un laissez-passer! »

Cosmos dit à Na de laisser tomber. Erwan est légèrement surpris par cette attitude. Il trouve le garde agressif. Cosmos a raison de ne plus passer par cette porte. Il aurait mieux fait de les reconduire par l'arrière. Cosmos devine ses pensées :

« Ne t'inquiète pas Erwan, la prochaine fois je passerai par l'arrière. Ils sont un peu nerveux! »

Ils quittent tous les trois l'entrée et se dirigent vers la gauche. Si Loïc et Lorraine reviennent de l'école, il pourra les intercepter. Erwan demande à Cosmos comment c'était son concert de la veille. Y avait-il du monde?

« Pas mal, répond-il! J'ai interprété des chansons des Eagles et la « Nouvelle Longue Marche » de Cui Jian. Depuis les événements de l'année dernière, celui-ci n'a plus le droit de chanter dans des grandes salles. Justement, deux semaines plus tard après la fête du printemps, il y aura de nouveau un concert dans une petite salle. Il faut que tu viennes avec ta femme et les enfants.

« Tu sais Cosmos, répond Erwan, c'est devenu impossible de faire sortir Cécile de l'appartement. Elle a une relation tellement fusionnelle avec Morgane. Je ne pense pas que cela va s'arranger avec la venue de cet enfant, de cette petite fille! »

Cosmos est perplexe. Il traduit et explique la situation à Na. Celle-ci ne comprend pas très bien cette histoire. Pour elle, ses amis étrangers doivent profiter de la vie. Ils ont une bonne et peuvent sortir et mener une vie normale. Et puis, elle tient un long discours à Erwan; mais celui-ci ne parvient pas à comprendre ce qu'elle dit. Son niveau de chinois a atteint ses limites. Cosmos arrête Na et explique.

« Na ne comprend pas très bien que vous ne profitiez pas de la vie. Pour elle les enfants ne doivent pas être un frein à la vie des parents. Il ne faut pas se sacrifier. Ses parents à elle, ce sont des artistes. Et bien, quand elle était petite, elle était toujours confiée à quelqu'un et elle ne s'en porte pas plus mal. Ce n'est pas pour cela qu'elle n'aime pas ses parents. Elle veut te dire aussi qu'elle a rencontré un maître de Qi Gong samedi. Elle aimerait vous le faire rencontrer aussi. C'est un homme extraordinaire. Il est plein de bonté et de compassion. Il s'appelle Li Hongzhun.»

Erwan la regarde avec tendresse. Brave Na. Elle veut toujours que les choses aillent bien mais elle ne se rend pas compte à quel point la vie avec Cécile est devenue si difficile. Il sourit tristement :

« Beaucoup de choses ne sont pas très faciles. Dis à Na que c'est gentil. Mais je pense que je viendrai seul. Le Qi Gong m'intéresse beaucoup. Mais Cécile n'aime pas beaucoup tout cela. Elle dit que ce sont des choses religieuses, et comme elle est antireligieuse et anticléricale... »

Cosmos comprend. Ils sont arrivés à un grand carrefour. Ils voient, de loin, les enfants arriver. C'est amusant de les voir avec leurs cartables sur le dos. Tous les deux portent le foulard rouge des pionniers. Ils ne sont pas seuls. Une dame chinoise les accompagne. Erwan la reconnaît. C'est une des institutrices. Une très gentille personne. Elle s'occupe personnellement d'eux. Sans avoir aucune notion de l'enseignement de la langue chinoise à des enfants étrangers, elle est arrivée en quelques mois à leur enseigner les bases de la langue orale et aussi un certain nombre de caractères. Ils arrivent à leur hauteur. L'institutrice salue Erwan et ses amis. Elle dit quelques mots à Cosmos et à Na, puis elle part, très digne en faisant au revoir aux enfants. Ceux-ci sont collés contre leur père. Erwan se demande bien ce qu'elle a dit et Cosmos l'informe de suite :

« Madame Li, l'institutrice, est vraiment désolée. Samedi elle a voulu venir visiter les enfants à l'hôtel. Elle leur avait apporté des bonbons. Mais le garde à l'entrée n'a pas voulu la laisser entrer. Il lui a dit que l'hôtel était interdit aux Chinois. Vraiment elle est désolée car elle sait que ce n'est pas vous qui empêchez les gens d'entrer. »

Erwan est stupéfait. C'est donc cela l'histoire de ces bonbons que le concierge leur a remis samedi. Vraiment ces choses-là sont bien tristes. Cosmos et Na s'en vont. Ils passeront d'ici un jour ou deux. Il faut laisser les choses se calmer à l'hôtel. La Fête du Printemps va arriver et ensuite on verra bien. Erwan et les deux enfants se mettent en route pour l'hôtel. Une tâche importante les attend maintenant : trouver un prénom pour la nouvelle petite sœur. Il faut le faire avant d'aller à la Police le lendemain matin. Quand ils arrivent à la porte d'entrée, le garde a changé. Il fait signe à Erwan d'arrêter. Il prend une enveloppe dans sa poche et la lui tend. C'est un mot de Mona Huang.

« Erwan, demain matin nous allons essayer de partir vers 9h30. Je crois que votre femme part plus tôt pour son travail à Beijing Information. Sinon nous aurions pu l'emmener au siège des Editions. Il faudrait que vous preniez vos papiers officiels, carte de séjour, permis de travail et aussi vos passeports. La Police les demandera peut-être. Je ne connais pas bien la procédure. Je me renseigne et demain matin j'en saurai un peu plus. Votre ami Cosmos est une personne extraordinaire. Wang Jun m'a dit qu'il fait aussi de la musique. Comme je vous l'ai dit l'autre jour, Wang Jun et moi nous nous marions bientôt. J'ai envie d'inviter Cosmos aussi, mais je ne le connais pas assez bien. Je crois qu'il est un peu en froid avec Wang Jun. Je ne sais pas pourquoi mais ce sont des choses qu'une femme peut sentir. Pouvez-vous lui demander de participer à notre repas de mariage. Il y aura beaucoup de gens et ce serait intéressant pour sa carrière de chanteur.

A demain matin

Mona. »

Les enfants sont impatients. Ils tirent leur père avec eux, ce qui fait rire le garde. Celui-ci a l'air beaucoup moins coincé que l'autre. Erwan lui dit au revoir et se dépêche de rentrer. Il ne parlera pas du mot de Mona à Cécile. Il ne veut pas ajouter de nouveaux sujets potentiels de dispute.

XV   Mardi 23 janvier 1990. 17 heures Hôpital Sino-japonais

Après le départ de la voiture, Li Mei est remontée dans le local des infirmières. Elle a besoin de parler avec son amie. Elle la trouve en train de consulter les tableaux de prestations des infirmières et la planification des divers accouchements et autres opérations de la section de gynécologie-obstétrique. Il n'y a personne d'autre dans le local. Dès qu'elle entend Li Mei, elle se retourne.

« Ah, je suis contente de te voir! Comment est-ce que les choses se sont déroulées. Tu as une mine radieuse mais quand même on dirait que tu as quelques soucis aussi. Tu devrais te reposer. »

Li Mei lui explique comment tout s'est passé y compris l'incident avec le responsable du quartier, et comment celui-ci a été résolu par le « chauffeur ». Son amie tique. Un chauffeur, vraiment? Li Mei lui exprime ses doutes. Peut-être que ces étrangers sont finalement bien en cour. Mais c'est vrai, le « chauffeur » s'est plutôt comporté comme un cadre du Parti ou comme un membre des services de sécurité. Et puis, elle est émue. Il semble s'intéresser à elle. Son amie lui demande :

« Et Tang Gang, ce héros de la Révolution? »

Li Mei détaille ce qui s'est passé la veille et le départ de Tang Gang. Qu'elle en avait assez de lui. Des difficultés qu'elle a maintenant à cause de lui. Et justement dans une heure elle doit être au bureau de la Sécurité Publique de son quartier. Elle raconte à sa collègue la discussion qu'elle a eue avec la concierge, les menaces à peine voilées.

« Veux-tu que je vienne avec toi. J'ai fini mon service. Ce ne doit pas être très grave. D'autant plus que c'est la concierge qui a dû initier tout. Parfois, tu sais, les policiers ils en ont aussi marre des ragots des vieilles commères de quartier. »

« Tu ferais ça? Tu viendrais avec moi? Allons-y maintenant et puis après je t'invite à manger chez moi. Entre filles! »

Elles éclatent de rire toutes les deux. Le docteur Hu entre à ce moment dans le local. Ces filles sont si joyeuses. Elles partent bras dessus, bras dessous. Le commissariat de quartier n'est pas très loin. Elles y parviennent très rapidement. C'est un petit bâtiment sans âme. Le factionnaire de service leur demande ce qu'elles veulent. Il leur demande d'attendre dans le hall d'entrée. Il part dans un bureau et revient quelques instants plus tard.

« Vous montez à l'étage, deuxième porte à droite. Quelqu'un vous attend! »

Elles sont tout de même intimidées. Heureusement que son amie est venue avec elle. Elles montent à l'étage et cherchent la deuxième porte à droite. Elles frappent. Une voix masculine crie « Entrez ». Elles poussent la porte. C'est un petit bureau dont la fenêtre donne sur une cour intérieure. Un policier en tenue est assis derrière un bureau. Sans prendre la peine de se lever, il leur fait signe de s'asseoir.

« Laquelle de vous deux est Li Mei? » demande-t-il d'un ton neutre!

Li Mei se lève.

« C'est moi. Je ne sais pas pourquoi je dois venir. Quelqu'un est passé ce matin pour me trouver. Mais j'étais au travail! La concierge m'a dit que vous voulez m'interroger! »

Le policier la regarde. Tout cela a surtout l'air de l'ennuyer.

« Assieds-toi Li Mei. Cette personne qui t'accompagne est de ta famille, ou une amie? De toute façon, il n'y a pas de secret! »

Li Mei est impressionnée. Le ton brusque du policier la déstabilise.

« Mon amie est venue avec moi. Juste pour m'accompagner. »

Le policier prend un dossier dans l'étagère située à droite de son bureau. Il l'ouvre et regarde quelque chose. Puis il prend un carnet de notes et quelque chose pour écrire.

« Ton amie peut rester. Je serai bref. J'ai vraiment d'autres chats à fouetter. C'est moi qui suis venu ce matin. Mais, à la demande de la concierge de ton immeuble. Elle s'ennuie sans doute. Il ne se passe jamais rien dans ce quartier. Par contre, il s'est passé quelque chose qui aurait pu être grave dans un autre quartier. »

Il s'arrête, observant la réaction de Li Mei. Celle-ci ne bronche pas. Son amie écoute, se demandant où ce policier veut en venir. Li Mei détourne son regard de celui du policier et le porte vers le sol. L'agent continue.

« Oui, quelque chose qui aurait pu être grave. Et qui concerne quelqu'un que tu connais bien! »

Il s'arrête de nouveau. Ses paroles font leur petit effet sur la jeune femme. Elle rougit. Tang Gang. Tout cela concerne Tang Gang.

« On dirait que tu sais de qui je parle, mais finalement tout s'est bien passé. »

Il ne savait pas que Tang Gang habitait chez elle. Comment aurait-il pu? Et puis il n'y avait rien d'illégal à héberger Tang Gang. Elle relève la tête et s'adresse directement au policier.

« J'ai un ami qui s'appelle Tang Gang. Il...Il a vécu quelque temps chez moi. J'ai juste oublié de signaler à la concierge qu'il logeait de temps en temps! »

Le policier réalise qu'elle n'est au courant de rien. Qu'elle ignore que Tang Gang est un déserteur recherché par la Police. Quelle naïveté. Il décide de lui faire la morale:

« Ce n'est pas bien Li Mei. Il y a un rapport de police qui établit que tu as été très courageuse lors des événements de juin dernier. Tu as pu grâce à ton courage éviter un sort funeste à des soldats de l'Armée Populaire. Et voilà que tu héberges un déserteur! Tu dois surveiller tes fréquentations et revenir à plus de raison. Tu fais un métier très utile. Ce serait dommage de mettre ton avenir en jeu. »

Elle est soufflée. Tang Gang, un déserteur. Elle n'est pas d'accord. C'est impossible. Elle regarde son amie pour chercher un soutien. Celle-ci lui prend la main pour la réconforter. Le policier ne dit plus rien. Il attend une réponse de sa part. Elle parle, d'une voix douce mais ferme.

« Je ne savais pas que Tang Gang était un déserteur. Je l'ai rencontré lors des événements de juin. Il était blessé... »

« Et tu l'as soigné, l'interrompt l'agent. C'était un acte héroïque. Car Tang Gang faisait partie d'une brigade spéciale de maintien de l'ordre et des éléments contre-révolutionnaires voulaient absolument le tuer. Nous savons cela. C'est consigné dans les rapports de plusieurs agents. »

Il se tait. Il la regarde en jouant avec son stylo. Li Mei est à bout de nerfs, au bord des larmes. Elle décide d'aller au bout de ce qu'elle voulait dire.

« Oui, il était blessé. Je l'ai soigné et après je l'ai revu. Au début il venait de temps en temps. Je voulais rompre mais il était très attaché à moi. Je ne me sentais pas la force de m'occuper de lui. Il faisait tout le temps des cauchemars. Ça n'a jamais été facile. Mais... je l'aimais! Et puis il est venu de plus en plus souvent. Je savais qu'il appartenait à une brigade spéciale. Il me l'a dit. Il m'a montré son arme. Il me faisait peur parfois. A un moment il était presque tout le temps chez moi... »

« Quand, à partir de quand a-t-il logé tout le temps chez toi? Cela ne t'étonnait pas qu'il n'était plus jamais dans sa caserne? »

Li Mei parle en sanglotant :

« Oui, je lui ai dit. Mais il avait toujours une réponse prête. Il n'était pas tout le temps présent. Parfois il partait quelques jours. Je ne voulais pas lui poser trop de questions. Et puis fin novembre, il n'a quasiment plus bougé de chez moi. Ses cauchemars étaient de plus en plus fréquents. J'ai trouvé des médicaments, des calmants et des antidépresseurs. A l'hôpital ce n'est pas très compliqué d'avoir des médicaments. Nous avons aussi beaucoup de personnes qu'il faut calmer. Alors nous avons ce qu'il faut. Je me demandais quoi. Et puis j'ai pris l'habitude de le voir en permanence à la maison. Il était discret. Il ne faisait pas beaucoup de bruit. C'est moi qui faisais les courses. Mais évidemment que les gens de l'immeuble savaient qu'il y avait quelqu'un chez moi. »

Le policier ne s'attendait pas à ce qu'elle vide son sac aussi vite. Il se rend compte que cette jeune femme est sincère. Juste une histoire d'amour qui tourne mal. Mais pourquoi Tang Gang est-il parti de chez elle. Il lui pose la question :

« Li Mei. Je vois bien que tu es une fille honnête. Mais quand je suis venu ce matin, il n'y avait plus personne chez toi. La concierge l'a vu partir la veille au soir. Elle a entendu des éclats de voix et il est parti comme un fou. Et depuis elle ne l'a plu revu. Et pour cause. Tu as eu de la chance. Je ne savais pas que c'était Tang Gang qui était chez toi. Si je l'avais su, je ne serais pas allé seul. Quand ta concierge est venue au commissariat la semaine dernière, son histoire ne m'intéressait pas. Nous avons des choses plus sérieuses à traiter que des racontars à propos d'un homme à l'allure de militaire qui vit avec une infirmière de l'Hôpital Sino-Japonais. Je ne me suis donc pas pressé pour y aller. Ce matin c'était pour moi une routine. Cependant lorsque ta concierge m'a décrit le personnage, je me suis souvenu d'un avis de recherche qui concernait un certain Tang Gang. Mais, pourquoi est-il parti de chez toi? »

Donc, il ne sait que peu de choses, se dit Li Mei. Il est tombé sur Tang Gang par hasard. Mais qu'est-ce que c'est que cette histoire dans un autre quartier de Beijing? Elle veut en savoir plus. Elle explique pourquoi Tang Gang est parti.

« Hier soir, nous nous sommes disputés. Je lui ai dit que j'en avais assez. Qu'il devait s'en aller. J'étais à bout de nerfs. Je n'aurais pas dû me laisser aller à la colère. Il est parti et depuis, je ne sais plus rien. J'ai espéré qu'il m'appellerait malgré tout. Mais il ne l'a pas fait. J'espère qu'il n'a pas fait de bêtises. Le médicament que je lui donnais, il ne l'a pas pris le dernier jour. L'effet se dissipe assez rapidement, et, oui ça me fait peur! »

Elle semble réellement angoissée. L'agent se décide à lui raconter ce qui s'est passé depuis la veille au soir.

« Maintenant nous en savons un peu plus sur son parcours depuis hier soir. Vers 11 heures du soir, il a été repéré par un agent motocycliste tout près de la place Tian An Men. L'agent a voulu faire un contrôle d'identité d'un couple qu'il trouvait un peu bizarre. Le couple venait du sud de la place et l'homme avait l'air particulièrement ivre, ou peut-être drogué. L'agent les a vus traverser l'avenue Chang'An. La fille était très jolie et avait l'air de tenir beaucoup à lui. »

Une petite pointe dans le cœur de Li Mei. Son amie lui serre la main très fort. Le policier est fier de son petit effet. Puis il continue :

« L'homme est venu seul près du policier. Il a pris un document dans sa poche et l'a présenté. Ou plutôt, il lui a montré. Un policier de la circulation de Beijing ne cherche pas d'ennuis avec les troupes spéciales. Il l'a donc laissé partir en lui souhaitant une nuit chaude avec sa petite poulette. Il a probablement eu la bonne réaction. Nous savons maintenant que Tang Gang est armé en permanence. Ça aurait pu très mal finir. La police de Beijing ne sait pas où il a passé la nuit. Après le contrôle, l'agent est retourné dans son commissariat. Le nom qu'il avait lu sur le document d'identité lui disait vaguement quelque chose. Il faut dire que Tang Gang ce n'est pas vraiment banal et ça sonne bien. C'est facile à retenir. Il s'est donc mis à rechercher dans les dossiers et il a vite trouvé. Dès lors il a immédiatement averti ses supérieurs. Mais, où le chercher. Vu l'état de Tang Gang, il ne devait certainement pas être loin. La Police a décidé de mettre du personnel supplémentaire autour de Muxidi. Un marchand ambulant nous a signalé un individu bizarre qui avait l'air de voir des fantômes. Ça a fait tilt dans l'esprit d'un agent qui avait lu la fiche de recherche de Tang Gang. Muxidi est un endroit spécial pour ton ami. Tu sais pourquoi? »

Li Mei baisse les yeux. Bien sûr qu'elle sait pourquoi. Muxidi est le lieu où tous les cauchemars ramènent Tang Gang. Elle ne veut pas répondre et elle lève la tête, les yeux pleins de larmes, vers le policier qui continue, inexorablement.

« Je sais que tu sais. La Police a mis en place un dispositif autour de Muxidi. Nous avons installé le maximum de gens qui l'avaient déjà rencontré, dont le policier qui l'avait contrôlé le lundi soir. Je te passe les détails. En fin de matinée, il y a eu un incident dans le jardin d'un bloc d'appartement. Une femme a appelé la Police en disant qu'un homme avait voulu la tuer avec un gros revolver. Nous étions certains que c'était lui.

Quelques minutes après, les agents en poste au carrefour de Muxidi l'ont vu arriver. Tout s'est passé très rapidement. Il était armé. Il a sorti son arme de sa poche droite, le chargeur de sa poche gauche. Il a armé et s'est mis en position de tir. Il voulait tuer les gens qui traversaient le carrefour au feu vert. Ça a été moins une. Nous ne savons pas exactement ce qui s'est passé, pourquoi il n'a pas tiré. A un moment il a tourné la tête, comme si quelqu'un l'avait appelé. Et puis il a repris sa position de tireur. Cette hésitation de sa part a donné le temps à des policiers d'élite d'intervenir et de l'arrêter. »

Li Mei a posé la tête sur l'épaule de son amie. Il y a eu trop d'émotion aujourd'hui. Le policier :

« Tu ne veux pas savoir ce qu'il va devenir? »

Li Mei le regarde, puis, dans un souffle.

« Il va être jugé et fusillé sans doute! »

L'agent reprend son souffle :

« Non ! L'Armée pense qu'il est malade. Plusieurs de ses camarades de cette brigade spéciale souffrent tous de ce que l'on appelle un syndrome post traumatique. Ils ont reconstitué la brigade. Ils ne peuvent qu'être ensemble, avec leurs fantômes, et se battre. Cette brigade va être envoyée au Tibet, à Xigazê, demain. C'est le mieux qu'il peut lui arriver. Dans la police nous recherchons des criminels et des délinquants. Mais contre les fantômes et les esprits, nous ne pouvons rien! »

Il semble épuisé par tout ce qu'il leur a dit. Il se lève et regarde par la fenêtre. Puis il se retourne vers les deux jeunes femmes.

« Je suis un policier, pas un juge. En ce qui te concerne, Li Mei, tu n'as rien fait. Il n'y a pas de dossier te concernant ici. »

Il ouvre le classeur qu'il a retiré de l'étagère. Il est vide. Li Mei ne sait que faire. Dehors, la nuit est tombée depuis longtemps. Les deux jeunes femmes se lèvent. L'agent les accompagne à la porte et descend les escaliers avec elles. Il fait quelques pas dans la rue. Arrivés à quelques mètres du commissariat, il met la main sur l'épaule de Li Mei :

« Oublie-le jeune fille! C'est mieux pour tout le monde. »

Il les salue et tourne les talons. Ses pas résonnent dans la nuit.

Erwan est prêt à quitter l'appartement. Il vérifie que tout va bien. La nuit n'a pas été très calme. Le bébé s'est réveillé à plusieurs reprises. Et du coup, Morgane aussi. Elle a réclamé sa mère à de nombreuses reprises. Des choses comme cela, ça met les nerfs à rude épreuve. Pas de temps pour se poser des questions existentielles. Heureusement ils ont tout ce qu'il faut et ils disposent d'une certaine expérience pratique en matière de biberons, de langes et de soins aux nouveau-nés. L'inquiétude c'est plutôt pour le matin. Cécile doit se rendre à son travail aux Editions et Erwan ira à la Police avec Mona Huang. Comme prévu, la bonne est venue plus tôt que d'habitude. A 7 heures du matin elle a frappé à la porte. Tout s'est bien passé. La veille, avant de partir elle a expliqué à Xiao Yu qu'elle savait s'occuper des bébés. Dans son village, dans l'Anhui elle a souvent donné un coup de main à des personnes du village. Elle est donc experte et elle aime bien cela. Le matin, elle a été d'une efficacité redoutable et elle a pris le bébé en charge sans aucune difficulté. Morgane ne semble pas très contente. Cela lui fait du bien car elle est devenue insupportable ces derniers temps. A huit heures Cécile est partie. Le bus quitte à huit heures dix. Loïc et Lorraine sont partis en même temps que leur mère et Erwan est resté seul avec les petites et Xiao Hui. Il vérifie encore une fois qu'il a pris les documents demandés par Mona : passeports, cartes de séjour, permis de travail. Oui, tout est en ordre. Fait-il froid? Il regarde par la fenêtre. Tout est très calme. Un homme âgé fait du Taiji Qigong. Il aimerait pratiquer. Cette boxe lente le fascine. Cosmos lui a promis de l'initier et de lui montrer quelques mouvements simples. Il regarde sa montre. Neuf heures et quart. Il faut y aller. Il n'aime pas faire attendre les gens. Xiao Hui est dans le hall. Elle tient Morgane dans les bras. Erwan lui demande de la poser. Elle sourit et fait non de la tête. Elle se fait rouler par Morgane. Celle-ci a bien compris le système. Dès qu'elle rouspète, quelqu'un, soit sa mère, soit Xiao Hui, la prend dans les bras. Ça promet pour plus tard. En espérant qu'elle ne devienne pas hystérique! Il veut la prendre dans ses bras pour lui dire au revoir mais elle se détourne. C'est comme cela depuis plusieurs semaines. Dès qu'il s'approche, elle hurle et lui crie quelque chose qu'il a eu bien du mal à décoder. Au début il comprenait « Bajoa, bajoa! » Peut-être est-ce comme cela qu'elle voulait l'appeler. Puis à un moment, il a saisi qu'en fait elle ne le veut pas du tout. C'est déformé et, en langage bébé tout simplement

« Pas toi, pas toi! » La bonne essaye de lui donner Morgane pour qu'il puisse l'embrasser, mais elle se débat comme un beau diable. A la fin, Erwan se résigne, dit au revoir à Xiao Hui et sort de l'appartement. Il descend l'escalier. Le concierge est en bas avec un bocal rempli de thé vert. Il a droit à un bonjour sonore de sa part. Une fois dehors, Erwan regarde les mouvements de Taiji Qigong. C'est joli, très harmonieux. Le vieil homme a l'air très concentré. Il fait froid et pourtant il n'est pas très habillé. Il porte une espèce de pyjama en soie de couleur noire. Une swastika en pendentif autour du cou. Personne ne semble faire très attention à lui. Erwan imagine la même situation chez lui en Bretagne. Lorsqu'il rentrera, il fera le test. Faire du Taiji Qigong dans le parc Jules Ferry à Lorient. Non, il n'osera pas. Les gens le regarderont comme une curiosité et se moqueront de lui. Peut-être que des policiers viendront l'arrêter. La France n'est pas très tolérante pour ces choses-là. Il quitte le jardin et se dirige vers l'entrée de l'hôtel. Guan Kai et Mona sont déjà là. Elle est ravissante, se dit Erwan. Elle lui sourit gentiment:

« Bonjour, Erwan, comment ça va? Vous avez bien dormi? Bon à voir votre tête je crois que non! Il faut partir maintenant.»

Ils montent dans la voiture. Guan Kai met le moteur en route et ils démarrent.

« Wang Jun ne vient pas avec nous, demande-t-il? »

« Non, répond Mona. Lundi nous avons été à l'Institut des Minorités. Il a déjà du travail à préparer. Il faut d'ailleurs que je vous en parle. Comme on a un peu de temps avant d'arriver. Est-ce que ça vous intéresse de faire un reportage sur les Musulmans chinois et les problèmes que ça pose dans certains quartiers de Beijing? »

La question est redoutable. S'il répond oui, il est embarqué dans une sorte de reportage sur demande d'il ne sait pas exactement qui et il faudra proposer des articles, bon les vendre en fait, ce qui n'est pas son fort. S'il dit non, il se ferme une porte. Or, il a bien besoin d'ouverture, car ce qu'il arrive à produire depuis quelque temps, et bien c'est peu de chose. Mona le regarde d'un air entendu. Manifestement, elle a bien deviné que ses affaires ne sont pas vraiment florissantes.

« Oui, ça m'intéresse. C'est un aspect des choses que je ne connais pas bien en Chine. Le parallèle avec la situation dans les banlieues françaises est intéressant! »

Il ne connaît pas très bien non plus la situation en France. En Bretagne, la question des immigrés maghrébins n'est pas très importante, vu le faible taux d'immigration dans la Région. Il a quelques notions et il trouvera bien quelque chose. Mona le regarde droit dans les yeux. Ça lui fait une impression! Elle n'a pas froid aux yeux, cette nana là!

« Très bien. De toute façon j'étais à peu près sûre de votre réponse. Wang Jun démarre une enquête. Il va interroger un certain nombre de personnes dans des quartiers de Beijing, mais aussi dans d'autres villes de Chine, comme Kunming, Yinchuan, Lanzhou, des cités où il y a pas mal de musulmans. En France, ils vont faire le même genre d'études à Marseille, Toulouse et en Région Ile-de-France. Quand ce sera fini, les chercheurs impliqués compareront les résultats recueillis et tireront des conclusions sur le comportement des jeunes musulmans. »

Erwan est un peu surpris. Il ne sait pas qui est le véritable commanditaire de cette enquête, ni à quoi cela va servir. Il risque une question:

« Qui finance cette recherche? Quel est le but? Qu'attendez-vous de moi? »

Mona le voit venir. Elle connaît bien ses compatriotes. Elle attendait cette question.

« Il y a un accord universitaire entre la Chine et la France au niveau ministériel. Ici en Chine, nous avons prévu une couverture médiatique par un journaliste. Lorsque j'étais avec Wang Jun à l'Institut des Minorités ce lundi, j'ai parlé de vous au Directeur de l'Institut et au Professeur Yang de l'Académie des Sciences sociales. Ils sont prêts à vous engager sur le poste de journaliste. Ce n'est pas très bien payé mais il y a des avantages. On vous demandera aussi d'aider Wang Jun dans ses relations avec les chercheurs français. Vous aurez la possibilité d'écrire des articles dans les journaux français. Il n'y aura pas d'embargo. »

Elle s'arrête et observe Erwan! Il est pris dans la nasse. Elle le sent intéressé. Elle lui prend la main! C'est chaud! Elle le regarde droit dans les yeux! Elle lui sourit! Comme une promesse! La voiture avance lentement. Il y a des travaux. Ils approchent de leur destination. Guan Kai dit quelque chose à Mona qu'il ne comprend pas. Celle-ci se retourne vers Erwan :

« Guan Kai me dit que nous sommes presque arrivés. Nous reprendrons cette conversation plus tard, au retour. »

Erwan n'a pas vu le temps passer. Cette proposition lui plaît bien. Cécile n'arrête pas de lui dire qu'il devrait faire un peu tourner ses affaires et décrocher quelques contrats, ou bien se trouver du travail. La proposition de Mona tombe à pic. Cela lui procurera un meilleur statut. Ils sont maintenant tout près du Bureau de la Sécurité Publique de la Municipalité de Beijing. Guan Kai arrête la voiture devant l'entrée. Mona et lui descendent. Le chauffeur part garer le véhicule.

Ils se dirigent vers l'entrée du Bureau de la Sécurité Publique. Un policier est à l'entrée. Il leur demande pourquoi ils viennent. Erwan ne parvient pas à suivre la conversation. Le garde leur fait signe d'entrer. Il y a une série de bureaux en enfilade. Des inscriptions sont apposées en chinois et en anglais. Mona montre le chemin. Elle sait où aller. Ils passent devant un bureau où plusieurs agents s'affairent. Mona s'adresse à l'un d'eux. Elle entame une conversation mais l'employé de la Police semble perplexe. Au bout de quelques instants, Mona se tourne vers Erwan :

« Nous devons attendre un petit peu. Un officier va nous recevoir. L'agent ici nous propose d'attendre dans une salle adjacente. »

Elle remercie l'agent et prend Erwan par le bras. Elle a une façon de faire. Celui-ci se laisse conduire. Ils refont le chemin en sens inverse et entrent dans une salle d'attente qui se trouve au début des bureaux en enfilade. C'est une toute petite salle. Une petite table se trouve au milieu de la pièce et quelques chaises boiteuses tout autour. Plusieurs personnes sont déjà là. Erwan demande à Mona s'il faut attendre longtemps. Elle réfléchit avant de lui répondre :

« Non, je ne pense pas. La personne responsable de ce genre de problème n'est pas très occupée. C'est un officier de police qui traite aussi les questions liées aux mariages entre étrangers et chinois. Il reçoit actuellement une personne. C'est un compatriote de votre épouse. Mais l'agent à qui j'ai parlé m'a dit que ce serait rapide. »

Ils s'installent tous les deux. Mona n'a pas envie de parler du travail avec Wang Jun, car elle trouve qu'il y a trop de monde autour d'eux. Elle s'informe auprès d'Erwan sur le déroulement de la nuit, si le bébé mange bien, et puis comment s'appelle cet enfant maintenant. Erwan se lance:

« Nous avons eu beaucoup de difficultés à trouver un prénom, lui dit-il en riant. Ma femme voulait un prénom qui ait du sens à la fois en Asie et en Europe. Les enfants n'étaient pas d'accord, surtout Lorraine. Elle a commencé à argumenter qu'elle souffrait d'avoir un nom aussi ridicule et qu'il fallait quelque chose de plus classique et de passe-partout pour la nouvelle petite sœur. »

« Et finalement, réplique Mona, comment avez-vous décidé? Ce n'est jamais facile de donner un prénom. Et puis il faut que ça aille aussi avec le nom de famille. Regardez-moi. On m'a donné deux prénoms, un chinois Yinghua et un français, Simone... »

Erwan pouffe.

« Simone! Ce n'est pas très... moderne comme prénom! »

Mona est de bonne composition. Elle répond en riant également:

« Vous voyez tout le problème. Quand j'étais à l'école primaire en France, beaucoup se moquaient de mon prénom. Ils chantaient « En voiture Simone... » Finalement, maman et mon grand-père ont décidé d'utiliser le diminutif de Simone, et c'est comme cela que je suis devenue Mona. Mona Huang, c'est pas mal. Ça me renvoie à Henry Miller! J'aime bien le personnage! Bon revenons au prénom de la petite! Je suis curieuse de savoir comment vous avez décidé. »

Elle le regarde d'un air curieux.

Erwan est content qu'elle l'ait bien pris.

« Je suis désolé Mona, mais c'est plus fort que moi. Je n'ai pas non plus un prénom très original. Erwan Le Goff, c'est long en plus. Donc, Lorraine voulait plutôt du classique, comme Michèle ou Christine ou même Catherine. Loïc, pour sa part était partisan d'un prénom breton. C'était parti pour Gwenaëlle etc. Et moi, et bien moi je n'avais pas vraiment d'avis. Toutes les solutions me semblaient bonnes. J'ai du mal à décider parfois, c'est mon caractère. J'ai trouvé un moyen de décider. Chacun a établi une liste des prénoms qu'il souhaitait. Chacun d'entre nous a écrit 5 prénoms sur une feuille de papier. Comme nous étions quatre à décider, cela faisait vingt prénoms. Et puis on a regardé. Il y avait déjà plusieurs prénoms qui étaient communs. Au bout du compte il restait quatorze prénoms différents. Puis je leur ai donné la règle du jeu pour choisir. Chacun devait supprimer deux prénoms de la liste à tour de rôle, deux prénoms qu'il ne voulait pas voir. On a tiré au sort celui ou celle qui allait commencer. A un moment, il ne restait plus que deux prénoms... »

« Qui étaient, demande Mona? »

« Mimosa et Emilie! Et c'était à mon tour de jouer. Je n'avais plus qu'à en supprimer un. Le dernier serait le bon. »

Mona est passionnée par la façon dont Erwan a organisé le choix. Une vraie stratégie de décision (et de manipulation) avec des moyens ludiques. Mais quel est le prénom choisi. Erwan est souriant. Il ajoute :

« Il m'est donc revenu de faire le dernier choix. Je sentais que Cécile n'était pas très contente. Le nom Mimosa était son choix… »

« Oui, l'interrompt Mona, c'est le titre du roman de Zhang Xianliang[34], mais continuez, je vous ai interrompu! »

Mona devine qu'il a arrangé les choses pour contrarier son épouse. Sa seule façon de lutter, dans la guerre qui les oppose!

« L'autre prénom, Emilie, c'était le choix de Loïc… »

« Pour Emilie jolie, je suppose, le coupe Mona. »

« Exactement! Donc pour ne pas faire de jaloux, nous avons rediscuté et finalement, elle s'appelle Emilie avec un deuxième prénom qui est Mimosa. »

Il y a plusieurs étrangers dans la pièce. L'un d'eux, un homme d'une cinquantaine d'années les écoute attentivement. Il s'invite dans la conversation. Il a un fort accent canadien :

« Excusez-moi d'intervenir dans votre conversation, mais je vous ai écouté expliquer comment vous avez choisi le prénom. Je suis admiratif. Je forme des jeunes chinois au management participatif. Je crois que je vais utiliser votre technique. On peut mettre tout le monde d'accord sur un objectif commun! C'est fantastique et démocratique. J'aimerais que vous veniez expliquer votre technique. J'ai un cours à l'Université Tsinghua. Si cela vous intéresse, je peux vous intégrer. Vous êtes journaliste je crois. Sandra Tremblay m'a parlé de vous. Voici ma carte. J'habite aussi dans le même bloc à l'Hôtel de l'Amitié. Mon nom est Frédéric Rochester. Passez me voir un de ces soirs! »

Erwan a déjà vu cet homme. Il vit avec une toute jeune Chinoise, une étudiante. Il se confond en excuses.

« Ne me remerciez pas, dit Rochester. Il faut s'entraider. Quand j'étais plus jeune j'ai eu des petits coups de pouce. Alors si je peux aider d'autres personnes, je n'hésite pas. »

Et puis il s'adresse à Mona :

« Je pense que je vous ai souvent vue. Vous avez une entreprise d'Import-Export je crois, du vin de Bandol… »

Mona est stupéfaite. Ce gars fait du renseignement et établit des réseaux. Il faut qu'elle entretienne les relations avec lui. L'occasion est rêvée. Elle lui tend sa carte et promet de passer. Finalement elle a bien fait d'accompagner

---

34Ecrivain chinois qui a écrit entre autres Mimosa à son retour des camps de rééducation (Laogaï)

Erwan. Ils auraient pu continuer longtemps à bavarder, mais un agent entre soudain dans la pièce et s'adresse à Mona. L'officier est disponible et peut les recevoir maintenant. Elle prend congé de Rochester. L'homme est imposant. Une carrure de bucheron. Une barbe bien fournie, complètement poivre et sel. Pourquoi est-il ici? Peut-être Erwan le sait-il? On verra plus tard. Elle se lève, Erwan fait de même. Ils suivent tous deux le policier.

Ils se dirigent vers un petit bureau situé au fond d'un couloir. La porte en est ouverte. L'agent les fait entrer. C'est sommairement meublé. Quelques étagères, remplies de dossiers de toutes sortes. Une table au fond du bureau. Un homme d'une cinquantaine d'années est assis. L'air fatigué. Des cheveux gris. Le dos, un peu voûté. Il n'est pas très grand. Dès qu'il voit Mona et Erwan entrer, il se lève et vient à leur rencontre. Il est difficile de savoir s'il est chaleureux ou pas. L'ennui transpire. Néanmoins il invite Mona et Erwan à prendre place sur deux chaises bancales de l'autre côté du bureau.

Mona commence   expliquer de quoi il retourne. Erwan tente de comprendre. Peine perdue. Tous les deux, Mona et l'officier de police parlent à une vitesse qui permet à peine de saisir quelques mots, par-ci par-là. Erwan se contente dès lors d'examiner les expressions des visages et de déduire ce qui se dit. Mais, si Mona est très expressive, ce n'est pas le cas du policier. A un moment, la conversation s'arrête. Mona se tourne vers Erwan:

« Ce n'est pas facile cette affaire. L'officier Tang demande si vous avez introduit une demande officielle d'adoption et si vous êtes autorisé par les autorités de votre pays. »

Erwan est tout d'un coup très perplexe. Il ne s'attendait pas à une telle demande. Il se gratte la tête et prend un air de réflexion profonde. L'officier l'examine avec intérêt. Il demande quelque chose à Mona. La situation a l'air de l'amuser. Erwan remarque qu'il est sorti de sa réserve bureaucratique; quelque part, la glace est brisée. Mona reprend:

« L'officier Tang est préoccupé par cette situation. Il a déjà vu passer quelques cas de personnes étrangères qui voulaient adopter des enfants chinois; chaque fois ça s'est mal terminé! »

Ça, c'est la douche froide. Erwan attend la suite mais il veut répondre de suite à la question précédente.

« Vous pouvez dire à Monsieur Tang que nous n'avons pas fait de demande particulière. J'ai eu juste une information d'une collègue de ma femme qui travaille aux Editions. Celle-ci nous a dit que ce n'est pas très compliqué d'adopter un enfant en Chine. Que, généralement cela se fait de manière informelle. Dans mon pays et dans celui de ma femme, nous devons encore nous informer. Mais nous avons déjà plusieurs enfants et nous désirons élargir la fratrie.»

Mona traduit rapidement. L'officier semble de plus en plus perplexe; au moins il est souriant. Il réfléchit quelques instants et se lance dans une espèce de discours; du moins, c'est l'impression d'Erwan. Mona l'écoute religieusement et Erwan la voit approuver de la tête. Finalement l'explication se termine et elle détaille le point de vue de l'officier à Erwan.

« Le camarade Tang vous trouve sympathiques, vous et votre épouse. Il apprécie le fait que vous avez envie de renforcer certains liens d'amitié que vous avez avec notre pays. Néanmoins il voudrait vous mettre en garde et vous faire remarquer qu'il y a des procédures et, qu'elles ne sont pas nécessairement faciles. Il a aussi expliqué, qu'en ce qui concerne la Police, celle-ci n'a aucune objection à l'adoption d'un enfant chinois par un étranger. Pour lui, si vous arrivez à adopter, la Sécurité Publique ne verra aucune objection à ce que vous sortiez du territoire chinois avec l'enfant. »

Elle ajoute en riant :

« En fait, il m'a aussi dit qu'en Chine, on est tellement nombreux que, une personne de plus ou de moins, cela ne change pas grand-chose à l'affaire, surtout si c'est une fille! »

Et plus sérieusement :

« Mais il vous faut trouver quelles sont les procédures! »

Erwan est un tant soit peu abasourdi. Il est venu à la Sécurité Publique pour connaître la procédure et, on lui dit qu'eux n'ont aucune objection, mais qu'Erwan et son épouse doivent finalement se débrouiller par eux-mêmes, dans le complexe système bureaucratique chinois. Mona continue:

« Il a aussi l'impression que vous et votre épouse avez suffisamment de ressources et de relations pour résoudre cette question de la meilleure manière possible. Il n'a pas plus d'informations. Je suis désolée Erwan, je pense que nous n'avons pas frappé à la bonne porte. C'est souvent comme ça en Chine. Mais je vais vous aider. Mon oncle connaît beaucoup de gens à Beijing. Vos autres amis chinois peuvent également donner un coup de main. »

Erwan comprend que l'entrevue est terminée. L'officier se lève. Il fait de même et, Mona aussi. Ils prennent congé. Mona remercie l'officier Tang et ils se dirigent vers la sortie du bâtiment. Dans le hall d'entrée, ils croisent à nouveau Frédéric Rochester. Celui-ci serre le bras d'Erwan comme s'ils se connaissaient depuis des lustres :

« Et n'oubliez pas de passer me voir. Vous verrez, c'est très intéressant de travailler à Tsinghua. »

Puis avisant Mona :

« J'aimerais bien parler affaire avec vous également. J'ai des amis au Canada qui sont dans l'import-export. Ils pourraient être intéressés par une collaboration…surtout avec une jeune femme si charmante »

Et il éclate de rire. Son rire est sonore, bruyant. Mona est un peu gênée. Mais elle maintiendra le contact. Cela peut être intéressant pour le futur. Rochester ajoute.

« Finalement, ça m'ennuyait de venir ici. J'ai été convoqué par la Police car ils font une enquête par rapport à cette jeune chinoise qui vit avec moi. Comme elle est étudiante, c'est un peu compliqué. Mais, je vous ai rencontrés et, d'un mal peut naître un bien, comme disait Mao. Je vous quitte maintenant. J'ai une déclaration à faire et je vois qu'on m'attend.»

Effectivement, un agent lui fait signe de le suivre. Ils se séparent. Guan Kai les attend à la sortie. La voiture n'est pas très loin. Pendant le trajet de retour. Mona explique avec détail ce que l'Institut des Minorités et l'Académie des Sciences sociales attendent de lui. Ils se fixent rendez-vous pour le lendemain matin.

Il fait froid ce matin à Lanzhou. Le vent souffle et le pâle soleil n'arrive pas à donner un peu de chaleur. Cao Yu et Wei Na ont pris leur service sur la chaîne. Elles s'habituent. Elles ont l'impression d'être dans cet univers depuis des siècles. Comme les choses peuvent changer rapidement. Cao Yu est inquiète par leur situation. Les paroles de la nonne catholique lui reviennent en mémoire. Elle a l'impression de faire quelque chose de honteux. Elle voit bien la situation de la deuxième chaîne, celle qui est juste à côté de la leur. Les petits avantages lui ont fait du bien. Elle se sent mieux physiquement. Avec Liu Hong, la Directrice, les choses se passent plutôt bien. Elle se sent honteuse cependant. Elle n'aurait jamais imaginé pouvoir faire l'amour avec une femme. Mais au point où elle en est, qu'est-ce qui est normal? Elle a cru cent fois mourir. Liu Hong est très gentille, peu exigeante. Elle a surtout besoin d'affection. Elle lui parle de ses enfants, de sa fille aînée qui est étudiante à Shanghai, de son fils qui est dans l'Armée. Elle parle peu de son fils et encore moins de son mari. Hier, elle l'a fait venir dans son bureau et l'a emmenée à l'infirmerie du camp pour qu'un médecin soigne les coups qu'elle a reçus à Beijing. Mais elle doit toujours dormir dans le dortoir avec les autres. Son traitement de faveur fait des jalouses. Surtout parmi les gardiennes. La plupart sont méchantes. Heureusement, Weina ne rate pas une occasion pour leur faire comprendre qu'elles sont protégées. Cao Yu jette un regard discret sur l'autre chaîne. Elle est quasiment à l'arrêt. Les vieilles ne parviennent pas à suivre. La leur par contre tourne à plein rendements. Elle croise le regard de Weina qui lui sourit. Une sirène retentit, c'est la pause. Il est 10 heures. Les gardiennes les font sortir dans la cour. Il fait froid. Weina la tient par le bras:
« Ça va mieux petite sœur. Les médicaments te font du bien. Hier soir, tu sais que Wang Gang m'a encore fait venir dans son bureau. Hum, je devrais dire sa chambre, tellement c'est confortable. »
Elle a un regard coquin et elle continue :
« C'est un homme en pleine santé et il est très exigeant. Mais il est gentil. Il m'a donné du chocolat et il m'a dit de ne pas oublier ma petite sœur, la fleur de Beida. Tiens, en voici un petit morceau, c'est pour toi. Tu en as besoin! »
Elle plonge la main dans sa poche et en sort une tablette. C'est comme magique. Cao Yu n'en revient pas. Weina est vraiment douée. Elle ouvre la

tablette et en donne la moitié à Cao Yu. Celle-ci croque dans le chocolat. Que c'est bon. Weina a glissé le reste dans la poche de Cao Yu.

« Tu mangeras le reste plus tard! »

La sirène retentit à nouveau. Il est temps de reprendre le travail. Une prisonnière s'approche de Cao Yu.

« Hé, toi la petite pute! »

Cao Yu ne réagit pas. Weina n'a pas entendu, elle est un peu en avant. Cao Yu regarde celle qui l'a apostrophé de la sorte. C'est celle qui se balade un peu partout, une sorte de kapo.

« Tu as quelque chose dans ta poche. Moi aussi je veux ma part! »

Elle bouscule Cao Yu et plonge la main dans la poche de sa veste. Weina s'est retournée entretemps. Elle a compris immédiatement. Elle revient vers son amie et frappe violemment l'autre prisonnière avec le revers de la main. Cao Yu est abasourdie. Elle n'imaginait pas son amie capable de cette violence pour la protéger. L'autre prisonnière encaisse. Elle recule et lance un regard noir à Weina.

« Tu me le paieras, salope. On ne me frappe pas impunément. Et ne crois pas que tu es si protégée que cela. »

Deux gardiennes ont remarqué le manège. Elles se rapprochent. L'autre prisonnière préfère ne pas demander son reste.

Cao Yu tremble de tous ses membres. Elle ne supporte pas ces situations de stress. Weina la prend par la taille et la soutient pour rentrer dans l'atelier. A l'intérieur, les vieilles dames qui travaillent sur la deuxième chaîne sont regroupées. La chaîne ne fonctionne toujours pas. Quelque chose d'étrange. Une personne est assise par terre. C'est Dorothy Hu, la nonne catholique. Mao Zhongqun, la religieuse bouddhiste essaye de la relever. Peine perdue. La vieille dame a perdu connaissance. Une gardienne s'approche.

« Bon qu'est-ce qu'elle a encore celle-là? Elle ne peut pas reprendre son poste! Allez, lève-toi salope! Il faut travailler! Qui ne travaille pas ne mange pas! Si la chaîne ne redémarre pas, vous vous passerez de déjeuner! »

Cao Yu et Weina reprennent leur poste sur l'autre chaîne. Tout se remet en route. Elles voient et surtout entendent la gardienne s'énerver sur Dorothy Hu. Finalement celle-ci parvient à se relever et à reprendre son poste. Leur travail n'est pas très compliqué. Dans l'atelier, il y a les deux chaînes. Des boîtes circulent dans lesquelles il faut mettre des vêtements. Une autre fille les approvisionne et donc, ça roule pas mal. Weina remplit les caisses. Cao

Yu, qui est un peu en aval, les ferme soigneusement. Lorsque les caisses arrivent en bout de bande transporteuse, une autre fille les scelle et les dépose sur une palette. Le reste ne les concerne pas. En tout, elles sont cinq dans l'équipe: La fille qui les approvisionne (leur amie tibétaine), Weina et Cao Yu, l'autre fille qui scelle les caisses et les dépose sur une palette, et aussi une contrôleuse en bout de chaîne qui tient la comptabilité de la production de l'atelier. L'autre chaîne fonctionne exactement sur le même modèle, sauf que ce sont les vieilles dames qui sont chargées du travail, Dorothy Hu et Mao Zhongqun font le même travail que Weina et Cao Yu. L'approvisionneuse de la chaîne n°2 est par contre plus jeune et de ce fait travaille plus rapidement. La conséquence, ce sont des engorgements entre l'approvisionnement et le conditionnement. La personne chargée de sceller les caisses et de les déposer est également une personne âgée du groupe des religieuses. Comme Dorothy Hu a beaucoup de mal à se mouvoir, elle ne parvient en général pas à suivre la cadence. La personne chargée de tenir la comptabilité du conditionnement des vêtements est la même que pour la chaîne n°1, celle de Weina et Cao Yu. Le système imaginé par Wang Gang est véritablement démentiel. En effet les trois vieilles dames ne peuvent absolument pas suivre le rythme qui leur est imposé. Les deux conditionneuses et la personne chargée de sceller les caisses sont rémunérées à la production du nombre de caisses. En réalité, la quantité de nourriture à laquelle elles ont droit est directement proportionnelle à leur production journalière. En outre, à cause des engorgements de production, la chaîne n°2 est fréquemment arrêtée. Depuis leur arrivée au camp et le démarrage du système, les trois vieilles dames n'ont quasiment rien eu à manger. Cao Yu se sent mal à l'aise. Weina lui a expliqué le plan de Wang Gang. Une seule issue pour ces vieilles dames: la mort lente par manque de nourriture. Elles ne sont pas bien fortes. En quatre jours de travail elles se sont terriblement affaiblies, mais Dorothy Hu tombe de plus en plus souvent, une occasion pour les gardiennes de la frapper. Lorsque la journée est finie, Cao Yu et Weina constatent que la situation des autres dames du groupe n'est pas vraiment meilleure. Le crime est bien organisé, mais le motif n'est pas politique, seulement économique.

« Que faire, se dit Cao Yu. Ce sont elles ou moi. Si j'ai de la compassion pour elles, je risque de perdre les petits avantages que j'ai obtenus et la possibilité de sortir d'ici vivante et de rentrer dans mon pays natal. »

Elle en a discuté avec Weina et avec leur amie tibétaine. Toutes trois sont arrivées à la même conclusion. Survivre.

Aujourd'hui, leur chaîne a bien tourné. La contrôleuse, qui est aussi une prisonnière mais plus ancienne, est venue les féliciter.

« Vous avez bien travaillé. Le rendement est bon. Vous réalisez 80% de la production de l'atelier. »

Cela signifie 80% du total des rations disponibles. Cao Yu se sent honteuse. Elle a envie de redevenir un être humain, de vivre normalement, d'avoir de la compassion pour les plus faibles. Un voile passe sur son visage. Le temps a du mal à passer. La sirène sonne. Elle ne sait pas quelle heure il est. Des gardiennes leur font signe de sortir. Les chaînes sont arrêtées. Toutes se dirigent vers la cantine. Un soldat les attend à la sortie. Il arrête Weina.

« Le commandant Wang t'attend dans son bureau. Suis-moi! »

Weina fait un petit signe à Cao Yu. Quand elle part pour satisfaire les désirs de Wang Gang, elle ne sait pas si c'est pour une heure, ou une partie de la nuit. Jusqu'à présent, il la renvoie rapidement, souvent avec un petit cadeau. Il aime boire avec elle et aussi discuter. Enfin, lui discute, elle écoute. Cao Yu fait signe au revoir. La cantine l'attend.

Elle entre dans le bâtiment. De nombreuses prisonnières sont déjà là avec leur gamelle. Chacune a ses tickets de repas. Cao Yu n'est pas à l'aise. La présence de Weina lui manque. Elle avance de plus belle dans le réfectoire. Son amie tibétaine l'a repérée. Elle lui fait signe de venir. Autour d'elle, la plupart des prisonnières qui sont arrivées de Beijing le dimanche précédent. Cao Yu n'a pas vu le temps passer. En réalité, elle n'est là que depuis cinq jours. Ça lui paraît une éternité. Elle s'approche, sa gamelle à la main. Quelqu'un l'accroche. Elle se retourne. La femme du matin est là. Elle lui serre le bras. Sa figure est bleue du coup porté par Weina.

« Donne-moi ce que tu as. Sinon… »

Un coup est parti. Cao Yu est pliée en deux. Elle se redresse.

« Non, c'est à moi, un cadeau de Weina. »

L'autre lui tord le bras. Cao Yu crie de douleur. Les femmes de son groupe accourent. Son amie tibétaine frappe l'autre femme.

« Laisse la tranquille. Elle est avec nous ! »

L'autre s'en va, un regard de haine dardé vers Cao Yu.

« Tu ne perds rien pour attendre, petite pute de Beida ! »

Les femmes de son groupe l'entourent. Les gardiennes s'approchent attirées par le bruit!

« Qu'est-ce qui se passe ici ! Encore des problèmes avec les putes de Beijing! »

Les matraques sont levées, prêtes à frapper. Mais le calme est revenu. Un mouvement se fait du côté de la porte d'entrée du réfectoire. Il y a soudain beaucoup de monde dans le bâtiment du réfectoire. Les vieilles dames sont entrées. Mao Zhongqun soutient Dorothy Hu. Toutes deux tiennent à peine debout. Les autres prisonnières ont commencé la queue pour manger. Un peu de riz pour chacune et un bouillon avec du chou. La quantité en fonction des tickets de repas distribués par les gardiennes. Cao Yu présente ses tickets et sa gamelle. La préposée lui verse d'abord sa ration de riz et ensuite le bouillon de légumes. Avec son groupe, elle se met dans un coin pour manger. Peu à peu tout le monde est servi. Le groupe des vieilles femmes arrive. Aujourd'hui, à cause de leur faible productivité, elles n'ont droit à rien. Les gardiennes ne leur ont même pas attribué de tickets. Elles s'approchent cependant de la préposée. Elles tendent leurs gamelles. L'une d'entre elles se met à genoux et implore la préposée. Celle-ci ne sait que faire. Elle regarde autour d'elle. Elle leur donnerait bien un peu de bouillon, mais les gardiennes sont proches. Elle n'ose pas.

« Je suis désolée, vous n'avez pas de tickets. Vous ne pouvez rien avoir. »

Elle a dit cela presque tout bas.

Cao Yu a le cœur brisé. Elle voudrait faire quelque chose. Elle va faire quelque chose. Mais les autres femmes du groupe veillent au grain. Elles la serrent. L'une d'entre elles la tient fermement par le bras.

« Ne bouge pas Cao Yu, ne fais rien, c'est trop dangereux. Il va se passer du grabuge. Partons. »

En groupe, elles quittent le réfectoire. Il fait nuit noire dehors maintenant. D'autres prisonnières sortent du bâtiment. Soudain, elles entendent des hurlements provenant de l'intérieur du bâtiment. Ça ne dure pas longtemps. Peu de temps après plusieurs gardiennes sortent l'air satisfait.

« Ne restez pas ici! Allez dans les dortoirs. C'est l'heure de dormir. »

…

Lorsqu'elle a quitté Cao Yu, Weina s'est demandé pour combien de temps. Elle n'aime pas laisser sa petite sœur seule. Elle a parlé aux autres filles de leur groupe.

« Prenez garde à Cao Yu! Elle est très fragile! »

Toutes lui ont promis de veiller sur elle, surtout la jeune tibétaine.

« Ne t'inquiète pas Weina! Je fais attention! Surtout à cette fille qui essaye toujours de la provoquer. Elle ne me fait pas peur! »

Weina est donc un peu rassurée. Elle suit le soldat jusqu'au bâtiment principal du camp! L'entrée se fait rapidement ce soir. Les soldats commencent à être habitués. Certains la regardent d'un air intéressé. Elle se sent peu à l'aise. Leur froideur l'effraie. Arrivée à l'étage, elle s'apprête à prendre le couloir qui conduit au bureau de Wang Gang mais le soldat l'arrête.

« Non, je dois t'amener à un autre endroit. Ils prennent un autre couloir. Finalement le soldat l'amène à un autre endroit. Il ouvre une porte et lui fait signe d'entrer. Il allume. Il referme soigneusement la porte derrière eux. Que se passe-t-il. Elle regarde autour d'elle. Ils sont dans un petit hall. Le soldat la fait pénétrer dans une autre pièce, un appartement. C'est joliment meublé. Il y a un salon avec un canapé, une table basse, des fauteuils et une télévision. Sur un des murs, une espèce de grande armoire. Trois autres pièces sont adjacentes. Elle aperçoit une cuisine, une salle de bains et une chambre à coucher. Elle se retourne. De l'autre côté, une ouverture donne sur une sorte de salle à manger. Tout cela lui semble étrange. Le soldat la prend par le bras. Il vaut mieux ne pas résister. Il la regarde d'un air étrange.

« Le camarade Wang Gang sera ici d'ici une demi-heure. Il a demandé que tu prennes un bain et que tu t'habilles correctement. Dans la chambre à coucher, il y a des vêtements à ta taille. Il a demandé que tu portes le qipao[35] noir, les souliers à talon aiguille et le collier qui se trouve sur la table basse. Je vais rester ici. Dépêche-toi de te changer. Nous n'avons pas trop le temps. Tu peux laisser tes vêtements ici. Je vais les prendre et les jeter. »

Weina est perplexe!

« Mais j'en ai besoin pour retourner au dortoir tout à l'heure! »

Le soldat est péremptoire :

« Pas de commentaires. Fais ce que je te dis! »

Weina est refroidie soudain. Elle commence à enlever ses vêtements. Le soldat la regarde. Cela la gêne. Pourtant elle a l'habitude de se mettre nue devant des inconnus. Mais pas comme cela. Elle préférerait qu'il lui demande des faveurs sexuelles. Mais non, rien. Il se contente de la

---

35Robe fourreau fendue sur le côté

regarder. Elle a presque terminé. Il lui reste sa petite culotte. Elle ne veut pas montrer son sexe.

« Allez lui dit le soldat, la petite culotte aussi. Tout va à la poubelle. »

Résignée, elle enlève sa petite culotte. Elle le regarde. Elle est complètement nue. Ce soldat est un homme jeune. Elle s'approche de lui. Il ne bouge pas. Elle s'approche encore jusqu'à le toucher. Il ne bronche pas. Elle l'entoure de ses bras. Elle l'embrasse. Il ne réagit pas. Il la repousse.

« Va prendre ta douche! »

Elle le regarde à nouveau. Ses joues ont rosi.

« Tu ne me trouves pas jolie? Je peux te donner du plaisir si tu veux! »

Elle tend à nouveau la main vers lui. Elle lui caresse la joue. Elle prend sa main droite et la met sur son sein gauche. Il rougit un peu plus. Elle sent qu'il ne faut plus grand chose.

« Va prendre ta douche Wang Weina! Le camarade Wang Gang va bientôt arriver! »

Elle lui fait un léger baiser sur les lèvres. Il sourit. Elle court vers la salle de bain et ferme la porte derrière elle.

Quelques minutes plus tard, elle sort de la salle de bain complètement propre, parfumée, habillée comme Wang Gang le souhaite. Elle voudrait un peu d'explications. Tout cela lui semble un peu confus. Elle revient dans la salle à vivre. Elle est habillée comme une princesse. En l'attendant le soldat s'est assis et a allumé la télévision. Il regarde un spectacle prévu pour le Nouvel An chinois, la Fête du Printemps. Dès qu'il l'entend, il se lève.

« Bon, je te laisse. Je préviens le camarade Wang que tu es prête! »

Elle se sent courtisane. Mais, en réalité elle ne sait pas encore ce qui l'attend.

Le soldat sort de l'appartement.

Elle entend du bruit dans le couloir. Plusieurs personnes. Elle entend la voix de Wang Gang. Soudain elle pense à Cao Yu. Comment s'en sort-elle? Elle espère que la fille qui l'a agressée va la laisser tranquille. Mais, rien n'est moins sûr. Son statut de favorite de Wang Gang n'est pas nécessairement un élément favorable à la sécurité de son amie…

XVIII

Cao Yu et les autres prisonnières se dirigent vers le dortoir. Les gardiennes les poussent mollement. Cependant, elle sent comme de l'électricité dans l'air. Toutes sont un peu nerveuses. Elle souffre encore des coups reçus lors de son arrestation. Un peu plus d'une semaine, se dit-elle. Seulement une semaine, aussi. Et demain, ce sera un jour ordinaire. Aujourd'hui, c'est jeudi. Elle a peur de perdre le sens du temps. Elle n'a plus de montre, pas de moyen de savoir avec précision quelle heure il est. Elle ne sait jamais si c'est l'heure de manger ou de dormir. Et Weina qui ne revient pas. Peut-être qu'elle ne reviendra pas. Finalement, ce n'est pas elle qui décide. Elle aurait bien aimé que Liu Hong la fasse venir aussi. Mais peut-être n'est-elle pas là ce soir. Elle lui a dit que certains jours elle ne reste pas dans la prison. Elle a un appartement en ville.

« Si tu continues à être très gentille avec moi, petite fleur, je pourrai peut-être arriver à te faire sortir et à t'emmener en ville. Mais tu dois continuer à être charmante. »

Cette question ne la dégoûte même pas. Cela fait partie de sa situation. Ce ne sera qu'un mauvais souvenir plus tard. Elle aurait pu plus mal tomber. Elles sont toutes presque arrivées à l'entrée de leur dortoir. La porte est fermée. Il y a beaucoup de monde. Soudain, elle est séparée de ses amies, elle ne sait pas exactement comment. Des mains la tirent. Que se passe-t-il? L'obscurité est profonde. Elle veut rejoindre ses amies mais des personnes qu'elle ne connaît pas font barrage. Une fille la fait tomber. Elle crie de douleur. Elle sent que quelqu'un s'assied sur elle. Elle ne peut plus bouger. Des gens rient de la voir ainsi. Une voix soudain, la voix de cette fille qui l'a agressée:

« On va s'occuper de toi maintenant! »

Elle crie :

« Non! Non! »

Mais sa voix ne porte pas. Un coup violent lui est porté. Elle ne sait pas qui a frappé. Les choses vont vite. On lui arrache ses vêtements. Cette voix, toujours:

« Alors petite fleur, on ne veut pas partager! Maintenant je vais t'achever. Tant pis pour toi et pour cette cochonne de Liu Hong. »

Sa tortionnaire s'acharne sur elle. Elle est à moitié nue. Elle essaye de se protéger. Quelqu'un la tire par les cheveux. Mais que font les gardiennes.

Elle en voit quelques-unes. Elles regardent la scène. Que leur a-t-elle fait pour qu'elle soit détestée ainsi? Cao Yu gît par terre. Le cercle s'est élargi. Elle voit plusieurs filles. Elle n'ose pas bouger.

« Allons, lève-toi qu'on te voie bien. Qu'est-ce qui lui plaît dans ce tas d'os à la vieille Liu Hong? »

La fille se rapproche d'elle, se penche vers elle, approche son visage du sien:

« Regarde-moi, regarde-moi bien car c'est moi qui vais t'achever, sale pute, sale lesbienne! »

Cao Yu ne parvient plus à respirer. Elle a froid maintenant. Elle tremble de tous ses membres. Elle supplie:

« Laissez-moi, je ne vous ai rien fait! Laissez-moi, j'ai mal, j'ai froid! »

L'autre a ramassé un bâton quelque part. Elle le lève au-dessus de sa tête. Elle s'apprête à frapper la jeune fille. Elle prend son temps. Elle voit la frayeur dans les yeux de Cao Yu. Elle pointe son bâton sur le corps de Cao Yu.

« Tu vois, c'est avec ça que je vais t'achever, pourriture. Mais je vais prendre mon temps. Il faut que tu souffres d'abord. N'est-ce pas mes amies! »

Elle se retourne. Le cercle autour de Cao Yu est bien fermé. La jeune fille est désespérée. Elle voit des gardiennes dans le cercle. Celle qui l'a menée la première fois chez Liu Hong est là. Elle rit. Elle attend la curée. Cao Yu essaye de lui parler.

« Aidez-moi! Aidez-moi! »

La gardienne s'approche et lui donne un coup de matraque dans le ventre. Cao Yu se plie en deux. Deux femmes se détachent du groupe et la retourne. Elles la mettent sur son ventre. Elles vont la battre, c'est sûr. Lui casser les membres, les vertèbres, la faire souffrir. L'une des femmes lui soulève la tête puis la lui appuie fortement contre le sol et ensuite lui retourne les deux bras dans le dos.

« Mange, mange la terre, car bientôt tu en feras partie. Les vermines comme toi, on n'en a pas besoin. »

Cao Yu n'en peut plus. Le froid la saisit de plus en plus. Elle veut mourir. Que tout cela s'arrête... Soudain les cris et vociférations de ses tortionnaires s'arrêtent. Tout est soudain éclairé. Peut-être est-elle morte et, arrivée au paradis. Il n'y a presque plus personne autour d'elle. Elle sent qu'on lui met une couverture sur le dos. Quelqu'un la retourne sur son dos.

Elle est soulevée, posée sur un brancard. Oui, elle reconnaît une voix, celle de son amie tibétaine.

« C'est fini Cao Yu. Tu vas être soignée. Les gardiennes nous empêchaient de venir t'aider. Nous nous sommes battues avec elles. Elles ont frappé plusieurs d'entre nous avec les matraques. Tout cela a fait beaucoup de désordre. Les soldats sont venus du corps de garde et t'ont sauvée. »

Cao Yu est comme dans un brouillard. Elle essaye de regarder ce qui se passe autour d'elle. Sa vue se trouble. Elle sent que le brancard est levé.

« Au revoir, Cao Yu! »

La scène est violemment éclairée. Les militaires ont allumé tous les phares des miradors et les ont dirigés vers l'intérieur du camp. Des mitrailleuses sont pointées sur la foule. Les soldats sont armés, baïonnette au canon.

Deux soldats emmènent Cao Yu. Ils discutent entre eux puis se dirigent vers une aile du bâtiment principal où se trouve le dispensaire de la prison. Normalement, les prisonnières n'y ont pas accès. C'est seulement pour les soldats et le personnel administratif. Ils ont des consignes manifestement. Il y a comme une émeute dans la prison. Les femmes qui ont torturé Cao Yu ne sont pas contentes. Elles crient. Les soldats les ont repoussées sans ménagement. Les gardiennes essayent de reprendre leur rôle. Un jeune officier arrive et les prend à partie.

« Vous avez participé à l'émeute pour protéger vos petits trafics. Reculez! Le commandant du camp a été prévenu. Pour le moment retournez dans vos baraquements. Nous prenons le contrôle direct du camp. Vous passerez en jugement demain. Que les prisonnières rentrent dans leur baraquement. Et demain le travail reprend sous notre contrôle. »

De nouveaux militaires sont arrivés. Les gardiennes ont senti le vent du boulet. Elles connaissent bien ces militaires chargés de la surveillance des camps. Ils sont complètement dévoués à la direction du camp. Pour la plupart ce sont des soldats qui ont participé à des opérations de maintien de l'ordre dans plusieurs régions de Chine. Ceux-ci obéissent aveuglément à Wang Gang.

Deux soldats sortent du groupe compact des prisonnières. Ils ramènent une prisonnière avec eux. C'est la fille qui a agressé Cao Yu. Elle a l'air beaucoup moins arrogante. Ils lui ont passé des menottes dans le dos et la font se mettre à genoux bien à l'écart du groupe. Une gardienne est aussi extraite, celle qui a frappé Cao Yu. Elle aussi est menottée et installée à côté de la tortionnaire de Cao Yu!

L'officier parle:

« Vous deux, on vous connaît. On vous surveille depuis quelque temps. Vous faites du trafic dans la prison! Demain, vous passerez devant une Commission de Discipline qui statuera sur votre sort. »

La gardienne essaye de parler à l'officier :

« Camarade, les détenues se sont battues entre elles et nous avons essayé de les séparer... »

Elle n'a pas le loisir de parler plus longtemps. Un soldat est venu par derrière et lui a donné un violent coup de crosse dans les reins.

« Ferme ta gueule, salope, pourriture. C'est pour trafic de drogue et corruption que nous t'arrêtons. Et il y en aura d'autres demain matin car vous étiez bien organisées! Mais c'est fini maintenant. »

Les autres gardiennes ne disent mot. Elles ont compris. Des soldats les font rentrer dans leur bâtiment et ferment soigneusement les portes des baraquements réservés aux prisonnières.

XIX

Weina voit la porte de l'appartement s'ouvrir. Wang Gang entre accompagné de plusieurs personnes. Il s'est mis sur son trente et un. Il sourit à Weina.

« Ah! C'est beaucoup mieux ainsi. Et ton amie, elle n'est pas avec toi? »

Weina est surprise par la question de Wang Gang.

« Non, on est venu me chercher seule! »

« Qui est venu te chercher? »

« Un soldat! Il m'a emmenée ici! »

Wang Gang a l'air contrarié. Il s'excuse auprès des personnes présentes.

« Je suis vraiment désolé! Mais j'ai une urgence à régler! Mon assistant va s'occuper de vous. Je dois donner un coup de fil urgent. Néanmoins je vais vous présenter Mademoiselle Wang Weina. Elle va devenir l'hôtesse d'accueil de la salle d'exposition de notre société, la « Lanzhou Clothing Factory ». Normalement, une autre hôtesse devait être présente. Je dois vérifier pourquoi elle n'est pas ici. A tout de suite. »

Wang Gang sort précipitamment et se dirige vers son bureau. Weina a compris pourquoi il est le véritable chef ici, avant le Directeur. Un jeune homme prend les invités en charge et les fait passer dans la salle à manger. Il installe tout le monde. L'absence de Wang Gang ne dure pas longtemps. Il revient quelques minutes après.

« Je pense que le problème est réglé! Cependant Mademoiselle Cao Yu, notre seconde hôtesse est indisposée ce soir. Elle ne pourra donc malheureusement pas participer à ce banquet. Mais la semaine prochaine, nous en organiserons un autre au centre-ville, et j'espère qu'elle pourra y participer. »

Weina a pâli. Elle a peur soudain! Peur pour Cao Yu. Elle n'aurait pas dû la quitter. Elle jette un regard à Wang Gang! Celui-ci la rassure :

« Ne t'inquiète pas, tout va bien maintenant ! Cao Yu est en sécurité et la situation est sous contrôle! Je t'expliquerai plus tard, après le banquet! »

…

Les soldats ont repoussé les gardiennes vers leur baraquement. Quelques-unes protestent mais devant l'avancée des soldats elles font contre mauvaise fortune bon cœur. Du côté des prisonnières, les baraquements, les dortoirs ont été ouverts et toutes sont rentrées. L'espace est quasiment vide entre les différents bâtiments. Les jeunes femmes venues de Beijing en même temps que Cao Yu ont senti la dangerosité de la situation. Elles se calfeutrent dans le dortoir qui leur a été assigné. La situation du côté du réfectoire est loin d'être normalisée. Le bâtiment brûle et de grandes flammes s'élèvent. Une partie de la troupe se dirige vers le bâtiment. Très rapidement, la chaleur devient intense. L'ordre vient très rapidement.

« Laissez brûler. Ce bâtiment est isolé des autres. Il n'y a pas de danger particulier pour l'ensemble du camp. »

Ils ne savent pas que des personnes qui ont été battues sont restées à l'intérieur. La situation est critique. Soudain des coups de feu éclatent dans l'aile ouest de la prison. La troupe qui contrôle le centre du camp et le bâtiment principal est surprise. L'officier responsable, met ses troupes en position. Mais, il faut d'abord faire quelques choses des deux prisonnières. Elles ont compris la situation. Elles tremblent. Tout est en train de dégénérer. Personne ne sait qui sont ceux (ou celles) en train de faire le coup de feu dans l'aile ouest du camp. L'officier prend son téléphone de campagne et appelle les soldats présents dans les miradors.

« Qu'est-ce que vous voyez? »

La réponse ne se fait pas attendre! Le mirador situé près de la porte d'entrée répond immédiatement:

« Une dizaine de soldats font mouvement depuis le mur ouest. Ils sont accompagnés de deux ou trois gardiennes. Je les reconnais à leur uniforme. Mais il y a aussi des personnes non identifiées. Je pense que ce sont des prisonnières. Elles ont des bâtons, certaines sont armées avec des fusils. Tous ces gens se dirigent vers le centre du camp et le bâtiment principal! »

L'officier réfléchit. Il appelle Wang Gang. Il obtient rapidement la communication.

« Camarade Wang Gang! La situation dégénère! L'émeute n'est pas finie. Des soldats se sont mutinés. Il y a des gardiennes et des prisonnières avec eux. Nous avons assez de soldats pour les réprimer. Que décidez-vous? »

La réponse est rapide, laconique.

« Pas de quartiers ! L'enjeu est trop important. Le Maire de la ville est ici avec moi. Donnez l'ordre aux miradors de mettre les mitrailleuses en batterie et de tirer. En ce qui vous concerne, vous intervenez et détruisez l'ennemi. Pas de prisonniers! »

Le jeune officier a compris mais il a besoin d'une précision.

« Nous avons en réalité fait trois prisonniers. Une gardienne, une prisonnière qui faisait fonction de kapo et s'en est prise à Mademoiselle

Cao. Mais nous venons aussi d'intercepter l'agent de liaison qui vous a amené Mademoiselle Wang. C'est un ami de la kapo! Que faisons-nous d'eux? »

Wang Gang réfléchit. Cette situation est particulière. Il n'imaginait pas que la situation allait dégénérer aussi rapidement. Mais il faut trancher dans le vif.

« Tuez-les et jetez leurs corps dans le réfectoire en flammes. »

L'officier a compris. L'ordre ancien a vécu. Les trois prisonniers sont devant lui. Tout d'abord, donner les ordres aux miradors. Il voit les soldats mutinés approcher avec les gardiennes et quelques prisonnières. Ils crient des slogans. Il donne l'ordre à la troupe de les mettre en joue. Puis, il décroche à nouveau le téléphone de campagne. Il appelle les miradors, un par un. Les instructions sont les mêmes pour tous. Il sait qu'ils obéiront, sans états d'âmes.

« Camarades. Des éléments contre-révolutionnaires, alliés à la racaille de ce camp, tentent à l'heure actuelle de prendre le contrôle de la prison. Ils sont dans la partie ouest et se dirigent vers le centre. Mettez les mitrailleuses des miradors en batterie et tuez-les tous. Exécution immédiate! »

Aux soldats qui attendent :

« Les mitrailleuses des miradors vont tirer. Dès que ce sera fini, vous intervenez. Achevez les blessés! Tuez tout le monde! Ce sont des ennemis de la révolution. L'ordre vient de la direction du camp! »

Un silence de mort s'ensuit. Puis, on entend le tir des mitrailleuses. Le groupe des mutins est surpris. Certains font signe qu'ils se rendent. Les mitrailleurs ne s'arrêtent pas. Les corps tombent. Les balles de calibre 50 déchirent les corps. On entend des cris de douleur, des gémissements. Puis soudain le silence. Les mitrailleuses ne tirent plus. Le téléphone de campagne sonne. L'officier décroche. C'est le mirador de la porte d'entrée.

« Plus personne ne bouge. Que faisons-nous? »

« Halte au feu! La troupe va intervenir! »

L'officier fait un geste. Les soldats en attente ont compris. Ils avancent vers la scène du carnage par groupes de deux ou trois. Ils retournent les corps. Il ne reste pas grand-chose. Dame, du point 50 ça fait du dégât! On entend quelques gémissements et des coups de feu. Les soldats reviennent. L'un d'entre eux fait un rapport:

« Peu avaient survécu. Nous en avons achevé cinq dont deux soldats mutins, deux gardiennes et une prisonnière. »

L'officier est satisfait. Il pourra faire un rapport complet à Wang Gang ! Mais, il reste un problème! Il se retourne vers les trois prisonniers qui sont toujours là, à genoux les mains menottées dans le dos. La prisonnière, la tortionnaire de Cao Yu est résignée. Elle a courbé la tête. Elle attend la balle salvatrice. La gardienne essaye d'apitoyer l'officier. Ses yeux tournent fou. Elle a peur.

« Epargnez-moi, je suis une victime, j'ai été entraînée dans cette affaire! Je ne voulais pas! »

Elle se roule par terre.

Le soldat qui a conduit Weina ne bouge pas. Il sait que c'est fini. Finir comme ça ou autrement, quelle importance. La vie tient à tellement peu de choses parfois.

L'officier sort son arme de service. Il fait monter une balle dans le magasin. La gardienne le dégoûte. Il va commencer par elle. Les soldats ont compris. Deux la maintiennent. L'officier pointe son arme contre sa nuque. Elle se débat. Les soldats la maintiennent fermement. Le coup part en lui arrachant la moitié de la tête. Pour les deux autres c'est plus facile. Ils sont tellement résignés. Quand l'exécution est finie, l'officier donne les instructions :

« Jetez les corps dans le réfectoire en feu. Demain tout aura été consumé! »

Il range son arme dans son étui et se dirige vers le bâtiment principal. Mission accomplie!

…

Wang Gang revient vers ses invités. Il sent la difficulté de la situation. Une émeute, il ne l'avait pas vraiment prévue. Qui est derrière tout cela? Comment ses ordres ont-ils pu ne pas être exécutés? Heureusement, ni Zhou Xiaowen, ni Liu Hong ne sont présents ce soir. Deng Xiaolong a détaché ce soir ce jeune officier qui promet. A l'heure qu'il est, le problème doit être résolu. Quelle riche idée d'avoir organisé cette rencontre dans cet appartement complètement insonorisé. Wang Gang sait être maître de ses nerfs. Ces deux filles, il les sent. C'est comme un cadeau du ciel. Elles sont arrivées avec ce convoi la semaine dernière et, il a senti immédiatement tout le parti qu'il pouvait en tirer. Ni Liu Hong, ni le Tigre d'Acier n'anticipent le développement de la Lanzhou Clothing Factory. Lui, il voit loin. Déjà il a constitué une société. Des amis à lui, à Hong Kong, l'ont aidé. Ils vont gérer toute la commercialisation des produits. Pour cela, ils n'ont plus besoin de prisonniers politiques. Juste des délinquants ordinaires qu'on fait travailler deux ou trois ans gratuitement. Si tout se passe bien, il sera en mesure de transformer la Lanzhou Clothing Factory en expérience pilote et attirer l'attention de l'Etat. Pour l'heure il faut régler cette histoire d'émeute, la régler de manière radicale. Il entre dans l'appartement à nouveau. Il est temps de commencer le banquet.

« Chers camarades, j'ai été retardé par quelques problèmes, mais maintenant tout est réglé dans l'harmonie qui nous est coutumière. »

Tous les invités sont installés autour de la table. Weina a été installée à côté de la chaise que va occuper Wang Gang. Elle est très belle. Les hommes présents la regardent avec envie.

« Je vous ai brièvement présenté Weina! Elle est venue de Beijing la semaine dernière. Nous recrutons actuellement du personnel de qualité. Weina a un fort potentiel relationnel. Elle sera un atout important pour la vente des produits de la Lanzhou Clothing Factory. Elle parle anglais et son chinois est très bon, malgré un léger accent du sud-ouest, ce qui fait aussi son charme. »

Les personnes présentes la regardent intensément. Elle baisse les yeux. Comment Wang Gang ose-t-il la présenter ainsi. Un fort potentiel relationnel. Wang Gang reprend le fil de son discours.

« Weina, ne sois pas modeste. Tu as beaucoup de qualités! Ce soir, nous sommes honorés par la présence du représentant du Maire de Lanzhou et du Secrétaire du Parti pour la province du Gansu! Les étrangers, surtout les Américains disent que notre entreprise est une prison! Ceci est faux. La Lanzhou Clothing Factory est à la fois une entreprise de vêtements qui exporte en Europe et, un Centre de Formation professionnelle. Weina en est un bon exemple. Elle était une petite délinquante à Beijing, comme son amie Cao Yu. Nous leur avons fait confiance et elles seront bientôt des travailleuses modèles qualifiées dans le domaine du commerce international. »

Les personnes présentes applaudissent. Le représentant du maire est un homme d'une quarantaine d'années, un peu rond. Celui du Secrétaire du Parti pour la Province de Gansu est au contraire un homme plus jeune, à la stature athlétique. Il regarde Weina avec intérêt et curiosité. Wang Gang continue :

« Malheureusement, ce soir Mademoiselle Cao Yu n'a pas pu se joindre à nous. J'espère, comme je vous l'ai dit il y a quelque temps que la semaine prochaine elle ne sera plus indisposée. C'est une personne de qualité dont la santé est fragile. Nous avons préféré, ce soir la laisser se reposer! »

Weina admire Wang Gang. Il est fort. Manipulateur et capable de s'en sortir à tout moment. Du grand art. Elle se demande si elle n'est pas en train de tomber amoureuse de lui. Une petite angoisse s'empare d'elle subitement. Qu'est-il arrivé à Cao Yu? Elle regarde les personnes présentes. Outre Wang Gang, la personne qui l'assiste et qui a encadré les invités en son absence, il y a ces deux cadres de la Ville et de la Province. Deux autres personnes participent également. Ils ont des airs durs. Probablement les gardes du corps des deux cadres. Ainsi, l'objet du banquet était de les présenter aux autorités de la ville. Elle se sent dépassée. Mais, cela vaut mieux que de pourrir dans le réfectoire et dans les baraquements. Soudain la porte s'ouvre. Un soldat en tenue de combat, fusil à la main, entre. Wang Gang va directement à sa rencontre. Ils sortent ensemble. L'assistant s'empresse de faire la conversation aux invités et de leur faire goûter les plats. Weina trouve que l'appartement est particulier. Il n'y a aucune fenêtre. Elle sait qu'ils sont à l'étage et dans l'aile est. Aucun bruit ne leur parvient de l'extérieur. Cela la surprend car chaque fois qu'elle est allée dans le bureau de Wang Gang, elle entendait tous les bruits du camp, y compris les hurlements des gardiennes. Pourquoi sa copine Cao Yu, si fragile, n'est-elle pas présente? Elle tend l'oreille subitement. Malgré l'insonorisation du bâtiment (on se croirait dans un abri), elle entend comme un bruit sourd. Pom! Pom! Pom! Et puis ça recommence! Elle regarde les autres invités! Tous ont entendu. Les gardes du corps semblent soudain nerveux! Même l'assistant de Wang Gang est inquiet. Le bruit continue. Ça dure un certain temps! Le Représentant du Maire se retourne vers son garde du corps. Ils ont un bref échange! Ils sourient mais Weina sent que c'est un peu contraint. Le représentant du Parti Communiste s'adresse à Weina:

« Ne vous inquiétez pas Mademoiselle, le camarade Wang Gang est extrêmement efficace. Il a été formé par le Tigre d'Acier. C'est l'école de Kang Sheng! Avec des gens comme ça on est en sécurité! »

Weina ne comprend pas ce qui se passe. Elle veut que Wang Gang revienne, qu'il la rassure. Oui, elle est amoureuse de lui. Mais lui, certainement pas!

Le bruit sourd a cessé. Les convives mangent, des serveurs amènent de nouveaux plats. Wang Gang n'est toujours pas là. L'assistant de Wang Gang s'approche d'elle. Il lui glisse un mot à l'oreille:
« Ne vous inquiétez pas! Il y a eu un problème! Mais maintenant c'est résolu. Votre amie est en sécurité! »
Weina le regarde! Peut-elle avoir confiance en cet homme? Il est jeune! Son visage est avenant! Elle a envie de pleurer. Mais elle a l'habitude de faire front. Elle reprend son self contrôle et discute avec les autres convives. Néanmoins elle ne connaît toujours pas le but de ce banquet! Des pas à l'extérieur de la pièce. La porte s'ouvre. Wang Gang entre! Il est accompagné du Tigre d'Acier, de Liu Hong et de Deng Xiaolong. Plusieurs soldats sont à l'extérieur, baïonnette au canon. Zhou Xiaowen porte une veste verte et une casquette de l'Armée avec l'Etoile rouge. Il s'adresse tout de suite aux invités:
« Camarades, nous sommes désolés du désagrément causé. Ce banquet était un élément clé pour le développement de notre projet d'entreprise, la Lanzhou Clothing Factory, basé sur la structure de réforme par le travail. La modernisation de la Chine a comme vous le savez de nombreux ennemis. Ce projet est suivi de près par le Bureau Politique du Parti et par le camarade Deng Xiaoping lui-même. Nous sommes en train de mettre au point dans cette unité de travail, un projet économique qui va révolutionner le système des camps de travail, les transformant d'unités répressives en unités productives. Des ennemis du Parti et de sa ligne juste ont été infiltrés dans cette unité de travail. Alors que nous étions en train de montrer la validité de notre système de production mixant la formation professionnelle de jeunes délinquantes et la mise au point de produits textiles pouvant être exportés, ils ont provoqué une émeute en s'appuyant sur différents éléments antiparti, des criminels endurcis, des agents impérialistes infiltrés jusque dans les rangs de nos soldats et du personnel de surveillance de l'entreprise! Ils ont tenté de tuer des personnes clés pour le développement commercial de cette entreprise. »
Weina pousse un cri. Cao Yu, qu'est-il advenu de Cao Yu. On a voulu la tuer. Jamais elle n'aurait dû la laisser seule. Wang Gang fait un grand sourire à Weina de même que Liu Hong pour lui signifier que tout va bien. Le Tigre d'Acier la regarde aussi puis reprend le fil de son discours:
« Camarades, grâce à la clairvoyance et à l'efficacité du camarade Wang Gang, ce projet criminel a été écrasé dans l'œuf et les coupables ont tous

péri. Demain, notre entreprise de vêtements redémarrera sur de nouvelles bases. »

Un serveur a amené des verres et une bouteille de Moutai! Les verres sont remplis. Zhou Xiaowen interpelle toutes les personnes présentes :

« Je vous invite à boire à cette grande victoire. Ganbei! »

Tous prennent un verre et le vident cul sec. Le repas est presque fini. Wang Gang reprend la parole.

« La Lanzhou Clothing Factory est une entreprise moderne. Notre ligne de production va être modernisée grâce à l'aide d'une entreprise de Shenzhen et de financiers de Hong Kong. Une entreprise mixte sera créée demain. Nous vous donnons rendez-vous la semaine prochaine dans le restaurant du Jinjiang Hotel qui sera plus approprié que nos bâtiments d'entreprise pour un tel événement. Maintenant, le personnel de sécurité va vous raccompagner à vos voitures, et nous vous donnons rendez-vous la semaine prochaine. »

Les invités récupèrent leurs manteaux. Ils discutent entre eux. Dès qu'ils ont quitté la salle, des soldats en armes les accompagnent. Weina se demande ce qu'elle doit faire. Elle regarde Wang Gang d'un air interrogatif. Celui-ci la prend par le bras :

« Jusqu'à nouvel ordre, cet appartement est pour toi et Cao Yu. La semaine prochaine nous vous installerons en ville. Ce sera plus facile pour tout le monde. »

Weina comprend qu'elle s'installe dans un rôle de petite épouse pour un certain temps. Elle le regarde droit dans les yeux:

« Wang Gang, j'ai peur! J'ai envie que tu me prennes dans tes bras. Je ne veux pas dormir seule ici. Et Cao Yu, où est-elle? »

Les invités sont tous sortis y compris le Tigre d'Acier et Liu Hong! Wang Gang est ému. Ce qu'il craignait est arrivé. Il voulait juste une partenaire sexuelle, et il a trouvé une amoureuse.

« Cao Yu a été battue par plusieurs personnes. Mais les soldats sont arrivés à temps et l'ont sauvée. Elle est dans l'infirmerie maintenant. Tu la verras demain. J'ai donné ordre de tuer toutes les personnes qui ont participé à cette histoire. »

Il la regarde, il a envie d'elle :

« Y compris le soldat qui t'a amené ici et qui aurait dû vous amener toutes les deux. Le reste, ne cherche pas à savoir. Il y a eu beaucoup de morts. Demain la Chine sera plus moderne et il n'y aura plus cette sauvagerie.

Tous, nous ne voulons plus de sang. Il y a eu trop de sang. Pour qu'il n'y en ait plus, les gens comme moi sont prêts à le faire couler encore. La véritable démocratie ne peut venir qu'à travers la dictature, car la liberté n'est que l'ombre portée du fantôme de la démocratie. Maintenant ne pose plus de question. Je reste avec toi cette nuit. J'ai envie de toi. Demain sera un autre jour!»

Il va vers la porte qui est restée entr'ouverte. Un soldat est toujours là. Ils échangent quelques mots. Wang Gang se retourne. Il la voit effrayée. Il ferme la porte soigneusement. Il lui prend la main et ils se dirigent vers la chambre...

XX   Jeudi 25 janvier, 10 heures du matin Beijing Siège de la Police de Beijing, bureau de Huang Xinsheng

L'oncle de Mona est à son bureau. Le coup de téléphone de Mona le rend perplexe. Cette histoire d'enfant adopté n'est pas facile à gérer. La veille il a eu un écho de Guan Kai. Comment intégrer cet élément dans le travail général de Mona. Il lui semble que sa nièce fait des choses de plus en plus complexes. Même lui, un vieux de la vieille, a un peu de mal à s'y retrouver. Il attend sa nièce d'un moment à l'autre. Quant à Wang Jun, il se demande s'il a bien fait de l'intégrer dans l'équipe. Le garçon semble limité, très limité! Bon, se dit-il on verra bien. Attendons que ma charmante nièce me fasse son rapport et savoir où on va exactement.

Soudain on frappe à la porte. Mona sans doute. Il se lève et se dirige vers la porte.

« Entre, Yinghua. Entre. »

Mona pénètre dans le bureau. Elle est comme d'habitude ravissante. Elle est en style étudiante aujourd'hui.

« Tu veux un peu de thé! Tu as l'air d'avoir froid! »

En effet, Mona est un peu frigorifiée. Elle accepte. Son oncle s'empresse de lui verser du thé dans une petite tasse en porcelaine.

« Assieds-toi, Yinghua! »

Elle enlève son manteau et prend place dans un fauteuil situé près de l'entrée du bureau. Huang Xinsheng prend place dans le fauteuil à côté du sien. Il aime beaucoup sa nièce. Il se demande parfois comment elle fait pour gérer toutes ses affaires, l'entreprise, ses études à Beida, son travail de renseignement.

« Où en es-tu Yinghua? Je ne comprends pas l'intérêt de s'occuper de cette affaire d'adoption pour le renseignement! J'aimerais bien que tu m'expliques! »

Mona était un peu essoufflée en entrant dans le bureau. Maintenant cela va mieux. Elle comprend qu'il est difficile de voir clair dans ses activités car tout bouge sans cesse. Mais elle se doit d'être claire avec son oncle.

« Mon oncle, commence-t-elle, c'est une chose un peu compliquée. Je me suis d'ailleurs demandée moi-même quel était l'intérêt d'aider ces personnes. En fait j'essaye de comprendre comment tous interagissent. Le soi-disant Cosmos... »

Elle s'arrête un instant. Son oncle complète:

« C'est-à-dire Yu Zhou, ex salarié des Editions en Langues étrangères, traficoteur de génie dans plein d'histoires un peu tordues, musicien bien connu de la scène Punk-Rock de Beijing! »

Mona est stupéfaite! Comment son oncle sait-il tout cela? Lao Huang peut lire la stupéfaction sur le visage de sa nièce. Elle qui se croyait géniale d'avoir deviné le nom de Yu Zhou et d'avoir enfin établi le contact!

« Mon oncle, j'ignorais que vous le connaissiez! »

Lao Huang sourit!

« Ma chère nièce, Yu Zhou n'est pas très discret en réalité. J'ai simplement recoupé tes rapports sur l'agitation à Beida au moment de l'incident avec un certain nombre d'autres éléments provenant d'autres services de la Police. Jusqu'ici il valait mieux que tu établisses le contact par toi-même. Ainsi c'est plus naturel pour cette relation avec lui. Par contre il y a des choses que je ne sais pas. »

« Comme? » demande Mona

« Par exemple, je ne connais pas son adresse car il n'est enregistré nulle part. Probablement loue-t-il quelque chose dans le parc privé! Je ne sais pas non plus s'il vit avec quelqu'un. Je sais juste qu'une jeune femme très jolie l'accompagne à chacun de ses concerts. Lundi dernier dans ce cabaret proche de Tian An Men, nous avons fait la descente de police de telle façon qu'il puisse se sauver. Je ne désirais surtout pas qu'il soit arrêté bêtement et peut-être tué par un agent un peu nerveux! Donc, tu vois qu'il faut jouer doucement. Cosmos, continuons à l'appeler Cosmos, nous est très utile en liberté. On pourrait même faire croire qu'il est un de nos agents. Si tu es son amie et qu'il a confiance en toi, ce sera parfait pour nos recherches et le coup de filet que nous prévoyons lors de l'anniversaire de l'incident. »

Son oncle s'arrête. Mona est admirative devant ce travail réalisé sans quitter le bureau. Lao Huang lit cet émerveillement dans les yeux de Mona. Mais, il faut aller plus loin.

« Yinghua, ma Chérie, explique-moi l'intérêt de soutenir Erwan Le Floch dans sa tentative d'adoption d'un enfant chinois. Si tu me convaincs, je mettrai tout en œuvre pour que cela aboutisse dans de bonnes conditions. Mais tu sais à quel point ce genre de question est délicat, en particulier à Beijing. »

Mona reprend son souffle.

« Erwan Le Floch présente un intérêt particulier car en réalité, il n'a pas de travail. De plus, il connaît énormément de monde, à la fois dans le milieu de la presse et dans les milieux universitaires. Lui et sa femme ne s'entendent pas très bien. Elle est absolument jalouse et ce n'est pas sans raison. Une autre femme est dans le jeu, une certaine Sandra, une Canadienne qui fréquente les milieux économiques et un certain nombre d'artistes dissidents. Sandra voyage beaucoup en Chine. Elle drague ouvertement Erwan!»

Elle s'arrête pour boire un peu de thé. Lao Huang lui en reverse aussitôt. Il se gratte le sommet du crâne, perplexe!

« Oui, les affaires de cœur des étrangers à l'Hôtel de l'Amitié, nous les avons toujours surveillées. Mais tu m'as aussi parlé d'un certain Rochester qui, semble-t-il devrait jouer un rôle dans ton dispositif. »

Mona est détendue. Elle sent que son oncle a compris son dispositif et sa stratégie de renseignements.

« Si nous aidons Erwan, le contact sera bon avec lui et avec sa femme. Nous pourrons enfin comprendre comment l'information circule entre tous ces gens, comment ils font de la désinformation qui arrive dans les organes de presse en Occident. »

Son oncle s'est levé. Il marche dans la pièce, va jusque la fenêtre, regarde dehors:

« Nous avons joué le grand jeu avec Wang Jun. J'ai parfois des doutes sur ce garçon. En es-tu satisfaite? Je ne parle pas de ses qualités amoureuses dont tu es seule juge! Je ne devrais pas te parler comme cela, Yinghua! »

Mona a rougi. Son oncle est tellement direct parfois. C'est pour cela qu'elle l'aime aussi. Il lui a tellement permis de se réaliser. Elle veut tellement être digne de son père qui était un grand agent de renseignements. Elle se lève également et se rapproche de son oncle.

« Ce n'est pas facile avec Wang Jun! Il est obéissant et fait ce que je lui demande, mais, c'est vrai, ses capacités intellectuelles sont limitées. Il a fait ce qu'il fallait pour que je rencontre Cosmos par hasard. Je l'aurais aimé plus brillant! Il n'est pas mon genre d'homme mais une pièce de notre dispositif. C'est un second couteau. Je sens parfois de la rancœur chez lui. Heureusement, il ne sait pas où se trouve Cao Yu. Pour son travail de recherche, de commun accord avec Yang Bao, nous lui faisons seulement faire des enquêtes. Guan Kai va l'accompagner dans les quartiers musulmans de Beijing. J'ai demandé à Erwan de travailler sur ce projet. J'espère d'ici mai avoir une vision claire de certains réseaux dissidents autour de Beida et leurs liaisons avec des étrangers à l'Hôtel de l'Amitié.

Cette étude est intéressante car elle va nous faire passer pour des gens en marge de la politique officielle. »

Lao Huang est soudain intéressé :

« Tu veux dire qu'il serait intéressant que cette étude soit critiquée officiellement dans la presse du Parti ? Des articles dans la Quotidien du Peuple, des remarques émanant du Bureau politique se demandant si ce n'est pas l'influence de l'Occident et de la pensée dissidente qui permettent à une enquête mettant en cause à terme la ligne du Parti, etc? »

Mona sourit à nouveau:

« Oui mon oncle! Avec des étrangers que nous aidons et qui veulent « voler » un enfant chinois, nous apparaîtrons comme proches des milieux démocratiques! »

Mona s'est arrêtée. Lao Huang attend. Elle semble vouloir dire quelque chose.

« Continue mon enfant, ma nièce adorée! »

« Et bien il faut aussi soupeser les risques que cela ne marche pas. Il y a des menaces bien réelles qui risquent de faire s'effondrer une opération aussi bien pensée. »

« A quoi ou à qui penses-tu, Yinghua? Car tu as une idée précise, ou bien je me trompe! »

Mona est songeuse. Ce qu'elle veut dire est difficile.

« Je pense à quelqu'un, à un personnage étrange, qui ne joue pas franc jeu... »

Puis elle s'arrête !

Lao Huang la regarde avec émotion. Il la prend par l'épaule :

« Il est peut-être trop tôt pour en parler. Réfléchis d'abord! Les risques doivent être appréciés mais il ne faut pas les craindre. Je sais probablement de qui tu veux parler, mais laissons tout cela. Tu m'as convaincue! Nous allons aider ton ami Erwan à adopter cet enfant! En attendant, pense à ton mariage. Il faut que ce soit une belle fête.»

Mona est satisfaite. La confiance d'Erwan va augmenter et aussi celle de sa femme. Son oncle lui explique la procédure, qui contacter et comment arriver à un résultat positif.

Mona dit au revoir à son oncle et quitte le siège de la Police.

…

Vers midi elle rentre à l'hôtel. Wang Jun ne va pas rentrer ce midi. Tant mieux se dit-elle! Il l'énerve un peu depuis hier. Il doit probablement occuper son nouveau bureau à l'Université des Minorités et essayer de comprendre quelque chose aux documents que lui a procurés Yang Bao. Curieux personnage ce Yang Bao. Il n'a pas toujours été Directeur de recherches. Pendant plusieurs années, de 1965 à 1981 il a fait partie du Département des Liaisons internationales du Parti Communiste Chinois. A ce titre il a rencontré beaucoup de communistes occidentaux, dont Cécile. Ce département était proche de Zhou Enlai. Ils ont été particulièrement visés par les Gardes Rouges mais finalement, à part quelques rééducations à la campagne ça s'est bien passé pour eux. Son amitié avec son oncle est indestructible, elle le sait. Avec Liu Bo ils constituent un trio d'amis qui a résisté à l'adversité pendant la Révolution Culturelle. Mona monte dans sa chambre. Elle doit mettre de l'ordre dans ses idées. Elle regarde l'heure. Elle a faim mais elle n'a pas envie de descendre au restaurant. Du coup elle appelle le room service. Ça sonne mais personne ne répond. Ça la met de mauvaise humeur. Elle réessaye. Toujours rien. Elle réessaye encore. Ça y est, cette fois quelqu'un décroche. L'employé n'a pas l'air très enthousiaste mais une fois qu'elle s'est identifiée il est beaucoup plus dynamique. Elle commande du porc au poivron et du riz. Ça suffira, elle n'a pas très faim. Elle pense soudain à Cao Yu. Que devient-elle? Il faut qu'elle se renseigne à Lanzhou. Elle a dû souffrir. Elle espère que ce n'est pas trop dur. On frappe à la porte. Elle va ouvrir. C'est sa commande. Elle dit à l'employé de déposer sur la table du salon. Il s'exécute. Elle a envie de parler à quelqu'un. Elle se sent seule. L'employé lui demande si elle désire autre chose. Elle répond que non, que cela suffit. Il a l'air d'attendre quelque chose. Oh, comme elle est bête. Le pourboire. Elle fouille dans sa poche et en extrait un billet. Elle le tend à l'employé qui se confond en excuses et quitte la chambre. Elle s'assied à la table. Hum, le riz est déjà froid et le porc aux poivrons n'est pas très bien réussi. Elle ferait mieux de se faire à manger elle-même et d'utiliser la cuisine de son appartement. Elle se trouve de plus en plus fainéante. Quand elle sera mariée, elle emménagera dans son nouvel appartement. Ce sera mieux. Elle trouve l'hôtel pratique mais parfois c'est ennuyant. Bon, il faut qu'elle mange. Pas terrible, mais comme elle a faim, elle avale tout très rapidement. Une fois son repas terminé elle décide d'aller voir si Erwan est chez lui. Lui téléphoner peut-être! Non, elle va y aller directement. Elle se lève, enfile un manteau. Que va-t-elle porter? Cet homme-là, il est sensible à son charme. Alors autant en profiter. Elle passe d'abord dans la salle de bain et se refait un brin de beauté. Tiens si elle essayait ce nouveau rouge à lèvres qu'elle a acheté il y a quelques jours! Oui pourquoi pas, un rouge très rouge. Hop et en avant. Elle quitte l'appartement. Elle ferme soigneusement la porte. L'employé l'a vue et appelle déjà l'ascenseur. C'est un très jeune garçon. La façon dont il la regarde! Elle a envie de lui faire une blague. Puis elle se ravise. Non il faut qu'elle soit sérieuse. Elle monte dans l'ascenseur et appuie sur le numéro un. Très vite elle est dans le hall. Il y a du monde, comme d'habitude. Personne qu'elle connaît. Il faut qu'elle s'occupe un peu de son mariage. Et puis, dans deux jours c'est la Fête du Printemps. Normalement elle avait prévu de se marier le 11 février. Il reste deux semaines et elle n'a encore invité officiellement personne. Ce soir elle s'y met avec Wang Jun. Au moins il servira à quelque chose. Elle regarde s'il n'y a personne qu'elle connaît dans le grand hall. Non, c'est dommage. Elle s'approche de l'entrée. Le portier lui ouvre la porte en la saluant. Elle répond à son salut. Elle descend les escaliers très rapidement. Comme à son habitude, Guan Kai est près de sa voiture. Il discute le bout de gras avec un des gardes de la grande entrée. Tout cela n'est pas très passionnant. Pour le Nouvel An, elle va chez son oncle avec Wang Jun. Pourquoi ne pas inviter Erwan et sa famille. Sous prétexte de vivre un vrai Nouvel An chinois. Reste à convaincre son épouse, mais c'est faisable.

Mona traverse l'espace devant l'entrée de l'hôtel. Que faire. Elle regarde l'heure sur sa montre. Une heure de l'après-midi. Bon elle va tenter Erwan Le Floch. Elle se dirige vers Ya Yuan. Peu de monde à cette heure. Le temps n'est pas génial. Il fait brumeux. Elle entre dans le jardin. Un vieil homme pratique du Taiji. Ça la fascine, vraiment. Elle est enfermée dans ses pensées et ne remarque pas Cécile qui se dirige vers l'emplacement du bus. Cécile par contre l'a repérée. Elle n'aime pas cette fille. Elle ne la trouve pas nette. D'autres personnes sortent des appartements de Ya Yuan. Mona se réveille soudain. Elle se demande pourquoi il y a soudain autant de gens dans le jardin qui ont tous l'air d'aller au même endroit. Elle observe la personne qui fait du Taiji. Elle n'a jamais vu ce genre de Taiji. L'homme bouge peu. Il a l'air immobile et pourtant les mouvements sont bien ceux du Taiji. Il faudrait qu'elle s'y remette. Quand elle est arrivée à Beida, il y a quelques années, tout le monde faisait du Taiji.

Entretemps, Cécile a continué son chemin. Une autre personne traverse le jardin. C'est une dame plus âgée. Mona ne l'a jamais rencontrée. Elle n'est pas seule. Un homme d'une cinquantaine d'années l'accompagne. Elle a l'impression de l'avoir déjà vu. Il est de taille moyenne, porte des vêtements gris et une casquette. Elle aurait de la peine à se rappeler de lui tellement il a un air banal. Pourtant son allure lui dit quelque chose. Elle fait semblant de rien, comme si la vue du praticien de Taiji l'absorbait complètement. Les deux s'approchent d'elle. Ils vont dans la même direction que d'autres personnes. Elle se rappelle soudainement que le bus des experts part de l'extérieur du quartier de Ya Yuan. Cécile doit probablement être là. Les deux personnes s'approchent d'elles. Ils discutent en marchant. Elle essaye d'écouter ce qu'ils disent. Tiens, ils parlent en français. Il faut qu'elle se renseigne sur leurs identités. Elle écoute.

« Non, Thérèse! Jésus n'est pas mort en vain. Ton doute est salutaire, mais ici c'est la Chine. Même si la vie des gens y est dure, ils bénéficient de la rédemption. »

La dénommée Thérèse lui répond tout en marchant :

« Mais Dominique, tu sais, je me demande parfois ce que je fais ici. Je vais tous les jours aux Editions. Je traduis des articles de propagande, dont certains attaquent l'Eglise. Je ne suis pas devenue nonne pour cela. Je ne peux même pas m'occuper de gens qui ont des problèmes. Pendant les années que j'ai passées en Inde, j'étais autorisée à porter mon habit de nonne et j'avais vraiment l'impression de servir à quelque chose. Je travaillais dans un dispensaire et je donnais aussi des cours à des femmes hors-castes. Ici, je me sens inutile et pourtant je vois la misère, le besoin spirituel des gens et, je ne peux rien faire, rien dire, sinon c'est l'expulsion assurée. L'autre jour un ami chinois m'a parlé de catholiques non officiels, il m'a demandé de participer à une messe dans un appartement et j'ai refusé, mais je me sentais mal. »

Mona a l'ouïe fine. Elle est bien arrivée à comprendre ce qu'ils disent. Les deux se sont arrêtés à sa hauteur. L'homme reprend la parole :

« Tu sais Thérèse, les voies du Seigneur sont impénétrables. Il faut accepter là où Dieu nous a mis. Regarde ce que moi je fais. J'ai parfois l'impression que c'est pire. »

Mona se dit qu'elle connaît cet homme. Ou du moins qu'elle a entendu parler de lui, ou vu sa photo quelque part, ou qu'elle l'a déjà rencontré. Mais où? Elle continue à regarder le praticien de Taiji. Il exécute le mouvement de la grande oie sauvage. C'est beau. L'homme est déjà âgé, mais son corps harmonieux montre la pratique assidue du Taiji. Elle jette un œil de travers sur le nommé Dominique. C'est quelqu'un de son monde.

Oui, elle sait où elle l'a rencontré. Ils ont même bu un verre ensemble. C'était à l'Ambassade de Belgique. Il y avait une réception. Pourquoi l'avaient-ils invitée? En général, elle va aux réceptions françaises, mais la Belgique, pourquoi. Ah oui! Le consul de Belgique, un certain Van Drogenbroek était venu la voir au siège de Bandolimpex! Il venait juste d'arriver. Après l'incident. Il cherchait à acheter du vin français et il avait trouvé l'adresse de Bandolimpex dans un annuaire commercial de l'Ambassade de France. Ou peut-être qu'il avait simplement demandé à l'Ambassade de France. Quoi qu'il en soit, il était venu dans son bureau (une des rares fois où elle y était) et il lui avait demandé comment il pourrait importer du vin. Mona n'y avait pas été par quatre chemins. Elle lui avait donné une boîte et lui avait proposé de lui fournir d'autres bouteilles dès qu'il y aurait un arrivage. De toute façon, elle a une réserve. C'est un homme assez laid. Il lui avait raconté dans un mauvais français qu'il venait d'arriver à Beijing, que la culture chinoise le passionnait et qu'il aimerait bien épouser une chinoise (pas moi en tout cas s'était dit Mona). Mais elle avait été charmante avec lui, comme à son habitude et peut-être lui avait-elle donné de faux espoirs. Quoi qu'il en soit, pour la remercier, il l'avait invitée à une réception de l'Ambassade de Belgique qui avait eu lieu la semaine suivante. Mona avait accepté. Elle se rappelle la réception. Il y avait beaucoup de monde. Finalement, les diplomates, ils passent leur temps à donner des réceptions. Sans doute ils n'ont que ça à faire. Il y avait des militaires aussi. Elle s'est fait draguer de nombreuses fois. A un moment donné, un homme très grand avec des yeux clairs l'a abordée:

« Bonjour, je suis le premier Attaché de l'Ambassade. Gérard de Ghelderode d'Ysembaert de Lestourbillon. Je pense que nous n'avons pas été présentés. Je ne vous ai jamais rencontrée! »

Celui-là il est un peu lourdingue, s'était dit Mona. Mais cela ne l'avait pas gênée et sans se départir de son flegme:

« Je suis un peu perdue, Monsieur Van quelque chose, excusez-moi j'ai oublié son nom, m'a invitée, mais effectivement je ne connais personne ici, sauf les représentants de l'Ambassade de France que j'ai croisés en arrivant! »

L'homme était de bonne humeur:

« Monsieur Van Drogenboeck sans doute! »

« Oui », avait répondu Mona, « c'est cela ».

L'homme avait souri. Il était impressionnant physiquement, et il lui faisait un peu peur.

« C'est le Consul, il vient d'arriver! Et bien il ne perd pas de temps pour draguer les jolies filles! »

Mona avait rougi. Malgré tout son entraînement, tout son self-contrôle, c'est une chose qu'elle n'arrive pas à gérer correctement, la couleur de ses joues lorsque on lui fait un compliment sur sa beauté. L'Attaché d'Ambassade l'entraîna dans la salle et la présenta à tout ce qui comptait dans cette réception. Des officiels des Affaires étrangères chinoises étaient présents. Ils furent un peu étonnés de la voir. En fait ils ne la connaissaient pas vraiment. Elle repéra quelques personnes de la Sécurité, des collègues à elles. Puis subitement elle tomba nez à nez avec cet homme.

Oui, elle se rappelle. Dominique Meyer. Un jésuite français. D'Ysembaert machin l'avait vite présenté. Mais Mona se rappelle, elle a discuté avec lui. Que fait-il ici? Il a l'air insignifiant mais elle sait qu'il n'en est rien.

Elle se demande si elle va se présenter. Le vieil homme qui pratique le Taiji a fini ses mouvements. Il se rend compte que ces trois personnes le regardent pratiquer. Il est habillé en blanc. Il ramasse son manteau qu'il a posé sur un banc. Son apparence est très bonne. Il s'approche de Mona.

« Bonjour, Mademoiselle Huang! »

Cet homme le connaît. Qui est-il?

« Vous ne me reconnaissez pas? Je suis un voisin de votre oncle. J'ai habité pendant des années dans le même bloc d'appartements. Vous ne vous rappelez pas? »

Mona fait un effort. Elle ferme les yeux un instant. Oui, elle voit de qui il s'agit. Monsieur Li. Il vivait seul avec sa fille. Sa femme est morte et il a élevé sa fille tout seul. Mais que fait-il ici?

Entretemps Dominique Meyer et la dénommée Thérèse se sont éloignés.

« Oui, je me souviens. Et comment va votre fille? »

L'homme a un sourire.

« Elle va bien. Elle est étudiante dans une université à Xiamen. Elle étudie le commerce. Elle est très douée. Je pense qu'elle a obtenu une bourse pour les Etats-Unis et l'année prochaine elle ira étudier en Amérique. »

Mona ne comprend pas bien la présence de cet homme ici. Mais probablement que cela a du sens.

« Mademoiselle Huang! Je travaille ici comme concierge d'un de ces immeubles. Mais si vous avez besoin d'aide, n'hésitez pas à me demander. »

Cette fois Mona a compris. Le vieux Li n'est pas ici par hasard. Mais ce Taiji l'intéresse.

« Je suis fascinée par le Taiji, mais je ne reconnais pas bien celui que vous faites, Lao Li! »

De nouveau le vieux a un sourire.

« Ce n'est pas très compliqué. J'aime beaucoup ces mouvements. C'est un mélange de Taiji et de Qigong. Il s'agit des 18 mouvements de base. C'est très bon pour ma santé et je pratique tous les jours. Ce jardin ici est presque idéal. Il y a de très beaux arbres. Bien sûr, c'est l'hiver maintenant. Mais quand vient le printemps, c'est très agréable. »

Mona aimait bien ce vieux monsieur quand elle allait chez son oncle. Elle avait beaucoup sympathisé avec sa fille.

« Camarade Li, j'ai reconnu un mouvement, lorsque vous pratiquiez. Le vol de la grande oie sauvage! Lorsque je suis rentrée en Chine pour mes études, il y a quelques années, j'avais pris des cours de Taiji et ce mouvement me plaisait beaucoup. En vous voyant pratiquer, j'ai soudain ressenti une grande sérénité. Je me sentais bien! »

Le vieil homme la regarde avec tendresse.

« Mademoiselle Huang! La route est longue qui nous mène au Tao. Il faut prendre garde aux embûches. Le Taiji n'est pas une question de connaissances mais de pratique. Il faut pratiquer. Et n'oubliez pas que la Roue de la Loi ne s'arrête jamais. Vous pouvez réaliser de grandes choses à condition que le chaos ne s'installe pas, ni dans votre cœur, ni dans votre vie! Il vous faut pratiquer la cultivation de vous-même! Je n'ai pas connu votre père mais Lao Huang m'a souvent parlé de lui. »

Il prend soudain un ton plus mystérieux, s'approche de Mona et lui parle très doucement :

« Vous pouvez compter sur moi! Pour beaucoup de choses! Ayez confiance! Mais prenez garde car vous êtes parfois sur une voie difficile. Les chemins de montagne, en particulier ceux du Mont Emei, bordent de nombreux précipices. »

Puis il s'éloigne. Il la salue et se dirige vers la partie ouest du bloc.

« Je fais du Taiji tous les matins et tous les après-midi. Venez me voir! Je vous montrerai comment faire! Vous pouvez aussi me trouver dans la loge du bloc nord-ouest! Si je ne suis pas là, demandez aux autres employés! Ils savent toujours où me trouver! »

Mona est perturbée. Les mises en garde de ce vieil homme la perturbent. Il faut qu'elle vienne le voir. Un ange gardien, ça ne se néglige pas.

Dominique Meyer et la dénommée Thérèse ont entretemps disparu. Bon, elle n'est pas venue pour cela. Le discours de Lao Li l'a quand même troublée. Physiquement elle se sent bien. Elle fait de la gymnastique et du jogging régulièrement. Pour cela, Wang Jun est un partenaire intéressant car, de la Police, il a gardé l'habitude d'une pratique sportive intensive. Pourtant elle connaît souvent l'angoisse qui la réveille en pleine nuit. Sans doute le stress de ses activités à moitié clandestines. Elle doit aller de l'avant. Et maintenant, aller chez Erwan. Quelque chose l'attire chez cet homme. Une sorte de tristesse permanente. Une douceur aussi. Elle l'a vu avec ses enfants. Il n'est pas un homme ordinaire. Mais que diable est-il venu faire ici? Au milieu de tous ces problèmes! Elle le trouve mal assorti avec son épouse. Cette femme le domine même s'il ne l'admettra jamais sans doute. Pour que son système fonctionne, il faut qu'elle renforce le couple, en particulier à travers cette adoption. Personnellement, elle jouerait bien les briseuses de ménage. Elle s'approche de l'appartement. La fenêtre d'Erwan et Cécile donne sur l'extérieur. Elle n'a pas bien visualisé l'appartement lorsqu'elle est venue. Il donne certainement sur l'avenue. Le concierge est devant le bloc. C'est un homme jeune. Elle ne l'a pas encore vu. Il est petit. Un peu rondouillard. Il porte un pantalon kaki et une veste bleue mais pas de couvre-chef. Un stylo est accroché à la poche supérieure gauche de sa veste. Elle le salue et s'apprête à entrer dans le bâtiment mais il l'interpelle:

« Vous venez voir quelqu'un en particulier? Vous avez une autorisation ou vous avez été invitée? »

Mona en a marre. Elle a envie de le prendre de haut. Mais elle décide de jouer doucement. Sans doute est-il nouveau ici et applique-t-il les consignes à la lettre. Elle y va donc avec beaucoup de charme:

« Je suis mademoiselle Huang, Huang Yinghua! J'habite dans le bâtiment principal. J'ai une entreprise d'import-export et je viens rendre visite à Monsieur Le Floch, le journaliste français. »

Elle sent qu'elle a fait mouche. Le mot import-export est comme un sésame. Le gardien s'empresse de s'exprimer:

« Excusez-moi, mademoiselle, votre nom est sur la liste des personnes autorisées mais je ne vous connaissais pas. Je viens d'arriver. Et puis je vous ai vu discuter avec cette personne dont les organes de sécurité nous ont demandé de nous méfier. Ce vieux fou qui fait des exercices. Ils nous ont dit qu'il est bizarre et qu'il a des relations avec des gens peu recommandables. »

Mona manque de rire mais elle se retient. Ce vieux fou est le voisin de son oncle. Il a sans doute été placé là par la Police. Génial de le faire passer pour un illuminé. Quoi de mieux pour lui permettre de mieux observer. Elle trouve cependant qu'on se croirait dans un théâtre d'ombres. Le garçon ne sait pas comment se sortir de l'imbroglio. Il se rend compte qu'il a fait une gaffe et que cette jeune femme est quelqu'un d'important. Mona s'empresse de le rassurer.

« Mais c'est normal, vous faites votre métier. Si vous ne m'aviez pas arrêtée, c'est là que ça aurait été inquiétant. »

Elle lui fait son plus joli sourire.

« Savez-vous si Monsieur Le Floch est présent. J'ai vu son épouse partir lorsque je suis arrivée dans le jardin ? »

« Oui, lui répond le gardien, il n'est d'ailleurs pas seul. Un de ses amis chinois est là et aussi la bonne qui garde les enfants! Cela fait du bruit, ajoute-t-il en souriant. Leur petite est très bruyante et elle crie tout le temps. L'autre enfant, la petite chinoise, on ne l'entend pas. »

Mona entre dans le bloc et prend l'escalier. Dès qu'elle arrive sur le palier elle frappe à la porte. Rien ne bouge. Sans doute n'a-t-elle pas frappé assez fort. Elle réitère son geste. Elle entend des pas. La porte s'ouvre. La bonne ouvre. Elle porte la petite Morgane dans les bras. Dès qu'elle la voit, celle-ci s'agite. Mais Xiao Hui, la bonne, a l'habitude des enfants. Elle ne se laisse pas démonter par les caprices de la petite:

« Oh! Mademoiselle Huang ! Quelle surprise. Monsieur Erwan est là, entrez dans le salon. Je vais prendre votre manteau! »

« Ce n'est pas nécessaire Xiao Hui! Je le garde sur moi! Je n'en ai pas pour longtemps! Je ne veux pas déranger! »

Mona passe le couloir et arrive à la porte du salon. Effectivement, Erwan n'est pas seul. Il est avec Cosmos. Ils ont poussé les meubles et font des exercices de Qigong. Erwan est très concentré. Il est assis par terre, les jambes croisées. Ses bras sont ouverts et ses yeux mi-clos. Cosmos est devant lui et lui parle à voix douce, presque silencieusement.

« Laisse entrer le Qi en toi Erwan. Fais le vide, conduis le Qi à travers ton corps, de bas en haut et d'arrière en avant. »

C'est impressionnant. La bonne est repartie dans la cuisine avec Morgane. Mona ne sait que faire. Aucun des deux ne l'a vue. Elle les observe. Ils ont l'air de s'apprécier l'un l'autre. Deux vrais compères. Elle comprend que cela exaspère Cécile. Peut-être qu'elle serait exaspérée aussi si elle était dans le cas. La voix de Cosmos résonne. Finalement il la voit.

« Mademoiselle Huang, quel plaisir de vous voir ici. Vous allez vous joindre à nous. Je ne suis pas expert mais je connais quelques mouvements de Qigong et j'essaye de les transmettre à Erwan. »

Erwan ouvre les yeux. Il semble émerger de quelque chose. Il se lève et tend la main à Mona. Mais elle s'approche de lui et lui fait la bise. Elle est aussi française après tout.

« Oui, je suis passée, mais je ne veux pas vous déranger! »

Elle les regarde. Ils ont l'air si bien ensemble. Une sorte d'harmonie entre Cosmos et Erwan. Malgré les différences de culture, d'origine, d'éducation. Comment mettre ensemble des êtres aussi dissemblables. Qu'y a-t-il de commun entre Changchun et Lorient. D'un bout de la terre à l'autre. Mona est intriguée par cette complicité entre eux. Serait-ce le Qigong, le travail du Qi, une certaine recherche de la spiritualité qui les rapproche? Elle ne sait, mais des choses lui manquent. Depuis plusieurs années elle court après la réalisation d'elle-même. Elle a cru trouver quelque chose en faisant ce métier d'espionne. Mais elle se sent comme handicapée. Déjà dans le jardin, le vieil homme, le voisin de palier de son oncle a pointé ses insuffisances. Pour la première fois depuis longtemps, Mona doute! Que fait-elle de sa vie. Elle est jolie, franco-chinoise, de mœurs très libres. Tout lui réussit, au moins matériellement et physiquement. Rien ne lui résiste. Et maintenant il y a ce manque dans son cœur. Les paroles du vieil homme résonnent:

« Vous pouvez réaliser de grandes choses à condition que le chaos ne s'installe pas, ni dans votre cœur, ni dans votre vie! »

Elle se rend compte que le chaos l'effraie! La Chine n'est-elle pas passée à côté du chaos l'année dernière. Heureusement des gens comme elle et son oncle et d'autres étaient là pour éviter la grande catastrophe. Mona est perdue dans ses pensées. Cosmos la ramène sur terre:

« Huang Yinghua, nous étions presque partis. Vous avez eu de la chance de nous trouver. Cet après-midi nous avons rendez-vous avec un maître de Qi

Gong! Si vous le désirez, vous pouvez nous accompagner! Je sens que ces choses vous intéressent! »

Cosmos lit en elle. Elle se sent comme nue devant lui. Elle qui se croit maligne parce qu'elle a deviné le rapport entre son pseudonyme et son nom. Son oncle lui a impitoyablement rappelé les règles de base de la recherche policière.

Mona regarde Yu Zhou. Elle ne reconnaît pas le jeune étudiant qu'elle fliquait il y a quelques mois. Ses stratégies lui semblent minables. Mona, se dit-elle, ressaisis-toi! Erwan émerge de son Qi Gong.

« Mona, Cosmos m'a proposé de rencontrer quelqu'un de très intéressant. Je pense que c'est une chance pour vous aussi. Si cela vous arrange, nous pouvons y aller ensemble. »

Il est gentil Erwan. Toujours charmant avec les femmes. Il a dû voir son trouble et il essaie d'arrondir les angles.

Le téléphone sonne. Erwan se précipite.

« Oui! Oui! Je suis avec Cosmos, Cécile! »

Erwan n'est pas enchanté de ce coup de fil.

« S'il y a quelqu'un d'autre? Oui, Mona Huang est venue nous rendre visite. Je pense qu'elle va venir avec nous rencontrer le maître de Qi Gong! »

Mona sent l'énervement à l'autre bout du fil. Par inadvertance il a mis le haut-parleur. On entend la voix de Cécile:

« Qu'est-ce qu'elle fait là celle-là? Son mari ne lui suffit pas? »

Erwan se rend compte de sa bourde. Il enlève le haut-parleur mais le mal est fait.

« Cécile, ma chérie, Mona est juste venue nous rendre visite. Elle veut discuter de cette enquête sur les jeunes musulmans … »

La discussion est en train de tourner au vinaigre. Mona n'imagine pas Cécile jalouse à ce point. Ça lui donne des idées. La conversation tourne court. Erwan a l'air passablement énervé. Il donne quelques nouvelles des enfants puis la conversation s'arrête. Cécile a probablement raccroché. Erwan a l'air gêné. Il essaie de s'excuser. Mais Mona anticipe :

« Ne vous tracassez pas. C'est normal que votre épouse soit inquiète. Je n'aurais pas dû venir comme cela, comme une voleuse. La prochaine fois je ferai les choses dans les règles. »

Cosmos est parti dans la cuisine pour discuter avec Xiao Hui. Mona et Erwan sont seuls. Erwan brise le silence :

« Il y a quelques difficultés avec Emilie et Cécile est un peu énervée. Aux Editions, ils ont appris l'histoire. Ma, son chef lui a dit qu'il fallait rendre l'enfant. L'Ambassade de Belgique a aussi été mise au courant comme le Consul de France. Nous ne savons pas qui leur a parlé car jusqu'à présent nous n'avons pas fait de démarche particulière. Côté français ça va, le consul m'a téléphoné juste pour prendre des nouvelles de l'enfant mais côté belge, ça tourne au vinaigre. Un certain Ysembaert... »

Mona l'interrompt :

« Gérard de Ghelderode d'Ysembaert de Lestourbillon? »

Erwan est plutôt étonné!

« Oui, mais d'où le connaissez-vous? »

Mona a un sourire qui en dit long! Erwan n'insiste pas!

« Ce monsieur a dit tout de go à Cécile qu'il n'est pas question qu'un citoyen belge mette en cause les excellentes relations entre la Belgique et la Chine. Pour lui, l'enfant doit aller dans un orphelinat! »

Mona sent qu'elle peut pousser son avantage.

« J'ai parlé de cette situation à mon oncle. Il est très touché par vos sentiments pour la Chine. Il est même flatté et admiratif que des Occidentaux veuillent sauver une petite Chinoise d'une mort certaine pour lui donner une famille aimante. Il m'a chargée de vous aider dans la recherche d'une solution. »

Erwan est intrigué. Cette nana a quand même de sacrées ressources. Mona continue:

« Mon oncle, Huang Xinsheng dispose d'un très bon réseau de relations à Beijing, y compris au niveau du gouvernement. Ses amis les plus chers, Yang Bao et Liu Bo sont aussi des gens importants. Ils ont proposé de vous aider. Ils s'inquiètent par contre de l'attitude un peu hystérique de votre épouse. Vous devriez la convaincre d'être plus calme. Mon oncle connaît l'Office notarial chargé des questions d'adoption. Il faut faire vite. Demain nous pouvons aller ensemble rencontrer cette personne. C'est un cadre notarial important, mais nous pouvons la convaincre. Il faudra cependant faire attention à ce qu'on peut lui dire! »

La situation est délicate. Mona ne sait plus que dire. Cosmos intervient:

« Avec Erwan, nous avions prévu de rencontrer un maître de Qigong cet après-midi. Peut-être voulez-vous nous accompagner? »

Mona est aux anges. Voici la chose dont elle rêvait. S'insérer dans les réseaux de ces gens-là de manière naturelle. Sans devoir les forcer. Elle se demande quand même si Cosmos l'a repérée, ou s'il joue un jeu supérieur. Qui sait? Non, elle ne croit pas. Il n'est pas assez subtil pour cela.

« Oui, bien sûr ! Je n'ai rien de spécial cet après-midi. Est-ce que vous avez déjeuné? »

La question semble saugrenue. Ces deux-là n'ont probablement rien avalé. Cosmos a dû débouler chez les Le Floch sans crier gare et tout s'est fait comme cela. Cécile n'a certainement pas vraiment apprécié. Elle s'est sans doute dit que Cosmos exagérait puis elle est partie au travail en confiant les enfants à Xiao Hui. Tiens Xiao Hui, où est-elle finalement?

« Erwan, et avec vos enfants comment est-ce que les choses se passent? »

Erwan n'est pas vraiment du genre à se tracasser outre mesure pour ses enfants.

« Ça va, ce n'est pas très facile pour le moment. Emilie est un peu malade. En fait elle ne parvient pas à prendre son biberon. Et puis, elle a des selles d'une couleur bizarre…»

Il dit tout cela d'un air détaché, presque médical. Quelque part, se dit Mona, cet enfant a une chance exceptionnelle. Un concours de circonstance. Des gens qui sont là au bon moment et au bon endroit. Elle a joué son rôle, et Guan Kai aussi. Dorénavant, il faut que les choses fonctionnent bien, que ces personnes ne se retrouvent pas face au mur de la bureaucratie.

« Mais maintenant, reprend Mona, ça va? Et avec votre autre enfant? »

Elle se rend compte qu'Erwan n'a pas trop envie d'aborder le sujet. Il esquive. Sans doute est-ce difficile à l'intérieur de la famille! Trop de choses à gérer probablement. Elle veut cependant savoir comment tout s'organise. Entretemps, Cosmos est revenu:

« Rien n'est facile! C'est pourquoi j'apprends le Qigong à Erwan et nous allons voir ce Maître de Qigong cet après-midi. Il faut d'ailleurs y aller car le rendez-vous est de l'autre côté de la ville, à l'Académie des Beaux-Arts! »

Cosmos a beau insister. Mona sent que des problèmes très concrets existent et qu'Erwan a envie d'en parler.

« On peut prendre un taxi. Ce n'est pas très loin. Je trouve que les choses ont l'air très difficile Erwan. Avez-vous des difficultés? Je peux vous aider! Il faut compter sur ses amis! »

Cosmos est un peu perplexe. Cette femme, très jolie, que personne ne connaissait ni d'Eve ni d'Adam la semaine dernière, vient de se propulser elle-même dans la position d'amie d'Erwan. Mona sent sa réserve et cela ne la surprend pas. Elle doit se méfier de Cosmos. S'il devient trop dangereux, elle a d'autres moyens à sa disposition. Elle briefera Wang Jun. Elle se tourne vers Erwan. La question des enfants semble assez douloureuse.

« Il y a beaucoup de problèmes! Et aussi avec la bonne! »

Mona est étonnée!

« La bonne? Je pensais que vous étiez tout à fait satisfait de sa prestation! »

Erwan lui répond tout de go!

« Certainement, mais les problèmes ne viennent pas d'elle. L'employeur de Cécile n'est pas content car à l'origine il y avait une autre bonne, une officielle. Xiao Hui est une travailleuse indépendante, en quelque sorte. Son domicile officiel est dans l'Anhui. Jusqu'ici ça ne posait pas trop de difficultés. Avec la proximité des Jeux Asiatiques, les difficultés provenant des Editons en Langues étrangères et les mesures bureaucratiques émanant des services de sécurité de l'Hôtel, ça commence à bien faire. »

Mona est épatée. Ainsi, les mesures de contrôle qu'elle a mises en place au niveau de l'entrée ont eu un impact. Ça lui donne la possibilité d'agir.

« Et puis, dit Erwan, il y a autre chose, mais je ne sais pas si je peux vous en parler! »

Mona est intriguée:

« Nous sommes des amis, Erwan; je peux vous aider si vous avez besoin d'aide. »

Erwan hésite. Pas sûr qu'il faille parler de cette question à Mona. Finalement il ne sait pas grand-chose d'elle. Elle a des relations, c'est sûr. Cosmos le regarde d'un air interrogateur. De quoi veut-il parler? Finalement:

« Nous sommes très satisfaits de Xiao Hui. Elle sait s'y prendre avec les enfants. Bien sûr, elle n'est pas une cuisinière hors pair, mais ce n'est pas pour cela que nous l'avons engagée. »

Il s'arrête et regarde Mona. Celle-ci est troublée par son regard. Des yeux clairs, comme elle aime. Allons Mona, se dit-elle, ce n'est pas le moment de faire du sentiment et de draguer un homme marié. Erwan sent son trouble. Il fait comme si de rien n'était. Cosmos écoute distraitement leur conversation. Il pense à autre chose. A son prochain concert dans cette petite salle près de la place Tian An Men. A ce personnage étrange qui est venu l'écouter la semaine précédente. Comme un fantôme. C'est fou le nombre de gens qu'il rencontre et qu'il a l'impression d'avoir déjà rencontré. Tiens cette Mona, par exemple, il est persuadé de l'avoir déjà vue quelque part. Mais où? Lui qui a une excellente mémoire ne parvient pas à la situer. Tout est curieux avec elle. Cette rencontre au Marché aux Oiseaux. Il pense à Na, à Xiao Cao, l'ex-petite amie de Wang Jun. Qu'est-elle devenue? La rapidité avec laquelle Wang Jun s'est mis avec Mona. Pourquoi joue-t-elle en permanence avec deux noms? C'est vrai, lui aussi. Peut-être qu'elle a quelque chose à cacher et qu'elle essaye de brouiller les pistes. Mais oui, c'est cela. Elle fait sans doute partie d'un cercle démocratique et elle dispose d'une couverture.

Cosmos est naïf. Mona lui est sympathique malgré le mystère qui l'entoure! Il lui octroie le bénéfice du doute.

Erwan a réfléchi! Il s'e décide à expliquer la situation de Xiao Hui à Mona. « Il y a quelques jours, Xiao Hui est arrivée en pleurs. Cécile et moi-même, nous ne savions que faire. D'habitude nous comprenons facilement ce qu'elle veut. Mais cette fois c'était trop compliqué et notre mauvais chinois ne nous permettait pas de savoir ce qui se passait. »

« Comment avez-vous fait alors, l'interrompt Mona ?

« Oh, c'est très simple, Cécile a sympathisé avec une Française qui travaille aussi aux Editions, une certaine Thérèse. Elle parle bien le chinois. Nous sommes allés la chercher. Elle est venue avec une autre personne… »

Tout cela intéresse prodigieusement Mona. Ces gens constituent des réseaux. Mais peut-être qu'ils ne s'en rendent pas vraiment compte. Et si la deuxième personne est Dominique Meyer, la boucle est bouclée.

Erwan poursuit :

« Une personne qui travaille pour les Œuvres Marxistes Léninistes. J'ai oublié son nom. Mais c'est un très bon ami de Thérèse. Il parle très bien chinois. Il a discuté avec Xiao Hui et puis, il nous a expliqué. »

Mona est de plus en plus perplexe. Tous ces gens qui se connaissent plus ou moins. Ils ne représentent pas un danger, du moins pris isolément, mais quelle caisse de résonance médiatique si des événements comme ceux de l'année dernière se reproduisent.

Erwan a vraiment envie de lui parler de tout cela. Lui fait-il confiance ou bien a-t-il seulement besoin d'une oreille attentive.

« Xiao Hui n'a pas son domicile à Beijing. Elle est une irrégulière, une immigrée de l'intérieur. »

Mona sourit, cela elle l'a deviné. Il y en a plein des Xiao Hui à Beijing. Heureusement, car ils font tourner une partie de l'économie de la ville.

« Tout irait bien s'il n'y avait pas les Jeux Asiatiques en octobre prochain. L'ami de Thérèse nous a expliqué que Xiao Hui habite dans un quartier d'immeubles. Elle sait que l'Armée va venir pour expulser tous ceux qui ne sont pas officiellement enregistrés. Elle a vu comment cela s'est passé dans un quartier proche. Les camions viennent à la nuit tombée. Les militaires encerclent les immeubles. Plus personne ne peut ni entrer ni sortir. Ils éclairent tout a giorno. Ensuite, ils entrent dans les appartements, un par un et vérifient toutes les identités. Ceux qui ne peuvent pas justifier leur présence sont emmenés, mis dans les camions. Ils sont transportés à une centaine de kms, hors des limites de la ville et laissés là. Les routes et les chemins qui mènent à Beijing sont fermés et contrôlés. Plus personne ne pourra entrer tant que le gouvernement n'en aura pas décidé autrement. Xiao Hui sait que son tour va arriver. Elle nous a demandé de rester ici, de pouvoir loger dans l'hôtel. Mais, c'est interdit par le règlement. Des employés nous font des remarques régulières sur sa présence... »

Mona a bien compris. Elle interrompt Erwan :

« Oui, ce serait dommage si vous devez vous passer de ses services. Je vais voir ce que je peux faire. Si je comprends bien c'est urgent. »

C'est un problème facile à résoudre pour elle. La présence de Cosmos la dérange. Elle pourrait téléphoner à la Sécurité de l'hôtel et leur dire tout simplement de délivrer une autorisation à la jeune fille. Cosmos peut s'interroger sur cette trop grande facilité et sur sa proximité suspecte avec les services de sécurité. Elle décide donc d'envisager une autre façon de faire.

« Ce n'est jamais facile, Erwan, car il y a beaucoup de règlements et des petits chefs qui ont du pouvoir. Ce soir j'en parlerai à mon oncle. Il devrait pouvoir intervenir auprès de la Sécurité de l'hôtel. Mais je ne garantis rien. Savez-vous de combien de temps elle dispose? »

Erwan répond immédiatement:

« Elle ne veut plus retourner dans l'immeuble où elle habite. Mais sa sœur est dans un autre quartier et elle peut y rester quelques jours... »

« Alors, ça va dit Mona, je pense que je pourrai trouver les bonnes personnes d'ici là... »

Cosmos les presse. Il faut partir. Ils quittent l'appartement, sortent de l'hôtel. Il règne une drôle d'ambiance.

« Mona, vous êtes sûres que vous voulez nous accompagner. »
Elle fait oui de la tête. Le garde à l'entrée est un peu surpris de les voir tous les trois ensemble. Mais bon, il en voit tellement. Ils descendent la rue. Il ne fait pas très froid. Mona est cependant contente d'avoir un bon manteau sur le dos. Ils pourraient prendre un taxi mais elle préfère se couler dans leur mode de fonctionnement. Ils arrivent à l'arrêt du bus. Ils attendent un peu. Des gens sont là: deux ou trois employés, un militaire, une petite vieille. La population pékinoise quoi! Ils font un petit peu le pied de grue. Cosmos est énervé. Elle ne le sent pas vraiment à l'aise. Il se dandine d'un pied sur l'autre. Elle l'imagine bien lors des événements de Tian An Men. Elle se le rappelle. Il était un peu plus maigre. Sa copine doit bien le nourrir et il ne doit pas faire beaucoup de sport. Pas comme Wang Jun. D'ailleurs celui-ci lui a raconté comment Cosmos souffrait lorsqu'ils ont été au Marché des Fleurs et des Oiseaux à Qian Men. Mona est sportive. Elle ne comprend pas pourquoi beaucoup de ces jeunes étudiants se laissent aller physiquement.
« Cosmos, j'aimerais bien aller te voir en concert! Est-ce possible? Wang Jun pourrait venir! Il m'a tellement parlé de tes dons de chanteur! »
Cosmos est gêné. Il est si timide par moment. Comment l'imaginer dans une salle de concert avec plein de gens autour de lui. Elle ne l'a jamais vu dans une telle activité. Il n'a pas un profil de leader. Un bus arrive. Ils se précipitent. Peu de monde. Ils entrent. Cosmos achètent les billets pour les trois. La receveuse a un air morose. Ils restent debout. Mona s'agrippe à une poignée. Le bus démarre dans un cahot. Un courant d'air. Mona sent le froid la pénétrer. Erwan s'en est rendu compte. Il lui propose d'aller vers un endroit moins exposé.
« Non ce n'est rien. J'ai été surprise, c'est tout. »
Elle lui sourit. Cosmos est dans un coin. Il rumine, mais à quel propos. Le bus roule jusqu'à un grand carrefour. Elle ne fait pas trop attention. C'est agréable de se laisser conduire. De ne pas prendre de responsabilités. Les gens sont assis pour la plupart. A un moment, Cosmos leur fait signe. Il faut descendre. Erwan est galant. Il descend d'abord et lui tend la main. Il sait vivre ce garçon! Cosmos est déjà dans la rue. Il les devance. Il a l'air de mauvaise humeur. Il marche à grandes enjambées. Elle ne sait pas exactement où ils sont. Pas très loin de Tian An Men. Ils s'engagent dans un dédale de rues. Ils arrivent sur une petite place. Des minibus attendent. Cosmos s'adresse à un chauffeur. Il parle quelques instants. Puis il leur fait

signe de venir. Le minibus est presque plein. Mona entre la première. Il reste deux places à l'arrière. Au milieu des travées. Quelqu'un abaisse une sorte de strapontin. Elle s'assied. Elle sent toutes sortes d'odeurs. Elle devrait faire cela plus souvent. Se mêler aux gens ordinaires. Sentir le pouls de la capitale. Erwan s'assied sur un autre strapontin. Juste devant elle. Elle a envie de le toucher. Elle n'en fait rien. Cela reste dans sa tête. Cosmos monte finalement. Il s'assied également et paye les tickets au receveur. La porte est fermée. Le bus démarre. Tout est sale ici. Le véhicule s'engage sur l'avenue Chang'An après quelques détours. Elle reconnaît les bâtiments de la place, le Mausolée de Mao. Ils sont sur l'arrière de la place. Maintenant ils roulent à bonne allure. Le minibus avance rapidement. Mona demande à Cosmos :

« Où allons-nous exactement? »

Elle doit crier car le minibus est plutôt bruyant. Manifestement il n'entend pas. Elle se penche vers Erwan.

« Erwan, est-ce que vous savez où nous allons exactement? »

Celui-ci se retourne.

« Pardon, je n'ai pas bien compris! »

Mona se rend compte qu'elle lui a parlé en chinois. Elle reprend en français :

« Parfois, je ne sais pas exactement dans quelle langue je suis. Je pensais vous avoir parlé en français. Je voulais savoir où nous allions exactement. J'ai demandé à votre ami mais je pense qu'il ne m'a pas entendue! »

Erwan touche l'épaule de Cosmos. Celui-ci se retourne, l'air endormi.

« Oh, lui dit Erwan, tu t'es assoupi. La sieste te manque à ce point mon vieux! »

Cosmos est un peu gêné mais il préfère en rire!

« Oui je me suis légèrement endormi, pourtant ce n'est pas très confortable! Que veux-tu? »

Mona intervient. Elle connaît bien ces histoires de sieste. Lors de sa première année d'Université à Beijing, elle avait voulu demander un renseignement dans un bureau à l'heure de la sieste. Elle croyait dur comme fer que les consignes officielles de suppression de la sieste étaient appliquées. Son oncle l'avait pourtant mise en garde.

« Ma petite Yinghua, tout le monde fait la sieste même si officiellement c'est une perversion de l'ancien monde. Tiens en compte et ne dérange pas les gens à cette heure-là! »

Mais Yinghua n'en avait absolument pas tenu compte. Elle se rappelle! Quelques années plus tôt, dans les couloirs de l'université. Elle voulait aller au service des inscriptions pour vérifier les données de son dossier. Il était une heure de l'après-midi. Sur la porte du service un grand panneau écrit à la main:

« Nous sommes dans une importante réunion, veuillez ne pas déranger! » Yinghua n'avait pas fait pas attention. Elle frappa à la porte. Personne ne répondit. Elle décida d'entrer tout de même. Et là quel spectacle. Tout le personnel du service des inscriptions en train de roupiller. C'était donc ça leur grande réunion politique. Elle était ressortie sur la pointe des pieds. Une envie irrésistible de rire. Plus tard elle avait raconté l'incident à son oncle. Celui-ci n'avait rien dit. Elle pense à tout cela en voyant Cosmos émerger de son demi-sommeil sur son siège de minibus. Malgré les cahots il était arrivé à s'assoupir. Un véritable tour de force. Erwan s'adresse à Cosmos:

« Mona voudrait savoir où nous allons exactement et si c'est encore loin. »

« Non réplique Cosmos, nous sommes presque arrivés. Nous allons à l'Académie des Beaux-Arts où Na étudie. Le maître de Qigong nous attend pour deux heures. »

Un rapide coup d'œil à sa montre :

« On a encore le temps. Il est seulement 1 heure et demie. »

Le bus ralentit. Ils sont en face de l'Académie des Beaux-Arts. Un bâtiment quelconque, ni beau ni laid. Le minibus s'arrête. La plupart des personnes ne vont pas plus loin. Ils descendent également. Dès qu'ils sont tous sortis, le chauffeur essaye de trouver d'autres personnes pour le trajet dans l'autre sens. Erwan est épaté.

« Quel sens du business quand même. Ils démarchent les gens et dès que le bus est plein, ils partent. C'est vraiment le trajet à la demande. C'est épatant. Une vraie réponse dynamique à la bureaucratie des transports officiels. »

Cosmos le regarde s'enthousiasmer d'un air un peu morne. Mona a entendu parler du système mais comme elle dispose de son propre chauffeur, elle n'a pas souvent l'occasion de s'encanailler de la sorte. Ce qu'Erwan ne sait pas encore, c'est que des années plus tard, il trouvera le même système en Lituanie par un froid matin de décembre avec des chauffeurs de l'ex-armée rouge essayant de survivre en faisant du transport concurrentiel et en prenant la clientèle aux sociétés officielles de transport.

Cosmos leur montre le chemin.

« Il faut traverser l'avenue. Faites attention, les voitures ne s'arrêtent pas pour les piétons. »

Une véritable performance pour traverser. L'avenue est large à cet endroit. C'est comme un fleuve. Les véhicules, voitures, camions, bus, etc. roulent tous à vive allure sans se soucier le moins du monde de ces piétons qui essayent de passer de l'autre côté au péril de leur vie.

« Il y a bien un feu rouge et un passage pour piéton, leur dit Cosmos avec un grand sourire, mais c'est assez loin, alors c'est préférable de traverser ici, même si c'est dangereux! »

Finalement, ils passent de l'autre côté sans encombre. Ils se dirigent vers l'entrée de l'Académie. Un garde est à l'entrée. Il leur demande vaguement s'ils ont l'autorisation d'entrer. Cosmos explique que sa petite amie est à l'intérieur et qu'il fait visiter l'Académie à ses amis étrangers. Le garde montre Mona:

« C'est une étrangère celle-là? L'autre je veux bien te croire, mais elle, c'est une Chinoise ! »

Mona rougit! Curieux qu'elle n'arrive pas à contrôler ce genre de réaction. Mais le garde n'insiste pas!

« Allez! Passez et bonne visite. »

Ils entrent dans la cour et se dirigent vers l'aile est. Na les attend sous un petit portique. Elle a l'air assez étonnée de voir Mona. Ça n'a pas l'air de l'enchanter outre mesure. Néanmoins, elle ne dit rien. Elle est habillée d'une façon assez curieuse. Des sneakers de couleur vive - très vive se dit Erwan - des collants mauves, une jupe en patchwork et un pull en laine tricoté à la main, complètement informe. Au-dessus de tout cela, une vieille capote de l'armée. Mona pense que cette jeune femme ne sait pas s'habiller. Na a vu Mona la détailler. Elle lui jette un regard noir. Puis elle s'approche d'Erwan et va l'embrasser. Cosmos fait un clin d'œil à Erwan:

« Je t'ai dit qu'elle en pince pour toi. Heureusement ta femme n'est pas là. Sinon c'est encore la crise de jalousie et la dispute ce soir. »

Ils se mettent en route. Na leur propose un café ou un thé avant de rencontrer le Maître. Cela n'intéresse personne. Elle les précède de quelques pas. Parfois, elle revient en arrière et s'accroche au bras de Cosmos. Par moment, elle tient les bras d'Erwan et de Cosmos. Elle se tient ostensiblement à l'écart de Mona. Celle-ci est un peu désarçonnée par cette hostilité. Elle veut lui parler. Elle la prend à l'écart.

« Na, j'aimerais mieux te connaître. Si tu veux tu peux venir me voir et on peut discuter entre femmes. Nous avons à peu près le même âge. Tu es une artiste, je pourrais te trouver des contacts intéressants, ici à Beijing, mais aussi en France. Je connais beaucoup de gens… »

Mona ne sait pas comment prendre cette jeune femme. Elle a envie d'être proche d'elle et de vaincre son hostilité. Craint-elle qu'elle séduise Cosmos ? Non ce n'est pas cela. Il y a autre chose. Na ne dit rien. Puis :

« Il faut y aller. Il est temps maintenant, le Maître nous attend! »

Elle leur montre le chemin. Ils prennent un escalier. Ils montent au premier étage. Na avance vite. Cosmos suit avec peine. Ils arrivent au premier. Na les devance de deux ou trois mètres. Ils prennent un premier couloir et croisent quelques étudiants. Personne ne leur demande rien. L'habitude de rencontrer toutes sortes de gens. Soudain Na s'arrête devant une porte. Elle regarde si tout le monde l'a suivie. Cosmos est essoufflé. Erwan et Mona ferment la marche et se rapprochent. Dès qu'ils sont arrivés, Na met un doigt sur ses lèvres, pour leur faire signe d'être silencieux. Elle a un air mystique, se dit Mona. On dirait qu'elle est comme envoûtée. Mona échange un regard avec Erwan. Il semble avoir les mêmes interrogations qu'elle mais ne dit mot. Il a envie de savoir ce qui se cache derrière ce nouveau Qi Gong tel que le présentent Na et Cosmos. Na frappe doucement à la porte. Après quelques instants, la porte s'ouvre doucement. Une jeune femme échange quelques mots avec Na puis leur fait signe d'entrer. Une quinzaine de personnes sont déjà présentes. Toutes sont habillées en blanc. Toutes sont assises en tailleur formant un demi-cercle autour d'une autre personne. Le Maître sans doute. Ils entrent tout doucement. Le Maître a les yeux fermés. Il est habillé en jaune. Il ne bouge que très peu, concentré sur lui-même. Mona, Na, Erwan et Cosmos suivent les instructions de la personne qui a ouvert la porte et vont s'installer un peu en retrait, complétant le demi-cercle. La pièce est sombre. Des tentures ont été tirées. Tous les quatre s'installent tant bien que mal. Ils enlèvent leurs manteaux. La jeune femme qui les a accueillis les aide et met leur manteau sur une table située juste derrière eux. Puis elle vient s'installer à côté d'eux. Mona est restée à côté d'Erwan, Cosmos est de l'autre côté. Ainsi, tous deux pourront aider Erwan à comprendre ce qui va se passer. Le Maître ouvre les yeux. Il va parler. Derrière lui une grande affiche a été placardée au mur. Deux cercles concentriques y sont dessinés. Celui du centre comporte une swastika jaune sur fond rouge. Autour de ce premier cercle, un autre plus large comporte quatre swastikas de couleur jaune or situées sur les points cardinaux de l'image. Entre ces swastikas, des symboles du Ying et du Yang dont deux sont bleu et rouge et les deux autres noir et rouge, le tout sur un fond orange. Erwan est perplexe. Il se tourne tout d'abord vers Cosmos et lui demande ce que ça veut dire. Cosmos ne lui répond pas. Il écoute Na qui lui explique quelque chose. Mona se rend compte qu'il ne connaît sans doute pas grand-chose aux symboles du Bouddhisme. Elle lui glisse dans l'oreille:

« La swastika n'a pas grand-chose à voir avec celle qui a été détournée par les Nazis en Europe. Il s'agit d'un élément pictural traditionnel du bouddhisme chinois. Elle est d'ailleurs orientée dans l'autre sens. »

Il semble rassuré. Tout le monde est silencieux dans la pièce. Le Maître n'a toujours pas ouvert les yeux. Il semble peu à son aise. Mais qui est-il se demande Mona? Elle doit être prudente. Elle se sent en milieu hostile. Les personnes autour d'eux ont pourtant l'air si pacifique. L'homme ouvre les yeux tout doucement. Il regarde autour de lui comme s'il émergeait d'une transe. Le silence règne. On pourrait entendre une mouche voler. Il parle enfin:

« Bonjour! Vous êtes tous des gens ordinaires. J'étudie le Bouddhisme depuis plusieurs années. Les événements qui se sont passés dans notre pays m'ont poussé à réfléchir plus profondément car il faut rétablir l'harmonie dans la société. Le système actuel n'est pas bon et ne le permet pas. »

Il s'arrête. Tout le monde l'écoute. Mona n'est pas trop impressionnée. Elle regarde ce qui se passe autour d'elle, discrètement. Na a l'air complètement subjuguée. Le Maître n'a presque rien dit et elle boit ses paroles. Il continue:

« Je vais essayer d'élever votre niveau. Il vous faudra être attentifs et ne pas rester à un niveau inférieur. »

Personne ne dit rien. Le Maître poursuit. Mona n'est pas très à l'aise.

« Ce que je peux vous donner, vous apporter est quelque chose de neuf dans l'histoire de l'humanité. Jamais auparavant vous n'avez pu avoir l'occasion de recevoir un tel enseignement. Donc écoutez bien. Mais, avant cela il vous faut purifier votre esprit et élever votre capacité de comprendre. Vous devez vous cultiver! »

Il s'arrête à nouveau. Il est légèrement agité, mais il continue:

« En Chine, depuis plusieurs années, de nombreuses personnes cherchent à apprendre le Qigong! Souvent c'est sans succès car le but recherché n'est pas bon. Beaucoup veulent seulement être en meilleure santé, être plus costauds, disposer de pouvoirs extraordinaires. En vérité, tout cela est possible, mais si vous voulez obtenir tout cela sans vous réformer et atteindre un niveau supérieur, c'est inutile et vous ne valez alors pas plus que les membres du Parti Communiste qui ont promis le bonheur matériel au peuple de Chine sans tenir compte de l'élévation de la connaissance et de la cultivation de soi. »

Il s'arrête. Mona n'en revient pas. Elle n'a jamais entendu une telle théorie. Pourtant des illuminés qui parlent de Qigong, elle en a rencontré beaucoup. Des cinglés qui tournent autour du Temple du Ciel, il y en a plein. De plus ce type a l'air tellement assuré. Voilà la vraie menace pour la Chine et pour le Parti dans le futur. Qui est-il? Il faut qu'elle sache! Comment les services de la Police n'ont-ils pas eu vent de cette théorie? Le Maître continue :

« Nous allons remettre de l'ordre dans tout cela, garder ce qui est bon et supprimer ce qui est mauvais, nous vous garantissons qu'à l'avenir vous serez capable de vous cultiver et de pratiquer, mais il y a une condition: c'est que vous soyez réellement là pour étudier la Grande Loi. Si vous venez ici avec toutes sortes d'attachements, si vous venez ici pour chercher à obtenir des pouvoirs de « Gong », si vous venez ici pour soigner vos maladies, pour entendre des théories ou avec n'importe quelle arrière-pensée, cela ne marchera pas. Car je suis le seul à proposer une alternative, à vous proposer la Voie. »

Il s'arrête soudain. Il est de plus en plus agité. Mona se demande ce qu'il se passe. Deux personnes autour de lui, avec des allures de gardes du corps, s'approchent de lui. Ils échangent quelques mots. Les « gardes » opinent de la tête. Le maître regarde les personnes qui écoutent. Il reprend.

« Une personne ici ne devrait pas être présente. Elle représente une menace. Elle devrait partir et laisser les praticiens de Qigong recevoir l'enseignement. »

Un silence s'installe. Les personnes rassemblées semblent légèrement inquiètes. Les deux gardes se dirigent vers la sortie. Ils attendent quelque chose. Mona se sent de moins en moins à l'aise. Le Maître reprend :

« Pour recevoir mon enseignement, il faut être capable de renoncer aux attachements, y compris les attachements ancrés à l'intérieur de sa tête. Je reprendrai ma conférence une autre fois, un autre jour. Merci à Na d'avoir organisé tout ceci mais il me faut partir maintenant. »

Il se lève et se dirige vers la porte. Les deux gardes l'encadrent. Il se retourne avant de franchir le seuil.

« La personne qui est de trop ici sait très bien qu'elle l'est. Je connais tout de sa vie et de ses attachements. Je lui conseille de ne plus jouer ce jeu dangereux. A bientôt! »

Les personnes présentes sont assez surprises. Erwan n'a pas compris ce qui se passe. Ils se lèvent tous les quatre. Le Maître est déjà parti. Na leur fait signe qu'il faut sortir. Ils font le chemin en sens inverse. Les personnes présentes se sont évaporées, comme si c'était un rêve. Mona essaye de parler à Cosmos mais il est trop occupé dans une discussion avec Na. La tension entre les deux est perceptible. Ils descendent l'escalier et se dirigent vers la sortie de l'Académie des Beaux-Arts. En pénétrant dans la cour ils aperçoivent le Maître de Qigong s'engouffrer dans une grosse limousine noire. A cette distance, difficile de voir ce dont il s'agit. Probablement une Mercédès, se dit Mona. La voiture démarre en trombe. Il va leur falloir reprendre le minibus en sens inverse. Mona en a marre. Elle est fatiguée.

« Je propose de prendre un taxi pour rentrer à l'Hôtel de l'Amitié. Ce sera plus facile. »

Cosmos a l'air plutôt ennuyé :

« Je ne sais pas ce qui s'est passé! C'est la première fois que je rencontre le Maître. Plusieurs personnes présentes ont dit à Na que quelque chose l'avait dérangé. Je ne sais pas si c'est lié à notre présence ou à autre chose. Nous n'étions pas les seuls à être nouveaux dans cette rencontre. »

Il se tourne vers Na. Celle-ci est de mauvaise humeur. Elle prend Cosmos par le bras.

« Viens, on rentre à la maison! »

Cosmos ne sait que faire. Il voudrait bien expliquer les choses à ses amis, mais Na est impérative. D'un ton sec :

« Zhou ! Viens, on s'en va! »

Elle n'a pas utilisé son pseudonyme. Elle s'adresse à Mona:

« Le Maître n'a pas supporté ta présence! Tu n'aurais pas dû venir! »

Les choses sont claires! Mona est abasourdie. Erwan ne parvient pas à suivre la conversation. Mona tente de répondre:

« Je voulais juste voir. Je ne connais pas toutes ces choses. J'ai été élevée en France avant de venir en Chine! Je suis désolée si j'ai pu poser un problème. Je suis seulement une étudiante de Beida! »

Na ne lui répond pas. Elle tourne les talons, entraînant Cosmos dans son sillage. Erwan est perdu. Mona tente de retrouver une contenance. Ce n'est pas facile. Elle vient de perdre la face de manière évidente. Elle est blessée. Elle se tourne vers Erwan qui semble perdu lui aussi. Elle s'adresse à lui en français.

« Je, je… cette situation est un peu bizarre. Avez-vous compris ce que Na a dit? »

« Non, répond Erwan, je m'interroge! Cosmos m'avait dit que cette personne est très sereine et qu'elle allait nous montrer un nouveau Qigong. Au début cela avait l'air pas mal. Je ne saisis pas ce qui s'est passé et pourquoi tout s'est arrêté comme cela! »

Ainsi il n'a pas compris l'ampleur des événements. Elle peut essayer de rattraper les choses!

« Je ne connais pas très bien le quartier ici. Nous allons prendre un taxi. Je vous propose de nous arrêter à l'Hôtel de Beijing pour y prendre un verre. »

« D'accord, dit Erwan, allons-y. Je crois qu'il y a une station de taxi au coin de l'Avenue, à une centaine de mètres d'ici. »

Elle lui prend le bras. Elle a besoin d'une présence masculine. Cette situation l'angoisse. Cosmos et Na sont passés de l'autre côté de l'Avenue. L'hostilité de Na la perturbe. Que lui a-t-elle fait pour qu'elle se comporte de cette façon?

« Erwan, Cosmos vous a-t-il dit qui est ce maître de Qigong? Moi je ne le connais pas. Il a l'air très … spécial, caractériel! »

Petit à petit, elle retrouve son calme.

« Non, je ne le connais pas. Cosmos m'a dit qu'il vient du Nord, de Changchun comme lui et comme Na. Il s'appelle Li quelque chose, Li Hanchun ou Hangqing, enfin quelque chose comme cela. Il m'a dit qu'il travaille dans une usine là-bas, qu'il s'y occupe de la sécurité. Mais Cosmos n'est pas toujours très précis quand il décrit les gens.»

Il faut qu'elle vérifie. Il doit y avoir un dossier sur lui. Ce gars doit exister quelque part dans un rapport de police. Il ne peut pas venir du néant. Ses gardes du corps ont un air très professionnel. En Chine, ils viennent tous des organismes de Sécurité publique, ou de l'Armée, ou des triades ! Un frisson la parcourt. Erwan a senti que ça ne va pas!

« Vous n'avez pas l'air très bien. Il ne faut pas s'en faire! C'est seulement un petit incident. »

Elle se tourne vers lui et lui décoche un charmant sourire. Ils sont proches de la station de taxi maintenant. Elle lui lâche le bras pour se diriger vers une voiture et demander à un chauffeur s'il est libre.

Elle n'a rien vu venir. Quelqu'un est sorti de l'ombre. Très rapidement, en courant. Un homme armé d'une petite matraque. Il se glisse entre Erwan et elle, lui agrippe le bras, en même temps il lui fait un croche-pied et lui décoche un violent coup. Elle tombe! Erwan ne s'est rendu compte de rien non plus. Il regardait dans l'autre sens. Un des chauffeurs de taxi se lève pour venir en aide. Mais le voyou est déjà parti. Disparu! Comme une ombre! Mona est à terre. Plusieurs personnes viennent à son secours. Elle crie de douleur! Le coup l'a prise par surprise! Le coup a été violent, sur le côté de la tête. Un réflexe lui a permis d'éviter le pire. Sans ce réflexe, elle prenait le coup de matraque en plein dans la tempe droite. Un agent de police accourt! Erwan voit enfin la scène. Mona par terre, la figure en sang, à moitié inconsciente. L'agent se penche sur Mona. Celle-ci à moitié inconsciente le regarde. Elle essaye de se relever. Mais elle flageole sur ses jambes. Tout a été tellement rapide. Le chauffeur et l'agent essaye tant bien que mal de la soutenir. Elle reprend conscience.

« Mademoiselle, tout a été très vite. Il a voulu prendre votre sac, mais il n'a pas réussi. Je l'ai vu vous frapper. Mais je n'ai pas vu d'où il venait. »

Mona essaye de reprendre ses esprits.

« Ça va aller! J'ai été surprise! Oui, il en voulait à mon sac, probablement! »

Plusieurs personnes les entourent maintenant. Une vieille dame lui essuie la figure avec un tissu. Elle a envie de pleurer. Elle doit se reprendre. La tête bourdonne un peu. Elle se sent dans un état second.

« Je vais appeler une ambulance, Mademoiselle, lui dit l'agent! »

« Non, reprend Mona, ça va aller. Il n'y a pas un dispensaire tout près? J'ai juste besoin de nettoyer le sang qui a coulé sur mon visage. Cet étranger est avec moi. C'est un ami. Je vais lui expliquer et puis il viendra avec nous. »

Elle s'est redressée complètement. Erwan est complètement perdu. Elle lui prend le bras. Elle se fout de ce que les gens vont penser.

« Je, c'est une histoire stupide. Je suis plus prudente d'habitude! Tenez-moi par le bras! J'ai besoin de vous! »

Elle a les larmes aux yeux. Elle s'adresse au chauffeur de taxi qui est venu l'aider.

« Je voulais commander un taxi. Pouvez-vous nous conduire à l'Hôtel de Beijing ? J'y ai un bureau. »

L'agent est un peu inquiet. Il ne comprend pas très bien cette agression. Ce quartier est calme d'habitude. Une agression si violente. Si la jeune dame n'avait pas esquivé le coup, elle serait vraiment dans un sale état! Peut-être morte!

« Mademoiselle, vous ne voulez pas venir avec moi jusqu'au poste? Ce quartier est très calme. C'est la première fois que je vois une agression comme cela. Peut-être étiez-vous suivie? »

Mona le regarde. Elle fouille dans ses papiers. Elle lui montre quelque chose. L'agent a compris. Erwan n'a rien vu. Le chauffeur vient d'amener la voiture. Il ouvre la porte et les fait monter. L'agent de police demande aux personnes de se disperser. Le chauffeur ferme les portes du véhicule et démarre. La voiture roule à bonne allure. Arrêts aux feux rouges. Erwan regarde sa montre. Presque quatre heures. Il se sent protecteur par rapport à cette jeune femme. A un moment le chauffeur se retourne et s'adresse à Mona:

« Ça va? Vous vous sentez bien? Je suis toujours à cet endroit et c'est très calme normalement. Ce qui vous est arrivé est très surprenant! Je vous dépose où exactement? Cet étranger est votre amoureux? »

Il affiche un sourire de connivence! Mona est surprise par son ton familier, mais c'est vrai, les chauffeurs de taxi à Beijing ne sont pas avares de mots; toujours le mot pour rire et une petite plaisanterie pour faire sympathique. Celui-ci n'échappe pas à la règle. Il est relativement jeune, la trentaine. Il continue sans attendre la réponse de Mona. De toute évidence, elle lui est sympathique:

« Même lors de l'événement de l'année dernière, c'était assez calme à cet endroit. Les étudiants de l'Académie se sont un peu excités, mais dès que la troupe est apparue, tout est rentré dans l'ordre. Nous, les taxis, on a vu beaucoup de choses. J'ai aidé des gens à se tirer d'affaire. Beaucoup de ces jeunes de Beida, ils ne voyaient pas ce qui se passait. Ils croyaient que l'armée du peuple ne leur tirerait jamais dessus. Ils sont très naïfs. J'en ai aidé beaucoup. Et les militaires, ils se tiraient dessus aussi… »

Il continue. Une véritable revue des événements de Tian An Men. Tout y passe. Ce chauffeur a un débit intarissable.

« Je vous ennuie peut-être! Votre ami étranger, il était à Beijing à ce moment-là? »

Mona est à moitié endormie. Elle a posé sa tête sur l'épaule d'Erwan. Elle aime sa présence. Il la rassure. Le chauffeur leur fait un clin d'œil.

« Vous allez l'air bien ensemble. J'espère que l'avenir vous sourira car les choses ne sont pas toujours faciles. Il est de quel pays votre ami? »

Mona lui explique qu'il est français et qu'il travaille dans la presse. Ça lui plaît bien cette situation ambiguë. Elle se cale encore mieux sur l'épaule d'Erwan. Elle sent l'approbation du chauffeur:

« J'aime beaucoup les gens qui s'aiment. Ma mère est coréenne... »

Et il continue. Heureusement qu'ils ne vont pas très loin, sinon ils auraient droit à toute l'histoire. Ils arrivent à l'Hôtel de Beijing. Le chauffeur engage la voiture sur la rampe de l'hôtel et les dépose dans la grande entrée.

« Si vous avez besoin de mes services. Je m'appelle Tian, Tian Guanglin. Je suis toujours à ce carrefour près de l'Académie des Beaux-Arts mais vous pouvez m'appeler. »

Il leur tend à chacun une carte de visite.

« N'hésitez pas. Parfois on a besoin de quelqu'un de discret. Vous m'êtes sympathiques tous les deux. »

Il leur fait encore un grand sourire, un peu complice. L'air de leur dire, j'ai compris que vous n'êtes pas un couple régulier, mais vous pouvez compter sur moi. Mona règle la course. Les portiers de l'hôtel ont ouvert les portes. Ils pénètrent dans le lobby de l'hôtel. Erwan est perplexe. Il se demande quel est le jeu de Mona. Elle est bizarre quand même, mais elle lui plaît bien. Que va-t-il encore pouvoir dire à Cécile ce soir? Qu'il est parti tout l'après-midi avec une jolie chinoise, qu'elle l'a invité à prendre un verre pour discuter du futur d'Emilie et de l'adoption. Il entend déjà les commentaires... Le lobby de cet hôtel est vaste. Ce n'est pas la première fois qu'Erwan y vient. Au fond la réception avec des horloges qui marquent l'heure dans plusieurs villes du monde et une inscription sur la solidarité des peuples du monde. A gauche un couloir. Mona l'entraîne. Elle a repris son bras. Il ne sait que dire. Il est un peu gêné:

« Ne sois pas gêné! Je peux te tutoyer Erwan? Le vous m'indispose! D'accord? »

Elle s'est arrêtée, s'est plantée devant lui et le regarde droit dans les yeux. Comment résister à un tel regard? Il acquiesce!

« Oui, tu peux me tutoyer. C'est plus facile! »

« Bon, je te propose de prendre du côté gauche. Il y a un petit bar dans l'ancienne partie de l'Hôtel qui s'appelait l'Hôtel de Paris anciennement. Nous y serons plus à l'aise. »

Et de fait! Ils s'installent dans un petit bar, très cossu, très intime aussi. A peine installés, une serveuse arrive, très classe. Erwan ne peut s'empêcher de la regarder. Elle est grande avec de longues jambes très minces. Mona suit son regard:

« Oui, vraiment, si j'étais ta femme, je serais jalouse. Un bel homme qui n'arrête pas de regarder les jolies nanas! »

Elle rit! Erwan ne sait que dire.

« Mais, je ne suis pas ta femme! Alors, tu fais ce que tu veux! »

Elle met sa main sur son bras. Le geste n'a pas échappé à la serveuse!

« Que veux-tu boire? Du thé? Un café? Ils en ont un excellent ici. Ils font même de l'expresso ! Tu peux avoir aussi une bière, ou autre chose! »

Erwan hésite.

« Un café, ce sera parfait! »

Mona commande en chinois :

« Deux cafés mademoiselle! »

La jeune femme demande:

« Autre chose Madame? »

Erwan a reconnu la formule de politesse. Mona se tourne à nouveau vers Erwan:

« Tu veux autre chose? »

« Non, un café suffit! »

« Alors moi aussi, décrète Mona! »

Elle s'adresse de nouveau à la serveuse qui attend:

« Non, c'est tout! Deux cafés! »

La commande arrive presque tout de suite.

Mona a l'air plus calme. Elle a repris la main d'Erwan:

« J'ai eu très peur tout à l'heure. Cette personne a essayé de me faire très mal, peut-être de me tuer. Je ne sais pas pourquoi. Parfois des gens m'en veulent mais j'ignore leurs motivations. Mon oncle ne sera pas content. Il me dit toujours que je ne suis pas assez prudente. Je suis contente que tu étais là, à côté de moi, avec moi! Tu m'as rassurée. Je ne sais pas comment expliquer. Tu as une présence rassurante, comme un grand frère. Cela me fait du bien de te parler! »

« Et Wang Jun alors! »

« Je ne sais comment t'expliquer! Cette histoire avec Jun est très compliquée. Je le voulais et je l'ai eu mais il n'y a pas que ma volonté. Des choses qui me dépassent. Je ne peux pas en dire plus! Promets-moi de ne rien dire à personne! Ne parle pas de ceci à ta femme. Je crois qu'elle deviendrait folle. Pour le moment je veux juste ta présence, pour me rassurer. Ce Maître de Qigong m'a perturbée. C'est comme s'il m'en voulait personnellement. Je ne le connais pas, je n'ai jamais entendu parler de lui. C'est la Chine ici, et moi je suis mixte. Je n'ai pas eu de père non plus. Ils me l'ont tué. Plein de filles détestent leur père car elles les trouvent trop autoritaires. Mais elles ne savent pas ce que c'est que le manque. Moi je sais. »

Elle a les larmes aux yeux. La serveuse du bar les observe. Mona sort un mouchoir de sa poche et veut essuyer son visage. Erwan a été plus rapide et essuie une larme sur son visage. De loin on dirait un couple d'amoureux. Mona lui sourit:

« Merci! Demain je viendrai te chercher vers 9 heures du matin. Je serai avec Guan Kai, mon chauffeur, mon oncle nous attend à 9h30! Ensuite nous irons ensemble chez la notaire qui doit s'occuper de l'adoption. Ils vont probablement décider une enquête mais il faut d'abord la rencontrer pour faciliter les choses. »

Elle s'est arrêtée de parler. Elle prend sa tasse de café. Il ne sait pas comment se comporter. Il la regarde. Elle est vraiment très belle. Un visage d'un ovale presque parfait. Grande, élancée. Elle lève les yeux. Leurs regards se rencontrent. Ils soutiennent chacun le regard de l'autre. Mona pose sa tasse sur la table. Elle prend sa main. Elle le regarde à nouveau. Pas un mot ne sort de leurs bouches. Elle lui caresse doucement la main. Quelque chose de doux. Elle ferme les yeux. Puis elle les ouvre et lui sourit à nouveau. Elle a toujours sa main dans la sienne.

« Il faut partir maintenant. Merci pour cet instant Erwan! Il ne se reproduira pas souvent! »

Elle se lève. Erwan la suit. Elle passe au bar pour régler la note. Elle sent le regard de désapprobation de la serveuse. Comme une jalousie de femme. Peut-être la prend-elle pour une prostituée qui a levé un étranger. Il y en a beaucoup dans les hôtels de Beijing.

« Madame, soyez prudente. »

L'avertissement est clair. Oui elle l'a prise pour une pute. Mona la remercie du regard et lui file un pourboire. Erwan a suivi la scène. Il n'est ni étonné ni surpris. Ils quittent le bar et retournent vers le lobby de l'Hôtel.

« Je vais prendre un taxi seule. Il vaut mieux qu'on ne nous voie pas arriver ensemble à l'Hôtel de l'Amitié. C'est dommage. J'aurais bien prolongé cette rencontre. »

De nouveau elle a les larmes aux yeux. Il est temps de partir. Ils sont tout près de la porte d'entrée. Un groupe de personnes pénètrent dans le hall. Dont un moine tibétain. Il s'approche d'eux. Il les salue avec les mains jointes:

« Mademoiselle, vous avez l'air perdue. J'ai de la compassion pour vous. Je crois que le chaos qui est dans votre cœur vous pose problème. Si vous arrivez à vous en défaire, votre vie sera belle. Il vous faut vous détacher de certaines choses. Le Bouddhisme peut vous aider, mais seulement un Bouddhisme tolérant, ouvert. N'écoutez pas ceux qui prétendent connaître la Voie. La Voie est intérieure et personnelle et il n'y a pas de chemin unique pour y arriver. Ecoutez votre cœur! »

Erwan se demande ce que veut ce vieux monsieur très digne. Mona veut remercier le moine de ses paroles, mais il a déjà disparu. Est-ce un rêve?

« Erwan, je n'ai pas rêvé? Ce moine m'a bien parlé? »

Erwan la prend par l'épaule:

« Non, tu n'as pas rêvé, ou alors nous avons rêvé tous les deux! Nous rentrons ensemble. J'appelle un taxi! »

Fin de la deuxième partie

Volume 3 (à paraître prochainement)
RIEN NE VA PLUS !

A propos de l'auteur

Francis Laveaux est né le 23 juillet 1950 à Namur en Belgique. Il a passé son enfance à Florenville, une charmante cité du sud de la Belgique.

Après un parcours éducatif diversifié (que certains appelleraient erratique) il entreprit des études d'ingénieur civil. Il s'est vite rendu compte que ça ne lui convenait pas. Il a dès lors étudié les Sciences politiques et les Relations internationales à l'Université libre de Bruxelles.

Il adore voyager, ce qui l'a amené à visiter une part non négligeable de la planète, favorisant la découverte des autres peuples et respectant les cultures locales. Il a dès lors eu la possibilité de découvrir les Etats Unis d'Amérique, la Chine, la plupart des pays européens, mais aussi l'Afrique du Nord, une région du monde qui ne lui a pas laissé de très bons souvenirs.

Il a travaillé dans plusieurs secteurs dont le développement rural et l'éducation. Depuis 1996 il travaille dans le secteur social, principalement dans le secteur de l'illettrisme et de l'éducation des adultes. Depuis plus de dix ans il développe des projets européens dans ce domaine.

Il est venu tard à l'écriture, en fait à la publication de ses écrits, car il a toujours écrit. Dans l'Ombre du Dragon est son premier roman, divisé en trois parties : L'Ombre, Le Dragon et Rien ne va plus !

D'autres romans sont en préparation, en particulier un thriller qui reprendra certains des personnages de « Dans l'Ombre du Dragon ».

Vous pouvez le contacter à radar.bre@gmail.com
Vous pouvez aussi consulter le blog
http://intheshadowofthedragon.blogspot.fr/

www.ingramcontent.com/pod-product-compliance
Lightning Source LLC
Chambersburg PA
CBHW021143110726
47900CB00002B/443